Velvet Ear Pads

Edith Wharton

ビロードの耳あて

イーディス・ウォートン綺譚集

イーディス・ウォートン
中野善夫［訳］

国書刊行会

ビロードの耳あて　イーディス・ウォートン綺譚集　目次

ビロードの耳あて　イーディス・ウォートン綺譚集

満ち足りた人生

The Fullness of Life

一

何時間も彼女は穏やかに休眠しているような状態で横たわっていた。静かな真夏の昼下がりに、暑さで鳥や虫がことごとく黙り込んでしまうとき、房の垂れる草の原に身を沈めながら、頭上を覆う楓《かえで》の葉を通して、影ひとつない広大な蒼穹《そうきゅう》を見上げる人を満たす心地よい倦怠感のような。ときおり、長い間隔を置いて、そんな真夏の空に煌《きら》めく幕電にも似た一瞬の痛みが躰《からだ》を貫いた。しかしそれは瞬時に過ぎ去っていくもので、彼女の昏睡状態、静かで気持ちのよい底なしの昏睡状態を揺るがすものではなかった。その昏睡状態へと彼女はさらに深く深く沈んでいくのを感じていた。抗おうという衝動に心乱されることも、消えいく意識の縁にもう一度しがみつこうと頑張ることもなかった。

抗うとか頑張るとか、そんな衝動が激しかった頃もあったが、今ではそういうものはもう終わりのときを迎えていた。長いあいだグロテスクな幻影に悩まされてきた彼女の心の中を、今離れていこうとしている命の断片像、悩ましい詩の一節、かつて眺めた絵画の残像、忘れかけている数々の旅の中で出会ってきた川や塔や鐘楼のぼんやりとした印象が流れていった——彼女の心の中を、無色の幸福感という原始の感覚が漂うのみ。嫌な薬を最後にひと飲みしたという思いにぼんやりとした満足感があった……もう二度と夫のブーツがたてる軋《きし》るような音を聞かなくていい……あの忌々しいブーツ……もう誰にも翌日のディナーについて煩わされることもない……肉屋への註文にも。

深まっていく暗さに包まれて、そういう仄暗《ほのぐら》い感覚の勢いはやがて衰えていった。暗がりは今や淡い幾何学的な薔薇の花に満ち、その薔薇の花は柔らかく果てしなく彼女の前で旋回した。そして、星のない夏の夜空の色合いである一面の青黒色へと変わった。この暗闇の中へと彼女自身も沈み込んでいくのを感じた。下から支えられる優しい安心感を伴って沈んでいく。生ぬるい潮のように彼女を取り巻いて湧き上がり、さらに高く高く昇って、彼女のぐったりと緩んだ躰を柔らかく抱擁した。胸と肩を覆い、容赦なく優しく、ゆっくりと這い上がって彼女の咽《の》喉《ど》を、顎を、耳を、口を……ああ、もう高く昇り過ぎて、もがこうという衝動が戻って来て……彼女の口が満たされ……息苦しい……助けて！

「お亡くなりになりました」看護婦が、如何《いか》にも仕事でやっていますという仕種で冷静に瞼《まぶた》を閉じて云った。

時計が三時を告げた。後になって皆はそれを思い出した。誰かが窓を開けて、妙にはっきりしない外の空気を入れた。大地と暗黒と夜明けのあいだを彷徨《さまよ》う空気だった。誰かが夫を別の部屋へ連れて行った。夫は盲目の男のようにぼんやりと、軋む音をたてるブーツで歩いて行った。

二

彼女は敷居の上に立っているようではあったが、実際に形のある門口が目の前にあるわけではなかった。光が広がっているだけだった。穏やかだが遠くまで届く、無数の星々の光が集まっているかのような光だった。それが徐々に彼女の目の前に広がり、彼女がさきほど抜け出てきた洞穴のような闇とは喜ばしいほど対照的だった。

彼女は前へと足を踏み出した。怯《おび》えてはいなかったが躊躇《ためら》っていた。周囲の光の溶けゆく深淵に目が慣れていくと、景色の輪郭が識別できるようになってきた。最初はシェリーの儚《はかな》い詩のように頼りない乳白ガラスの中を泳いでいるとでもいう感じだったのが、次第にもっとはっきりした形を見分けられるようになった。太陽に照らされた広漠と広がる平原、高く聳《そび》える山々、谷間を流れる川がつくる銀の三日月、謄写版で刷ったような木々に沿った青い線——何か、レオナルドの紺碧の背景とでもいった表現し難い色合いの、不思議で、魅惑的で、謎めいた、目と想像力を途方もない歓喜へと導く世界。じっと見ていると、柔らかくうっとりするような驚きで胸が高鳴った。遙か遠くまで見通せる彼方《かなた》からの喚び声に、輝かしい約束を読み取った。

「やはり死はすべての終わりじゃなかった」純然たる歓びに満ちた、自分の大きな声が聞こえた。「いつもそんなはずはないと思っていた。もちろん、ダーウィンの云うことは信じていた。今もそうだけど、ダーウィン自身が魂のことはよく判らないと云っていたし――少なくともそう云ったと私は思っている――それにウォレスは降霊術者だったし、セント・ジョージ・マイヴァートだっていたことだし――」

彼女の視線は山々の天上の彼方へと消えていった。

「なんて美しい。なんて満ち足りていることか」彼女は呟《つぶや》いた。「もしかしたら、生きているとはどういうことか私は今こそ本当に判ったと云えるのかも知れない」

そう云ったとき、急に心臓の鼓動が激しくなったのを感じて目を上げると、前に〈命の霊〉が立っているのに気づいた。

「本当に生きているとはどういうことか今まで全然知らなかったということ？」と〈命の霊〉が云った。

「全然知らなかった。満ち足りた人生がどういうものかを。私たちは皆、自分は知っていると思っているけれど。私の人生にもヒントが散らばってなかったわけではないの。遠い海辺に出かけたときに感じる大地の香りのように」

「それで、あなたが『満ち足りた人生』と云うのは何？」〈霊〉がさらに訊《たず》ねた。

「もしあなたが知らないのなら、私には教えられませんね」咎《とが》めているような口調で云った。

「それを定義する言葉はたくさんあるでしょう――愛や思いやりというのがいちばんよく使われる言葉でしょうけど、私にはそれが相応《ふさわ》しい言葉かどうかも判らない。その意味するところを本当に知っている人はあまりにも少ないということ」

「あなたは結婚していたでしょう。結婚には満ち足りた命を見出せなかった？」

「ええ、なかったわね」軽蔑のこもった鷹揚な口調で答えた。「私の結婚はあまりにも不完全なものでした」

「それでもご主人に対して愛情を抱いていた？」

「正確な言葉を見つけたのね。ええ、愛情は抱いていましたよ。それは、祖父に対する愛情や生まれた家に対する愛情や、子供の頃の乳母に対する愛情と同じような意味で。ええ、夫には愛情を抱いていましたよ。私たちはまさに幸福なカップルだと云われていましたからね。でも、ときどき女性の本質というものは部屋のたくさんある大きな屋敷に似ていると思うんですよ。玄関があって、誰もがそこを通って出入りするところ。それから、応接室。堅苦しいお客様をお迎えするところ。居間は、家族が好きなときに好きなように出入りするところ。でも、その先にも、もっと先まで部屋はあって、そこのドアはまだ一度も開けられていなかったりするかも知れない。行き方を誰も知らなかったり、どんな部屋か誰も知らなかったり。一番奥の部屋は、どこよりも神聖な、魂だけがただ独り坐《すわ》っていて、決してやって来ることのない足音を待っている部屋」

「するとあなたのご主人は」少し間を置いて〈霊〉が云った。「その家族の居間より先に入ったことは一度もない？」

「一度も」苛々《いらいら》した声で返した。「何より最悪なのは、そこにいるだけで満足しきっていたこと。完璧に美しい部屋だと思っていて、ときには部屋にある陳腐な家具を褒めちぎってみたり。ホテルの休息室にありそうなつまらない椅子やテーブルなのに。叫び出したくなったこともありましたね。『莫迦《ばか》じゃないの。すぐ近くに宝物と驚異でいっぱいの部屋があるとは思わないの？　まだ誰も見たことのない部屋、誰も足を踏み入れたことのない部屋だけど、その扉を見つけさえすればそこを自分のものとして住むことだってできるのに』」

「それなら」と〈霊〉が続けた。「さっき云っていた満ち足りた人生に対する散らばったヒントがあるように見えた瞬間というのは、ご主人と共有していたわけではない？」

「そんな、まさか――一度も。あの人は違っていたから。ブーツが軋む音をたてるのよ。出て行くときはいつもドアを叩きつけるし、読むものといったら新聞に載っている鉄道小説とスポーツ広告だけだし――それに――それに、簡単に云えば、私たちは決して判り合えないってこと」

「では、あの素晴らしい感覚は何のおかげなんでしょう」

「よく判らないわね。花の香りのこともあれば、ダンテやシェイクスピアの詩句のこともあるし、何かの絵や夕暮れの風景だったり、海辺の静かな日々ということもあるかしら。青い真珠の窪みに横になっているように思えるときね。滅多にないけど、自分が感じていることをうまく表現できないものに対して、相応しい瞬間に偶然漏らしてくれた誰かの言葉とか」

「誰かあなたが愛した人のことかしら？」〈霊〉が訊ねた。

「私は今まで誰も愛したことはありませんね、そういう意味では」少し悲しげな声で云った。

「さっきは誰か一人の人のことを考えて云ったわけではなくて、二人か三人、私という存在の琴線に一瞬触れて、魂の中に眠っていた不思議な旋律の音色を呼び起こした人たちのことが頭にあって。そんな感じを抱かせてくれた人は滅多にいなかったから。フィレンツェのオルサンミケーレ教会でのある晩に、これが私の運命なのだというほどの幸せを感じたのだけど、そんなひと時を与えてくれた人は誰もいませんでしたね」

「そのことを話して」と〈霊〉が云った。

「あれは復活祭の週の、雨の降る春の午後、夕暮れ近くのことでした。雲は急に吹いてきた風で消えて、私たちが教会に入ったとき、高い窓のガラスは燃え立つような色に輝いていて、黄昏《たそがれ》のランプのようでしたね。司祭が高い祭壇の上にいて、香の煙の漂う暗がりの中で白い大外衣《コープ》が光り輝いていました。蠟燭の光は司祭の顔の周りで蛍の光が上下に揺れるように瞬いていて。その近くに何人か跪《ひざまず》いている人たちもいたかしら。私たちはその人たちの後ろにそっと進んで、オルカーニャの聖櫃《せいひつ》の側にあるベンチに腰を下ろしたの。

フィレンツェが初めてというわけでもないのに、それまで不思議と教会へ行ったことが一度もなかったのですよ。あの魔法の光の中で初めて観たのは、象眼細工が施された階段、縦溝彫りのある柱、見事な聖堂の浅浮彫りや天蓋。大理石は時の手ですり減り柔らかくなって、云いようのない薔薇色を帯びていて、パルテノン神殿の蜂蜜色を仄かに思わせるようでもあり、でももっと神秘的で、もっと複雑で、太陽のしつこい接吻から生まれた色ではなくて、地下の薄明かりや殉教者の墓に灯《とも》されている蠟燭の炎、緑玉髄《クリソプレーズ》や紅玉《ルビー》を象徴する窓ガラスを通って射す夕陽の輝きでできた、シエナの図書館にある祈禱書を照らすようなそんな光、それともヴェネツィアのレデントーレ教会にあるジョヴァンニ・ベッリーニの聖母像を通して見える隠れた炎のように燃える光、ギリシアの澄んだ陽光よりももっと豊かで、もっと荘厳で、もっと暗示的な中世の光でしたね。

教会は静かで、聞こえるのは司祭の悲しげな声と時おり椅子が床を引っかく音だけ。私はそんな光を浴びながら坐って、目の前に立ち上がる大理石が、象牙の小箱のように巧みな細工を施され、宝石のような外殻と黄金の光沢で飾られている奇蹟に心を奪われて、自分が運ばれているんだなと感じたときの力強い流れの源は万物の始まりであって、人々の情熱と努力をことごとく集める強大な水でした。美しく不思議に現れるさまざまな命はどれも私が動くにつれて律動的なダンスを私の周りで織り上げるようにも見え、人間の魂が通り過ぎたところはどこであろうと私の足に馴染みのある場所だと判りました。

　見つめているうちに、オルカーニャの聖櫃の装飾突起が溶けて流れ一つひとつの原始の形態になると、折りたたまれたナイルの蓮華模様とギリシアのアカンサス葉飾りが古代北欧風の節や魚尾を持つ北の怪物と編み合わさって、人間の手によって生まれた人工的な恐怖と美は、ガンジス川からバルト海へと至るまで、オルカーニャの手によるマリアの理想像の中で揺れて混ざりあいました。そして川は私を載せて運んでいきました。古代文明の見慣れない様相やギリシアの見慣れた驚異を通って、荒々しく打ち寄せる中世の潮の上まで泳いでいきました。そこには情熱の渦潮、天を映す詩や芸術の澱《よど》みもありました。金細工師の工房や教会の壁面で職人たちが調子よく打ち付けるハンマーの音、狭い通りを進む武装した一派が叫ぶ声、ダンテの詩を唄うオルガンの轟《とどろ》き、ブレシアのアルノルドゥスの周りでぱちぱち爆《は》ぜる薪の音、アシジの聖フランシスコが説教をしている燕たちの囀《さえず》り、丘の中腹で『デカメロン』の名言に耳を傾けている淑女たちの笑い声、その下では疫病に襲われたフィレンツェが苦しむ絶叫が聞こえました。こういった音が一斉に、そしてさらにもっと聞こえてきました。すでに話した声やもっと遠くのもっと激しく情熱的な、あるいは穏やかな、それでいて抑制されている声が不思議な調和を生み出して、崇高なハーモニーへと変わって、朝の星々が一緒になって唄う歌を思い出し、自分の耳の中から響いているような気持ちにすらなりました。息が止まってしまうのではないかと思うほど心臓の鼓動が激しくなり、涙が瞼を焼き、歓びと謎と神秘は耐えられないほど激しく感じられました。その歌詞の意味すら理解できませんでした。でも、もし誰かが隣にいて一緒に耳を傾けてくれていたら、二人でその言葉の意味の手掛かりくらいは見つけられたかも知れないと思いました。

帽子の底を見つめながら、落胆しつつも辛抱強い様子で私の隣に坐っていた夫の方を見てみると、その瞬間立ち上がって強《こわ》ばった足を伸ばし、遠慮するような口調でこう云ったんですよ。『もう行った方がいいんじゃないか。ここにはあまり見るものもなさそうだし、ホテルの夕食は六時半からだろう？』ってね」

彼女の長い語りが終わって、しばらく沈黙が続いた後、〈命の霊〉が云った。「今のお話にあったような、あなたに必要だったものに対して、埋め合わせができるものを用意しています」「まあ、判っていただけたってこと？」と大きな声で云った。「埋め合わせができるものって何か教えて」

「心の最も内なるところを打ち明けられる同類を地上で虚しく探し求めた魂は、例外なく、ここでそのような気心の合う魂を見出し、永遠に結びつけられると定められています」

歓びの声が彼女の口から漏れた。「ああ、とうとうその人を見つけられるのね」歓喜の叫びだった。

「その人はここにいます」〈命の霊〉が云った。

彼女が見上げると、すぐ近くに男が立っていた。その男の魂が彼女を無敵の力で引き寄せた
(見たこともない光の中で、彼の魂が顔よりもはっきり見えたような気がしたからだった)。

「あなたが本当にその人?」彼女が呟いた。

「そうだ、私だ」と男が答えた。

彼女は手を男の手に重ね、谷の上に張り出している胸壁の方へと引き寄せた。「一緒に降りていきましょう。あの驚異の国へ。一緒に見ましょう。同じ目で見て、私たちが考え感じることをことごとく同じ言葉で語り合いましょう」

「それが、私の望み夢見ていたことだ」

「何ですって?　ということは、あなたも私を探していたということ?」彼女が歓びの声を上げた。

「生きているあいだずっとだ」

「何て素敵なんでしょう。あの世界ではあなたを理解してくれる人をただ一人も見つけられなかったの?」

「完全にという人はいなかった——あなたと私が理解し合えるようには」

「じゃあ、あなたもあれを感じているのね。幸せだわ」彼女は溜息を漏らした。

二人は手に手をとって立っていた。胸壁からサファイア色の空間へと広がっていく、揺らめく光景を見下ろして。〈命の霊〉は入口近くで二人を見守り続けていた。二人が話す言葉の断片が、ときおり風のせいで渡りの集団から逸《そ》れてしまった迷子の燕のように吹き寄せられてきた。

「夕暮れのときに感じたことはなかった？」

「ああ、あるとも。でも、そんなことを云う人には他に会ったことはなかった。どうだった？」

「『神曲　地獄篇』の第三歌のあの一節は覚えている？」

「ああ、あそこか。私も好きなところだ。多分——」

「〈翼なきニーケー〉の神殿の小壁《フリーズ》にある、前屈《かが》みになっている勝利の女神像はご存じ？」

「サンダルを脱ごうとしている像のことを云っているのかな。それなら、ボッティチェリやマンテーニャは皆、ニーケーの纏《まと》う布の襞《ひだ》の中に潜んでいることに君も気づいていたんじゃないか」

「秋の嵐の後に、見たことがあるかどうか——」

「ああ、特定の画家が特定の花を暗示するのは奇妙だ——レオナルド・ダ・ヴィンチならカーネーションの香り、ティツィアーノなら薔薇の香り、クリヴェリなら月下香《げっかこう》の香り——」

「自分の他に気づいている人がいるなんて思いもしなかった」

「考えたこともなかったのか——」

「いえ、考えたわよ、何度も何度も。でも、他にいるとは夢にも思わなかった」

「でも、きっと君なら感じていただろう――」

「ええ、そうよ。そして、あなたも――」

「なんて美しい！　なんて不思議な――」

二人の声はときに高くときに低く、花に満ち溢れた庭園の反対側に位置する二つの噴水が互いに呟き合っているようだった。ずいぶん経ってから、優しいながらも気持ちを抑えられないように、彼女の方を向いて男が云った。「愛する人よ、どうして私たちはいつまでもここにいなければならないのか。私たちの目の前には永遠の世界がある。一緒にあの美しい国へ降りていって、輝く川の上にある青い丘かどこかに二人の家を作ろう」

その言葉が終わらないうちに、彼女は繋いだままになっていることを忘れていた手を不意に引き抜き、そのとき、彼女の魂の輝きに雲が掛かったのを男は感じ取った。

「家？」彼女がゆっくり云い返した。「あなたと私が永遠に暮らすための家？」

「そうだ。私はあなたが探していた魂ではないのか」

「え、ええ。それは判っているけれど、でも、判らないの、家が私にとっても我が家のようになるものなのかどうか、ただ、もし――」

「もし？」男が不思議そうに繰り返した。

彼女は答えなかった。矛盾に満ちた妙な衝動を感じながら考え込んでいた。「もし、あなたがドアを叩きつけて、軋むような音をたてるブーツを履かないのなら」

しかし男は彼女の手を握り直すと、谷へ降りていく輝く階段へそっと導いていこうとした。

「さあ、我が魂よ」男は情熱的な声で懇願した。「ぐずぐずしてどうするんだ。あなただって私と同じように、二人が至福の時を過ごすには永遠ですら短過ぎると感じているに違いない。私にはもう二人の家が見えるようだ。もう夢の中で何度も見てきたのではないか。白くて、可愛らしくて、磨き上げられた円柱があって、青を背景にした彫刻が施された軒蛇腹《コーニス》があるのではないかな。月桂樹や夾竹桃《きょうちくとう》の木立、薔薇の茂みに囲まれていて。でも、夕暮れ時にテラスを歩いて眺めて見れば、森林や涼しげな草原を見通すこともできて、そこには老木の大枝に深く覆われたところを流れる小川が河へ向かって慎重に進んでいく様子も見える。家の中を見てみれば、壁には私たちのお気に入りの絵が掛かっていて、どの部屋にも本が並んでいる。その本を全部読む時間がとうとうできたんだ。どの本から始めようか。さあ、選ぶのを手伝って。『ファウスト』にしようか、『新生』にしようか、それとも『テンペスト』か『マリアンヌの気まぐれ』か。『神曲　天国篇』の第三十一歌か『エピサイキディオン』か『リシダス』か。さあ、教えてくれ。どれにしようか」

話しながら、男はその答えが彼女の唇を歓びに震わせるのを見たが、その歓びは後に続く沈黙の中に消えてしまい、彼女はじっと動かずに立ち尽くし、握りしめる男の手が説得を試みるのに抗った。

「どうしたんだ」男が嘆願するように云った。

「ちょっと待って」彼女は妙な迷いを声に滲《にじ》ませた。「まず、最初に教えて。本当にあなたは自信があるの？　ときには地上の誰かを思い出したりしないの？」

「あなたに会ってからはない」と答えた。彼は男だったから、本当に忘れ去っていたのだ。

彼女はなおも動かず、自分の魂の上にある影が深くなっていくのを見ていた。

「確かだとも」男は責めるように云った。「あなたを悩ませているのはそんなことではないだろう。私はもうレーテーの川を渡ったんだ。過去は月の前の雲のように溶けて流れてしまった。私はあなたに会うまで生きてはいなかった」

彼女は男の嘆願に答えようとはしなかったが、ようやく、傍《はた》から見て判るほど自分を奮い立たせる努力をして、彼女は男に背を向けるとまだ入口の近くに立っていた〈命の霊〉の方へと歩いていった。

「訊《き》きたいことがあるの」と戸惑ったような声で彼女が云った。

「どうぞ訊いて」と〈霊〉が答えた。

「少し前にあなたは、地上で仲間を見つけられなかったどんな魂も、ここで見つけることが約束されていると云いましたよね」

「一人、見つけたのではなかった？」

「ええ、でも私の夫の魂もそういうことになるのでは？」

「いいえ。あなたのご主人は地上であなたの中に魂の伴侶を見出したと思っていたから。そのような思い違いに対する救済は死後の永遠の世界にもありません」

彼女は少し啜《すす》り泣いた。それは失望の涙なのか、勝利の涙なのか。

「それなら——それならあの人がここに来たらどうなるのかしら」

「それは私にも判りませんね。何らかの活動領域と幸福を見出すのは間違いないでしょう。あなたのご主人が活動的で幸せであることを考えれば当然でしょう」

彼女は怒ったようにその言葉を遮った。「あの人は私がいなかったら絶対に幸せじゃありません」

「そこは、あまり自信を持ち過ぎない方がいいでしょう」と〈霊〉が云った。

彼女はこの言葉を気に留める様子もなかったが、〈霊〉は言葉を続けた。「あなたのご主人は、ここに来たからといって地上にいたときよりもあなたのことを理解するわけではありませんよ」

「そんなことは構わないわ。私はまた独り苦しむことになるでしょうね。だって、あの人は自分では私のことを理解しているといつも思っているのだから」

「ブーツが前と同じように軋む音をたてるようになる——」

「構わないけど」

「ドアを叩きつけるように閉めて——」

「でしょうね」

「鉄道小説を読み続けて――」

彼女は苛立たしげに遮った。「もっとひどい男はたくさんいる」

「でも、ついさっき、ご主人を愛していなかったと云っていたのに」と〈霊〉が云った。

「それはそう」とあっさり答えた。「でもあの人がいないと家にいる感じがしないってことが判らないの？　一週間とか二週間ならそれもいいけど――でも永遠だなんて！　結局のところ、ブーツが軋む音なんてどうでもいいのよ。頭痛がしているときでなければ。ここじゃあ頭痛なんてなさそうだし。それに、ドアを叩きつけたときはいつもあの人は謝ってくれた。ただ、そうしないようにするってことを忘れてしまうだけ。それに、他の誰にあの人の世話ができるのかしら。本当に何もできないんだから。インク入れにインクを補充したこともないし、切手や名刺もすぐに切らしてしまうし。傘をどこに戻したらいいかどうしても覚えられないし、何かを買う前に値段を確認するってことも覚えていられない。ほら、あの人はどんな小説を読んだらいいかも判らないの。いつも、前によかったようなものを選ぶしかないのよ。殺人事件か偽造事件があって、探偵が解決するっていう」

彼女は、このときまで驚きと落胆の表情を浮かべて耳を傾けていた、気の合う相手の方を不意に振り向いた。

「私は、あなたと一緒には行けないということが判らない？」

「でも、何をするつもり？」〈命の霊〉が云った。

「何をするつもりかですって？」彼女は憤慨したように振り向いた。「私は自分の夫を待つつもりよ、もちろん。もし、あの人の方が先にここに来ていたら、あの人は何年でも私のことを待とうとしたはず。この後、あの人がここに来たとき、私がいないと知ったらきっと心臓が破れてしまうでしょうよ」霞んで見える山々へと連なる丘や谷の魔法のような情景を蔑みの身振りで指し示した。「もし私がここにいないと判ったら、何もかもあの人にとってはどうでもいいものでしょうよ」

「でも、よく考えて」〈霊〉が警告した。「あなたは永遠の選択をしようとしているの。とても重い瞬間ですよ」

「選択をする！」彼女は少し哀しそうな微笑《ほほえ》みを浮かべた。「あなたはまだ選択についての古いフィクションにしがみついているの？　あなたならもっとよく判っていると思っていたのに。私にどうしろというの。あの人がここに来たときに私がいないとは思いもしないでしょうし、私は誰か他の人とどこかへ行ってしまったなんてあなたが云っても絶対に信じないでしょうね。絶対に、絶対に」

「それならそれでいいでしょう。ここでも地上と同じように、決断はそれぞれ自分でしなくてはいけないのですよ」

彼女は心の通い合う相手の方を向いて、優しい表情で見つめた。切ない表情と云ってもいいくらいの表情だった。「ごめんなさいね。またあなたとはお話ししたいとは思うけれど、判っていただけると思うの。それに、きっと私より賢い人を見つけられるから――」

男の返事を待つことなく、彼女は手を振って別れを告げ、入口の方へ向き直った。

「夫はすぐにここに来るかしら」彼女が〈命の霊〉に訊いた。

「それはあなたには知らされないことになっています」〈霊〉が答えた。

「構わないわ」嬉しそうに彼女は云った。「待つ時間なら永遠にあるんだから」

そして静かに敷居の上に腰を下ろして、耳を欹《そばだ》ててブーツが軋む音を待った。

夜の勝利

The Triumph of Night

一

どう見てもウェイモアからの橇《そり》は来ていない。ノースリッジ・ジャンクション駅で列車を降りたらすぐに橇に飛び乗るつもりでボストンから来た旅の若者は、気がつくと身を震わせながら駅のホームに独り立ち尽くし、夜と冬の総攻撃を受けていたのだった。

彼を襲う烈風はニューハンプシャーの雪原と氷柱《つらら》の下がる森からやって来る。果てしなく凍った静寂を渡ってきたようだった。烈風はそこを冷たい咆哮《ほうこう》で満たし、刺すような白黒の風景に晒《さら》してその刃《やいば》を研いでいる。暗く身にしみる寒さは剣のようで、犠牲者を包み込んでは繰り返し攻撃するさまは、闘牛士がマントを翻しては矢を突き立てるのにも似ていた。この喩《たと》えは、若者にマントを持っていないことを痛感させるものだった。比較的穏やかな天候のボストンでは身を守ってくれたオーバーコートも、この荒涼としたノースリッジの丘では紙切れ一枚ほどの厚みもない。ジョージ・ファクスンは、この地は実にうまい名前がついていると思った。列車が運んできたこの場所は谷の上の方にあって、風雨に晒された岩棚にしがみついているような場所〔northledge は北の岩棚という意味〕だったし、風の鋼《はがね》の歯で梳《くしけず》られているかのようでもあったし、本当に木造駅舎の壁面を鋼の歯が当たる音が聞こえたような気さえした。他に建物はまったくなかった。村は道のずっと先にあって、ウェイモアの橇が来なかったということは、数フィートも積もった雪の中をそこまでかき分けて進んで行く必要があると悟った。

　何が起こったのかは判る。ファクスンを招待してくれた女性は、彼が来ることを忘れてしまったのだろう。ファクスンはまだ若かったが、この悲しいまでに明晰な精神は長い経験の結果として育まれたもので、招待主というものは、馬車を雇うだけの金がない訪問者に対して、馬車を手配するのを忘れてしまうものなのだと知っていた。それでも、カルム夫人がファクスンのことを忘れてしまったというのは、あまりにも失礼な決めつけだ。同じようなことが前にもあったので、きっと夫人はメイドに、馬車の御者に電話をして厩番《うまやばん》の一人に（もし他の誰かの用事がなかったら）ノースリッジまで新しい秘書を迎えに行くように指示することを執事に伝えておきなさいと云ったのだろうと考えた。しかし、こんな夜に、自分の権利を尊重する厩番がそんな命令を忘れずにいるなどということが果してあるだろうか。

　ファクスンの進むべき道ははっきりしていて、この大きな風の流れの中を村まで遮二《しゃに》無二《むに》歩いて、ウェイモアまで運んでくれる橇を探し出すというものだ。だが、もしカルム夫人のところに着いたとき、その献身的な義務の遂行にどれほどのコストがかかったかを忘れずに訊《たず》ねてくれる人が誰もいなかったら。それもまた、高い授業料を払って警戒することを学んだ不測の事態に対する備えだった。そしてそうやって獲得したその鋭い判断力が、ノースリッジの宿屋に一晩泊まって、カルム夫人には自分が到着していることをそこから電話で知らせた方が安上がりだと教えてくれた。ファクスンはそうすることに決めて、ぼんやりした様子の男に荷物を預けようとしたちょうどそのとき、ベルの音が聞こえて彼の心に希望の火が灯《とも》った。

橇が二台、駅に向かって走ってきたところだった。先頭の橇から毛皮に身を包んだ若い男が飛び降りた。

「ウェイモアから来たのかだって？　いや、これはウェイモアの橇じゃない」

その声はホームに飛び降りた若者のものだった。そんな言葉ではあったが、声は感じがよく、ファクスンの耳が慰められた。そして、ゆらゆら揺れる駅のランタンが一瞬だけ話し手の顔を照らしたときの表情は、声とよく調和している感じのよいものだった。魅力的な若者は二十代に入ったかどうかという年齢だった。その顔は朝の爽やかさに満ちてはいても、些《いささ》か痩《や》せすぎで繊細なようにファクスンは感じた。あたかも、生き生きとした精神があまりにも虚弱な身体と競い合っているかのようだった。ファクスンがこの不釣り合いなところにすぐ気づいたのは、彼自身の気質にも神経過敏な傾向があるからかも知れない。そうはいっても、自分の場合は、正常な感受性の範囲をそのせいで逸脱することは絶対にないだろうと信じていた。

「ウェイモアから橇が来ると思っていたわけか」今来たばかりの男が細い毛皮の柱のような格好でファクスンの隣に立って続けた。カルム夫人の新しい秘書が自分の困難な状況を説明すると、相手は「ああ、カルム夫人ね」と軽蔑するかのように軽くあしらい、それで二人のあいだの相互理解が大きく進んだ。

「でも、そうするともしや君は――」質問するような微笑《ほほえ》みを浮かべて若者は言葉を切った。

「新しい秘書かって？　そうなんだ。でも今晩は返事を書くべき手紙はなさそうだな」ファクスンの笑いは二人のあいだにすでに築かれている連帯感をさらに深いものとした。

この友人も笑い声をあげた。「カルム夫人は今日、伯父のところで昼食を摂《と》って、そのとき君が今晩来ることになっているって云っていた。でも、カルム夫人にとって七時間は何かを覚えているには長い時間だ」

「まあ、それが夫人が秘書を必要とする理由の一つなんだろう。それに、何《いず》れにしてもノースリッジの宿屋だってあるわけだし」とファクスンは勿体《もったい》ぶった口調で云った。

「いや、それは駄目だ。あそこは先週火事で焼けてしまった」

「最悪だ」とファクスンは云ったが、不便を感じる前にこの面白い状況を喜んでいた。彼の人生は、過去何年ものあいだ、自分の困難に現実的な対処をする前に、どんなときでももっぱら諦めて順応することばかりだったのでそこから細《ささ》やかな面白さを引き出そうとすることを学んでいた。

「でもまあ、そこまで行けば誰か泊めてくれる人がきっといるだろうから」

「君が泊まってもいいと思うようなところはないね。ノースリッジは三マイルも離れているけど、僕たちのところは――反対方向だけど――もう少し近い」暗闇の中で友人が自己紹介を始めるような身振りをするのが、ファクスンに見えた。「僕の名前はフランク・ライナーだ。オーヴァーデイルの伯父のところにいる。伯父の友人二人を迎えに来たところだったんだ。あと数分でニューヨークからの列車が着く。もし、その二人が着くのを一緒に待ってもいいということであれば、オーヴァーデイルの方がノースリッジよりもましな宿だと思うよ。町から少ししか離れていないけれど、いつでも大勢泊まれるように準備ができている家なんだ」

「でも、伯父さんには――」困惑しながらも変な胸騒ぎを感じて、ファクスンにはそんな反論しかできなかったが、それも闇の中のよく見えない友人の次の言葉で魔法のように消えていった。

「伯父のことか。まあ、会えば判るよ。今は僕が代わりに答えておこう。名前は聞いたことがあるんじゃないかな。ジョン・ラヴィントンだ」

ジョン・ラヴィントンだって！　ジョン・ラヴィントンの名前を聞いたことがあるかと訊《き》くだけである種の皮肉になってしまう。カルム夫人の秘書という勤め口ほど辺鄙《へんぴ》なところから観測できる範囲であっても、ラヴィントンの金、絵画、政治活動、慈善事業、歓待の精神などの噂は、人里離れた山奥の滝の轟きくらい逃れるのは難しい。ラヴィントンに会えると誰もが予想もしないところがもしあるとすれば、今彼らを取り囲んでいるような孤立した場所で、しかも真夜中の人もいないようなところではないか。しかし、こんなところであっても、輝かしいラヴィントンの存在の遍在性のせいで、間違っているのは自分の方だということになってしまうのだ。

「ああ、君の伯父さんの名前は聞いたことがあるよ」

「それなら来てくれるね。あと五分くらい待てばいいだけだから」若いライナーが、もし躊躇《ためら》いがあったとしても無視してしまえばそんなものは払拭できるとでもいうような口調で云うと、ファクスンはいつの間にか彼の誘いをあっさりと受け入れていた。

ニューヨークからの列車の到着が遅れたせいで、五分は十五分に伸びた。ファクスンは凍《い》てついたホームを歩きながら、知り合ったばかりの若者の提案に同意することを、どうしてそこでは最も自然なことだと思ってしまったのかを理解しはじめていた。それは、フランク・ライナーが、自ら発散する信頼とユーモアの雰囲気によって人間関係を単純化してしまえる特権的な存在だったからだ。ファクスンが気づいたところでは、ライナーは才能ではなく若さを働かせ、そして技巧ではなく誠意を働かせて、この効果を得ていた。その特質はファクスンがそれまで見たことがないほど甘いと感じた微笑みの上に現れていて、創造主が精神に見合う顔を与えてくださったら何を成し遂げられるのかが判った。

この若者がジョン・ラヴィントンのただ一人の甥であり被後見人であると知った。ライナーの母はこの偉大な人物の妹で、母の死後、ライナーは彼と一緒に暮らしていた。ラヴィントン氏は自分にとっては本当にいつでも頼りになる存在だった――いやそれどころか、誰にとってもそうなんだが――とライナーは云う。この若者の置かれている境遇は、如何《いか》にもこういう人柄の人だったらそうだろうと思わせるようなものだった。そこに少しでも影があるとすれば、それはファクスンがすでに見て取っていた身体的な弱さだけのようだ。この若いライナーは以前から結核に脅《おびや》かされていて、しかも病状がかなり進んでいたので、確かな医学的見地に従うなら、アリゾナかニューメキシコへの流刑が宣告されるのは避けられそうにないのだった。

「でも、運がよかったのは、伯父は僕を追い出さなかったんだ。他の人だったら皆そうしただろうけどね。別の意見なんか聞きやしないだろう。誰の意見なのかって？　とてつもなく頭がいい奴でね、聞いたこともないような着想がいっぱい頭に詰まった若い医師で、僕が遠くへ飛ばされるっていう話を笑いとばして、僕が食べ過ぎることなく、ときどき新鮮な空気を吸いにノースリッジにやって来るようにしていれば、ニューヨークにいてもすっかり恢復《かいふく》するだろうって。だから、僕が流刑の身とならずにすんでいるのは本当に伯父のおかげなんだ。それに、新しい医師はあまり気にしなくていいと云ってくれたからずいぶん気が楽になった」ライナーは告白を続けた。とにかく食事に出かけることや、ダンスやらといった気晴らしが大好きだということで、ファクスンはそれを聞きながら、こういった楽しみを一切合切断とうとしないその医師は、前任者たちよりも優れた心理学者だと云っていいような気がしてきた。

「それでも気をつけた方がいいんじゃないか」と云ったファクスンは自分の言葉で弟を気遣う兄のような気持ちになって、話しながらフランク・ライナーの腕に手をかけた。

ライナーはその動作に素早く反応した。「ああ、そうなんだ。本当はそうなんだ。だから、伯父もいつも目を離さないようにしてくれている」

「でも、伯父さんがそんなふうに目を離さないようにしてくれていると云うのなら、こんなシベリアの荒野に出てきてナイフを飲み込むようなことをしていると知ったら何て云うんだろう」

ライナーは毛皮の襟を無造作な動きで立てると「悪いのはそういうことじゃない。それに、寒さは僕の健康にはいいんだ」

「食事やダンスじゃないのか。じゃあ、何が悪いんだ」ファクスンが愛想のよい声で迫った。それに対して相手は笑って答えた。「まあ、伯父は、悪いのは退屈だと云うだろう。僕も伯父が正しいと思う！」

笑い声は咳《せき》の発作と呼吸困難で終わり、ファクスンはまだライナーの腕を摑んだまま、慌てて火のない待合室へと連れて行った。

ライナーは壁際のベンチに腰を下ろすと、毛皮の手袋を片手だけ外してハンカチを探った。帽子を脇に放り出すように置いてハンカチで額を拭った。その額は蒼白《そうはく》で玉の汗で濡れていた。

それでいて、顔は健康そうな輝きを保っていたが。しかし、ファクスンの目は、手袋を取ったライナーの手に引き寄せられた。長く、蒼白《あおじろ》く痩せこけて、今拭った額よりも遥かに老けていた。

「変だな――顔は健康そうなのに、手は死にかけている」ファクスンは考え込んだ。何となく、ライナーが手袋を取らなければよかったのにと思った。

急行列車の汽笛が鳴り、二人の若者は立ち上がった。次の瞬間、重い毛皮のコートを纏《まと》った紳士が二人、ホームに降り立って、夜の極寒に立ち向かった。フランク・ライナーが二人をグリスベン氏とボルチ氏だと紹介した。二台目の橇に荷物を積ませているあいだに、ファクスンは揺れるランタンの明かりの許《もと》、二人が白髪の混じった年配の男性で、どこにでもいそうな成功したビジネスマンの格好だと見て取った。

二人は招待主の甥に親しげな馴れ馴れしい挨拶をして、グリスベンの方が代表者といった感じで愛想のよい言葉を締めくくった。「いや、まだまだこんなでは足りないけどね」その言葉は、二人が何かの記念日に合わせた日に到着したんだと思わせるものだったが、ただちにそれが何なのか調査を始めることはできなかった。というのは、ファクスンに割当てられた席が御者の隣だったからだ。フランク・ライナーは伯父の招待客と一緒に橇に乗り込んで坐《すわ》った。

疾走する橇（如何にもラヴィントンが持っていそうだと誰もが思う馬が曳《ひ》いていた）は彼らを乗せて、高い門柱、照明に照らされた番小屋を通り過ぎ、雪が大理石のように滑らかにならされた並木道を運んで行った。並木道の終着点に細長い館がぼんやりと現れた。その大きな中心部分は暗かったが、片翼だけは歓迎の光を発しているのが見えた。次の瞬間、ファクスンは暖かく明るい感銘を暴力的なまでに受けとっていた。温室の植物、急ぐ使用人たち、目を瞠《みは》るような広大な広間は舞台装置のよう。その中景とでもいうところに、きちんとした服装をして、しきたりどおりの表情を浮かべた小柄な姿は、ファクスンが思い描いていた偉大なジョン・ラヴィントンという派手な人物像とはかけ離れていた。

その落差に対する驚きは、案内された豪華で広い寝室で着替えを急いでいるときにも消えなかった。「どこに当てはめたらいいか判らない」としか云いようがなかった。ラヴィントンが世間で見せている個性はあまりにも熱意に溢れんばかりなのに、それをこの萎縮したような招待主の体格や態度と一致させるのが困難だったからだ。ラヴィントン氏はライナーからファクスンの事情を手短に説明されると、素っ気なくぎこちない思いやりで彼を歓迎してくれた。その細い顔、堅い手、夜用のハンカチから漂わせている香りもまたそういう態度に似合うものだった。

「どうぞ楽になさってください——お楽に！」と繰り返す声は、訪問客に促していることを達成する能力が完全に欠けていることを仄《ほの》めかしていた。「フランクの友人であれば誰でも——喜んで——お楽に寛《くつろ》いでください！」

二

　ファクスンの寝室は、快適な室温と手の込んだ設備にもかかわらず先ほどの指示に従うのは簡単ではなかった。オーヴァーデイルの豪華な屋根の下に一夜の宿を見つけたのはまたとない幸運だったし、身体的な満足を存分に味わった。しかし、部屋自体は快適に過ごせるように工夫が凝らされているのに、妙に寒々として居心地が悪いのだ。どうしてかは判らなかったが、ラヴィントン氏の激しい個性が――激しくネガティヴだが、何れにせよ激しいのは確かだ――何か超常的な方法で、ファクスンが泊まる部屋の隅々にまで浸透しているのではないかとかろうじて想像できた。もしかしたら、ただファクスンが疲れて空腹で、中に入るまではこれまで経験したこともないほど躰《からだ》が冷えきっていて、まったく知らない家の人たちにも、他所《よそ》の家の階段をいつまでも歩き続けることになるという見込みにもすっかりうんざりしただけだったのかも知れない。

「飢えて死にそうでなければいいんだけど」ライナーのほっそりとした姿が部屋のドアのところに見えた。「伯父はグリスベンさんと少し仕事の話があるから、食事は三十分くらい先になりそうだ。僕が案内しようか、それとも自分で見つけられそうかな。食堂までまっすぐ行くには――長い廊下の左側にある二番目のドアだ」

僅かな暖かさを残してライナーがいなくなると、ファクスンはほっとして煙草に火をつけ暖炉の側に腰を下ろした。

少し落ち着いて辺りを見回すと、今まで見逃していた細かいところに気がついた。部屋は花でいっぱいだった。ただの独身男性の部屋なのに。そして、この館のこちら側の翼《よく》はほんの数日間しか使われないのに。この真冬のニューハンプシャーで！　花はいたるところにあった。ただ意味もなくたくさんあるというわけではなく、広間で花を咲かせていた低木の配置に感心したのと同じように、ここでも芸術的な意図を持って置かれているのが判った。書き物机の上にはアルムを生けた花瓶が、肘のところにある小卓には不思議な色のカーネーションの束が、ガラスと磁器の鉢から溶けるような芳香を放っているフリージアの球根があった。これはもちろんガラス器がたくさんあることを意味しているが、そこはまったくどうでもいいことだ。花自体の方は、その咲き具合、品種の選び方、並べ方などに誰か――ジョン・ラヴィントン以外の誰かだろうか――が係わっていると証言している。美の特定の様式に対する几帳面《きちようめん》で繊細な情熱がある。これでまた、すでにファクスンには理解し難く思えていた男が、ますます判らなくなった。

三十分が経ち、ファクスンはそろそろ食事にありつけそうだという期待を抱いて部屋を出て、食堂へ向かった。部屋に案内されたときに方向を気にしていなかったので、左へと進んでみると階段が二つあって戸惑った。どうやらどちらも同じくらい立派な造りで彼を招いているのだった。ファクスンは右を選んだ。下りてみるとライナーが云ったような長い廊下があった。廊下には誰もおらず、その先にあるどのドアも閉まっていた。だが、ライナーはこう云っていた。「左側の二番目のドア」と。何かヒントになるものはないかと少し待ってみたが、何もなかったので左側の二番目のドアのノブに手をかけた。

入った部屋は真四角で、暗い感じの絵が壁に掛かっていた。その真ん中に、笠のかかったランプが照らすテーブルがあって、ラヴィントン氏と招待客たちがもう夕食の席に着いているのだと一瞬思った。しかし、テーブルの上に乗っているのはご馳走ではなく、書類だった。どうやら、招待主の書斎に入って行くという失態をしでかしたようだった。ファクスンが固まっていると、ライナーが顔を上げた。

「あ、ファクスン君だ。彼に頼んでみては？」

ラヴィントン氏はテーブルの端から甥の微笑みに偏見のない慈悲の眼差《まなざ》しを返した。

「そうだな。ファクスンさん、お入りください。失礼だと思われなければいいのだが――」

その向かい側に坐っていたグリスベン氏が、入口の方を向いて云った。「もちろんファクスンさんはアメリカ市民ですよね」

フランク・ライナーが笑った。「それは大丈夫ですよ。いや、おじさんの針みたいなペンじゃ駄目だ。どこかに羽根ペンがありませんでしたか」

ボルチ氏がゆっくりと、何だかいやいや話すように、ほとんど聞こえないような声で、左手を挙げながら云った。「ちょっと待ってくださいよ。このことを認めるということですか――」

「僕の遺言のところですか」ライナーが笑い声をさらに大きくした。「ええ、最後のというところは判りませんけどね。最初のではありますね〔遺言＝last will and testament にかけている〕。

「ただの決まり文句ですよ」ボルチ氏が説明した。

「さあ、これを使って」伯父が彼の方に押しやって動かしたインクスタンドに羽根ペンをつけて、ライナーが書類に勢いよく署名をした。

ファクスンは、自分が何を求められているのかを理解し、この若者が成人に達して遺言に署名をしようとしているところだと推察すると、グリスベン氏の後ろに立って、自分の名前を書類に添える順番になるのを待った。ライナーが署名をして、その書類をテーブル越しにボルチ氏の方へと渡そうとしたとき、ボルチ氏が手を上げて、独特の悲しそうなもごもごした声で云った。「封蠟《ふうろう》は？」

「ああ、封蠟が必要なんですか」

ファクスンがグリスベン氏の頭越しにジョン・ラヴィントンを見ると、無表情な目のあいだに微《かす》かに皺《しわ》が寄ったのが判った。「フランク、それはそうさ」甥の振舞いが軽々しいことに少し苛立《いらだ》っているように見えた。

「封蠟は誰が持っている？」フランク・ライナーが、テーブルを見回しながら云った。「ここにはなさそうだね」

グリスベン氏が口を挟んだ。「封緘紙《ふうかんし》でいい。ラヴィントン、封緘紙はあるかな」

ラヴィントン氏は落ち着きを取り戻した。「抽斗《ひきだし》のどこかにあるはずだ。だが、恥ずかしながら秘書がどこに何を置いているのか知らないんだ。書類と一緒に封緘紙を送ってくれていればよかったのだが」

「まあ、慌てることはない――」フランク・ライナーは書類を脇に置いた。「神の御業《みわざ》だと思うことにしよう――すっかり腹が減ってしまった。食事にしましょう、おじさん」

「僕の封蠟が上にあると思いますが」とファクスンが云った。

ラヴィントン氏が気づくか気づかないかという程度の微笑みを浮かべて云った。「そんなお手数をおかけしては申しわけないでしょう――」

「今はそんなことをさせてはいけない。夕食の後まで待ちましょう」

ラヴィントン氏が客人に微笑み続けると、彼はその微笑みに微かな威圧を感じ取ったかのように、部屋から出て階段を駆け上がった。自分の文房具箱から封蠟を取って戻って来ると、また書斎のドアを開けた。彼が部屋に入ってきたとき誰も話をしていなかった。口には出さないものの、皆明らかに彼が戻って来るのを空腹に苛立ちを感じながら待っていた。封蠟をライナーの手の届くところに置いて、グリスベン氏がマッチに火をつけてインクスタンドの側の蠟燭を灯すのを見守った。蠟が紙の上に滴り落ちるとき、ファクスンはまた封蠟を持つライナーの手が妙に痩せていることとその年齢には早過ぎる身体的な衰弱を仄めかしているのに気づいた。

ラヴィントン氏は自分の甥の手の様子に気付いたことがないのだろうか、今もこの手の痛々しい様子が見えていないのだろうかと思った。

こう心の中で思いながらファクスンは目をあげてラヴィントン氏を見た。この偉大な男のフランク・ライナーを見る眼差しには、何の憂いもない慈愛の表情があった。そしてその瞬間、ファクスンの注意は部屋にもう一人の人物がいることに向けられた。きっと封蠟を探しに上へ行っていたときにグループに加わったのだろう。新しく入ってきたのはラヴィントン氏と同じくらいの年格好の男性で、ラヴィントンが坐る椅子のすぐ後ろに立って、ちょうどファクスンが初めてその姿を見た瞬間、やはりラヴィントン氏と同じように強い感情のこもった眼でライナーを見つめていた。この二人はよく似ていただけに――おそらくテーブルの上の笠つきのランプが椅子の後ろに影を作っていたのでなおそう感じられたのだろうが――二人の対照的な表情にファクスンは衝撃を受けた。ジョン・ラヴィントンは、甥がぎこちなく蠟を垂らして封をしようとしているあいだ、半ば面白がるような親愛の情を浮かべて見つめ続けていたのに対し、椅子の後ろの男は、それと妙にそっくりな容貌をしていながら、若者に対して敵意を浮かべた蒼白い顔を向けていた。衝撃のあまり、ファクスンはここで今どういうことが起きているのかを忘れてしまった。ライナーが大きな声で「あなたの番でしょう、グリスベンさん！」と云うのに対してグリスベンが「いや、ファクスンさんが先ですよ」と云い返すと、ペンが自分の手の上に渡されたのをぼんやりと意識していた。ファクスンはほとんど動けないほど、そして自分が何をすることになっているのかも理解できないほど感覚が麻痺《まひ》した状態でペンを受けとり、ふと我に返るとグリスベン氏が父親のような態度でファクスンが名前を記すことになっている場所を正確に指さしていたのだった。やっとのことで注意力を取り戻し、余計に時間が掛かってしまった署名の動作をしっかり終えて、四肢に妙な疲労を重く感じながら立ち上がったときには、ラヴィントン氏の椅子の背後にいた人物の姿は消えていた。

ファクスンはすぐにほっとした気持ちになった。だが、その男があまりにも素早くそして音もなく出て行ったことに戸惑ってもいた。ラヴィントン氏の後ろのドアはタペストリーで隠れていて、見知らぬ傍観者は単にタペストリーを捲《めく》って出て行っただけなのだろうという結論に達した。何れにせよ、あの男は出て行ったのだし、妙な重圧もなくなった。ライナーが煙草に火をつけ、ボルチ氏が自分の名前を書類のいちばん下に書き入れたとき、ラヴィントン氏は——その目はもう甥を見てはいなかった——肘の近くの花瓶に生けてある蘭の変わった形をした白い花弁を調べていた。何もかもが不意に自然で普通の状態に戻ったように見えて、気がつくと「ファクスンさん、食事にしましょう」という招待主の宣言に愛想のよい仕草で微笑みながら応じていた。

三

「どうして間違った部屋に入ってしまうなんてへまをしたんだろう。左手の二番目の部屋に入れと云われたように思ったんだけど」ファクスンは年配者たちの後ろについて廊下を歩いて行くときにフランク・ライナーに話しかけた。

「そう云った。でも、どっちの階段を使えばいいかを云い忘れたんじゃないかな。君が泊まる部屋から来るなら、右手の四番目の部屋と云うべきだった。判りにくい家なんだ。伯父が何年もかけて増築を繰り返したから。この部屋は去年の夏に、現代絵画のために建て増したんだ」

ライナーが立ち止まってドアを開け、照明のスイッチを入れるとフランス印象派の絵がいくつも掛かっている長い部屋に明かりが灯った。

ファクスンは煌《きら》めくモネの絵に惹《ひ》かれて前に進んだが、ライナーが腕を摑んでそれを止めた。

「伯父が先週買ったんだ。でも、今は行こう――夕食の後で見せるから。というか、伯父が見せたがるか――これが好きなのは伯父だからね」

「本当に好きなものがあるんだね、伯父さんにも」

ライナーはその質問に明らかに戸惑っているような目で見つめた。「かなりのものだよ。特に花と絵がね。花に気づかなかったか。伯父の態度が冷たいと思ったんじゃないかな。最初はそう見えるんだ。でも、本当は熱中しやすい質《たち》でね」

ファクスンは素早く相手の方を見た。「伯父さんには兄弟がいるのか」

「兄弟？　いや、一人もいない。伯父と母だけだね」

「じゃあ、伯父さんにそっくりな親族は？　誰かが間違えそうなくらいの」

「いや、聞いたことがないな。誰か似た人を思い出すのか」

「そうだ」

「それは妙だな。そっくりな人がいるかどうか後で聞いてみよう。さあ！」

だが、また別の絵が気にかかり、ファクスンと若い招待主が食堂に着くのにはさらに数分を要してしまった。食堂は大きな部屋で、やはり伝統的で立派な家具と優美に並べられた花があった。ファクスンの目が最初に捉えたのは、食卓に三人しか坐っていないことだった。ラヴィントン氏の後ろに立っていた男はそこにはいなかったし、そのための席も用意されていなかった。

若者二人が入って行ったとき、グリスベン氏が話をしていて、スープ皿を見ながらその小さな乾いた手に持ったスプーンを弄《もてあそ》んでいた館の主人は、ドアの方に顔を向けた。

「あれを噂などというのは今さらだが、真実にとんでもなく近いものだった。今朝、私たちが町を出てきたときの話だ」そう云うグリスベン氏の声は意外にも鋭いものだった。

ラヴィントン氏はスプーンを下に置いて、何か問いかけたいような顔で「ああ、真実か――

真実とは何なんだ。ある瞬間にたまたまそう見えたことをそんなふうに呼んでいるだけじゃないのか……」

「町からの話は何も耳に入っていないのか」グリスベン氏がなおも訊ねた。

「ひと言もないね。そういうわけで……ボルチ、そのプティットマルミットをもう少し。ファクスンさんはフフンクとグリスベンさんのあいだにお願いしようか」

夕食は、司教のような執事が三人の従僕を従えて進行する、儀式のような複雑な手順を踏んで進んでいったが、ラヴィントン氏がこの演出に大いに満足しているのは間違いなさそうだった。それはおそらく彼にとっての弱点なのだろうとファクスンは考えた。そして最良の部分でもあるのだろうと。二人の若者が入っていったときには、ラヴィントン氏は話題を変えた――唐突にというわけではなかったがきっぱりと――だが、ファクスンは二人の年配の訪問客の頭がまだ前の話題から離れていないことに気づいていた。ボルチ氏は少し経ってから、鉱山の坑道から生還した最後の生き残りが話すような声でこう云った。「もしそんなことが起これば、九三年以来の大惨事になる」

ラヴィントン氏は退屈そうな顔で、しかし礼儀正しく云った。「ウォール街はそんな惨事にも当時よりは耐えられるようになっている。強健な体質になっているんだ」

「ええ、でも――」

「体質と云えば」グリスベン氏が口を挟んだ。「フランク、躰の方は気をつけているかな」

ライナーの頬に赤みが差した。

「もちろんですよ。だからここにいるんじゃないですか」

「ここにいるのは一箇月に三日くらいだろう。あとは、町の混雑したレストランや暑い舞踏場にいる。ニューメキシコに送られることになっていたと思ったが」

「ああ、そんなのは出鱈目《でたらめ》だって云ってくれる人が来たんですよ」

「君の様子では、その新しく来た人が正しいようには見えないけれども」グリスベン氏が遠慮なく云った。

ファクスンは、この若者の顔色が悪く、華やかな目の下にある影の輪が濃いのを見て取った。それと同時に伯父が改めて注意深く甥の顔を見た。甥とグリスベン氏のあいだに無神経な詮索を遮る盾を突っ込もうとしているようにも見えるラヴィントン氏の視線には気遣いが感じられた。

「私たちはフランクの具合はずいぶん良くなったと思っている」と話し始めた。「この新しく来た医師は――」

執事が近寄ってきて、ラヴィントン氏の耳元に何か囁くと、ラヴィントン氏の顔つきが一変した。もともと色の薄い顔が、蒼白いというよりもむしろ薄くなって、ぼんやりとした染みの中へ消えていきそうにも見えた。半ば立ち上がってから、また腰を下ろし、テーブルにいる客たちに強ばった笑顔を見せた。

「失礼していいだろうか。電話が掛かってきたので。ピーターズ、食事を続けてくれ」几帳面で小刻みな足取りで従僕が開けたドアから出ていった。

ほんの少し沈黙の間があって、グリスベン氏はもう一度ライナーに話しかけた。「君は行くべきだったんだよ。行くべきだった」

不安そうな表情がライナーの目に戻ってきた。「伯父はそうは考えていませんね、本当に」

「もう赤ん坊じゃないか。伯父さんは甘やかして結局よくないことになる……それが問題だな……」

その強い言葉は明らかにぐさりと刺さったようだった。いちいち伯父さんの意見で決められるような。今日、成人したじゃないいか。というのはライナーが笑って下を向き、微かに顔を上気させたからだ。

「でもあの先生は――」

「常識的に考えてみなさい、フランク。二十人の医師を試してようやく自分が云ってほしいことを云ってくれるのを見つけたってことだろう」

ライナーの陽気な表情に不安が影を落とした。「ああ、いや、その……。あなたならどうしますか」とライナーは口ごもった。

「荷物を纏めて始発列車に飛び乗るね」グリスベン氏は身を乗り出すようにしてこの若者の腕に優しく触れた。「ほら、私の甥のジム・グリスベンがあっちで大きな牧場を経営しているんだ。君のことを喜んで受け入れてくれるはずだ。その新しい医師だってそれでよくなるとは思わないと云っているだけで、それで悪くなるというわけではないだろう。どうだ、試してみたらどうかな。とにかく暑苦しい劇場や夜のレストランに行かなくてすむじゃないか。他のいろいろなことなんかも。どうかな、ボルチ」

「行きなさい」ボルチ氏がくぐもった声で云った。「今すぐ行きなさい」もう一回云った。まるで、この若者の顔を間近で見て友人の言葉を後押しする必要があると悟ったかのようだった。

ライナーの顔は蒼白になった。口元に力を入れて何とか笑みを作ろうとした。「そんなに具合が悪そうに見えるのかな」

グリスベン氏が亀肉スープを自分の皿に取りながら云った。「地震の翌日のような顔をしている」

亀肉が食卓に行きわたり、ラヴィントン氏の三人の客がゆっくり味わっていると（ライナーの皿は手がつけられないままになっているのにファクスンは気がついた）、部屋のドアが勢いよく開いて館の主人が戻って来た。歩いてくるラヴィントン氏は落ち着きを取り戻したようだった。席に腰を下ろすと、ナプキンを手に取って、金文字のメニューを検分した。「いや、このフィレはやめておこう……。亀肉か、それならいいか……」愛想よく食卓を見回した。「席を外して申しわけなかった。嵐のせいで電線に不具合があったらしく、繋がるまでにずいぶん待たされた。外は吹雪《ふぶき》に違いない」

「伯父さん」ライナーが口を開いた。「グリスベンさんに叱られましてね」

ラヴィントン氏は亀肉を自分の皿に取りながら聞いた。「何のことで?」

「ニューメキシコの件を試してみるべきだったと」

「サンタパスにいる私の甥のところへ直行して、そのまま次の誕生日までそこにいて欲しいんだ」ラヴィントン氏が、グリスベン氏に二皿目の亀肉を取り分けるように執事に合図をすると、グリスベン氏は今度はライナーに向かって直接話しかけた。「ジムは今ニューヨークにいて、明後日オリファントの自家用車で帰ることになっている。もし行くということになれば、私からオリファントにもう一人乗せてもらうように頼もう。そこに一週間か二週間いて、一日馬に乗って夜は九時間寝る生活をすれば、ニューヨークで診察した医師を高く評価することはなくなるんじゃないか」

ファクスンは大きな声で話しだしたが、どうしてなのか自分でも判らなかった。「僕もそこに行ったことがあるよ。素晴らしい生活だ。そこで会った男が——本当に具合が悪かったのだけど——そこのおかげであっさり元気になってしまってね」

「楽しそうだな」ライナーは笑った。打って変わってその声に熱が入っていた。

ライナーの伯父が優しく見つめて云った。「もしかしたらグリスベンの云うとおりかもしれないな。いい機会なのかも——」

ファクスンは驚いて目を上げた。書斎でぼんやりとしか気づかなかったあの人影が、今度はもっとはっきりと目に見える姿でラヴィントン氏の椅子の後ろにいたからだ。

「そのとおりだ、フランク。伯父さんも認めてくれたじゃないか。オリファントと一緒に行く機会を逃しちゃいけない。じゃあ、ディナーの約束が数十回あるかも知れないが取りやめて、明後日の朝五時にグランドセントラル駅で待ち合わせだ」

グリスベン氏の穏やかな灰色の瞳は招待主の確認を求め、ファクスンは寒気がするような苦悩を覚えて、ただグリスベン氏がラヴィントン氏に目を向けるのをはらはらしながら見守るしかなかった。その背後にいる男に気づかずラヴィントンを見ることができる者などいないのだから、すぐにもグリスベン氏の表情が変わって、見守る者に手がかりを与えてくれるに違いない。

しかし、グリスベン氏の表情は変わらなかった。招待主に向けられた視線は平静を保ち、与えてくれた手がかりと云えば、もう一人の姿が見えていないようにしか思えないという驚くべき事実だけだった。

ファクスンは最初、目を逸《そ》らしたい、他のところを見たいという衝動に駆られた。気を配っている執事がすでに満たしてくれているシャンパンのグラスの力を借りたいという衝動にも。しかし、抗うことのできない力に惹き寄せられて、身体的な激しい抵抗との内なる戦いを続けながら、恐怖の源から目を離さなかった。

その人物は静かに立っていた。前よりもはっきりと、そのためもっとそっくりな姿で、ラヴィントン氏の背後に立っていた。ラヴィントン氏が愛情のこもった目で甥を見つめているあいだ、その生き写しは前と同じように激しい脅迫が込められた眼差しをライナーから外すことはなかった。

ファクスンは、筋肉が本当に引き攣《つ》ってしまうのではないかと感じながら、目を引き離して食卓の他の顔を窺った。が、誰一人としてファクスンが見ているものに気づいている様子もなく、極度の孤独感に沈むことになった。

「確かに考慮する価値はある――」ファクスンにラヴィントン氏が続けるのが聞こえた。ライナーの顔が明るくなる一方、伯父の椅子の後ろに立つ顔は、満たされなかった昔の憎しみに心底うんざりしている気持ちが集まったかのようだった。それが、苦しみの数分間が経つあいだにファクスンが最も強く意識するようになったことだった。椅子の背後から観察する男はもはやただ敵意を抱いているだけではなかった。急に嫌気が差したとでもいう顔だった。その憎しみは、挫折した努力と敵わなかった願いの深みから湧き出しているようで、そのように見えるということが彼をさらに哀れでさらに陰惨に見せていた。

ファクスンの視線はラヴィントン氏へと戻った。そうすることで男に生じた変化を何か不意打ちできるとでもいうように。最初は何も変化は見られなかった。その引き攣った微笑みは、白壁に取り付けられたガス灯のように無表情な顔に螺子《ねじ》で留められているものだった。そのとき、固着した微笑みが何やら怪しいものへと変わろうとしていた。微笑みを纏う者が笑みを手放すまいとしているのがファクスンには判った。ラヴィントン氏もすっかり嫌気が差しているのは傍目《はため》にも明らかだった。これに気づくと、ファクスンの血管を冷たいものが流れた。自分の手付かずの皿を見下ろし、シャンパン・グラスの誘うような煌めきに目が捕われた。しかし、ワインを見ると気分が悪くなった。

「では、これから詳しいことを決めようか」ラヴィントン氏がそう云うのが聞こえた。まだ甥の将来を問題にしているようだ。「葉巻を先にしよう。いや、ここではなくて、ピーターズ」ファクスンの方を向いて微笑んで云った。「コーヒーを飲んだら、絵をお見せしたい」

「ところで伯父さん、ファクスンさんが伯父さんにはそっくりさんがいるか知りたがっていましたよ」

「そっくりさん？」ラヴィントン氏はまだ微笑みながら客人に話し続けた。「私の知る限りではいませんね。見たんですか」

ファクスンはそのときこう思った。「どうしよう、今顔を上げたら二人とも僕を見てしまう」目を上げなくていいように、グラスを口に持って行くような仕草を試みたが、手は力なく落ちてしまったので顔を上げた。ラヴィントン氏の視線が丁寧にファクスンへ向けられていたが、心の負荷が軽くなったので椅子の後ろの人影を見てみると、彼はなおもライナーを見つめ続けていた。

「私のそっくりさんを見たと思ったわけですか」

もしここではいと答えたら、あのもう一人の男は僕の方を見るだろうか。ファクスンは咽喉《のど》がからからになるような感じがした。「いいえ」と答えた。

「そうか。十人くらいはいるんじゃないかな。ごく普通の顔だと思うから」ラヴィントン氏は打ち解けた口調で話し続け、もう一人はまだライナーを注視していた。

「あれは……間違いで……記憶が混乱していて……」ファクスンは自分が口ごもって話しているのに気がついた。ラヴィントン氏は椅子を後ろに押すと、ちょうどその瞬間にグリスベン氏が不意に躰を前に乗り出して云った。

「ラヴィントン！　一体何を考えていたのか。まだフランクの健康を祈って乾杯していないじゃないか！」

ラヴィントン氏は椅子に坐り直した。「何てことだ！　ピーターズ、もう一本持ってきてくれ」甥の方を向いて云った。「こんな失敗をしでかした後で、自分が乾杯の声をあげることなどできない……でも、フランク……グリスベンに頼もう！」

青年は伯父の云うことをきかなかった。「いや、いや、伯父さん、グリスベンさんはそんなこと気にしてなんかいないよ。伯父さんしかいないよ――今日は特に」

執事はグラスを満たしていった。最後にラヴィントン氏のグラスが満たされると、ラヴィントン氏はその小さな手でグラスを掲げた……。そしてそこでファクスンは目を逸らした。

「それでは――過去数年のあいだフランクのために願ってきた幸運を……これからの人生に健康と幸福と……たくさんの……たくさんのことを願う祈りを込めて」

皆の手がそれぞれのグラスに伸びるのをファクスンは見た。ファクスンも無意識に自分の手を伸ばした。が、その目は食卓の上に注がれたままだった。彼は心の中で激しく震えながらこう繰り返していた。「僕は目を上げない！　僕は目を上げない……目を上げない……」

ファクスンの指がグラスを摑み、唇の高さにまで上げた。他の皆の手も同じ動きをするのが見えた。グリスベン氏の優しい声が「謹聴！　謹聴！」と云うのが聞こえ、ボルチ氏の虚ろな声が繰り返すのが聞こえた。ファクスンはグラスを唇につけながら心の中で云った。「僕は目を上げない、絶対に上げない！」そして目を上げた。

グラスになみなみと注がれていたので、それを掲げ持つのに並外れた努力を必要とした。零《こぼ》れそうになるのを掲げ、その手をまた下げてよいときが来るまでの恐ろしい時間を、結局口をつけずに食卓に戻した。幸いにもこの無我の境地が彼を救った。泣き叫び、グラスを離し、彼を飲み込もうとする底なしの暗黒の中に滑り落ちていくことはなかった。グラスの問題に集中している限りは、自分の席に留まれると感じていた。筋肉を御し、グループの中で目立たないようにできていた。しかし、グラスがテーブルに接したとき、安全装置の最後の連結が外れた。ファクスンは立ち上がって部屋から駆け出した。

四

廊下に出てから自衛本能に促されていったん戻って、ライナーに後を追うなという身振りをした。少し眩暈《めまい》がするからとか、またすぐに戻るなどと口ごもりながら云った。ライナーは同情して頷《うなず》いてくれて、席に戻って行った。

階段を降りたところで使用人に出くわした。「ウェイモアに電話を掛けたいのですが」とファクスンは乾いた口で云った。

「申しわけありません。どこにも電話が繋がりません。この一時間、ラヴィントンさんの用事でもう何度もニューヨークまで電話を掛け続けているのですが」

ファクスンは自分の部屋に急ぎ、中に入ってすぐドアに閂《かんぬき》を掛けた。ランプの光が家具や花、本を照らし、暖炉ではまだ灰の中で薪の炎が瞬いている。ソファーにどさりと坐り込むと、両手で顔を覆った。部屋は静けさに満ち、館全体が静まり返っていた。一体何が起こっているのかを仄めかしてくれるヒントもなく、ぼんやりと無言のまま、逃げ込んできた部屋の中で目を覆っていると、忘却と自信に包まれ始めたようだった。だがそれも一瞬のことで、すぐにファクスンの瞼《まぶた》に恐ろしい光景が甦った。彼の瞳に刻み込まれ、これから永久に彼の一部となる、消すことのできない恐怖が彼の躰と脳に焼き付けられている。しかし、どうしてファクスンだけなのか。どうしてあのとき見たものを見るべく選ばれたのか。一体自分に何の関係があるというのか。他の誰かなら、例えばもっと賢明な誰かなら、この恐怖の正体を暴き、打ち破ることもできたかも知れない。だが、武器も持たず、無力な傍観者でしかないファクスンの云うことなど、誰一人信じようとも理解しようともしないだろう。たとえ自分の知り得たことを打ち明けようとしたところで——ファクスンだけがただ一人、この恐怖の儀式の犠牲者に選ばれたのだ。

そのときファクスンはさっと身を起こして耳を欹《そばだ》てた。階段を上がってくる足音が聞こえた。誰かが様子を見に来ようとしているのは間違いない。もし具合が良くなっていたら、煙草を吹かしながらの談話に加わるよう説得しに来ようとしているのだろう。そっとドアを開けてみた。そうだ、あれはライナーの歩く音だ。ファクスンは通路を見渡し、反対側の階段のことを思い出して、そっちへ向かって走り出した。とにかくこの館から出たかった。それだけだった。もう、一瞬たりとも、ここの忌まわしい空気を吸いたくなかった。いやまったく、この自分に何の関係があるというのか。

下の廊下の反対の端まで来て、その先に自分が入ってきた広間が見えた。そこは空っぽで、長いテーブルの上に自分のコートと帽子があるのが判った。コートを纏うとドアの閂を外して清い夜の中へと飛び込んだ。

闇は深く、寒さはあまりにも厳しく、一瞬息が止まったほどだった。微かな雪が降っているだけだと気づくと、逃走の決意を抱いて走り出した。街路樹が並んでファクスンの進む道を示し、踏み固められた雪の上を大股で急いで行った。歩いているうちに、少しずつ頭の中の混乱が鎮まってきた。逃走への衝動はなおもファクスンを前へと駆りたてていたが、自分が逃げているのは自ら作り出した恐怖からなのであり、逃げ出さなければならないいちばんの理由というのは落ち着きを取り戻すまで今の精神状態を人の目から隠さなければならないからなのだと気づき始めた。

ファクスンは希望のない状況に思い悩む実りのない時間をここに来る列車の中で何時間も過ごしてきた。そして、ウェイモアからの橇が待っていないのに気がついたとき、自分の苦々しい思いが激しい憤りに変わったのを思い出した。そんなことはもちろん莫迦《ばか》げているのだが、カルム夫人の忘れっぽさをライナーと冗談にしたとはいえ、自分の今の状況を告白するのは辛いことだったのだ。それは根無し草の如き生活がもたらした結果だった。ものごとに個人的な係わりを持とうとしないので、ファクスンの感受性はこのような些細なことに左右されてきた……。そうだ、寒さと疲れ、希望の欠如、適性のなさという感覚につき纏われ、すでに一度か二度、こういったことがことごとく、恐怖を抱く脳を危険な崖っぷちに立たせていた。

人間であろうと悪魔であろうと、他所者《よそもの》の自分がいかなる理由において、想像しうるいかなる論理の名において、こんな体験をするために選び出されなくてはならないのか。これは一体自分にとってどういう意味があるのか。自分とどういう関係があるのか。何の関連があって自分の問題に係わって来るのか……。もっとも、ただ他所者だからという理由ばかりでなかったとしたら——どこへ行っても他所者だ——、私生活もなく、無防備にならないように守ってくれる秘密の自己中心癖という暖かい隠れ蓑もなく、そのせいで他人の人生の移り変わりに対して異常なほどの感受性を発達させてきたという理由ばかりでないとしたら。そう考えてファクスンは震え上がった。違う。そんな運命はあまりにも忌まわしい。自分の内にある強くて健全な力をことごとく集めてそれを拒んだ。自分が病気で混乱していて、勘違いをしていると考えた方が、そんな戒めの犠牲者となる運命だと考えるより何千倍もいい。

門に辿り着いて、明かりの落ちた番小屋の前で立ち止まった。風が強くなり、彼の顔に雪を吹きつけてきた。また寒さの抱擁に包まれ、どうするか決めかねてただ立っていた。自分の正気を試すために戻るべきか。振り向いて館へ通じる暗い路を見た。木々のあいだから煌めく一条の光が、あの破滅の部屋に集まる光と花と顔の情景を呼び起こした。ファクスンは振り返って外の道路へと足を踏み出した……。

オーヴァーデイルから一マイルほどのところで御者がノースリッジへの道を指し示したことを思い出し、ファクスンはその方向へと歩き出した。道に出ると、顔に烈風が吹きつけた。湿った雪が口髭《くちひげ》や睫毛《まつげ》に付くとすぐに堅い氷になった。その氷はまた、百万の刃となって咽喉や肺に打ち付けるようだったが、暖かい部屋の幻影を求めてとにかく先に進んだ。

道の雪は深く、凸凹だった。ファクスンは轍《わだち》に躓《つまず》き吹きだまりに沈んだ。風に当たると花崗《かこう》岩《がん》の崖かと思うほどだった。ときおり足を止め、喘《あえ》いだ。見えない手が、躰に鉄の帯を巻いて締めつけているかのようだった。また歩き始め、そしてまた歩き始めた。密かに侵入してくる寒さに対して身を強ばらせながら。雪は見通すことのできない暗黒の帳《とばり》から降り続け、ファクスンはノースリッジへの道を見落としたのではないかと怖れては、一二度立ち止まったが、曲がり角もありそうにないのでそのまま押し進んだ。

かれこれ一マイルは歩いただろうと思ったところでようやく立ち止まり、後ろを振り返った。振り返るという動作がすぐに与えてくれたのは安心だった。最初は風に背を向けられたからで、次は道路の彼方《かなた》に角灯の光が見えたからだった。橇が近づいてきていた――橇が村まで乗せて行ってくれるかも知れない！　そんな希望が力を与えてくれて、光の方へ向かって歩き出した。その光は、妙に揺れながらジグザグにゆっくり進んで来る。ファクスンから数ヤードのところまで来ても、橇の鈴の音がまったく聞こえてこない。そして橇は路上で動かなくなってしまった。まるで橇を引いていた歩行者が寒さで力尽きて止まってしまったかのように。そう思ったファクスンは急いで橇に駆け寄り、雪の吹きだまりに蹲《うずくま》って動かない人影の上にすぐに身を屈《かが》めた。角灯の光がその手から落ちていたので、恐る恐るそれを手に取って持ち上げると、光が照らしたのはフランク・ライナーの顔だった。

「ライナー！　こんなところで何をしているんだ」

若者は蒼白な顔で微笑みを返した。「こっちこそ、君は何をしているんだと訊きたいけどね」と云い返した。ファクスンの腕に縋《すが》って何とか立ち上がると、軽い口調でこう付け加えた。「いや、君を追いかけてきたんだ」

ファクスンは当惑して立ち尽くした。気分はすっかり沈んでいた。青年の顔は灰色だった。

「正気の沙汰じゃない……」と云いかけた。

「まったくそう。一体どうしてこんなことをしたんだ」

「僕が？　何のこと？　どうしてって……ちょっと散歩しようと思っただけで……よく夜に散歩するんだ」

フランク・ライナーが爆笑した。「こんな夜に？　だから差し錠をして行かなかったってこと？」

「差し錠？」

「僕が何か怒らせるようなことをしたから？　伯父は怒らせてしまったんだと思っていた」

ファクスンがライナーの腕を摑んだ。「伯父さんが僕を追いかけるように云ったのか」

「まあ、具合が悪いと君が云ったとき、どうして部屋まで一緒に行かなかったんだとひどく叱られたけど。君がいなくなってしまったと判ったときはみんな吃驚してね――伯父さんが特に狼狽《うろた》えて――それで追いかけるように云われて……。病気じゃないんだね」

「病気？　いや、こんなに調子がよかったことはないくらいだ」ファクスンは角灯を手に取って云った。「じゃあ、戻ろうか。ほら、食堂がずいぶん暑かったからね」

「まあね。それだけのことだったんならいいけど」

二人でしばらく黙って歩いていたとき、ファクスンが訊ねた。「ところで君の方こそ疲れ切ってはいないよな」

「いや、大丈夫だ。追い風を受ける方がずっと楽だからね」

「判った。もう話さなくていい」

二人は前へ前へと進んだ。光が導いてくれたにもかかわらず、ファクスンが独りで烈風の中を歩いて来たときよりもゆっくりだった。ファクスンの同伴者が風でよろめいたのを口実に、「僕の腕に捕まれ」と云うと、ライナーはその言葉に従い、喘ぎながら云った。「息が切れてしまったよ！」

「僕もだ。誰だってそうなるだろう」

「それにしても手玉にとってくれたものだ。もし、うちの召使いがたまたま君を見かけていなかったら――」

「ああ、判ったから、もう黙っていてくれないか」

ライナーは笑ってファクスンに寄りかかった。「ああ、寒さは辛くないんだが……」

ライナーに追いつかれてから最初の数分間、ファクスンが考えたのはライナーの身を心配することだけだった。しかし、自分が逃げ出した場所へと一歩ずつ近づいていくにつれて、逃げ出した理由が不気味にしつこく甦ってきた。いや、自分は病気ではないし、錯乱したわけでも勘違いしたわけでもない――警告し救うために選ばれた道具なのだ。抗い難い力に駆られてここに戻って、犠牲者を破滅へと引きずり戻している。

その強烈な罪の意識に歩みが止まりそうになった。しかし、自分に一体何ができよう。何が云えよう。何としてもライナーを寒さから逃れられる家の中へ、ベッドの中へ連れて行かなければ。行動するのはその後だ。

降る雪はますます増え、開けた原っぱのあいだを伸びる道を歩くときには風が斜めから棘《とげ》のついた鞭で二人を打った。ライナーが立ち止まって息を継いだ。ファクスンは腕にかかる重みが増すのを感じた。

「番小屋に着いたら、馬番の方に電話をして橇を貸してもらえないかな」

「みんなもう寝てしまっていなければ」

「そこは僕が何とかする。もう話さなくていいから」ファクスンが命じた。そしてまた二人は歩き続けた。

ようやく角灯の光が木の暗がりの下で道路から外れていく轍を示した。

ファクスンの気分が明るくなった。「門はもうそこだ。五分もあれば着く」

そう云ったとき、垣根の上から、暗い道の遠い突き当たりに煌めく明かりが見えた。それはファクスンの脳に細部にいたるまで焼き付いている光景の中で輝いていたのと同じ光だった。

そして圧倒的な現実感が戻って来るのを感じた。駄目だ――ライナーを戻らせるわけにはいかない！

二人はようやく番小屋に着いて、ファクスンはドアをがんがん叩いた。心の中でこう思っていた。「まずはライナーを中に入れてやろう。そして熱い飲みものを用意してもらって飲ませてやろう。そのあとで――何か説得の方法が見つかるだろう……」

ドアを叩いても応答はなかった。しばらく経ってライナーが云った。「ねえ――先に進んだ方がいいんじゃないかな」

「駄目だ！」

「大丈夫だから。もうすっかり――」

「君はあの家に戻ってはいけないって云っているんだ！」ファクスンは扉を叩く勢いをさらに強めた。とうとう階段の方から音が聞こえた。ライナーは楣《まぐさ》に凭《もた》れていた。ドアが開いて広間の光がライナーの蒼白い顔と視線の動かない目を照らした。ファクスンがライナーの腕を掴んで中に引き入れた。

「外は寒かった」と云って溜息をつき、突然、躰の筋肉を見えない大鋏《おおばさみ》でことごとく一気に切断されたかのように、ぐにゃりと力が抜けたようになってファクスンの腕に凭れかかると、足許の虚無に向かうように沈み込んでいった。

小屋番とファクスンはライナーの上に屈みこんだ。どうにか二人でライナーをあいだに挟んで持ち上げると、台所へ入ってストーブの側にあるソファーに寝かせた。

小屋番は口ごもりながら、「家の方に電話します」と部屋から飛び出して行った。しかし、ファクスンは小屋番の言葉を聞いてもまったく気にしなかった。もう予兆のことなどどうでもよくなり、この苦悩が終わるのを待っているだけだった。跪《ひざまず》いてライナーの咽喉を包んでいる毛皮の襟を外した。そのとき、手が温かく濡れるのを感じた。その手を翳《かざ》してみると赤くなっていた。

五

椰子《やし》の樹が黄色の川沿いに果てしなく続いていた。小さな蒸気船が波止場に繋がれていた。ジョージ・ファクスンは木造建築のホテルのベランダに坐って人夫《クーリー》たちが道板を渡って荷物を運ぶのをぼんやりと眺めていた。

ファクスンはそんな光景をもう二箇月ものあいだ眺めていた。ノースリッジからの列車を降りてウェイモアへ連れて行ってくれる橇を目を凝らして探してから五箇月が経っていた。結局ファクスンがウェイモアを見ることはなかった……。その間の一部——前半部分——はほとんど灰色の霞《もや》に覆われている。今でもどうやって自分がボストンまで戻ったのか、従兄弟の家まで辿り着いたのか、そしてそこからどうやって葉の落ちた木々の下の雪を眺める静かな部屋に移されたのか、よく判らなかった。同じ光景をいつまでも眺めていたが、ようやくある日ハーヴァードで知り合いだった男が会いに来て、マレー半島まで出張する旅に同行しないかと誘ってくれたのだった。

「ずいぶんひどいショックを受けたようだから、とにかくいろんなことから離れておくに越したことはない」

翌日やって来た医師はこの計画を知っていて、それに賛成していることが判った。「一年くらいは静かにしているのがいい。ぶらぶら過ごして、ただ景色を眺めたりするくらいで」と助言してくれた。

ファクスンはこのとき初めて微かに好奇心が刺激されるのを覚えた。

「ところで、僕の問題は何だったんですか」

「まあ、過労と云っていいだろう。去年の十二月にニューハンプシャーに向かう前から、精神的な過労状態を無理に抑え込んでいたに違いない。それで、その後のあの青年の死が引き金になって」

ああ、そうだった――ライナーは死んだんだ。思い出した……。

ファクスンは東洋へと旅立ち、少しずつ、目に見えないほどゆっくりとだが、疲れ切った躰とどんよりした脳に命が戻って来た。友人は辛抱強く思いやりのある男で、ゆっくりとした旅程を組み、話もほとんどしなかった。初めのうちは、どんなことであろうと身近なことに触れるのが嫌でたまらなかった。新聞も滅多に読まず、手紙を開くときは心臓が縮み上がる思いだった。何か特別な懸念があったわけではなく、ただあらゆるものに暗黒が通った跡があるように思えたからだった。底知れぬ深淵の奥を覗き込み過ぎてしまったのだ……。しかし、少しずつ健康と気力が戻ってきた。それに伴って、好奇心というごく普通の刺激もまた。世界がどう動いているのだろうという関心を抱き始めた。そしてそんなところへ、汽船がホテルの主人に運んできた郵便物の中にファクスン宛の手紙はないと云われたときには明らかな失望すら感じた。友人はジャングルの奥へ遊覧旅行に行ったきりしばらく戻って来ない。孤独で、退屈で、健康的な倦怠感を覚えていた。ファクスンは立ち上がると、暑苦しい読書室へ入っていった。

そこには、ドミノやピースの足りないジグソーパズル、シオンズ・ヘラルドが数部、山積みになったニューヨークやロンドンの新聞があった。

新聞に目を通してみたが、思ったよりも古い新聞でがっかりした。どうやら最近のものは幸運な旅行者が持って行ってしまったようだ。それでも最初にアメリカの新聞を手に取って、紙面を捲り続けた。たまたまだが、一番古い十二月と一月の新聞だった。それでもファクスンにとっては、事実上存在するのを止めた期間とちょうど重なっていたので、目新しく感じられるものだった。それまで、その消失期間に世界で何が起こっていたのか頭に浮かんだことがまったくなかった。しかし今では、それを知りたいという差し迫った感情を覚えていた。

楽しみを引き伸ばそうと思ってファクスンは新聞を発行日順に並べ替え、いちばん古いものを見つけて広げてみると、一面の上端にある日付が鍵穴に嵌《は》まり込む鍵のように意識に滑り込んできた。十二月十七日だった。ファクスンがノースリッジについた日の翌日だ。第一面を眺めてみると、焼けつくような文字で記されている言葉が見えた。「オパール・セメント社破綻関係者にラヴィントン氏の名前　ウォール街の根幹に激震走る」

記事を読み進め、そして読み終えると最初の新聞を置いて次を開いた。三日分あいだがあったが、オパール・セメントの「調査」が紙面の中心を占めていた。ファクスンの視線は強欲と破滅が複雑に絡み合う暴露記事から死亡告知欄へと彷徨《さまよ》い、そのとき目に入ってきた告知があった。「ライナー　ニューハンプシャーのノースリッジで、故××氏の一人息子、フランシス・ジョン・ライナーが突然死……」

ファクスンの視界が曇った。新聞を下に置くと、坐ったままいつまでも顔を両手で覆っていた。再び顔を上げたとき、そのときの動作で新聞がいくつかテーブルから落ちて足許に散乱しているのに気がついた。一番上に開いている紙面をまた熱心に読み始めた。「ジョン・ラヴィントン氏が会社再建案を提出した。個人資産を一千万ドル提供――地区検事長が検討中」

一千万ドル……一千万ドルの個人資産。しかし、ジョン・ラヴィントンが破産していたとしたら。ファクスンは叫び声を上げて立ち上がった。そうだったのか。あれが警告していたのはそういうことだったのか！　もしあれから逃げ出さず、夜の中へと闇雲に駆け出してしまったりしなかったら、邪悪な魔力を撃ち破り、暗黒の力に打ち勝てたかも知れない。ファクスンは新聞の山を慌てるように掴むと、一つ一つ順番に見出しへ目を通し始めた。「遺言の検認が完了」探し出した記事の最後の段落にそう書かれていた。そして、その言葉は、ライナーの死んでいく瞳のようにファクスンを見上げていた。

それが――それがファクスンのしてしまったことなのだ！　憐れみの神が警告と救済のために彼を選んだというのに、ファクスンはその呼びかけに耳を塞いで、手を引いて逃げ出してしまった。手を引いて！　まさに言葉通りだ。その言葉で、番小屋での恐怖の瞬間に引き戻された。ライナーの側で立ち上がって両手を見たとき、それが真っ赤になっていて……。

鏡

The Looking Glass

一

アトリー夫人には、どうしても判らなかった。助けを必要としている人に細やかな励ましをすることが、なぜ悪いのか。

暖炉の傍の落ち着ける肘掛け椅子にゆったりと背を預け、仕事をする日々はもう過去のものになっている夫人は、マッサージ師も務めただけあって筋肉質だったが今は腫れ上がって力も入らない両手を膝の上に置いていた。時間はたっぷりあるので、この問題についてよく考えてみようと思っていた。それまでは、じっくり考えてみる時間がなかったのだ。

アトリー夫人は今ではもうすっかり弱ってしまっていて、未亡人になっている義理の娘が一日外出するときは、台所女中が冷たい夕食を用意してから居間へ運んできて世話をする時間まで、孫娘のモイラ・アトリーが一緒にいなければならなかった。

「あなただったらきっと吃驚するわよ、ああいう上流階級の人たちでもどれほど落ち込むことがあるのかを知ったら。あんなに大きな家に住んで、何でも手伝ってくれる人がいて、銀食器で食事をして、暖炉の火を掻《か》き立てなくてはならないとか、ペットの犬が飲み水を欲しがっているときには、手許《てもと》のベルで誰かを呼べばいいだけの人たちなのにね……。筋肉と一緒に心も少しは軽快にできないようでは、マッサージ師が何の役に立つって云うの？　ウェルブリッジ先生に何回も云われたことでね、難しいお客さんを私に頼むときにはいつもでしたよ。それに、いちばん難しい人を頼まれたのよ」最後に誇らしげにそう付け足した。

ここで言葉を止めたのは、モイラが聴いていないことに気づいたからだ（今でも、そういう注意力は衰えていなかった）。だが、その事実は仕方なく受け入れた。ゆっくりと衰えていく日々のなかで、今ではほとんどのことをそうやって受け入れていた。

「気持ちのよい午後ですからね。この子がそわそわしているのは、きっと新しい映画の封切りのせいじゃないかしら。それとも、あの若者が早めにニューヨークから戻って来るように手筈《てはず》を整えているのか……」

考え込んでいるうちに沈黙の中へ沈んでしまった。しかし、しばらくすると、老人にはよくあるように、また浮上してきた。

「私はよきカトリック教徒でありたいと思っているの。この前、ディヴォット神父にお話ししたようにね。もし、突然天に召されることがあっても、天国で安らかでいられますようにって。でも、どんなことがあっても、クリングスランド夫人に悪いことをした罰は覚悟しておかなければならないの。だって、絶対に悔い改めるつもりはないのだから、ディヴォット神父にお話ししても仕方ないってことになるわよね。そうでしょう？」

アトリー夫人は内省的な溜息を漏らした。同様の信条の持ち主である慎み深い人ならたいていそうだが、隠しとおしたままよい結果をもたらした罪なら、それは実行されなかったと見做《みな》してよいと何となく思っていた。そして、この信念は、教義と実践に矛盾を感じそうになる困難な状況から何度も彼女を救ってくれた。

二

モイラ・アトリーはニュージャージー郊外の人気のない通りを物憂げに見つめるのをやめて、驚いたような眼で祖母の顔を見た。

「クリングスランド夫人ですって？　クリングスランドさんに何か悪いことをしたの？」

それまでモイラは、祖母のとりとめもない話に真剣に耳を傾けていなかった。老人の話などというものは、ほとんど学ぶ価値のない外国語のようにしか思えなかったからだ。だが、アトリー夫人の話は必ずしもそうではない。富裕層のあいだで彼女がしていた仕事は、金融恐慌の兆しが現れる前にはもう終わっていたのだが、そのしっかりした記憶力には豪奢な日々の情景が残っていた。もっと広い世界で生きている孫娘の世代は伝聞でしか知らない時代のものだった。アトリー夫人には、豪奢な有閑階級の人々が暮らす一場面を、よく把握できていなくても、僅かな言葉で生き生きと再現する才能があった。黄昏時《たそがれどき》に宮殿の展示室を訪問客に案内するガイドが、ときおりランプを掲げてその光で揺らめくレンブラントや煌《きら》めくルーベンスを示すように。特に、クリングスランド夫人の話になったときにモイラはそんな輝きを垣間見る思いがするのだった。クリングスランド夫人の名前にはアトリー家にとって特別な意味があった。もう何年も前のことだが、祖母のアトリーがモントクレアにささやかな家を買うことができたのはクリングスランド夫人のおかげだということを皆知っていたからだ（なぜなのかは知らなかった）。裏手に小さな庭がある家だった。不況のあいだ何とか持ちこたえることができたのも、クリングスランド夫人の友人である銀行員の助言で投資がうまくいったおかげだった。

「あの方にはほんとうにたくさん友人がいらして、それがみんな地位のある方たちばかりで、云っていることは判るでしょう？　よく私にこんなふうに云ってくださったものよ。『コーラ（私をコーラって呼んでくださるなんて素敵でしょ）、ストーナーさんの助言でゴールデン・フライヤー株を買おうと思うの。ナショナル・ユニオン・バンクのストーナーさんのことよ。新規公開株の買い付けに入れてもらえるらしいの。もしよかったらあなたも一緒にどうかしら。なかなかいいお話よ、私が思うには』そんな感じでしたよ。結果的には、あの株は最悪の時期にも何とか持ちこたえたわけだし、きっとこれからも私の面倒を見てくれて、私が死んだ後は子どもたちを助けてくれるでしょうね」

この日、モイラ・アトリーはその敬愛すべき名前を耳にして、新たな興味を抱いた。「クリングスランド夫人に悪いことをした」という言葉はモイラのぼんやりした態度を吹き飛ばし、はからずも好奇心を刺激した。祖母があの恩人に対して悪いことをしたと云ったのはどういう意味なのだろう。その人の気前のよい援助を飽きることなく語り続けてきたのに。祖母はとても善良な人間だとモイラは確信していた。子供たちや孫たちに対しては驚くほど寛大に接してきた。たとえ祖母の人生において大きな過ちがあろうとも、それがクリングスランド夫人を傷つけることになったとは信じ難い。それがどんな過ちだったとしても、そのことは自分の中で折り合いをつけたように見える。それでも、告解してもいない出来事を心の奥底に潜ませていることが気掛かりなのは明らかだった。

「クリングスランドさんのようなお友だちを傷つけたなんて、いったいどういうこと？」

アトリー夫人の眼が眼鏡の奥で鋭く光り、訝《いぶか》しむような視線で少女の顔を見据えた。しかし、一瞬の後には落ち着きを取り戻したようだった。「傷つけたなんて、そんなことは云っていませんよ。あの人を傷つけたとはぜんぜん思っていませんからね。傷つけようと指一本上げたことだってありませんよ。とにかく助けたいと思っていただけですよ。でも、一度に多くの人を助けようとすれば、悪魔に目をつけられることになりますからね。この頃は何でも割当てに制限があるものでしょう。良い行いをしようというときもそう」

モイラは苛立《いらだ》ったような仕草を見せた。祖母に道徳を説かれたいとは思っていなかったからだ。

「それで、クリングスランドさんに悪いことをしたと云った話は？」

アトリー夫人の鋭い眼は、時代の霧の向こうへ引っ込んでしまったようだ。黙って坐《すわ》ったまま、役に立たなくなった哀れな両手を重ねていた。

「あなただったらどうしたでしょうね」不意にアトリー夫人が言葉を発した。「もしあの朝、あの人の部屋に入っていって、あの一ヤードものレースがシーツに縫い付けられている素敵なベッドに横になったまま、枕に顔を埋めて泣いていると知ったのがあなただったら。いつもと同じようにバッグを開けて、ココナッツクリームやタルカムパウダー、それから爪磨きとかそんなのを全部出して、あの人が自分の方を向いてくれるまで彫像のようになってじっと待つ？それとも、自分から近づいていって赤ん坊を扱うようにそっと躰《からだ》の向きを変えて『さあ、コーラ・アトリーに何があったのかお話しになってください』って云ってみる？　ええ、とにかく私はそうしたの。こっちを向いたあの方は涙で頬を濡らして、祭壇の上にいる殉教した聖人のような顔をしているものだから、『さあ、聞かせてください。そうすればきっと助けて差し上げますから』と云うと、『どうしたって私を助けることはできない。だって、失われてしまったんだから』って」

『失ったって、何をですか』そう云いながら最初に頭に浮かんだのはお坊ちゃまのことでしたよ。神様、お助けくださいって思ったけど、そういえばここへ上がってくるときに階段で口笛を吹いているのが聞こえたって思い出したとき、あの人はこんなことを云ったの。『私の美しさ――今朝、ドアからそっと抜け出していくのが見えたのよ』やれやれってそのときは笑ってしまいましたよ。半分くらいは怒ってもいたけど。『あなたの美しさ、それだけですか。てっきり、ご主人かお坊ちゃまが――それとも全財産かもって思ってしまったじゃありませんか。美しさだけなら、私のこの手で取り戻しましょう。でも、今もこうしてそんな天使のような顔で私を見上げて、美しさがどうとか何を仰っているんでしょう』なんだか罰当たりなことを仰っているような気がして腹が立ってしまってね」

「それで、本当だったの？」モイラが口を挟んだ。苛々していたが、それは興味津々だったからだ。

「美しさを失ったというのが本当かということ？」アトリー夫人は少し考え込んだ。「判るかしら、午後の窓辺に坐って細かい繕い物をしているときにときどきあることだけど、陽がいっぱいに射しているときには針が勝手に道を見つけて進んでいくような気分なのに、ふと『これって私の目のせい？』って云ってしまうことがあるのを。針の先がぼやけて見えるからだけど、いつの間にか太陽が動いて自分のいるところに陽が当たらなくなったのだとすぐに気づくの。空はまだまだ明るくてもね。つまり、あの人もそういうようなことで……」

でも、モイラは細かい繕い物をしたことはないし、暗くなっていく光の許で眼を酷使したこともないので、また口を挟んだ。前よりもっと急《せ》かす口調で。「それで、どうしたの？」

アトリー夫人はまた少し考え込んだ。「ええ、私に毎朝、そんなことはないって云わせたのよ。でも、朝になるたびにだんだんその言葉を信じなくなっていって。それから、家中の人に訊《き》いて回って、最初はご主人に――可哀想に、あの方は事業のこととかクラブのこと、それから馬のことならいいけど、それ以外のことを訊かれると途方に暮れてしまう人だったのに。二十年前に結婚して家に連れて来てから奥様の顔の変化なんて何一つ気づいていなかったでしょうね……。

でも、ご主人には云えることが何もなかった。もし、うまいことを云う機転があったとしても、何の違いもなかったでしょうけど。初めて目の周りに小皺《こじわ》を見つけたときから、もうご自分のことを老婆だと思い込んでしまって、その思い込みを忘れることはもう一瞬たりともなくなってしまったようね。でも、着飾って、笑いながらお客さまをお迎えするときには、ご自分の美しさに対する信頼が戻って来ないわけではなくて、シャンパンを飲んだときのように歓びに酔っていらっしゃったようだけど、その歓びもシャンパンの泡のようにすぐに消えてしまって、そのあとどうなるか見たときの様子では、少女のように素早く階段を駆け上がって、美しい衣装を脱ぐ間もなく、大きな鏡の前に坐り込んで――あの方のお部屋にはそこかしこに鏡があってね――それを白粉《おしろい》の上に涙が零《こぼ》れ落ちるまでじっと見つめ続けていたの」

「でも、歳をとるってことはいつでも嫌なものでしょう」と云うモイラには、いつもの冷淡な声が戻っていた。

アトリー夫人は昔を思い出すような微笑《ほほえ》みを浮かべた。「そんなこと私には云えないわね。何もかもあの方のおかげで、自分は心穏やかな老後を迎えられたのですからね」

モイラは肩を竦《すく》めて立ち上がった。「それでも、クリングスランドさんに悪いことをしたって云うわけね。どういう意味だか判らないんだけど」

祖母は何も答えなかった。目を閉じて、頭を首の後ろに置いた小さなクッションに載せた。唇が動いて何かを呟《つぶや》いていたが、言葉は聞こえてこなかった。もしかしたら眠ってしまうのかも知れないとモイラは思った。きっと目を覚ましたときにはもう何を打ち明けようとしていたかも忘れてしまうだろう。

「ずっとここに坐っていても、クリングスランドさんとのことを話すくらいの時間は起きていてくれないと面白くないのよね」と文句を云った。

アトリー夫人が吃驚したように身を起こした。

三

ええと（とアトリー夫人が話し始めた）、戦争中に何があったかあなた知っているかしら

——つまり、上流階級のご婦人たちも、貧しくてみすぼらしい女性たちも、霊媒とか予知能力者とか、今どきの人たちがそんなふうに呼ぶもののところへ駆け込むようになったってこと。彼女たちは、自分の好きな男のことを知らなければならなかったから。そのためにずいぶん高い代償を支払うことになって……。まあ、私もいろんな話を聞いたものだけど、その対価はお金だけではなかったものよ！　そこには詐欺師や強請屋《ゆすり》もいて、私には市《いち》にいるジプシーの方がまだ信用できると思えたけどね。でも、彼女たちは奴らのところへ行くしかなかった。

でもね、私にもいろいろなものが見える目があったの。揺籠《ゆりかご》にいる頃からね。お茶の葉を読むとかカードを使うとか、そんなのじゃなくて。そういうのは台所でやるようなことでしょ。いいえ、そうではなくてね、その人の周りや後ろにいるものを感じるの。肩越しに囁くような……。私の母はね、コネマラの丘で、黄昏時にレプラコーンを見たことがあって、それは良い匂いがしたと云っていたわね……。私が大邸宅をあちこち訪問していた頃のことだけど、マッサージや顔のお手入れをする相手が、だんだんそういう予言をするというペテン師の嘘八百にお金を巻き上げられているのが可哀想でならなくなってきて。ある日とうとう耐えられなくなったときに、それが教会の教えに反していることは判っていたのだけど、前線にいる自分の息子からの知らせが何箇月もないことで気も狂わんばかりになっていたご婦人を見て、こう云ってしまったの。「もし、明日私のところへいらしていただけたら、お伝えできることがあるかも知れません」って。そうしたら驚いたことにお伝えできたのよ。その人によい知らせが届くという夢をその夜に見たから、そうお伝えしたら、翌日になって息子さんがドイツの収容所から脱走したという電報が届いて……。

そのあと、ご婦人方が私のところへ次々といらっしゃるようになって、ええ、本当に群れのように……あなたはまだ幼かったから覚えていないでしょうけど、あなたのお母さんなら教えてくれるかも……いえ、話したがらないでしょうね。あれからしばらくして神父様の耳に入って、やめなくてはならなかったから……だからもう、口にするのも嫌なんじゃないかしら。でも、私はいつも云っていたの、じゃあどうしたらいいのかって。私には見えているんだから。聞こえているんだから。それに、ご婦人方は当然だけど顔のお手入れにいらっしゃるだけだし……その人たちのためのメッセージを聴いたり、私に見てほしがっているものを見たからといって、どうしてそれで責められなくてはならないの？

でも、今となってはどうでもいいこと。何年も前に何もかもディヴォット神父にすべてお話ししたんですから。今では誰も私のところへ来ないことはあなたも見れば判るでしょう。いま求めているのは、ただ椅子に坐っている私を独りのままそっとしておいてほしいということ……。

でも、クリングスランドさんのことは——また、別の話。何よりもまずあの方は私の一番好きなお客さんだったの。何でもしてくれる人だった。一瞬でも自分自身のことを考えるのをやめられたときの話だけど。よく云われるように、お金持ちのご婦人はそういうものだから。お金は鎧《よろい》なのよ。ひび割れができることなんか滅多にない。でも、クリングスランドさんは愛情深い方でね、誰かに愛し方を教えてもらっていればよかったんだけど……。あら、誰かにそんなことを云われたらきっと吃驚したでしょうね。恋と求愛に顎まで漬かって生きていると思っていたでしょうから。でも、眼の周りに皺を見つけるともう何も信用できなくなってしまって。それからはもう、自分のことを以前と変わらず美しいと云ってくれる新しい人を見つけなくてはならなくなってしまったの。だって、休む間もなく「私って少し老けてきたように思いません？」っていつまでも問い続けるものだから、みんな嫌になってしまってね。とうとう、お屋敷を訪ねてくる人が少なくなって、そうなっても訪ねてくる人たちの顔つきは私のような貧しいマッサージ師から見ても、どうもよく思えなかったの。それはどうもクリングスランドさんも同じだったみたい。

でも、クリングスランドさんにはお子さんたちがいらしたじゃないって云おうとしているでしょ。判っていますよ。あの方なりのやり方でお子さんたちを愛していたけれども、それはお子さんたちの望む愛し方とは違っていたの。上のお嬢さんは弟さんと少し年が離れていて、父親似で顔は人並み。判りやすく云えばね。犬と馬と運動に熱心で、母親に対しては冷淡で、怖がってもいたのね。だから、母親の方も娘に対しては同じように冷たく接して、少し怖がってもいたの。お坊ちゃんの方は小さい頃はそれは可愛らしくて、だから髪の毛をくるくるにして黒いビロードのズボンを穿かせて、まるであの本――なんとか公子――に出てくる男の子みたいにしてね。でも、そんなズボンに脚が収まらなくなって学校へ通うようにもなると、もう私の可愛いらしい赤ちゃんじゃないなんて云ってね。大きくなっている男の子が自分のことをそんなふうに云っているのを聞いたらそりゃあ怒るでしょう。

もちろん、それでもまだよいお友だちのままでいた方たちもいらして、ほとんどは年配の女性だったけれど、それはクリングスランドさんもそういうお歳になっていたからで、時のもたらす変化には抗えないもので、噂話などしによく立ち寄ったりなさっていたけれど、まあ、何というか、その方たちは大して役に立たなかったのね。だって、あの方が求めていたのは、そしてそれなしではどうにも耐えられなかったのは、自分の美しさに口も利けなくなった殿方たちの視線だったから。そして、それはもはや手に入れることのできないものだったわけよ。お金を払えば話は別ですけれど。そして、たとえそうであっても……。

というのは、頭の回転が速くて賢い方で、何かを騙しとろうと近づいてくる類いの奴らにやられっぱなしなんてことはありませんでしたからね。男友達を連れてナイトクラブへ通うような二重顎の老婦人たちをよく笑っていたわね。恋に落ちた老婦人を笑っていたけれど、自分もまた老婦人であることはよく判っていて、それでも恋の対象から外れてしまうことには耐えられなかった。

そういえば、私のお客さんが、五番街でお金で買えるような容貌でしかない方でしたけど、クリングスランドさんを嘲笑《あざわら》うようなことを私に云ったのを覚えているわ。老いることを怖れているこことか、賞讃の的になりたがることとかね。それを聞きながら、ふとこう思ったの。「ここにいる二人はどちらも美しい女性がその美しさを失うときにどれほどの苦しみを感じるのか判るわけがないってね。あなたや私、その他の何千人もそうだけど、老いが始まるというのは暖かくて明るい部屋から少しだけ暖かさや明るさが減った部屋へ移るだけと云っていいかもしれないけど、クリングスランドさんのような美女にとっては、花やシャンデリアでいっぱいのきらびやかな舞踏会場から連れ出されて雪の降る冬の夜に放り出されるようなものに違いない」ってね。唇を嚙んで、私のお客さんにそんなことを云わないでくださいっていう言葉を飲み込んだの。

四

クリングスランドさんの気分が少し明るくなったのは、お坊ちゃんが大きくなって大学に入った頃でね。よく会いにお出かけになっていたし、お坊ちゃんの方も休みに入ると戻って来て、母親を昼食やナイトクラブのダンスに連れて行ったりしていたの。ボーイ長がお坊ちゃんの恋人と勘違いしたりすると、一週間はそのことを話し続けていたわね。でも、ある日ホテルのポーターが「お急ぎになった方がいいですよ。お母様はあちらでお待ちですが、すっかり疲れ切っているご様子ですから」と云ったものだから、それからはあまり一緒に出かけなくなってしまってね。

　勝ち誇っていた若い頃の話を私にすることで多少の慰めを得ていた頃もあったのよ。私はちゃんと辛抱強く耳を傾けていたけど、それはうまいこと云って取り入るきっかけにしようと近づいてくる奴らに話すよりも私に話す方が安全だと判っていたから。

　でも、クリングスランドさんを思いやりのない人だと思っては駄目。ご主人にも優しかったし、お子さんたちにも優しかった。ところがその家族という存在がだんだんどうでもいいものになってしまったの。求めるものが、鏡を覗き込むことだけになってしまって。あの方の家族の人たちが気を遣って鏡の役を担ってくれたときでも、それはそうそうあることではなかったけれど、そこに見えるものはあまり気に入らなかったわけね。その頃があの方にとって人生で最悪の時期だったんじゃないかしら。歯が一本抜けて、髪を染め始めて、人目に付かないように美容整形で皺を取ろうとしたんだけど、途中で怖くなってしまって幽霊のような顔で逃げてきたのよ。手術を始めた片目の下を弛ませたままね。

　あの頃は本当にクリングスランドさんのことが心配になってきたの。誰に対しても不機嫌で意地悪になって、打ち明け話ができるのは私だけになってしまったみたいだった。私のことを何時間も引き留めて話し続けてね。そのせいで対応できなくなってしまったお客さんの予約分をいつも払ってくれたけど。同じようなことが何度も繰り返されて。若い頃は舞踏会やレストラン、それから劇場へ行ったときなんかは、誰もが自分のしていることをやめて自分の方を振り向いた――ステージの役者でさえねってあの方は仰っていた。きっとそれは本当のことなんでしょうね。でも、それはもう終わってしまったことなんだけど……。

それで、私は何て云えばよかったのかしら。云ったとしても、あの方は同じようなことをもう何度も聞いたはず。でも、どうにも様子が気に入らない連中が裏でこそこそ動き回っていて。判るでしょう、うまく歳をとれない弱い女たちを餌食にする奴らよ。そんなある日、一通の恋文を見せてくれたことがあったの。誰が送ってきたのかは判らないと話していたけど、実は知っていたのね。どこか外国の伯爵とやらよ。まあ、大胆なことをするような人でしたね。きっと、自分の国で厄介事があったんでしょう。あの方は笑って手紙を破り捨てた。そうしたらまた同じ人から手紙が来て、それも見せてもらったけど、今度は破り捨てるところは見なかったわね。

「この伯爵が何を狙っているかは判っているのよ。ああいう男たちはお金を持っている歳をとった愚かな女をいつも探しているんだから。ああ、昔はこんなじゃなかった。あるときお花屋さんに菫《すみれ》の花を買いに行ったときにね、若い男の人がいたのを今でも覚えているわ。私よりも少し若かったかも知れない。私もまだ少女にしか見えなかったけど。その人、私の方を見ると花屋さんに話しかけていたのをやめてしまって、その顔が真っ白になったからもう気絶してしまうんじゃないかと思ったわ。私は自分の菫を買ったんだけど、お店から外に出たときに花束から菫の花を一つ落としてしまって、見るとその男の人が落ちた花を拾って素早く隠したの。

まるで、盗んだお金みたいにね。それから数日経った頃に、晩餐会でその人に会ったのよ。私の歳上のお友だちで、外国の方と結婚した人の息子さんだって判って、イギリス育ちだったけど、新しく就いた仕事でニューヨークに来たばかりだった……」

そう云って目を閉じると、苦悩に満ちた顔に静かな微笑みを浮かべた。「あのときは判らなかったけれども、あれが私のたった一度の恋だった……」しばらくそのまま何も云わずにいたけれど、ふと気づくと涙が頬を伝っていたの。私がそのとき「その話、もう少し聞かせていただけませんか」と云ったのは、破り捨てていない手紙を書いた脂ぎった伯爵とくだらないことになるよりもずっとましだと思ったから。

「話すことはもうそんなにないの。四回か五回くらいしか会わなかったから——そのあとハリーはタイタニック号に乗って、沈んでしまったのよ」

「なんてこと。それはもうずいぶん前のことですか」

「何年前のことだろうと関係ないのよ。あのときの私を見る目を見れば、彼ほど私を崇拝してくれた人は誰もいないって判るわ」

「その方に、そう云われたんですか」私はクリングスランドさんに調子を合わせようと思って言葉を続けたの、ご主人に対してちょっと悪いことをしているなと感じながらね。

「言葉で云わない方がいいこともあるのよ」花嫁のような微笑みを浮かべながらクリングスランドさんは云ったわ。「もしあの人が死んでさえいなければ。彼を失ったことを嘆くあまり私は老け込んでしまったの。実際の年齢よりもずっと早くね」（実際の年齢よりもずっと早くですって！　もう五十歳を過ぎていたのにね）

その一日か二日後に、吃驚するようなことがあったのよ。クリングスランドさんのお宅の正面玄関から中へ入ろうとしたときに出くわした女の人がいてね、もし地獄で再会することになっても百万人のなかからだってすぐに見つけ出せるでしょうね――ええ、振舞いに気をつけないとそこに行くことになるって云うんでしょ――私はもう何年も前に水晶を読んだり降霊術をやったりはやめていたんだけど、教会に禁止されていることですからね、一時期はそれなりに関わりがあったから（ディヴォット神父に止められるまでね）、とにかく主立った霊媒師とその手下たちの顔は知っていたわけ。玄関で入れ違いになったこの女は、ニューヨークでいちばん評判の悪い客引きの一人だったの。お客の欲しがる知らせを与えてお金を絞り尽くす話をいくつも知っていましたよ、禁じられた薬物を売るみたいにね。そのとき突然聞こえてきたのよ、あの女が外国の伯爵を雇っていて、クリングスランドさんが干涸《ひから》びるまで吸い尽くそうとしているっていう声が。私は自分の部屋に飛んで帰って、坐り込んでよくよく考えてみたの。

どうなろうとしているのかはすっかり判っていたのよ。あの女が、可哀想なクリングスランドさんの美しさにすっかり伯爵は虜《とりこ》になっていると信じ込ませて支配しようとするか、あるいはもっと悪いことだけど、あの溺れてしまったハリーという若い男の話を聞き出して、彼からのメッセージがあると云っては、それをいつまでも繰り返してお金を巻き上げるとか、その方が伯爵を使うよりも額は大きくなるかも知れない……。

ねえ、モイラ、どうすればよかったんだと思う？　とにかくクリングスランドさんが可哀想だったの。病気で躰が弱っているのは判っていたし、それ以上に心も以前よりずっと弱ってしまっていたし、あのチンピラたちから救って差し上げるには、今すぐ何とかしなければいけないのだから、私の良心と折り合いをつけるのはその後にして――できるものならだけど……。

五

あの晩ほど必死になって何かを考えたことはなかったでしょうね。自分は一体何に首を突っ込もうとしているんだろうって。教会の教えに反すること、自分の主義に反することよね。もし、見つかってしまったら、もう万事休すってことになる。三十年間、ニューヨークで最高のマッサージ師だと云われてきた私の名前ももう、誰からも信用されなくなってしまうし、実直な人間だとも思われなくなってしまうんだから。

そのとき思ったのよ、クリングスランドさんがあの女の手中に落ちたらどうなるのかって。あらゆる手を尽くしてすべてを絞り取ったら、助けもなく慰めもなく打ち捨てられるに決まっている。そんなことが起こった家庭をいくつも見てきたから、この可哀想な人をそんな目に遭わせるわけにはいかないって思ったの。まずはあの方がご自分をまた信じられるようにすること、そうすれば他の人にも優しくなれる……次の日までに計画を立てて、実行に移したの。

それはぜんぜん簡単なことじゃなかったし、自分の度胸に驚いたりもしたわ。あの女はきっと溺れ死んだ若者を使った策略を仕掛けてくるに違いないと踏んだのは、伯爵が相手だったらクリングスランドさんは最後には手を引いてしまうだろうって判っていたから。じゃあ、どうするかって考えたの。それで、私も同じ手を使うことにしたの。でもどうやったらいいのか。

ああいう上流の人たちはね、お互いに話したり書いたりするときに私たちが使わないような言葉を好んで使うものなのよ。だから、メッセージを伝えるときに間違った言葉遣いをして疑われるんじゃないかって心配になったの。最初の一日か二日は何とでもなると思っていたけど、その先はちょっと自信がなくて。でも時間がなかったから、次の日、クリングスランドさんのところへ行ったときに、さっそくこう云ったの。「昨日の夜、不思議なことがあったんです。私に話してくださった男の方と同じように思えて――あのタイタニック号に乗っていた方です。まるで同じ部屋にいるみたいにはっきり見えたんです」それを聞いた途端にクリングスランドさんはベッドで身を起こして、突き刺すような鋭い眼で私を見て「まあ、きっとあの人よ！何があったのか早く教えて！」と云ったの。

「あの、昨夜ベッドに横になっていたときに、あの方から何かが伝わってきました。すぐにそれが誰からのものか判ったんです。あの方からあなたへの伝言でした」

ここで言葉を止めなくてはならなくなったのは、クリングスランドさんが泣いてしまって、また話を聞けるようになるまで時間がかかってしまったから。私が話の続きを始めると、私にしがみついてね、一言も聞き漏らすまいと、まるで私が救い主だとでもいうかのように。可哀想な方ね！

初日のメッセージは簡単だったのよ。いつもあなたのことを愛していたと伝えてくれと云われたって話したの。その言葉は蜂蜜のように甘く咽喉《のど》を滑り落ち、クリングスランドさんは横になったままその蜜を味わい尽くしていたわね。でも、少ししたら頭を起こして「それならどうして私にそう云ってくれなかったのかしら」って云ったの。

「それでは、また連絡を取ってみなくてはなりませんね。そのときに訊いてみましょう」そうしたらクリングスランドさんは、もうその日は他の仕事を入れないようにって私に云ったの。仕事を終えて家に帰るのが遅れたり、またハリーが来ても疲れ過ぎて言葉を聞けなかったりしたら困るからって。「きっと来ますよ、コーラ。私には判るの。だから、ちゃんと準備していてほしいの。それで全部書き留めてね。あの人が云った言葉を一言も漏らさず知りたいから。あなたが一言でも忘れたら嫌なのよ」

これは新たな難問が生まれたってこと。書くのは前から得意じゃなかったし、タイタニック号に乗っていて死んでしまった恋する若い紳士の言葉を見つけるとなったら、それは私に中国語の辞書を書けっていうようなことですからね。彼の思いを想像できないわけじゃないけど、それをどういう言葉で云えばいいのかが判らないってことなの。

でも、素敵だったのは、ディヴォット神父のお言葉にあるように、神様はときどきドアの向こうで耳を傾けていらっしゃるように思えるってこと。その晩、家に帰るとお客さんからの伝言が届いていて、貧しい若者に会いに行ってほしいっていう内容だったの。そのお客さんが裕福だった頃に助けてやったことのある男の人で、確かお子さんたちの家庭教師だったんじゃないかしら、今はすっかり落ちぶれてしまって、モントクレアのみすぼらしい下宿屋で死にかけていると云うのよ。ええ、私は会いに生きましたよ。ひと目見て判ったんだけど、どの仕事も続かなかった理由は、お酒だってね。もう死にそうになっていたの。それはまあひどい話だったんだけど、今お話ししていることとはあまり関係のないことね。

ちゃんとした教育を受けた紳士で、頭の回転が速い人だった。半分も説明しないうちに、何を書けばいいか判ったと云って、私の代わりにメッセージを書いてくれたの。「あなたの美しさに目が眩《くら》むほどの思いで話しかけることができませんでした。その次に会ったとき、つまりあの晩餐会のとき、膚《はだ》を露《あらわ》にした肩に真珠を煌めかせているあなたの姿を見て、前に見かけたときよりもさらに近づき難く感じてしまいました。それで、通りを朝まで彷徨《さまよ》い歩いた末に家に帰って、あなたに手紙を書いたけれども、それを送る勇気は結局ありませんでした」

このときクリングスランドさんは、この言葉をシャンパンのように飲み干したの。彼女の美しさに目が眩んで、彼女への愛で口も利けないほどだった！　でも、それこそがクリングスランドさんが何年ものあいだ渇望していたことだったのよ。ただ、いちど味わいはじめてしまうと、もっともっとほしがるようになってしまって……それで私の仕事も簡単にはいかなくなったの。

でも、幸運にもあの若い男の人が助けてくれて、しばらくするとこれがそもそもどういう話なのかヒントをやったら、がぜん興味を抱いたようで、私が訪ねて行かない日はやきもきして話を待つようになったの。

でも、何とこんなことを次に云われたのよ。「最初の晩餐会のとき本当に私の姿に息が止まったと云うのなら、そのときの衣装がどんなものだったか説明してみて。向こうの世界へ行ってしまってもそういうことは忘れないに決まっているわ。そうでしょう？　真珠には気がついていたって云っていなかった？」

運良く、その日の衣装については何度も聞かされていたから、どう書けばいいかをあの若者に伝えるのは簡単で、こんなことが続いていっても、そのたびに何とかして満足してもらえるような答えを用意できたのだけど、ある日、ハリーが「あちら側」（あの方たちはそんなふうに云うの）から送ってきた特別素敵なメッセージを伝えたら、クリングスランドさんは号泣してしまって、「一緒にいるときはそんなこと一言も云ってくれなかったじゃないの、どうしてなの？」って云い出したの。

こういうのを難問って云うのよね。どうして云わなかったかなんて想像もできなくて。もちろん、こんなことは全部嘘っぱちでよくないことだって判ってはいましたよ。でも、病気の女の人と幽霊の愛を仲立ちすることで一体誰を傷つけるっていうの？　それにディヴォット神父には見つかりませんようにって《九日間の祈り》で特にお願いしていたしね。

そこで、あの貧しい若者に、クリングスランドさんが何を知りたがっているかを話したら、こう云われたのよ。「ああ、二人のあいだに悪いことを企む奴が入ってきたと云えばいい。誰か嫉妬心を抱いて、彼に不利になるように働き掛けたとか——ほら、鉛筆を取って、今から書くから……」と云って、熱を持って痙攣《けいれん》する手を紙の方に伸ばしたの。

メッセージの効果は絶大で、あの方は顔にいっぱいの笑みを浮かべると「そうだと思った——そうだっていつも思っていたのよ」と云って、細い腕で私を抱きしめて、キスまでしてくれたの。「もう一回教えて、最初に私を見たときどんなふうに思ったって云っていたのか……」「それはもう、今と同じように見えていたに違いありませんよ。二十年という月日がそのお顔から剝がれ落ちてしまったようですから」実際にそうだったのよ。

私が続けられたのは、クリングスランドさんがどんどん優しく穏やかになっていったからっていうのもあるの。家の使用人に苛々することも少なくなって、お嬢さんやご主人のことも判ってあげられるようになって、家の中の雰囲気も変わってきたわ。ときどきこんなことも云うようになったの。「コーラ、困難を抱えていても誰にも手を差し伸べてもらえない可哀想な人たちがいるはずでしょ。そんな人に出会ったら私のところに連れてきてほしいの」だから、私はあの可哀想な若者がきちんと世話を受けられるように気をつけていたし、美味しい食べ物で元気づけてやったりしたのよ。だから、あなたに何を云われてもあれが間違ったこととは思わないわよ。この家の屋根を葺《ふ》き替えるときに援助してもらったことだってね。

でもある日、訪ねて行ったらクリングスランドさんがベッドの中で躰を起こした格好でいるのを見つけたの。瘦《や》せこけた頰には赤い発疹があってね。その可哀想な顔からは安らぎがすっかり失せてしまっていたの。「まあ、クリングスランドさん、どうなさったんですか」

どういうことかはすぐに判りましたよ。誰かがクリングスランドさんの霊との交信、まあ何て呼べばいいのかは判らないけど、それを疑わせるようなことを云ったんだろうってね。それでそれまで私が話してきたことは全部でっちあげだと思って泣き過ぎて熱を出してしまったのよ。「あなたが霊媒だってどうしたら信じられるの」怒りに溢れていても情けない眼差《まなざ》しで私を見ながらそんなふうに云ったの。「毎朝、あんなこと云って私を騙していただけじゃないの？」

そう云われて腹が立ったのは、変に聞こえると思うけど、ばれたらどうしようと怖くなったからではなくて、どういうわけかハリーという若者と彼が抱いた恋心を本当のことと思うようになっていて、それをペテン扱いされたのが不愉快だったの。でも、そこは腹立ちを抑えて口を閉じ、今の話を聞いていなかったような顔でメッセージを伝え続けたら、気まずく思ったのかそれ以上は何も云われなかったわね。一週間ほどは仲違いしたままだったけど、それからある日、薬物中毒者みたいに哀れな泣き声を出して「コーラ、あなたが伝えてくれるメッセージがないともう生きていけないの。他の人に頼んで伝えてもらったメッセージは、ハリーとあなたのようには聞こえないのよ」って云ったの。

そのときはもうクリングスランドさんが可哀想で、一緒に泣かないようにするのが大変だった。でも、冷静な心を失わずに静かにこう答えたの。「クリングスランドさん、あのメッセージをあなたに伝えるために私は教会の教えに反することをして、つまり永遠の魂を危険にさらしたんです。もし、他に助けてくれる人を見つけたというのなら、私にとっては結構なことで、今晩神様と和解しに行くことにします」

「でも、他の人のメッセージじゃ駄目なのよ。それにあなたを疑ったりしたくないし」啜《すす》り泣きながらこう云うのよ。「一晩中、眠れずに起きたまま横になってあれこれ考え続けているだけで本当に惨めな気持ちになってしまって。本当にハリーがあなたに話しかけているんだって証明してもらえないなら、もう死んでしまいそう」

荷物を纏《まと》め始めながら「証明することはできないと思います」って冷たい声で答えたの。頬を涙が伝い落ちているのを見られないように顔をそむけながらね。

「でも、コーラ、証明してくれないと、私、死んでしまうわ」本当にすがるように頼まれたの。実際に死んでしまうんじゃないかというようにも見えたし。

「どうやって証明すればいいんですか」同情の気持ちもあったけれど、その云い方には気に入らないところがあってね。もうその晩にも告解室で何もかも話してすっかり片をつけてしまうことができたらどんなに嬉しいかって思っていたのよ。

そうしたら大きな眼を見開いて私を見上げたの。その眼の中に若い頃の美貌の亡霊が見えたような気がしたわ。「一つだけあるわ」ってクリングスランドさんが囁いたの。

「あら、いったいどんな?」とまだ気分を害したまま私は訊いてみたの。

「あの人が書いたけど私に送る勇気がなかったっていう手紙を読み上げるのを聞いて、それを伝えに来てくれたら、私にはすぐにあなたが本当にあの人と交信しているって判るでしょうね。そうすれば、もう二度とあなたのことを疑ったりしないから」

私は思わず坐り込んでしまって笑い声を上げたわ。

「死者と話をすることを簡単だと思っていらっしゃいません?」

「私が死にかけていることが彼にも伝わって同情してくれれば、私が頼むとおりにしてくれるでしょう」私はそれ以上何も云わずに、荷物を纏めて部屋を出たの。

六

その手紙は私の行く道を阻む山のようだった。あの貧しい若者も私の話を聞いて同じように思ったみたい。「ああ、これはちょっと厄介ですね」って云っていたけど、よく考えてできるだけのことはしてみようって云ってくれたの。都合がついたら翌日また私が訪ねて行くってことにしてね。「ただもう少しその人のことを知っていたら――その相手の若者のことも。いくら何でも難しい。自分が会ったこともない女性に向けた死んだ男の愛を作り上げるなんてね」少し擦《かす》れた笑い声をあげて、そんなことを云っていたの。私もそれは否定できなかったけど、彼ならできる限りのことをしてくれるだろうって思ってね。そういう難問がなぜか刺激になっているみたいだったわね。私はもう意欲をなくすだけだったけど。

それで次の日の夜にまた彼の部屋に行ったわけね。階段を昇るときに、急に警告のようなものを感じたの。ときどきそんな咽喉を摑まれるような感じがすることがあるのよ。「ここの階段は氷の上を歩いているみたいに冷たい」って思ったわ。「彼の部屋では朝から誰も暖房の火を点《つ》けなかったのね」って。でも、私が怖れているのは本当は寒さではなかったの。もっとひどいものが待ち受けていたのよ。

ドアを開けて中へ入って、なるべく明るい声を出してみたわ。「シャンパンを一パイントと温かいスープを持ってきましたよ。でも、召し上がっていただく前に、聞かせてもらえないかしら――」

彼はベッドに横になったまま、私が見えていないようだったの。眼は開いているのに。私が話しかけても返事もしないの。笑い飛ばそうとして、「あらあら、シャンパンに目を向けられないくらい眠いのかしら。あの女がストーブに火を点けに来なかったの？　この部屋の寒さはまるで死んだようで――」と云ったところで、この言葉に気がついて口が止まったわ。

彼は動くことも話すこともなくて、この寒さは彼から来ているんだって判ったの。空っぽのストーブじゃなくてね。その手を取ってみて、ひび割れた鏡を唇に近づけてみたの。彼が主の許に行ってしまったと判ったわ。瞼《まぶた》を閉じてやって、ベッドの横に跪《ひざまず》いたの。「お祈りもなしに行ってしまってはいけないのよ」ロザリオを手に取りながら、そう囁いたの。

私の心は悲しみでいっぱいだったけれども、いつまでも祈っているわけにもいかなくて。だって、下宿の人たちを呼んでこなくてはならないでしょ。だから、死者への祈りを小さな声で唱えて立ち上がったの。でも、人を呼んでくる前に、辺りを素早く見回したわ、何か私のために書いたものを残しておかない方がいいって自分に云い聞かせてね。この可哀想な若者が死んでしまったことのショックで手紙のことをすっかり忘れてしまっていたけれど、それほど多くもない本や書類のあいだに霊のメッセージがあったりしないかと探してみても、何もなかった。そのあと、最後にもう一度その姿を見て、祈りを捧げようとしたとき、半分ベッドの下に入っているような状態で紙が一枚落ちているのに気がついて、見るとそれは弱々しい筆跡の鉛筆で書かれたものでね、手に取ってみたら、頼んでいた手紙だったの！　素早くバッグに隠して、身を屈《かが》めて彼に口づけしたわ。それから人を呼びに行ったの。

この可哀想な若者を悼む気持ちは、自分の息子に対する気持ちそのもので、以前彼を援助していたご婦人と一緒に葬儀を取り決めたり、その日はあれこれ手配するので忙しかったから、そんなこんなでクリングスランドさんのところへは、その日も翌日も立ち寄る時間はなかったし、そもそも頭にも浮かばなかったの。そうしたら次の日になって半狂乱になったような手紙が届いて、そこには、何かあったのか、自分は重病だからとにかくすぐに来てくれ、他に何かしなければならないことがあったとしても、と書かれていたのよ。

病気になったっていう話は半分も信じなかったわね。お金持ちの人たちを相手に長く仕事をしてきたから、あの人たちが狼狽《うろた》えたり騒ぎ立てたりするのにはすっかり慣れてしまっていてね。クリングスランドさんは、私があの手紙を手に入れたかどうか知りたくて仕方がないだけだって判っていましたからね。あの方を繫ぎ止めておけるかどうかは、次に訪ねて行くときに私のバッグの中に手紙を用意して行けるかどうかに懸かっていたわけね。もし、しっかり繫ぎ止めておけなかったら、彼女を暗闇に引きずり込もうとどんな卑劣な手が待ち受けているかよく判っていたの。

その手紙を書き写すのは大変な苦労だったから、その中身にまで気を配ることはできなかったわね。でも、そんなことを私が考えたら、ちょっと簡単な言葉すぎないかとか、紳士がお目当てのご婦人に向かって書くにはもっと長い単語を使うのではないかとか思ってしまったでしょうね。あれやこれやで、もう一度クリングスランドさんのところへ出かけたときには、心安らかとは云えない状態だったわ。私が危険な仕事から足を洗いたいと願うことがあったとするならば、それはこの日だったということになるかしら。

クリングスランドさんの部屋へ行ってみると、可哀想にベッドに横になってしきりに寝返りを打っていたようなのだけど、その眼には狂ったような光が宿っていて、顔には私があれだけマッサージを施して対処していた皺がたくさんできていたから、それを見たら固くなっていた私の心にも優しさが戻って来たのね。

「それで、あれは」熱に浮かされたような声だったわね。「コーラ、あの手紙は？　持ってきてくれた？」

バッグから手紙を出して手渡すと、私は坐って待っていたけど、もう心配で心配でどきどきしてしまってね。ずいぶん長いこと待っていたんだけど、クリングスランドさんを直視することはできなくて。恋人からのメッセージを読んでいる女の人をじろじろ見ていられないでしょ。

どれほど長く待ったことか。ゆっくりいちど読み終えてから、もう一回読み直していたんじゃないかしら。いちど寂しそうに溜息をついて、一度こんなことを云ったの。「ああ、ハリー、そんな莫迦《ばか》なことをしては駄目よ」それから息を潜めるようにして少し笑って……。それからまた長いこと黙ったままだったから、私もやっとそちらに顔を向けてそっと様子を窺ってみたの。重ねた枕の上に頭を載せて、髪がその上に波打つように広がっていた。手紙をしっかり握りしめていて、顔の皺はすっかり消えて数年前に私が初めて遭った頃のように戻っていたわ。ええ、その手紙の言葉が、私のそれまでの苦労よりも効果を発揮したわけね。

「どうでした？」そう云って、少し微笑みかけてみたの。

「ああ、コーラ――やっと彼が私に話しかけてくれた。本当の言葉で」涙が若返った頬を伝っていた。

私も涙をこらえることができなくて、心もずいぶん軽くなったわ。「それではもう信じてくださるんですね」

「コーラ、あなたを疑うなんて頭が少しおかしくなっていたのね」そういってクリングスランドさんは手紙を胸元に抱き寄せ、レースのあいだに滑り込ませたの。「どうやってこれを持ってこられたの？」

もしもう一通同じような手紙を求められて、さらにまた一通とか云われたらどうしようとどきどきしたわね、あのときは。少し間を置いてから、重々しい口調でこう答えたの。「簡単なことではないのです、今回のように死者に手紙を書いてもらうということは」そのとき不意に、自分が云っているのはまさに本当のことだと気がついたの。あれは私が持ってきた死者からの手紙だから。

「そういうことじゃないの、コーラ。あなたを信じているから。これを宝物にしてこのあと何年も生きていけるわ。ただ、どうやってお返しをしたらいいか教えてね。百年かけても十分なお礼はできないでしょうけど」

その言葉は私の胸に刺さったけれど、一瞬どう答えたらいいか判らなかったの。だって、確かに自分の魂を賭けるようなことをしたけれど、だからといってそれに報いてもらおうなんて。でも、それでクリングスランドさんの魂を救えたのかも知れないでしょ。邪《よこしま》な人たちを近寄らせないようにできたんだから。もう何もかも難しくてどうしたらいいか判らなくなってしまったのよ。そのとき、気持ちが楽になるようなことを思いついたの。

「それでは、一昨日のことですが、ちょうどあなたのハリーと同じくらいの年頃の若者と一緒にいました。可哀想に、健康にも恵まれず希望も失っていました。病気で粗末な部屋で臥《ふ》せっていました。ときどきそこに行って会っていたのですが――」

クリングスランドさんは憐れみの感情が湧き上がったのかベッドに身を起こして「まあ、何てことでしょう。どうして今まで全然話してくれなかったの。すぐにもっといい部屋を借りてあげて。お医者さまには診てもらっているの？　看護してくれる人はいるの？　さあ、早く――小切手帳を持ってきて！」って云ってくださったわ。

「ありがとうございます。でも、もう看護してくれる人も診察してくれる人も要らないのです。今はもう地面の下の部屋にいるからです。お願いしたいことはただ」ようやくその言葉を口にできたの。もしかしたら莫大なお金を手に入れることだってできるかも知れないと判っていたけれどね。「彼の魂のためのささやかなミサを捧げられるだけのお金です」

百ドルもあればこれ以上はないというほどのミサを望めると信じてもらうのが大変だったけど、あの日、それ以上のものを求めなかったことが私を元気づけてくれるの。ディヴォット神父がミサを捧げてかなりの謝金を受け取るのを見届けたわ。だから、神父さんも共犯みたいなものよね。そんなこと知る由《よし》もないけど。

ビロードの耳あて

Velvet Ear Pads

一

ニューヨーク州クリオにあるピュアウォーター大学のローリング・ヒバート教授は、マルセイユ－ヴェンティミリア間を走る特急列車のコンパートメントの隅に腰を下ろすと、ポケットからビロードの耳あてを出して耳を覆い、考え事を始めた。

この楽しい活動に落ち着いて没入できるようになって三週間が経った。ボストンからマルセイユへと向かう蒸気船の上では、実はそれなりにそんな機会はあった。同船者たちがどこまでも迎合的で騒々しい輩であるとすぐに気づかされたものの、船旅があまりにも過酷だったので彼らもすぐに目立たない存在になったからである。不幸にも、同じ原因が教授にも影響を及ぼしていたのだが、船が静かな海域に達して教授に活力が戻って来ると、他の乗客もやはり恢復《かいふく》し、あらゆるところにのさばるようになり、どこにでも入り込み、それは前よりも輪をかけて酷《ひど》いものになった。地中海に入って、あるご婦人が双子を出産した頃からだった。

上陸してからの激動の二十四時間について、教授は回顧したくないと思っていた。もうすっかり終わったことではないか。「求めているのは静寂だけだ」と教授が医師たちに云ったのは、インフルエンザに罹《かか》ったあとに気管支肺炎になる怖れがあると判って、すぐに暖かい気候の地へ出発するように医師たちに命じられたときのことだった。すると、騒がしい観光客でいっぱいの遊覧蒸気船に押し込まれて、世界中の人々が同時に目指しているように感じられる港へと送り出された。もしかしてこれは自分のせいだろうか。教授は急いで計画を立てたり決断したりできたことがなかった。病気でまだ震えていた頃、いきなり気候の温暖なところで六箇月過ごさなくてはならないと告げられ、南カリフォルニアか南フランスのどちらかを選択しなくてはならなくなり、そこで後者を選んだのは、その方が仕事上の人間関係やどこかで顔見知りに出会うのではないかという恐怖から完全に逃げられるからだ。気候に関しては、どちらも同じだと判っていた。望むことはただ肺の病気から恢復し、そこで必然的に得られる余暇を利用して近ごろ発表されたアインシュタインの相対性理論に対する反論を書くことだった。

南フランスに行こうと一度決意してしまえば、目的に適う静かな場所を、そんな人口の多い地で見つけられるのかというのが残された問題だった。騒音や誰彼構わぬ人間との交流を忌み嫌う教授の思いを共有できる同僚たちと不安だらけの相談をした結果、モンテカルロとマントンンのあいだの丘陵地帯を登ったところにあるひっそりとした下宿屋《ペンション》に決まった。聞いたところ、そこでは犬が吠えることも、鶏が鳴くことも、猫が求愛の声をあげることもないという。滝のように、音が出る自然現象も認められないらしい。さらに、その下宿屋へ通じる険しい道を自動車で登るのは、たとえマフラーを取っ払ったとしてもまったく不可能なのだそうだ。要するに、アインシュタインの理論に対する反論を執筆できるところがあるとすれば、まさにそういう場所だろうし、偉業を完成できるのはそこしかないということだ。

列車に乗ってしまうと、教授はもっと楽に呼吸ができるようになった。同船者のほとんどはそのまま船に残った。マルセイユに群がる彼らから教授だけ離れたわけだが、今度はまた別のところに群がる彼らを船は運んでいく。列車はさほど混んではいなかったし、他の旅行者がコンパートメントに入ってきたとしても、この耳あてが邪魔されないように護ってくれるだろう。構想を練っている本に関する興味の尽きない思索にようやく戻れるのだ。大洋へ潜るダイバーのように、奥深くまで。教授は息を大きく吸ってから、飛び込んだ。

列車がマルセイユを出発したとき、確かにコンパートメントには誰もいなかった。間違いない。ところが、その後の駅で、いつどこだったかはよく判らないが、男が一人入ってきた。一度考えごとを始めるともう時間は空間と同様に完全に意識から消えてしまう。その侵入者の存在にようやく気がついたのは、鼻孔に煙草の匂いが少しずつ入ってきたときだった。極めてゆっくりと。教授が内なる純粋理性の要塞に引き籠《こ》もっていったん梯子《はしご》を引き上げてしまうと、如何《いか》なる存在であろうと教授の五感を通して接触しようとするのは簡単なことではなかった。そういったものが欠けているというわけではない。正反対だ。匂いを感じることも、見ることも、味わうことも、聴くこともできる。生きているどんな人間とも同じように。だが、何年ものあいだ、これらの機能を働かせるのを抑え込んできた。自らの命と安全を維持するのに必要な場合を除いて。世界に見えるものも、感じ取れる匂いも、聞こえる音もなければいいとすら思っていた。そして、視覚の、聴覚の、あるいは嗅覚の器官から届く少しでも不必要な徴候を執拗に拒絶することで、耳あてはただの限定的な象徴に過ぎないとはいえ、それで貫き通せない無感覚の衣を全身に纏《まと》っていたのである。

煙草の匂いに気付いてしまったのは事故のようなものであり、まだきちんと整った状態になっていないことの徴候である。だから、その匂いを断固寄せ付けまいとして、「向かいの男」と標《しる》すに留め、ふたたび観念的思考の中へと沈み込んでいった。いちどだけ、一時間くらい経ったのではないかと教授が思った頃、列車が急停車して危うく座席の隅から放り出されそうになった。精神の均衡が乱され、その瞬間、苛立《いらだ》たしいことに視線が心ならずも銀の木立、紫の岬、青い海へと向かってしまった。「うっ、景色ってやつだな」と呟《つぶや》き、そして、改めて意志の力で非論理的で雑多な現象と純粋な知性が鎮座する絶対的にして単調な領域とのあいだに、精神のカーテンを下ろした。隣の煙草の匂いがときどき戻ってきたが、教授は断固としてそれを排除し、列車は進み続けた。

ヒバート教授は、実は情熱的で興奮しやすい性格だった。その精神が喜びを見出す孤高の知的労働にこれほど適応しづらい気質はない。ただ理想の最高天で生きていたいと願っていただけだが、人生における胡乱《うろん》な人間関係が呼び起こす憐憫《れんびん》、憤怒、侮蔑といった感情のせいで、絶え間なく地上へと引きずりおろされていた。それでも、いつ見てもまったく意識に入って来ない対象が二つだけあると教授は自負していた。ロマンティックな風景と美しい女性である。ただし、風景に関しては、絶対的な確信を持ってはいなかった。

不意に、腕の上に柔らかく、しかしはっきりと、何かが触れるのを感じた。見下ろすと手袋をした手が見え、見上げると今度は向かいの男だと思っていたのが女だと判った。

この厄介な発見に対しても、ほとんど完全なる無知覚という空白の壁でなおも対抗するつもりだった。しかし、この腕の摑み方の力強さは、自分にとってどんな苦痛や不都合があろうと、このご婦人は注意を引こうとする強い決意をはっきり示しているのだと気づいた。そして、彼女は何か話しているようだった。おそらく次の駅で降りればいいのか訊《たず》ねているのだろう。教授は声を出さずに「耳が聞こえない」という口の動きを示して、耳を指で指した。それに対する女性の返事は、腕を放して自由になった手で教授の耳あてを弾《はじ》き飛ばすというものだった。

「耳が聞こえないですって？　そんなわけないでしょう」威勢の良い声で、流暢《りゅうちょう》ではあるが異国の響きのある英語で云った。「もしそうなら耳あてなんか要らないでしょうに。ただ邪魔されたくないから、それだけでしょう。そういう手口は判っているんです。ハーバード・スペンサーの真似ですね」

この猛襲で教授はそれ以上の抵抗がほぼできなくなった。しかし、何とか気を取り直すと冷たい声で云った。「時刻表は持っていない。乗務員に訊ねた方がいい」

その女性は吸い終わった煙草を窓から投げ捨てた。顔から煙が漂い離れると、その顔立ちが若々しいこと、そして唇と目の周辺の筋肉が収縮することによって一般的に微笑《ほほえ》みとして知られているものを形作っているのに気付いて落ち着かない気持ちになった。次の瞬間、彼女がどんな顔をしているのか判ってしまうと悟って狼狽《ろうばい》し、視線を逸《そ》らした。

「乗務員には相談したくありません――あなたに相談したいんです」とその女性は云った。

教授の耳は直ちに朗らかで魅力的な声の抑揚を嫌々ながら聞き取った。「あなた」に優しく触れるその声は、母音が豊かに響く新しい代名詞であり、相手を呼ぶための、世界にたった一つしかない代名詞であるかのように響いた。

「あ・な・た・に」と繰り返した。

教授は目を逸らしたまま首を振った。「この路線の駅は一つも知りませんよ」

「あら、ご存じない?」それを聞いてショックを受けたようだった。彼女の同情心に特別に訴えたようでもあった。「でも、私は知っていますよ――一つ残らずね。目を瞑《つむ》っていても判ります。聞いてください。最初から始めますよ。パリ――」

「いや、そんなのを聞きたいわけじゃないんだ！」その声はもはや悲鳴だった。

「それは私もです。お願いしたいことがあるんです。ほんの小さな、些細なお願いを一つだけ」

教授はまだ目を逸らしたままだった。「つい最近まで体調がかなり悪かったんですよ、私は」と訴えてみた。

「まあ、嬉しい――嬉しいっていうのは」自分の言葉を慌てて云い直した。「つまりまたすっかりお元気になったということでしょうから。それに、ご病気だったということも嬉しいんです。だって、それではっきりすることは――」

ここで教授は陥落した。「何がはっきりするんだ」かっとなって云ってしまったが、気付いたときにはすでに遅く、罠にかかってしまっていた。

「あなたが私を助けてくださる運命にあるという確信が、です」と確信に溢れた嬉しそうな声で彼女は答えた。

「いや、それは間違っている。完璧に間違っている。私は生まれてから一度も誰かを助けたことなんてない。如何なる形であっても。助けないと決めているんだ」

「ロシアの難民でも?」

「絶対にない!」

「いいえ、ありましたよ。私を助けてくださいました」

教授が怒りに溢れた視線を向けると彼女は頷《うなず》いた。「私はロシア難民なんです」

「あなたが？」と教授が大声をあげた。このときには、もはやその目の動きをまったく制御できなくなっていて、抑えきれないほど活動的に腹立たしいほど几帳面《きちょうめん》に彼女の容姿と装いを細部に至るまで読み取っていた。どちらも調和のとれた贅沢なものだった。教授は疑うような笑い声をあげた。

「どうして笑うのですか。私が難民だと見て判りませんか。私の服装を見れば。こんな真珠を持っている人がロシア難民以外にいますか。こんな黒貂《くろてん》の毛皮とか。必要だから持っているんです——売るためにです。もちろん、私の黒貂の毛皮を買ってみようという気にはなりませんよね。現金でわずか六千ポンドでお譲りしてもいいのですが。いえ、そんなことはないでしょうね。訊《き》かなければならないからなんですよ。こんなことに関心はありませんよね。パリやロンドンの宝石商は私たちに真珠の販売を委託していますし、大手婦人服メーカーは毛皮製品を提供しています。もちろん、昔はオリジナルの品を売っていたんですよ。私はかなりうまくやっています。先週モンテカルロで、銀狐の毛皮を二枚と真珠を一つなぎ売りました。ああ、なんて危険な場所なんでしょうか。自分の取り分はその日のうちに博奕《ばくち》ですってしまいました……あら、どうやって助けていただいたのかお話しするのを忘れるところでした」

息を吸うために言葉を切ると、その間に教授は手に持っていた耳あてを耳に戻した。

「もうこれを戻しておく」と冷たい声で云った。「議論は嫌なんでね」

また彼女は指で弾いて耳あてを外した。「議論をするつもりはありません——ただお礼を申し上げたいだけです」

「何のお礼だかさっぱり判らないし、何《いず》れにせよ、お礼なんてされたくはないので」

彼女は憤慨するように眉を顰《しか》めた。「ならば、どうしてそうするように云ったのですか」と云い返して、宝石の飾りのある小さなバッグを開けて煙草の巻紙や質札でごちゃごちゃしている中から紙を一枚抜き出した。そこに教授の名前を添えた言葉が女性の尖った筆跡で書かれているのを呆気《あっけ》にとられている相手に見せた。

「ほら！」

教授はその紙を手に取って、苛立たしい様子で目を通した。「この『現象の排除』はニューヨーク州クリオのピュアウォーター大学ローリング・G・ヒバート教授からオデーサのアメリカYMCA難民センターの図書館に寄贈されたものである。如何なる読者からであろうと、感謝の言葉を上記の住所宛に送っていただければ、ローリング・G・ヒバートは大いに喜ぶでしょう」

「ほら！」彼女はまた云った。「もし云って欲しくなかったら、どうして感謝の言葉を送ってくれなんて書いたのですか。『大いに喜ぶ』という言葉に別の意味があるのですか。切手を買うお金がなくてオデーサからは手紙を書けませんでした。でも、この本が私にもたらしてくれたものについてあれからずっとお伝えしたいと思っていたんです。私の人生をすっかり変えてくれました。ときに本は、そういうことをしてくれますよね。すべてが違って見えるようになりました。私たちの難民センターさえも。私はすぐに恋人を諦め、夫と離婚しました。私にとって最初の二つの『排除』でした」そう云って、過去を思い出しているような微笑みを浮かべた。「でも、私を軽薄な人間だと思わないでくださいね。哲学の博士号も持っていますから――モスクワ大学で十六歳のときに取得しました。翌年には彫刻のために哲学を諦めて、さらに翌年には数学と愛のために彫刻を諦めました。その愛は一年間続きました。その後、バラティンスキイ公と結婚しました。従兄でした。それは大金持ちで。結果的には、離婚する必要はありませんでした。その後すぐにボリシェヴィキに生き埋めにされてしまいましたから。でも、そんなこと予見できませんでしょう？　それにあなたの本のおかげで――」

「やれやれ！」本の著者が耐えられなくなって言葉を挟んだ。「感謝してほしいなんてそんなくだらない言葉を私が書いたと思っているのかね」

「違うのですか。そんなこと私に判るはずがありません。アメリカから難民キャンプに届けられるものにはほとんど、そんな小さなラベルが付けられていました。アメリカの人たちは皆、私たちが何もかも取りそろえられた机の前に坐《すわ》っていて、ポケットに手を入れればボンド街から取り寄せた万年筆と切手ケースが出てくると考えてそうだと思っていました。思い出してみれば、口紅とバーナード・ショーのカレンダーをもらったことがあって、そこには『これを受け取った難民の方がジョージア州のメロピー・ジャンクションにいるサディ・バートという女の子にお礼の手紙を書いてくれたら、一箇月のあいだチューイング・ガムを我慢して貯めたお金でこの品を買ったアメリカの小さな女の子は喜ぶだろう』と記されていましたね。もちろん、サディちゃんに手紙を書けないのは残念に思いました」ここでいちど言葉を切って、さらにこう付け加えた。「そのスーツケースにあるお名前を見た瞬間に、私の教授だと確信しました」

「やれやれ」教授は呻《うめ》くように云った。

汽船では必須だったラベルを外すのを忘れていた！　反射的に手を伸ばして忌々しいラベルを引きちぎろうとした。しかし、またもや公爵夫人の手が教授の腕を捕まえた。「もう手遅れです。それに、本のお礼をしたからって本当に恨んだりはなさいませんよね」

「でも私が望んだわけでは――」

「ええ、でも私はそうしたかったんです。あの頃私は哲学をすっかり捨ててしまっていて、現実の世界に生きていました。若い将校のプレオブラジェンスキイと一緒に。戦争が始まったときでした。もちろんオデーサにあった私たちのキャンプでは、現実はまさに逃げ出したい対象だったわけです。そのときあなたの本はもう一つの世界へまっすぐ引き戻してくれました。私が唯一、純粋な幸福を知っている世界へ。純粋って何て素敵なことなんでしょう。残念なことに、それを維持するのは困難です。お金のように。その他の本当に価値のあるもののように。でも、そのほんの小さなひと欠片《かけら》でも持つことができて感謝しているんです。私が十歳だった頃に――」

そこで不意に言葉を止めて、輝く毛皮の中に身を埋めた。「私が自分の人生を語りだすとは思いませんでした？　いいえ、そんなことはしませんから耳あてをまたしてください。どうして耳あてをしているのかようやく判りました。新しい本の構想を練っていらっしゃるんですね。そうですよね。何をお考えなのか私には判るんです。さあ、進めてください。私もどうでもいいことを喋るより、傑作の誕生を後押しする方を選びますから」

教授は微笑んだ。この人は優れた著作がそんなふうに——駅と駅のあいだの線路上で無駄話をしている最中に生まれてくると思っているのか！　それでも、教授は完全に怒っていたわけではなかった。自分の本が褒められるのを聞くのが意外にも快いものだったということと、実際に彼女を直視して、長い時間よくよく観察してきた結果、気が合いそうな印象を受けたということで、この同室になった乗客に対して前よりも寛容な気持ちを抱くようになっていたのだった。

「まあ——」彼女は小さく息を飲んで云った。「それはまだ話を続けていいということでしょうか」教授が答える前に、彼女は顔を曇らせた。「判っています——そうしてもいいというのは、すでに瞑想を邪魔してしまったからだというだけのことですね。本当に申しわけないことをしてしまったと思っています。でも、幸いなことに、もうそんなに長くお邪魔はしません。カンヌでこの列車を降りますから。次の駅がカンヌです。それで思い出したのですが、一つお願いしなくてはならないことがあるのです。ちょっとしたことなんですが」

教授の顔が曇った。頼みごとと聞いて心配になったのだ。「万年筆が壊れてしまっていてね」

と、また頑《かたく》なな声に戻って云った。

「あら、サインをいただきたいとお願いすると思いました？　それとも小切手とか？」（なんて頭の回転が速いのか！）彼女は首を振った。「いいえ、サインを無理にお願いするのは私も嫌です。それに、お金をお願いするつもりもありません――こちらから少しお渡ししようと思いまして」

教授は狼狽を新たにして彼女の方を向いた。そんなことがあるのか――結局のところ、教授はまだ五十七歳にもなっていないのだ。今までの清廉潔白な人生がもしかしたら護《まも》ってくれるかも知れない……少なくとも一つの仮説ではあるが……この堕落したヨーロッパの社会で、男が直面しなくて済むものがあるとしたら何だろうか。多少の困難を伴いながらも教授は何とか引き攣《つ》った微笑みを浮かべた。

「お金を？」

彼女はまた頷いた。「まあ、笑わないでください。冗談を云っているのではありませんから。その耳あてのことです」と狼狽《うろた》えたように付け加えた。

「ええ、もしその耳あてを使っていなかったら、話しかけようとは思いませんでした。スーツケースに付けていた名前を見たのは、話しかけた後でしたから。先に名前を見ていたら、きっと偉大な哲学者の瞑想を邪魔するなんてことは恥ずかしくてできなかったに違いありません。でも、ずっと見ていたんですよ。何年ものあいだ。その耳あてを」

教授は困惑したように彼女を見つめていた。「この耳あてを買い取りたいと？」と教授は怯《おび》えながら訊ねた。言葉の通じない国で別のを買うには一体どうしたらいいんだろうかと思いながら。

彼女は腹を抱えて笑い、親しさと優しさでいっぱいの嘲《あざけ》りを全身から発した。

「それを買い取るですって。そんなわけはありません。五分もあればもっといいものを自分で作れますから」ひと目で判る教授の安堵の表情に微笑みかけた。

「でも、私はもうおしまいなんです――すっからかんって云うんでしたかしら。アメリカ人の若い友人がよくそんなふうに云っているんですけど。何年か前に、コーカサスでジプシーが話してくれたのですが、最後の一ペニーまでギャンブルですってしまったとしても――ほとんどそうなってしまったところです――ビロードの耳あてをした蒼白《あおじろ》くて知性的な顔の男が私に代わって賭けるようしむけることさえできたら、それで全部取り返せるらしいのです」

彼女は身を乗り出して教授をじろじろ見つめた。「ずいぶん蒼白いですよね。それにとっても知的な感じだし。病気だったとお話しになったとき、この人だって確信しました」

ローリング・G・ヒバート教授は必死になって周りを見た。気が狂った女と同じところに閉じこめられてしまったのだとやっと判ったからだ。危害を加えられたりはしないだろう、おそらくは。しかしもし、その宝石の飾りのあるバッグの質札や煙草の紙の下に玩具の拳銃を潜ませていたら？　教授の人生はそのような「刺激的な状況」からしっかり護られてきたので、その場に相応《ふさわ》しい機転と行動で対応する能力が自分にあるかどうかいささか自信がなかった。「私は身体的には弱いと思うし」教授が苦々しく云うと、不愉快な湿気が全身から染み出してきた。「それに如何なる争いにも加われるような状態ではなく……」と情状酌量を願った。

しかし、狂人に対してはどう対処するものなのか。それを思い出しさえすれば。思い出した。調子を合わせるのだ。

方針が固まり、バララティンスキイ公爵夫人をそれまでよりも優しい視線で見つめることにした。「では、私に賭事をしろというわけですね。あなたに代わって」メロピーのサディ・バートに話しかけるとしたらそんなふうになるのではないかという明るい口調で云った。

「まあ、なんて素敵な。そうしてくださるのですか。きっとそうしてくださると判っていました。でも最初に」といちど言葉を切って、「少し説明させてください——」

「ああ、もちろん説明してください」と答えながら、これだけお喋りだから次の駅に着くまでにその説明が終わらないことにならないかと素早く計算した。彼女が云うには、そこで下車することになっているらしいから。

すでに彼女の目は落ち着きを取り戻しており、教授は心の中で安堵の溜息を漏らした。

「天使のような方ですね。私、自分のことを話すのが大好きなんです」と告白する。「それに、もしそうしろと云われればあなたの同胞と結婚することもできると云えば、きっと私の話に関心を抱いていただけると思うんです。美しくて英雄のような若者と。あの人のためなんです。

あの人のためにまたお金持ちになりたいんです。もしあなたにも人を愛する心があるなら、自分の愛する人が飢えに脅《おびや》かされているのを見るのに耐えられますか」

「しかし、飢えに脅かされているのはあなたなのではありませんか」教授は穏やかに指摘してみた。

「私たち、どちらもです。恐ろしいことではありませんか。私たちは、出会って恋に落ちて、お互いに同じことを考えたんです。相手をお金持ちにしてやろうって。そのときは、私たちのどちらにも、無理のない手段でお金持ちと結婚したあとすぐに離婚することで目的を達成できるような手頃な有力候補がいませんでした。それで私たちはあの呪われた卓ですべてを賭け、二人とも負けました。婚約者には数百フランしか残らず、私はカンヌの仕立屋のモデルとして惨めな仕事をしなければならなくなりました。でも、モンテカルロにいらっしゃるのですから——ええ、荷物がそうなっていますから——あの場所を訪れずに一夜を過ごすとは思えませんん」そう云って、無限に物が詰め込まれているバッグから百フランを取り出そうとしたので、教授は吃驚して彼女を押し止めた。彼女は狂っているかも知れないが、だからといってその金を受け取るような素振りを見せることなど教授にはできなかった。

「モンテカルロで一夜を過ごすつもりはありませんよ」と抗議した。「そこからすぐにバスに乗って丘の上の方にある静かな場所に行くのだから。そこの名前をどこかに書き留めておいたんだが。部屋も予約しているし、だから先延ばしすることはできないのでね」と穏やかな口調で納得させようとしてみた。

彼女の目は、教授の燃え盛っている想像力には、狂人のずる賢さのように思えた。「この列車が二時間近く遅れているのをご存じないんですか。トゥーロンの近くで満員の大型遊覧バスに衝突したのに気付かなかったようですね。救急車が走り抜けていったのも聞こえませんでした？　乗る予定のバスは、モンテカルロに着いたときにはもう出てしまっているでしょうね。だから、そこで一晩過ごすことになってしまうでしょう。もし、そうしないとしても」と説得力に満ちた声で付け加えた。「駅はカジノから二歩くらいしか離れていないし、三十分くらいならちょっと覗いてみてもいいのではありませんか」彼女は両手を胸の前で組み合わせて懇願した。「私の婚約者をご存じだったら断ることはないでしょうね――だって、同郷の若者なんですから。数千ドルさえあれば、何もかもうまくいくのに。すぐに結婚して、カンザスにあるあの人の先祖代々の土地で暮らすべきでしょうね。そこの天候は、夏はアフリカで冬はオムスク地区のようです。だから、オレンジを育てて、黒貂を飼おうという計画を立てたんですよ。この二つがあれば、成功しないってことはなさそうでしょう。今必要なのはそれを始めるための資金なんです。この百フランを賭けていただければ。最初の勝負から勝つはずです。その後は勝ち続けることになります。そのときになったらお判りになるでしょうけど」

そのとき突然、彼女は教授の握りしめた拳を押し開いて、破れた封筒に入った紙幣を捩《ね》じ込んだ。「聞いてください。これがカンヌの私の住所です。バララ公爵夫人――ああ、駅に着きました。守護天使先生、さようなら。またすぐにお目にかかりましょう。仕立屋ではベッィーって呼ばれています……」

痙攣《けいれん》する指を教授が開く前に、あるいは彼女を追いかけて駆け出す前に、彼女は姿を消していた。バッグと旅行鞄を持って、プラットホームのごった返す人混みの中へと。他の乗客たちは、押し合いへし合い喋りながら、友人たちとの抱擁から身を引き剝がし、あの女がいた場所を埋めると、窓から手を振ったり、出口を塞いでいた。もう列車は動き始めていて、教授は自分の隅の席に坐って、呆然と紙幣を握りしめていた……。

二

モンテカルロに着くと、教授はポーターを一人確保して何とか荷物を混乱から救いだした。このための努力、そしてポーターに意志を伝えようとする挑戦、それを最初はラテン語で、次にピュアウォーターで訓練したフランス語で試みたのだが、それですっかり疲れ果ててしまい、待合室の隅に坐り込んでポケットに手を突っ込み、丘の上にある静かな下宿屋《ペンション》の住所を記した紙を探した。ようやくその紙を見つけてやれやれといった様子でポーターに手渡した。するとポーターは両手を上げて「行った《パルティ》、もう行った《パルティ》、バスはない」と云った。あの悪魔の女の云うことは間違っていなかった。

次のバスはいつなのかと訊いてみた。

明日の朝八時三十分までないと云う。その言葉に間違いがないことを立証するかのようにポーターは待合室の壁に掲げられている大きな時刻表を指した。教授は時刻表を確認して、呻き声を上げながらまたベンチに腰を下ろした。一泊できるちゃんとした宿を見つけられる可能性について相談しようとした（こんなところではとんでもない思いつきのようにも思えたが）。ところが、「このあたりでどこか――」と、まだほとんど云いかけてもいないうちに、相手はすべて諒解しているというように頷き、共犯者みたいなウィンクをしながら、ポーターは流暢な英語で答えた。「きれいな女？　土耳古風呂？　写真？」

教授はその提案を身震いしながら却下し、荷物をクロークに預けて探索に出た。二歩も歩かないうちに、明らかに品行の疑わしい見知らぬ男に声をかけられ、差し出されたパンフレットのタイトルに気付くと憤慨して撥《は》ねつけた。「ルーレットにおける偶然に関する理論」だった。しかし、偶然に関する理論は教授にとって大いに関心のあるものだったし、それをルーレットに適用することも理論的には惹《ひ》かれるところがないではなかった。そこで、そのパンフレットを買って近くのベンチに腰を下ろした。

研究に熱が入ってしまい、日が暮れてようやく立ち上がった。夥《おびただ》しい数のランプがカジノに焦点を合わせて瞬いていた。教授は宿を探さなくてはならないことを思い出しながら、歩き出した。

「それに明日は早起きしてバスに乗らなければならない」と自分に念を押した。教授が歩を進める人気のない広い通りはもっと静かで照明も少ない地区へ通じているようだった。その通りの、どれもこれも個人の住宅だと思われる家々を一軒一軒じっくり眺めながら進んでいくうちに、反対方向から歩いてくるほっそりしているがしっかりした体格の若い男とぶつかりそうになった。フランネルのテニスウェアを着て、話し好きのように見える明るい目をしていた。

「失礼」と教授が云った。

「何がです?」と若い男が答えた。最後の言葉のRの弾音は耳に馴染みがあって、感じのよい口調がさらによく聞こえた。forをfurのように発音していたのである。

「お、アメリカ人か!」と教授が大声で云った。

「名探偵《シャーロック》!」と若い男が喜んで両腕を広げた。「私と同じ不満の種を抱えている方と推察しますが」

教授は喜んでいるような溜息をついた。「そうですとも。私が求めているものは、ありふれた静かな宿屋か家族向けのホテルですよ」

「母親が選ぶような?」若い男は答えた。「まあ、そういうのを探すにはいかがわしい場所ですがね。でも、モンテにも一軒ありますよ。そこを知っているのは私だけでしょう。私はテイバー・トリングといいます。ご案内しましょう」

一瞬、教授の疑わしそうな目がトリング氏に向けられた。ヨーロッパの腐敗した都ではもちろん——ピュアウォーターですらそうなのだが——偶然出会った見知らぬ相手から得た情報が必ずしも全面的に信頼できないことは知っていた。たとえそれが愛想のいい、安心感を与えてくれる西海岸の響きを持つ言葉であったとしても。しかし、結局はモンテカルロは国の首都ではないし、海と山のあいだにある出っ張りに家が犇《ひし》めき合う小さな冗談のような町に過ぎない。もう一度若者に目をやって、この町と同じように無害だと教授は納得した。

トリング氏は、素早く思考を読み取って面白がっているような視線を返した。

「大きくて陽気な私たちの国とは違いますね。こういったリヴィエラのリゾート地にいるとラッシュ時の地下鉄を思い出しますよ。みんな吊り革に摑まっている。でも、私のところの女主人は昔からの友人でね、そこの下宿人が一人、今朝出て行ったのを知っているというわけです。その男の旅行鞄を下宿屋の女主人が奪い取ろうとしたからだって聞きましたが。彼は逃げて行きましたから、その部屋をあなたが使ってはいけない理由が思いつきません。お判りですか」

教授は納得した。しかしすぐに、今度は自分の荷物が奪われるのではないかと心配になった。これまで生きてきて経験のなかったことだ。

「ここではそういうことがよくあるのですか」と教授が訊ねた。

「なんですって？　女主人との諍《いさか》い？　きちんと支払っていれば、そんなことはありませんよ。あるいは彼女に気に入られていれば。嫌われていたのはもう一人の方だったんじゃないかな。あの男がいつも卓の反対側の席に坐っていたのは判っていますがね」

「卓というのは――賭事の卓のことですかな」教授はちょっと立ち止まって訊ねた。

「そのとおりですよ」と相手が答えた。

「じゃあ、ときどきはご自分でも賭博場へ行くわけですか」と教授が次の質問をした。

「そりゃあ、まあ」テイバー・トリングが意味あり気な顔で云った。

教授は、さらに興味を抱いたように相手をじろじろ見て云った。「ということは、あなたにも偶然に関する理論があるってことですか」

若者は教授の視線を正面から受け止めた。「ええ、あります。でも、検閲に引っかからない言葉にはできないんですよ」

「確かに個人的な体験についてはそうだろうけど、理論に関してなら――」

「まあ、その理論にどん底にまで落とされましてね。とんでもなく激しく叩きつけられましたよ」その表情は無感情な顔から活気に満ちたものへと変わった。「今や無一文ですが、もし百フラン貸していただければ、もう一度挑戦してみたいものですが――」

「いや、百フランなんか持っていない」と教授は慌てて云った。そして、心の中にふたたび疑念が呼び起こされた。

テイバー・トリングが笑った。「もちろん、ありませんよね。人に貸すような百フランは。冗談ですよ。この辺りでは誰もが冗談を云いますから。ここがさっき云った家です。先に行って女主人を探してきます」

二人が立ち止まったのは、通りの端にあるなかなか居心地のよさそうな小さな家の前だった。椰子《やし》の樹、薔薇の茂みがいくつか、そしてアルカディアという語が掲げられた門が、舗道とその家を隔てている。オレンジ色の鬘《かつら》を被ったどっしりした感じの女性が慌てたように出てきたのを見て、教授は胸をなで下ろした。オレンジ色の鬘を被っているにしては、その顔は賢明で慈愛の心に満ちていたので、教授は確かに安息の地に着いたのだと感じた。教授を愛想よく迎え入れてくれ、部屋はあると告げてそこまで案内してくれた。「でも、今晩だけですよね。明日にはシャムの貴族の方がいらっしゃることになっていて」

これに対して教授は、明日の昼間のうちに出発するからそれで何の問題もないと答えた。しかし、階段の最初の段に足を乗せたところで振り向いてトリング氏に話しかけた。

「こちらの方に荷物を駅から運んでもらえないか頼めませんかね。そうしてもらえたら、少し辺りを散歩できるのです。明日朝早く出発しようと思っていて、辺りを見て回れるのは今しかないので」

「そういうことでしたら、僕から話しておきましょう」と若者は気持ちを判ってくれた。教授が門に手をかけたとき、トリング氏がメガホンで呼びかける観光バスの添乗員のような大声で叫ぶのが聞こえた。「三つ目の通りを左へ、それから最初の角を曲がるとさっき云った卓がありますよ」そのあとは元の声に戻ってこう付け加えた。「あと、アルカディアの門限は午前零時ですからね」

教授はその余計なお節介に微笑んだ。

三

多言語を話せる門番に自分の国籍と未成年ではないことを確認させ、教授は賭博場にいた。夕食に出て行く時間だったのであまり混雑してはおらず、最初に目に入ったルーレットの卓に簡単に近づいて行けた。

参加者たちの肩越しに様子を覗き込んでいると、深遠な理論に基づく研究には、神殿における女神の気分を観測することによって得られる経験ほどの価値はないということが理解できた。女神の気紛れは、その信奉者たちの信じられないほどの愚かさ、自信のなさ、あるいは思慮のなさによって見事に支えられていて、教授は最初は面白いと思い、最後には苛立つことになった。美しい女性を見たときに心の内に湧きおこる苛立ちに似たものを感じ始めたのだ。あるいは、その他の無駄な贅沢に対して感じるものを。もしそうさせようと思ったら自分の曲に合わせて彼女を踊らせることもできるし、そうしたら少し楽しいかも知れないという秘密めいた感覚とともに。美しい女性たちに対して、教授もそういう感覚を一度や二度は得たことがあった。ただし、ほんの束の間の一瞬だったが。

しかし、このヴェールに包まれた神格ほど強く教授を惹きつけたものはそれまでになかった。

その隠された顔からヴェールを引き剝がしたいという強い願望が、激しく、抗いがたいものになった。「ここにいる愚か者どもは誰一人、偶然の理論という概念を判っていない」と呟いて、補佐役《クルピエ》の近くにある席まで人をかき分けて進んで腰を下ろした。そうしながらポケットに手を入れてみて、そこには五フラン硬貨が一枚の他に五サンチーム硬貨が数枚あるだけだと気付いてがっかりした。残りの金、四百か五百フランはアルカディアにあるスーツケースに入れて鍵を掛けておいたのだった。ここでは削除された言葉で不運を呪いながら立ち上がろうとしたとき、クルピエの声が聞こえた。「皆さん、お賭けください」

教授は、本物の罵りとなるはずだった意味のない言葉を呟きながら――それはコーヒーになるはずだったポスタム〔コーヒーの代替品として一八九五年に誕生したノンカフェインの穀物飲料〕のような――席に戻ると五フラン貨を最後の三つの数字に投げつけた。そして、負けた。

当然のことだ――興奮のあまり、自分の理論とまったく反対のことをしてしまったのだ。このはした金は最初の三つに賭けるはずだった。しかし、もう遅過ぎる。それでも留まって――反対側のポケットに手を突っ込んでみると、驚いたことに百フラン紙幣が出てきた。これは本当に自分のものだろうか。

いや、そんなわけはない。自分の資金は正確に記憶しているし、この紙幣に説明がつかないことは判っているのだ。必死に放心状態から抜け出して、ようやくこの問題の紙幣が今日の午後に列車から降りるとき手に押し込まれたものだと思い出した。しかし、誰だったか――

「皆さん、お賭けください。お賭けください。賭けは終わりましたね。これで打ちきりになります」

教授の手から百フランが逃げ出して、勝手に卓の真ん中にある数字まで飛んでいった。その数字が当たった。緑のボードの向こうから三十六枚の百フラン札が増えて教授めがけて飛んで帰って来た。これを全部また同じ番号に掛けるべきだろうか。「そうだ」と冷静に頷いてクルピエの問いかけに答えた。三千七百フランがクルピエのレーキで元の場所に戻された。

またその番号が当たって、札束の船隊が幸運なギャンブラーのポケットという港へ渡ってきた。このとき教授は自分の理論に静かに集中すべきなのだと判り、そのようにした。千フランを賭け、それを三倍にして、それから三千フランを置き、また勝った。その賭け金を二倍にして勝った金が彼の許《もと》へとやって来ると、周囲の人々が興味と羨望の混ざった眼差しで自分を見るようになっていると感じ始めた。しかし、この積み上がった大金は本当は誰のものなのだろう。

今はそんなことを考えている暇はない。教授は自分の理論がしっかり事態を手中に収めているあいだに抜け目なく振舞うのだ。何か優れた存在が自分の知性の舵《かじ》を握って導いてくれているような感じがした。秘密の守護霊がヴェールを被った女神と対戦しているのだ。刺激的なことであるのは疑いない。たとえば、ピュアウォーターで大統領夫人とお茶を飲むというようなことよりも遥かに。ナポレオンになったような気分になってきた。軍隊を右に左に配置し、前進させ、退却させ、増強し、再配置する。ああ、ヴェールに包まれた女神も、今回だけは女神に相応しいものを受けることになるのだ。

その夜も更けた頃に、教授に関心を抱いて集まってきた人混みの中心になっていたとき、もともとあの百フランはあの女に渡されたものだったということが不意に頭に甦った。あの午後の列車にいた女——しかし、そんなことを気にする必要があるだろうか。ひと勝負ごとに限界に挑み、これほど明晰で、完璧に超然として、これほど鋭敏な感覚を教授の心が抱いたことはなかった。今まさに明晰の絶頂にあった。この状態を役立てようとしたその瞬間、アルカディアの門限が午前零時だったことを思い出した。その夜、屋根の下で眠りたいのであれば直ちに戻らなければならない時間だった。

そうしたかったので、静かに落ち着いて儲けをポケットに入れて立ち上がると、卓から離れて部屋から出た。空腹で、気分は良く、そして警戒心を抱いていた。結局のところ、教授に必要なのは刺激だったのだが、気持ちのよい刺激は、日常生活における些細な苛立ちがもたらすようなものではない。列車の中で出会った、いまだにその名前がどうしても思い出せない女性の存在のように。このときの教授の好みにいちばん合うのは、たまたま通りかかったところにあった眩《まばゆ》いほどの照明のカフェに坐ってビールの瓶とハムのサンドイッチを目の前にしているとき、あるいはチーズトーストの話をしているのが聞こえたときか。しかし夜の空気は膚《はだ》に刺さるように寒く、ベンチで寝るのは嫌だったので、我慢してとにかくアルカディアへの道を急いだ。

汚い前掛けをした眠たげな少年は、教授が中に入ると鍵を掛け、二階の小さくて殺風景な部屋に案内した。階段は足を乗せるたびに軋《きし》み、他の部屋の前を通るときにはドア越しに鼾《いびき》が聞こえてきた。アルカディアは狭苦しく今にも壊れそうな造りで、丘の上の宿はもっと堅牢な造りで宿泊者も少ないことを天に願った。しかし、一晩だけなら気にすることはない――そのときはそう思っていた。

案内してきた少年が去ると、部屋の電燈をつけてポケットを膨らませていた札束をテーブルの上に投げだして、旅行鞄を開けた。

荷物はあまり持たないことにしているのに、荷ほどきはいつも時間がかかって面倒臭い。何をどこに入れたか思い出せない。不安と絶望の果てにようやく寝室用スリッパが携帯用洗面用具入れに入っているのを見つけ、洗面用具（まだ濡れている）がパジャマの中に包み込まれているのを発見するのが常だった。

しかし今夜は洗面道具もパジャマも探さない。最初のスーツケースを開けたときに染みひとつない筆記用紙《フールスキャップ》の束が出てきたのだ。いつも文学関係の原稿に使っている紙だ。賭けの儲《もう》けを放り投げたテーブルにはみすぼらしいインク入れがあって、その真上にぐらぐらする電球が掛かっていた。テーブルの前には椅子があって、開いた窓から夜の静けさが流れ込んできていた。眠っている海の波の音と時おり遙か彼方《かなた》から聞こえるクラクションの音も邪魔になるほどのものではなかった。教授の頭の中も、同じ夜の静けさと落ち着きで満たされていた。奇妙なことが起こった。ヴェールを被った女神の勝負で教授の理知は研ぎ澄まされ、この数週間のあいだ悩まされていた病と苦痛のせいでゆっくり引きずり込まれていた知的無関心状態から完全に、そして突然抜け出したのだった。もはや賭博場や偶然の理論を考えることはなく、強く刺激された能力を駆使して、本気で勝負しようという気持ちで強力な相手である怪物と格闘していた。「いざ、アインシュタイン！」鬨《とき》の声を上げる十字軍戦士のように教授は叫んだ。テーブルの前に坐ると、札束を押しのけ、ペンをインク壺の青い泥の中に突っ込んで、そして書き始めた。

静寂は甘美だった。神秘だった。論証の連鎖は次から次へと自ら展開していった。這い進む芋虫の軌跡のようにページからページへと果てしなく流れ渡っていく。休むことなく、迷うことなく。精神装置がそんなふうに円滑に連続して働き続けたのはいったい何年ぶりだろうか。ついには、人里離れた丘の上にある不確実な下宿屋という思いつきはやめにして、自分の知的活動に都合のよさそうな場所にひと冬腰を落ち着けるのも、そんなに悪いことではないのではないかと思い始めていた。

そのとき突然、隣の部屋から物音が聞こえ始めた。最初はドアを乱暴に叩きつける音が、続いて扱いにくい鍵を掛けようとする愚かで気の短そうな音がした。それから、タイル張りの床の上に靴が脱ぎ捨てられた。次に、がたがたする洗面器に水を注ぐ音が、壊れそうな洗面台の上に水差しを置く恐ろしいほどの音が。どうやら、その洗面台は二つの部屋を繋ぐドアに向かって設置されているようだ。その後に、暴れるような音を立てて顔を洗う音が聞こえてきた。それが終わると一瞬の静寂があって騙されそうになったが、すぐにひゅうひゅうと鳴る音が隣の宿泊客の息遣いをかき消すように聞こえてきたかと思うと、抑えてはいるが、粗野な嗄《しわが》れ声の正確な物真似になって、最後には耳障りな鸚鵡《おうむ》のような叫びになった。何度も何度も高らかにこう宣言するのだ。「一文なしだ！　一文なしだ！」

その間もヒバート教授の頭脳は論証を纏め続け、しっかりした言葉の枠組みに押し込めようとしていた。隣の部屋の騒音が大きくなるにつれて、次第に奮闘も限界に近づいた。とうとう教授は跳び上がって、きっちり耳を塞いでやろうと耳あてを探してありとあらゆるポケットの中を探った。しかし、この対策は、隣の部屋から執拗に聞こえてくる中身のない騒音を黙らせることはなく、護ってくれる耳あてを抜けてくる音がむしろ気になって仕方がなくなり、寝静まった家で真夜中に聞こえる超自然的な軋みや、枕を積み上げたり毛布を引っぱり上げたりしても何の防御にもならないぎしぎしがたがたいう秘密めいた音までそこに加わった。

ついに教授は隣の部屋に通じるドアの下に大きな隙間があることに気付いた。この隙間を塞がない限り仕事はできない。またもや教授は跳び上がって洗面台に飛びついてタオルを手に取ろうとした。しかし、部屋の準備が慌ててなされたせいか、タオルの用意は忘れられているのが判っただけだった。ならば新聞では――いや、新聞はない。いくら新聞を探してみても無駄だった。

この頃になると物音は囁き声くらいにまで小さくなり、ときおりそれも中断していたが、教授の苛々した精神状態では、その不規則に訪れる静けさも、それを破って聞こえてくる音を待ち受けてしまう緊張感も、前にも増して腹立たしいものになっていた。絶望的な気持ちで周囲を見回すと、その目はテーブルの上の札束を捉えた。いま一度立ち上がって、札束を摑むと、ドアの隙間に詰め込んだ。

するとき突然静寂が訪れ、奇蹟のように静まり返ったので、教授は執筆を続けたのであった。

四

丘の上に着いた教授は二十四時間を過ごした後、こちらの最後の避難所は何もかも自分の願ったとおりだったと断言する気になっていた。その立地は（ほどんと外を見たことはなかったものの）高いところにあってなお世の中から護られているように感じられ、部屋の中にいても陽の光を受けているかの印象を抱いた。最初の朝、癒やす力に満ちた深い眠りのあとに下へ降りていくと、自分の好みに合った雰囲気の中にいるとすぐに判った。感情を露《あらわ》にしたがる同郷人はいないし、ぺこぺこするフランス人もいない。イギリス人が四、五人いるだけで、教授が彼らに話しかけられるのを怖れているのと同じくらい、彼らも話しかけられるのを怖れているようだった。必要な蛋白質《たんぱくしつ》と炭水化物に相当する面積分だけ食べ物を摂取すると部屋に引き上げた。自分と目を合わせようとしていそうな客たちのことは頑なに無視して。そして一時間後には執筆に没頭していた。

　ここでの日々をこのまま穏やかに過ごすことさえできれば！　しかし、最初から疑念を抱く理由があった。ここには赤ん坊がいるのだ。もちろん、誰もが否定している。料理人は猫のために使った赤ん坊用のお椀がたまたま階段に置きっぱなしになっていただけだと云い、女主人は自分はもう二十年も前から未亡人だと云うが、教授が思うに――女中は階段の踊り場で赤ん坊用の下痢止めとして使ったアヘン安息香チンキの匂いなんかしていないし、ときどきミモザの香りを間違える人はいるのだと云ったが。

　その晩、健康のために庭を散歩（耳あてはしたままだ）したあと、教授は部屋に戻って執筆を続けた。二時間、途切れることなく書き続けた。が、微《かす》かな泣き声で邪魔されてしまった。すぐに耳あてをして、書き続けた。しかし、微かであってもその泣き声はコルク抜きのように食い込んでくる。怒りのあまりとうとうペンを置いて耳を欹《そばだ》てた。五分おきに聞こえてくる。

「どうせ仔猫だとか云うのだろうな」教授は呻いた。そんな嘘では一瞬たりとも教授を欺くことはできない。ここに入ってきたときに育児室の匂いが一瞬したことを思い出した。もしあのとき、直ちに踵《きびす》を返して他所《よそ》に行っていさえすれば。しかし、どこへ？

　未知の世界へ飛び込むと考えただけで、病気からようやく恢復しはじめた頃のように衰弱してしまいそうな気持ちになる。それに、今書いている本はすでに教授に爪を食い込ませている。

そいつが飢えた獣のように自分の脳に吸い付いているのが感じられた。階下の人たちは皆、昼食のときと同じように夕食でも冷淡で、石でも投げられるんじゃないかというような態度だった。そんな邂逅《かいこう》が二度あった後には、彼らに煩わされることは決してないだろうという確信を抱いた。まさに楽園ではないか。しかしここにはあの蛇もいない。

悲しげな泣き声は続き、椅子の上で躰《からだ》の向きを変え、絶望的な気分でゆっくりと辺りを見回した。部屋は小さくて殺風景だった。ドアは通路に面したものが一つあるだけだった。何となくそのとき思い出したのは、二日前の夜にモンテカルロで同じような感じで邪魔をされたことだった。あのときはその邪魔を防ぐ方法を見つけたのだった。何をしたのだったか。それを思い出せさえすれば。

視線の先がドアに戻った。ドアの下に光が見える。間違いない。誰かが子供を連れて上がってきたのだ。教授の心は思索の最高天からドアの下の隙間のレベルにまでゆっくり降りてきた。「タオルが何枚かあれば……。ああ、しかしここにタオルはないじゃないか」その言葉が心の中に浮かび上がるとほぼ同時に、視線が装飾を施されたラックに向いた。どうしてタオルがないと思ったのだろう。そうだ、モンテカルロの夜を思い出していたのだ。あそこでは確かにタオルを見つけられなかったという記憶が甦った。そして、隣の部屋の騒音を防ぐために……。

「ああ、何てことだ！」教授が叫んだ。ペンが音を立てて床に転がった。教授は跳び上がり、続けて椅子が倒れた。赤ん坊が怯えて泣きやんだ。恐ろしいまでの沈黙が訪れた。

「ああ、何てことだ！」教授は叫んだ。

あのときの部屋の情景がゆっくりと甦ってきた。自分が同じように跳び上がってタオルを探したけれど見つけられなかったこと、次に紙の束を摑んでドアの下の隙間に押し込んだこと。紙……確かに紙だ。「ああ、何てことだ！」

あの晩、摑んだのは金だった。何万フランもの札束だった。それとも、何十万フランだったかもしれない。怒り狂うあまり、札束を慌てて摑むと押し潰してドアの隙間に押し込んだのだった。金だ――信じられないほどの金額の。しかし、いったいどうやって手に入れたのだろう。そもそも誰の金だったのか。

教授はベッドの端に腰を下ろして、破裂しそうな頭を両手で摑んだ。

狂ったような振舞いに至る、続けざまに起きた信じ難い出来事を再構成するのに苦労しながらもようやく判ってきた。あの札束をドアの下に突っ込んでしまったが、一枚たりとも自分のものではなかった。そのことについてはもう確信があった。それほどはっきりとではないが、誰かが紙幣を一枚渡してくれたことも思い出した。百フラン札だ。マルセイユ行きの汽船の上か、それとも列車の中でか。賭事に関する謎めいた指示とともに。今はそこまでしか辿り着けない。教授の心は最高天から落下してきて地面に衝突し、いきなり現実と接触したせいでまだ朦朧《もうろう》としていた。何れにせよ、あの金は一ペニーたりとも教授のものではないのだ。それを全部、モンテカルロにあるホテルのドアの下に置いてきてしまった。あれは二日前のことだ。

赤ん坊がまた泣いていた。しかし、それを除けばこの家の皆はまだ眠っていたが、教授は髪もぼさぼさで髭も剃らないまま、服装もハムレットのようにあちこちはだけたまま、驚き怯える女中のそばを駆け抜けた。女中は走り去る教授に向かって村まで近道をしていけばバスに間に合うと大声で教えてくれた。

教授にとって執筆を突然中断するというのは、大きな手術のあとに意識が戻るときのようなものだった。物事を考えることも出来事を認識することもできずに世界を漂い、摑みどころのない切り立った壁に囲まれていた。モンテカルロへ向かう途中、その壁はバスの乗客たちの顔でできていた。虚ろで謎めいた顔だった。教授の心はその神秘の滑らかな表面を這い登って現実へ戻ろうと必死だった。たった一つの感情だけがはっきりと残っていた。あの人物への憎しみ――あれは女だっただろうか――破滅をもたらす百フラン札を自分に与えた人物だ。その感情を命綱のようにしっかり摑んで、それが現実まで引き上げてくれるのを辛抱強く待った。あの敵の名前さえ思い出せれば！

モンテカルロに着くと、タクシーに乗って思い出した名前を告げた。アルカディアだ！しかし、最初に乗ったタクシーの運転手がその目立たない安ホテルの名前をたまたま知っていたり、あるいは場所を思い出したりする可能性はどれくらいあるだろう。

「アルカディア？　いや、もちろんですよ。みんなそこに行ってくれって云うんだから」と運転手は大声で云って、一瞬も迷うことなく乗客を正しい方向へ連れて行こうとしているようだった。しかし、あの人目につかない下宿屋が「みんな」が行ってくれと云うような場所なんだろうか。「みんな」というのはいったい誰なんだ。

「間違いないのかな――」教授は口ごもりながら云った。

「道を間違えてないかって？　まさか。押し寄せる連中についていけばいいだけだから」

これは些《いささ》か大袈裟な表現だった。そんな早い時間に、モンテカルロの住宅地には、教授が前に見たときとそんなに変わらない程度の人影しか見当たらなかったからだ。しかし、その道が正しいかどうか疑っていた気持ちも、反対方向から軽快な足取りで歩いてくる、フランネルのテニスウェアを着た体格のよい、話し好きのように見える明るい目をした若者の姿を見るとたちまち消散した。

「テイバー・トリングだ！」という叫び声が教授の意識下の深淵から上がってきた。教授は友人の注意を惹こうとしてタクシーの窓から身を乗り出し危うく転げ落ちそうになった。

どうやら勘違いだったようだ。その若者は、教授の合図を目にしても、ぽかんとした顔で唖然とした視線を返すだけで、身を翻すと横道へ足早に姿を消してしまったのだから。教授は半信半疑の状態に戻って、このまま探索を続行すべきかを迷っていたが、タクシーはまだ動き続けていて、どうすべきか決断する前に、道を進んだタクシーは人混みのあいだを通り抜けて、見覚えのあるアルカディアの正面に建つ門の前に停車したのだった。

「ここですよ！」運転手が身振りで示した。我儘な子供の機嫌を取る親のような感じだった。

ここか！　と教授は車から飛び出した。人混みをかき分けて進むと煙の出ている焼け跡の前に立っていた。アルカディアという名前を掲げる庭門は混沌への入口だった。アルカディアが建っていたはずの場所の向こう側から、他の家々が、まったく見たこともない知らない家々が、肩を寄せ合ってその惨状を呆然と見つめていた。

「いや、こんなところではない」教授が文句を云った。「ここは燃え落ちた家じゃないか」

「まったくそのとおりです」運転手が相変わらず機嫌を取るような声で答えた。

教授の顳顬《こめかみ》は破裂しそうだった。

「でも、これが――これがアルカディア・ホテルだったっていうのか」

運転手は肩を竦《すく》めて、その名前を指さした。

「いつ――火事になったんだ」

「昨日の朝早くに」

「で、女主人は――ホテルの持ち主は？」

「さあ、どうでしょう」

「どうやったら探し出せるんだ」

運転手は、そのあまりの苦悩の様子に心が動いたようだ。「安心してください。亡くなった人はいないということですから。ご友人か親戚の方だということでしたら……」

教授はその推察を手を振って否定した。

「もちろん、警察に訊いてみることもできますよ」運転手が続けて云った。

警察！　その言葉の響きだけで、教授はすっかり狼狽えてしまった。あの金のことを警察にどう説明したらいいのだ。しかも、フランス語で？　そう考えると心が冷え、親切過ぎる運転手に警察本部まで連れて行かれるのが怖くなって、慌てて支払いを済ませると、独り残って水浸しで煙を出している自分の愚かさの遺跡を門から見つめた。

あの金を取り戻そうとすべきだろうか。ほとんど絶望的だと思っていたが、今やそれは異国の法律という謎めいた危機に身をさらそうという試みに過ぎなかった。尋問され、取り調べを受け、パスポートを押収され、原稿を没収され、来たるべき数箇月にわたる確かな静穏と執筆が消散してしまうのが見えた。焼け跡を警備している警官に好奇の目を向けられているのを感じ、惨事の現場からそそくさと立ち去った。さっき、テイバー・トリングだと見間違えてしまった若者のように。

町の別の地区まで来て、ベンチに腰を下ろして自分の置かれた状況について考えてみた。

二日前にモンテカルロに着いたとき、自分がやったことを正確に思い出してみると、バスに乗り損ねたことが甦ってきた。そして、連想がふたたび教授を助けに来てくれた。

微かに揺れる若い女性の姿が心の中に徐々に現れ、真珠と毛皮と香水を纏って列車の客室から慌てて降りてくると、そのとき教授の手に紙幣を捩じ込んだのだ。

「公爵夫人……公爵夫人……仕立屋ではベッツィーと呼ばれて……」手掛かりはそれだけだった。

しかし、少しするとあの同室の女がカンヌで降りたことを思い出した。この良心の重荷を降ろす唯一の希望は、その地で列車を降りて、ほとんど望みが期待できないとはいえ、その探索をやり遂げるしかないと確信した。

五

列車に乗って席に着いてカンヌに向かって出発して初めて、自分の置かれている状況の恐ろしさに気がついた。それから一時間ほど、ことの複雑さと深刻さについてつくづく考えてみた。名誉を失い、破滅し（自分が責任を負わなければならない金額を思い出したのだ）、なお悪いことに、もっとも愛している執筆という仕事を続けられなくなってしまった。これからどれほどになるかも判らない長期にわたって。返済という務めに本気で集中せねばならないという問題を受け入れると、自分がなくした金額を稼ぐために今取り組んでいるような真剣な科学研究は諦めて、おそらくは、何とも忌まわしいことだが、イラスト入りの雑誌か何かに一般大衆向けの「科学」記事を書くほどに身を落とすことになるだろうと思った。その手の仕事を以前かなりよい条件で提示されたことがあったのだが、高慢にも断ってしまった。今の教授が精いっぱい望み得るのは、エチケット・コラムと、ラシェルのおしろいや水着に関する記事のあいだのどこかに自分を受け入れてくれるところがあるかどうかという程度なのだ。

カンヌに着くと、お洒落なショッピング街と思しきところを見つけて、最大限の意志の力で何とか注意の先を仕立屋に向けて、一軒一軒探して行くことにした。

どの店でも極めて鄭重《ていちょう》に迎えられ、いささか不思議なことにどの店でもベッツィーが出てきた。どのベッツィーも皆若く、ふわふわした薔薇の花のようで、教授が慌てて違う人だと断るとかなり怒らせてしまった。耳を塞いで、退散するたびに投げつけられる粗野で侮蔑的なコメントを防ごうとしたが無駄だった。だが、この頃には公爵夫人の姿が鮮明に脳裏に甦ってきていたので、若い代役があてがわれそうになる店のどこにも隠れていないことだけはよく判った。最後の店を出ると絶望に打ち拉《ひし》がれてまたもや坐って考え込んだ。

すると、心の中でかちっという不思議な音がして、内なる意識の扉がまた大きく開いた。しかし今回は、前に乱暴に放り出された創造の世界へと引き戻されただけだった。アインシュタインに関する議論における重要な論点が不意に頭に浮かんで、それを書き留めようと慌てて紙を探した。一枚だけようやく見つけた紙は、ぎっしり殴り書きで埋まった封筒の切れ端で、カンヌへの列車の中で公爵夫人へ弁済する金額を何度も何度も計算した跡だった。しかし、裏側にはまだ綺麗な面があるかも知れないと思って裏返してみると、そこにあったのは斜めに長く伸びた筆跡の文字だった。

バラティンスキイ公爵夫人

モン・カプリス館　ルート・ド・カリフォルニ

教授は立ち上がると、大慌てで周りを見渡してタクシーを探し始めた。ルート・ド・カリフォルニなんてどこにあるのかさっぱり判らなかったが、この絶望的な状況において、長い探索の旅を考えれば五分程度の移動のためにタクシーを拾うくらいは簡単なことに思えた。それに、目的地に確実に向かう方法は、教授の知る限りそれしかないのだ。そして、なるべく早くそうすることしか今は考えられなくなっていた。

タクシーに乗ってからの時間は長かった。ほとんど町の端から端まで戻って、白くて埃っぽい平坦な道へ出て、それから豊かな緑に覆われた崖のあいだをひたすら登って、一度曲がると乱暴に車は止まった。

外を見ると、驚いたような顔のテイバー・トリング氏と見つめ合っているのに教授は気がついた。

「ああ、またか！」と若者は叫んで、怒りで顔が真っ白に変わった。いや、むしろ恐怖か。

「またとはどういうことかね」と教授が問うた。しかし、話しかけた相手はなぜか素早く身を翻して緑の茂る脇道へと姿を消していた。

教授は驚いて言葉を失いタクシーの席に身を沈めた。「また」というのは、この朝にモンテカルロに着いてから出会ったときのことを云っているのだともう判っていたが、どうやらテイバー・トリングは自分に会うと逃げてしまうのが決まった習性になっていて、教授が追いかけようと思っても走るのが早過ぎてむりだろうという結論に達しただけだった。

「まあ、出会いがいつでも喜ばれるわけではありませんからね。この車にお客さんがいると思わなかったんでしょう。山の上まで乗せてもらえると期待していたんでしょうね」

「同乗させてあげられればよかったのだが」教授はずいぶん残念そうにしていた。それに運転手がこう答えた。「もう今頃はずいぶん離れたところにいるに違いありませんよ。どうもお客さんの様子が気に入らなかったようで」

悔しくてもこれに反論する余地はなく、タクシーは道を登り続け、ライオンの紋章が掲げられている印象的な門に着いた。門を通って入ると平らに造成した庭の上に広々とした大邸宅があって周囲の景色を見下ろしていた。

この頃にはもう教授は予期せぬことに対して心の準備ができていたので、公爵夫人の説明した住まいや財産と合致していなくても、ぐずぐず考え込んだりすることはなかった。門にはモン・カプリスと掲げられていて、それはポケットに入っていた封筒にある名前と同じだった。毅然とした態度でベルを鳴らし、バララティンスキイ公爵夫人は在宅か否かを問うた。

案内されて客間をいくつも通って進んでいくと、行き着いた部屋にいた公爵夫人が広い寝椅子から立ち上がった。夫人は黒い服を纏っていた。半ば透けて見えるような、いや、半透明の布地の。恐ろしいまでに完璧な美しさを見せつけて教授の前に立った。

その瞬間、教授の心にまたかちりという音がして、その奥深くから甲高い声が聞こえてきた。「美しい女性はひと目見れば、美人だとすぐに判るんじゃなかったのかね」しかし、教授は耳を塞いでその言葉を拒んで、その女性の方へと近づいた。

三歩も進まないうちにもう彼女は教授のすぐそばにいた。足が触れ合うくらいのところに。夫人の燃えるような手が教授の手首を掴み、炎を上げる石炭のような瞳が教授を焼き尽くした。

「マスター！　マエストロ！　隠しても無駄です。何の予告もなく私のところへ来てくださいましたね。でも、私のお願いに応えてくださるだろうと確信していましたし、どこにいても、どれだけ多くの人の中にいても、あなただと判ったはずです」そう云って驚く教授の手を取って唇に当てた。「それは天才であることに対する報いです」そこでようやく息をついた。

「しかし――」と教授が喘《あえ》ぎながら云った。

香り漂う指先が教授の唇を塞いだ。「しっ。まだですよ。最初に云わせてください。どうして、あえて私が手紙を書いたのかを」そう云いながら教授をそっと寝椅子の隣にある肘掛け椅子に坐らせ、自分は寝椅子の枕へ東洋風に頭を沈めた。「自分は人生における情緒がすっかり干上がってしまったと思っていました。この歳で――悲劇だと思いませんか。でも、それは思い違いでした。本当は、哲学に、結婚に、数学に、離婚に、彫刻に、そして愛に挑戦してみましたが、舞台に挑んだことはいちどもありませんでした。自分の本当の天職を見つけるのに長い時間が掛かることもあるわけです。同じような不安を経験なさったことがおありじゃありませんか。何れにせよ、演劇の才能は三箇月前になるまで姿を現したことがありませんでした。そのとき、『緋色の瀑布《ばくふ》』という戯曲を完成させたのです。私の人生を描いたものです。タイトルから判ると思いますが。友人たちには、演劇としての価値がないわけではないと云われました。実際のところ、友人たちの云うことに耳を傾けていれば……」

教授は椅子からやっとの思いで立ち上がった。彼女の狂気に対する恐怖が戻って来た。穏やかな声でこう話し始めた。「私のことを誰か別の人と間違えていたとしても無理からぬことだと思うけれども――」

夫人は独特の身振りで教授の言葉を遮った。「でも私が云いたいのは、もちろん、主役に相応しい演出ができるのは一人だけ、つまり私しかいないということです。だって、私に起きたことなんですから。どう演じればいいかいったい他の誰に判るっていうんですか。ですから、傑出した興行主たるあなたに跪《ひざまず》いてでもお願いするのは、劇作家と悲劇女優の二役を認めていただくことです。見かけによらず私の人生は悲劇に満ちていましたから。その主要な出来事のあらましを二言三言説明させていただけるのであれば……」

しかしここで公爵夫人は一瞬だけ息をつかなければならず、立ったままだった教授は抗議の言葉をそこで大声で挟んだ。「これ以上お話を聴き続けることはできません。まず第一にあなたの人生のお話はすでに聴きましたし、第二に私はあなたが思っている相手ではありません」

公爵夫人は真っ青になった。「偽者ですって!」そう罵ると、刺繍を施された呼び鈴のロープに手を伸ばした。

夫人の狼狽している姿には、不思議と教授を落ち着かせる効果があった。「私を追い出さない方がいいと思います。どうして私がここに来たのかを聴いてからにしてください。一昨日、モンテカルロであなたが百フラン札を賭け金として預けた不運な相手ですよ。残念なことに、あなたの名前も住所も思い出せなかったので、カンヌじゅうの仕立屋を回ってあなたを探すことになりました」

夫人の顔が一瞬にして明るくなった様子はあまりにも美しく、教授が懸念や羞恥の気持ちを忘れそうになるほどだった。

「仕立屋ですって？　ああ、ベツィーを探して！　あるとき一日マネキンをしなければならなくなったのは本当ですよ。でも、そのあと、奇蹟のように幸運に恵まれて――今はその幸運をあなたに感謝しなくては」公爵夫人は熱の入った言葉を続けた。「やっと自分の天使、先日の恩人が判りました。誰だか気付かなかったのはいったいどうしてかと自問しています。どうして、鼻持ちならない劇場の支配人だと思ったのか。天才哲学者なのに。許してくださいますか。何もかもあなたのお陰なのに。何もかも！」公爵夫人は啜《すす》り泣いて教授の足にすがりつかんばかりだった。

教授の方は夫人の狼狽が増すにつれて落ち着いていった。実際に、手を夫人の腕に置いて優しくクッションのあいだに押し戻す危険すら犯した。

「代名詞を変えるだけで、さきほどの最後の言葉は正確なものになります」と教授は溜息をついた。

しかし公爵夫人はまた新しい話題を喋り始めた。「あの幸運な百フラン札！　私からあのお札を受け取っていただいた瞬間から、あの列車を降りて私の運は奇蹟的に、そして完璧に変わったのです。私のために勝っていくらかのお金を得てくださるのは判っていました。でも、これほどまでの財産を足許に積み上げることになるなんてどうして想像できたでしょうか」

教授の躰から冷たい汗が出てきた。ということは、彼女は知っていたのだ。その途方もない直感がまたもや教授の秘密を見通したのだ。列車の中では『現象の排除』の著者名から名前を突き止め、さらに別の著作に取り掛かっていることを推察したのではなかったか。夫人がこれらをどうやって見出したかということに関してはそれぞれ妥当な説明があるとそのときは考えた。しかし今は、彼女の予知能力は外からの助けを必要としていないように感じていた。公爵夫人が椅子から立ち上がって、また教授の両手を握った。

「あなたは感謝されるために来て、私は感謝しているのです」重い睫毛が涙で煌《きら》めいていた。教授の苦悶する額を滴り落ちる汗と今にも混じり合いそうだった。

「やめて――やめてください。お願いだから」教授は夫人の手から逃れると後退《あとずさ》った。「とにかく話をさせてくれれば……説明させて……」

公爵夫人は咎《とが》めるように指を立てた。「ご自分を卑下するようなことを云わせる？　私からの感謝を拒絶させる？　いいえ、それは駄目です。何を仰っても何も変わりませんから。もうずいぶん前のことですが、コーカサスのジプシーにあなたが私のためにしてくださることを聞きました。そして今になって、それをしてくださったのに私の口から感謝の言葉が出るのを止めようとするなんて！」

「だが、私は感謝されるようなことは何もしていない。あなたのための金を作れなかった。むしろ逆に――」

「もう黙って！　そんな言葉は冒瀆《ぼうとく》のようなもの。この贅沢で美しい住まいを見てください。もう明日にもここを出て行かなければならないと思っていました。でも、あなたのお陰で、もはや破滅に直面していると思った瞬間に、富が私の上に降り注いだのですから」

「私に間違いを指摘させてください。そのような間違った報告を誰が上げてきたのかは知りませんが」教授は激しい心痛のあまり、彼女の貪るような凝視から逃れる道を探すかの如く周囲を見回した。「あなたのために少なからぬ額の金を作ったというのは間違いありません。しかし、その後でそれを失ってしまったのです。何とも恥ずかしいことに」

公爵夫人は教授の云うことをあまり聴いていない様子だった。感謝の涙がまだその顔を流れ落ちていた。「失ったですって。多かろうが少なかろうがそんなことがどうしたというのですか。今の私の金銭的な状況では、そんなことはどうでも構いません。大金持ちなのです。一生、大金持ちなんですから」夫人は誠実な声で話し続けた。「私は完璧に幸福な女になれるに違いありません。私の戯曲を舞台に上げてくれる興行主さえ見つけることができたら」そう云って魅惑的な瞳を教授に向けた。「ところで、その戯曲を読み上げてお聞かせしたいのですけれど、如何《いかが》でしょうか」

「いやいや、それは」教授は断ったが、そのときその言葉で相手が不愉快な気持ちになることに気付いて、慌てて云った。「他の話題に移る前に、まず私がどれほどの金額を借りているのかを教えていただいて、私が借りていた金額がどれほどの不都合をもたらしたのか、そしてその不都合な状況においてどのような……」

しかし、もはや公爵夫人が自分の話を聴いていないことに教授は気がついた。夫人の顔に新しい光が現れ、その輝きがすでに涙を乾かしていた。若々しくほっそりとした躰を震わせ、夫人はテラスに面した高さのあるフランス窓の一つの方を見ていた。

「私のフィアンセ――あなたの同胞ですよ。ここにいたのね。まあ、あなた方を引き合わせられてほんとうに嬉しい」と声をあげた。

教授はその視線の先を見て驚いた。少し開いた窓からフランネルのテニスウェアを着た若い男が部屋の中へ入ってきた。

「テイバー」公爵夫人が囁いた。「こちらは私の恩人――私たちの恩人――こちらは……」

テイバー・トリングはすでに首にしっかり回されていた完璧な腕をそっと外した。「誰かは知っている」と固い口調で云った。「だから、今朝早くからずっと逃げていたんだ」

少年の面影すら残るその気さくな顔は、苦痛ですっかり崩れていた。公爵夫人を一顧だにせず、ただ蒼ざめた顔で立ち尽くし、訪問者に堅い決意で向かい合っていた。

「全力で逃げていた。少なくとも十五分前までは。そのとき、不意に声が聞こえてきたんだ。『テイバー・トリング、こんなことでは駄目だ。お前は中西部の生まれだが、両親はニューイングランド出身だ。今こそそれを証明するときだ。もしそうするつもりがあるのなら。荒涼とした岩だらけの海岸やメイフラワー号やそういったやつだ。そこに何か意味があるとしたら、今こそ表に出て行くべきじゃないか』やれやれ。そんなわけで僕はここにいて、残らず打ち明ける準備ができている」

彼はポケットから絹のハンカチを出して、教授と同じように苦悩で湿った額を拭った。しかし、教授の堪忍袋の緒は切れかかっていて、何が起ころうとも、自分の話をすっかり打ち明けるまでは何者にも邪魔はさせまいと心に決めた。

「どうして今朝、私を避け、そして今は私を探しているのかは存じませんが、このご婦人と親しい関係の様子なので、ここで私が話そうとしていたことを続けてはいけない理由はないでしょう。もういちど云いますが、いただいた百フラン札を持ってルーレットの卓へ向かい、それを賭けたところ予想外に順調な結果が得られて、その日の午前零時になる少し前に賭場を出たときに持っていた金は――」

「九万九千七百フランちょうどだ」テイバー・トリングが口を挟んだ。

これを聞いて教授は驚いて息を飲んだ。だが、ここで起こっていることは何もかもピュアウォーターで体験してきた確率の法則からあまりにもかけ離れているので、その言葉の意味に気づくのに時間は掛からなかった。

「今、金額を正確に教えてくれたが、私がその金をもう一ペニーも持っていないことは知らないのか」

「ああ、知らないと？」テイバー・トリングは新しく吹き出してきた額の汗を拭きながら云った。

教授は凍りついた。「知っているのか。ああ、なるほど。アルカディアに泊まっていたということか。もしかして、あの大火事で私がうっかり置いてきてしまった金がすっかり焼けてしまったとき、あそこにいたと――」

「あのドアの下だ！」テイバー・トリングが叫んだ。「あんたの部屋のドアの下に。たまたま僕の部屋の隣だったんだ」

教授の頭に理解の光が射し始めた。「夜更けの変な時間に物音を立てていた隣の部屋にいたのがそうだったのか。タオルも何もなくて、その問題の金をドアの隙間に詰め込んだんだ。私の知的労働を邪魔されずに続けるためにね」

「それが僕だったんだ」テイバー・トリングは不機嫌な声で云った。

公爵夫人は可愛らしい当惑の表情を浮かべて教授の細かい話を聞いていたのだが、少しずつ退屈しかけていたところだった。それが突然関心を抱いて話に入ってきた。

「あの晩遅く、テイバーの部屋から聞こえてきたという物音はどんな感じでした？」と少し厳しい口調で訊いた。

「よしてくれ」婚約者が疲れたような声で云った。「ああいうのはどれも似ているだろう。誰の声でも」テイバーは教授の方を向いた。「たぶん、僕が出していた音なんだろう。もう絶望していたから。一文なしになって、これからどうしたらいいか判らなかった。僕の立場になったらあなただってあんな音を立てることになっていたと思う」

教授は苦しそうな若者に同情の念が湧いてくるのを感じた。「気の毒に。ほんとうに。もし、そういうことだと知っていたら苛々した気持ちを抑えて、きっとドアの隙間に金を押し込んだりはしなかっただろう。そうすれば、あの火事でなくしてしまうこともなかった」

(「中国の賢者が反省しているみたいね」と公爵夫人が感心するように呟いた)

「火事でなくしたって？ いや、そうじゃなかった」テイバー・トリングが云った。

教授はふらふら後退り、手近の椅子に摑まって躰を支えることになった。「どうではなかったのか」

「本当なんだ」若い男が云った。「僕がそこにいて、盗んだんだ」

「盗んだのですって。この方のお金を？」公爵夫人がさっと立ち上がって彼の胸に寄り添った。「愛する人を破滅から救うために？ まあ、なんてキリスト教徒らしい――ドストエフスキー的ね！」公爵夫人は涙溢れる目を教授に向けて話しかけた。「どうか、この人のことを見逃してやってください。どうすればあなたが罰を与えるのをやめてくださるでしょうか。私が娼婦になってカンヌの町角に立てばいいでしょうか。お金を盗んだというこの人の英雄的な振舞いを償うために何をすればいいでしょうか」

テイバー・トリングがまた彼女を優しく押しのけた。

「やめろ、ベッツィー。これは女の仕事じゃない。僕が賭事のために盗んだんだから、それを返さなくてはならない。それを使って儲けた金も一緒に」そこで言葉を止めて、教授の方を向いた。「そうではありませんか。この二日間、昼も夜も悩んでいましたが、こうするしかないと心に決めました。ベッツィー、財産の心配をしなくてよくなったと思ったところで厳しいことになるけど、僕の信念は揺るがない。ヒバート教授、ニューイングランド人の一人として、今この瞬間、あなたに百七十五万フランの借りがあるということになります」

「何だって！　一体、どうしたらそんなことになるんだ」

トリング氏の隠し立てをしないという表情が、鋼《はがね》の罠のように音を立てて閉じた。「それは僕の秘密です」と礼儀正しく答え、教授もそれは認めざるを得なかった。

「お願いしなくてはならないことがあるのですが」と若者が続けた。「あなたに対する僕の借金の額を見積もるので、それが正しいか間違っているかを確認していただきたいのです。もし盗んだ金を増やした場合、どれくらいの借りがあると考えるべきでしょうか。盗んだ金額だけでいいのか、それとも全部なのか。そこを教えてください」

「いや、私がやったんだ。私が」と教授が叫んだ。

「やったって、何を？」

「今聞いたとおりのことを。盗んで――つまり、目的があって預けられた金を賭けて勝って、大金を獲得した。さっき、云ってくれたとおりの額だ。確かに、それを盗もうという気持ちはまったくなかった。しかし、私のだらしなさが原因の過失によって、その全額を火事で失ってしまったと思い込んでいた。だから自分には――」

「それで？」とテイバー・トリングが喘《あえ》ぐように云った。

「このご婦人に対してそれだけの借金があるということで――」

テイバー・トリングの顔に突然理解したという輝きが灯《とも》った。

「何ということだ。あのドアの下の金は全部ベツィーのものだったということか」

「私の考えでは、一セントも残すことなく、そうだ」教授がきっぱりと断言した。二人の男は立ったまま互いに見つめ合った。

「まあ、何てことでしょう」公爵夫人があいだに入った。「ということは、誰も何も盗んでいないということね！」

教授の肩に乗って躰を砕いて地面に落ちそうになっていた重荷が消え、解放された人間に生まれ変わった教授が顔を上げた。「そのようです」

しかし、テイバー・トリングはもう一度同じ言葉を叫ぶことしかできなかった。「何ということだ！」

「これで、また私たちはお金持ちに――そうでしょう、テイバー」公爵夫人は思案ありげな顔に片手を添えて云った。「もう嘆き悲しんでしまうところでした。ええ、残念ながらお二人には何の罪もありませんし、何の犠牲や償いを求めるつもりもありません。お二人が罪を犯し、私もまたお二人を救うために罪を犯さなくてはならなかったとしても、それは美しいことだったでしょう。でも一方で」ここで少し考え込んで、目を上げて天国のような微笑みを浮かべた。「私の戯曲を自分の資金で上演することができるようになりました。ですから」ここで声を張り上げ、ヒバート教授の両手を握りしめ「そのことにも感謝をしなくてはなりません。これが私の知っているたった一つの感謝の方法です」

彼女は両腕を教授の首に回し、唇を寄せた。身の証を立てて自由になった教授は、堂々と彼女の差し出すものを受け取った。

「今度は私のもう一人の英雄に！」そう叫んで婚約者を胸にかき抱いた。この感情の発露は部屋に入ってきたきらびやかな服を着た従僕に邪魔されてしまった。従僕は驚きの表情も非難の気持ちも見せることなく二人をしげしげと眺めた。

「ベツィーと名乗る若い女性が、こちらの殿方を訪ねて来ています」と教授を示した。「名字を名乗ろうとはせず、それだけで十分だと云い張っています。こちらの殿方がカンヌじゅうで人を探していたことを知っているけれども、そのときに会えなかったことで絶望的な気持ちになっていると。そのときには別の客との約束があったそうです」

教授は蒼ざめ、テイバー・トリングの左目の瞼《まぶた》が躊躇《ためら》うようなウィンクをした。

公爵夫人はこれほど貴族的な態度はないという仕草であいだに入った。「当然ですね。私の名前がベッィーで、ありとあらゆる仕立屋を探して回ったのですから」祝福するような微笑みを湛《たた》えて従僕の方を向くと「その若い女性には、今度はその殿方が別のお客との約束があって、面倒をかけたことをこれで埋め合わせてくれと云っていると伝えて」と云って手首から翡翠《ひすい》の輝く腕輪を外した。従僕はその感謝の標《しるし》を持って下がった。

「さあ、もう三時を過ぎていますね。前菜《ザクースカ》をどうするか考えなくてはなりませんよ」と公爵夫人が云った。

一瓶のペリエ
A Bottle of Perrier

一

まるまる二日間、好意で用意してもらったとはいえ、息も絶え絶えのおんぼろ車に乗って危ない小道をどうにかこうにか進み続けた後、取っつきにくい性格の馬にさらに二日間乗り続けたときには、在アテネ・アメリカ考古学研究所の若者メドフォードは、このちょっと変わったイギリスの友人ヘンリー・アーモダムがどうして沙漠で暮らすのを選んだのか不思議に思っていた。

今、それが判った。

メドフォードは、半分はキリスト教徒の城塞であり半分はアラブ人の宮殿である古い建物の屋上にある胸壁に凭《もた》れていた。この建物がアーモダムの口実だった。あるいは口実の一つというべきか。下に見える中庭には、太陽が沈むにつれて吹いてきた微風が椰子《やし》の木々のあいだを吹き抜け、沙漠の巡礼たちを涼ませる雨のようなぱたぱたという音を立てた。古い無花果《いちじく》の大樹が、漆喰で白く見える井戸の上に捩《ね》じれた枝を伸ばし、豊かな葉を繁らせ、塀の中で唯一の湿気の源だと思われるところから命を吸っていた。その向こうでは砂の神秘が、予兆を秘めた黄金色や脅威を帯びた鉛色を四方に広げていた。太陽がそれらの色に手を触れたり離したりする中で。

若いメドフォードでも、海岸からの旅で疲れており、遍《あまね》く及ぶ沙漠の力に対して心の奥で初めて畏れを抱き、身を震わせて後退《あとずさ》った。学者であり女嫌いであれば素晴らしい避難所になることに疑問の余地はないが、両方を救い難いまでに兼ね備えていなければここは選ばないだろう。

「ちょっと家を見てみようか」メドフォードは独り言を云った。安心するためになるべく早く人間の手によって造られたものに接する必要があるとでもいうかのようだった。

すでに判っていたのだが、この家にはほとんど誰もいなかった。地中海の言葉と沙漠の方言の響きが入った昔ながらのコクニーを話してきぱき仕事をこなす従僕と——イギリス人、イタリア人、ギリシア人のどれだろうか——そして、バーヌースを纏《まと》った下働きが二、三人いるだけで、彼らがメドフォードの荷物を部屋に運んでくれたのだが、滑るように動く気配しかない存在感もこの屋敷からすでに消え去っていた。従僕が云うには、アーモダム氏は親しくしている族長に突然呼び出されて、南方にある未調査の遺跡を見に行ったらしい。書き置きを残す余裕もなく慌てて、夜明けとともに馬に乗って出かけてしまい、申しわけないと謝っておくように云っていたという。その晩遅く、あるいは翌朝には戻って来るかも知れない。その間、メドフォード氏には寛《くつろ》いで過ごして欲しいと。

アーモダムはいつもこんな考古学的な探索をしているとメドフォードは知っていた。それが、こんな辺鄙《へんぴ》なところに居を構えた理由であることは明らかで、気紛れな調査を少しやってみただけでも、極めて興味深い初期キリスト教の遺跡をすでにいくつか発見していたのだった。

メドフォードは招待主に形式張ったところがなくてよかったと思っていた。このあとの数時間を独りで過ごせることにむしろほっとしていたくらいだった。前年の夏にマラリア熱に罹《かか》っており、コルクのヘルメットを被っていても軽い熱中症になってしまったようだ。疲れ切って妙な脱力感があったが、それでもまったく不満はなかった。

そしてそこは何と心休まる場所だったことか。静かで、人里離れたところ、果てしない空。荒野の真ん中にある緑の葉、水、安らぎ――メドフォードは椰子の樹の下に大きな籐細工の椅子があるのをすでに目に留めていた――優雅で温かく迎えてくれる住まいである。そうだ、メドフォードにもアーモダムの気持ちが判ってきていた。西洋の焦燥や熱狂にうんざりしている者なら誰にとっても、この沙漠の城塞の壁から滲《にじ》み出してくるものはまさに安らぎである。

メドフォードが屋根から降りる梯子のような階段に足をかけたとき、自分の方へと登ってくる下男の頭が見えた。ゆっくり登ってくる様子を見ていると、血色の悪い土色の頭頂部は禿《は》げていて、そこを斜めに走る白い傷跡が長く窪んで、くすんだ金髪が環状に生えているのが判ったた。このときまでメドフォードは男の顔にしか注目していなかったが、その若くても血色の悪い顔に驚きとしか表現できない奇妙な表情を浮かべていることが何よりも印象に残った。下男は上を見て脇によけた。驚いているように感じたのは、真剣な眼差《まなざ》しの蒼《あお》い目が普通の人より大きく見開かれていて、それを囲むようにくすんだ金色の濃い睫毛《まつげ》が生えているせいだと気がついた。しかし、それ以外に特に目立つところはなかった。

「ちょっとお訊《たず》ねしようと思いまして――夕食のワインは何になさいますか。シャンパンかそれとも――」

「ワインは遠慮しておく」

男の隙のない唇に微《かす》かな非難か皮肉、あるいはその両方が浮かんでいた。

「まったくなしでよろしいのですか」

メドフォードは微笑《ほほえ》みを返した。「禁酒法への敬意というわけじゃないんだ」国籍がどこだろうと、きっとこの男は判ってくれると思っていた。そして、判ってくれた。

「ええ、そんなことは思っていませんでした――」

「いや、まあ、ずっと体調が悪くてね、ワインは禁じられているんだ」

従僕は簡単に信じようとはせず、「軽いモーゼルを少しくらいなら？　水に色を着ける程度で」

「ワインはまったく駄目なんだ」メドフォードはちょっとうんざりしてきた。まだ療養中だというのに、食事についてあれこれ云われると苛立《いらだ》ちを感じてしまう。

「ところで、名前は？」メドフォードは素っ気《そけ》なくワインを断った雰囲気を和らげようとして云った。

「ゴスリングです」という答えを聞いて少し意外に思った。メドフォードには何か予想していた名前などまったくなかったのだが。

「ということはイギリス人？」

「ええ、そうです」

「でも、この辺りに長いこと住んでいるんだろうね」

そうですねとゴスリングは云った。自分としても長過ぎると思っていると続け、生まれたのはマルタだとも付け加えた。「でも、イングランドのことはよく知っています」非難するような表情が戻って来た。「実を云うと、ウェンブリーは見てみたいですね〔原註：有名な展覧会がロンドン近郊のウェンブリーで開かれた〕。アーモダムさんは約束してくださいました。でも――」勢いで秘密を漏らしてしまいそうになったのを何とか抑えるかのように、堅苦しい口調でメドフォードの部屋の鍵を求め、夕食はいつがよいかと訊ねた。返事を聞いてもなお、これまで以上に吃驚したような顔でぐずぐずしていた。

「ということは、ミネラルウォーターだけでよろしいのですね」

「ああ、そうだ――何でもいいけど」

「では、壜《びん》入りのペリエなど如何《いかが》でしょう」

沙漠の真ん中でペリエか！　メドフォードは同意するように微笑み、鍵を手渡して歩み去った。


この邸宅は想像していたよりも小さかった。少なくとも居住区域は小さかった。その上に崩れかけた黄色の石でできた巨大な壁が立ち上がり、壁の割れ目に漆喰の部屋がしがみついていた。一つ、またその上に一つと重ねるように、杉の梁《はり》を通し、深紅の鎧戸《よろいど》を嵌《は》め込んでいたが、城塞の崩壊しかかっている。この煉瓦《れんが》と漆喰、キリスト教とイスラム教の寄せ集めの中から、城塞のいちばん新しい住人は古い砦《とりで》の隅に纏めて押し込まれている部屋を選んでいた。これらの部屋はいちばん上の中庭に面していて、そこでは椰子の樹が風に葉を鳴らし、無花果の木が井戸の上にぐるぐると巻き付いていた。割れ目の走る大理石の床の上には、数脚の椅子と低いテーブルが寄せ集めるように置かれ、ゼラニウムと蒼い朝顔が割れた石のあいだからいくつか慎重に芽を伸ばしていた。

白いスカートの少年が用心深い目つきで植物に水をやっていたが、メドフォードが近づくと一筋の蒸気のように姿を消した。

その眺めには何か蒸気のような儚《はかな》さが満ちていた。中庭に面した拱廊《アーケード》のある、鞍袋地のクッション、ガゼルの革を張った長椅子、現地の粗い絨毯が備え付けられた長い部屋でさえ。テーブルの上に積み上げられた古いタイムズや最先端のフランスやイギリスの評論誌でさえ。どれも、あの紛れもない嘲《あざけ》るような雰囲気に包まれ、沙漠の旅人か誰かの妄想から生まれたように見えた。

無花果の樹下に坐《すわ》ったメドフォードは眠気に誘われ微睡《まどろ》んでいたが、目を覚ますと頭上の硬く蒼い天蓋には星々が煌《きら》めき、夜風が椰子の樹と噂話をしていた。

平安――美――静穏。賢者アーモダムよ。

二

賢者アーモダム！　二十五年前に考古学の学会から委託された発掘調査――それはいささか期待外れの結果に終わったのだが――をずっと続けてきて、十字軍の要塞を占有し、目を向ける先を古代から中世の遺跡へと移した。しかし、これらの調査もときたま余暇の魅力に圧倒されていないときしかやっていなかったのではないかと、メドフォードは疑っていた。

このアメリカの若者がヘンリー・アーモダムと出会ったのは前年の冬のことで、ソーズリイ大佐のところの、馨《かぐわ》しい星月夜のテラスでナイル川を見下ろしながら食事を共にしたときだった。どういうわけかこの考古学者の関心を惹《ひ》くことになって、翌年沙漠にいる彼のところへ訪ねてくるように誘われたのだった。

二人が会ったのはその一晩だけだった。老ソーズリイが追憶の重みに垂れる瞼《まぶた》をしばたたかせながら見守り、冬宮から来ている美しい女性が二人だったか三人だったか、喋ったり声をあげたりしていた。しかし、二人はルクソールまで月明かりの中を一緒に馬に乗って戻り、その道中でメドフォードはヘンリー・アーモダムの性格の本質的なところを解き明かしたように思った。気むずかしいが感じやすく、常に怠惰でありながら時に高度に知的な活力を迸《ほとばし》らせる。絶え間ない自己不信を心底からの自己讃美で癒やす。完全な孤独を乞い求めながら、それに長く耐えることはできない。

それだけではないだろうとメドフォードは考えていた。ささやかなヴィクトリア朝のロマンスがある。人里離れた近づき難い隠れ家という舞台設定や、そして「ああ、あの十字軍の城に住む男だろう」と云われるヘンリー・アーモダムとして知られていることも満足感を与えてくれる。若い頃に装ったポーズに少しずつ囚われていき、中年になるにつれてそれはゆっくり硬化してきたのだ。そして何かもっと深く暗いものがあるのかも知れないと、この若者は疑っていた。きっと、この独特の生活方法でのみ癒やされる、古い傷や屈辱、何年も前に命に係わる急所に触れて苦悩を残したものがあったのだろう。とりわけ、アーモダムの躊躇《ためら》うような身振

りや、乱れたグレイの髪と面長の整った茶色の顔に浮かぶ夢見るような表情に、メドフォード
はこのロマンティックな城でこそ許され育まれてきたに違いない、精神的にも倫理的にも活力
を失っている状態を見破っていた。
「一度ここに来たら、離れるのは簡単ではないな」そう思いながらメドフォードは深い椅子に
さらに深く沈み込んだ。
「ディナーがご用意できました」とゴスリングが告げた。
食卓はアーチ型天井の下にあって、笠のある燭台で燃える炎が薄闇の中に薔薇色の光の澱《よど》み
を作っていた。その光の中に白いジャケットを着て音も立てずに歩く従僕が姿を見せるたびに、
今まで以上に有能そうで、そして驚いているような顔が見えた。料理もそうだ。料理人もマル
タ人なのか。ああ、マルタ人は天才だ。ゴスリングがそっくり返ったような格好で、微笑みの
合図とともにグラスにシャブリを満たし始めた。
「いや、ワインはなしだ」メドフォードが念を押した。
「申しわけありません。実は――」
「ペリエがあると云っていなかったか」
「はい、しかし、一本も残っていなかったのです。このところ大変暑い日が続いていて、アー
モダム殿が全部飲んでしまったようです。新しく補充されるのは来週になります。南へ向かう
隊商《キャラバン》に頼らざるを得ませんので」

「構わないよ。水を頼む。本当にその方がいいんだ」

ゴスリングは吃驚して目を見開いた。「水だなんて。水を――この辺りの水を？」

メドフォードは苛立たしそうな声を出した。「ここの水はよくないのかな。それなら煮沸してくれ。できるだろう。これは飲まないからね――」そう云って半分ほどワインの入ったグラスを押しやった。

「煮沸、ですか。かしこまりました」その声はほとんど囁き声といっていいほど小さくなっていた。そして、水分たっぷりの米とマトンで山盛りの皿を食卓に置いて立ち去った。

メドフォードは背もたれに寄りかかり、夜と涼しさ、そして椰子の樹々を抜けてくる風に身を任せた。

自分の好みに合う料理が次々と出てくる。最後の一皿が出てきたとき、メドフォードは激しい咽喉《のど》の渇きを感じ始めた。それと同時に水の入った広口瓶が肘の側に置かれた。「煮沸してレモンを搾りました」

「結構。この辺りでは夏の終わりには水が少し濁るんじゃないか」

「その通りです。でも、これは大丈夫です」

メドフォードは試しに口に含んでみた。「ペリエよりいい」グラスを飲み干して、背もたれに寄りかかるとポケットを探った。すぐに葉巻や煙草が載ったトレイが差し出された。

「お煙草は――嗜《たしな》まれないでしょうか」

メドフォードは答える代わりに相手の火に葉巻を当てて、云った。「これは何と呼ぶんだ」

「ええ、それはそうですが、別の形のものを考えていました」ゴスリングは低いテーブルの上にある翡翠《ひすい》と琥珀《こはく》でできた阿片《あへん》パイプにそっと目をやった。

メドフォードは肩を竦《すく》めてその誘いを断った。アーモダムの別の秘密はこのことなのだろうか。それともいくつもある秘密の一つなのだろうか。秘密はいくつもありそうだという気がしていた。ゴスリングの油断のない額の背後に、何もかも安全にしまい込まれているに違いない。

「アーモダムさんからはまだ何の知らせもないのかな」

ゴスリングは器用な手つきで皿を片づけていた。一瞬、ぜんぜん聞こえていなかったように思えた。そのあと――蠟燭の明かりの向こうから――「知らせですか。そんなものはほぼあり得ないんですよ。沙漠に無線はありませんから。ロンドンとは違うんです」その礼儀をわきまえた口調が微かな皮肉を和らげていた。「でも、明日の晩には馬に乗ってお戻りになる姿を見られるはずです」ゴスリングは一瞬動きを止めてから近寄ってきて、素早い動きで食卓の上に落ちている最後のパンくずを払いながら、躊躇いがちにこう云った。「そのときまではいらっしゃいますね」

メドフォードは笑い声を上げた。そのあまりにも贅沢な夜に癒やされていた。それは翼のように彼の魂を包み込んだ。時間は消え、もはやそんなものに思い悩むこともなくなっていた。

「いるとも。必要なら一年でもいるよ」

「一年——ですか」ゴスリングはふざけるようにその言葉を返すと、デザートの皿を片づけて姿を消した。

三

メドフォードはたとえ一年でもアーモダムを待つと云ったが、翌朝になるとそんな根拠のない数字には何の意味もなくなっていた。こういうところには測れるような時間はないのだ。腕時計の文字盤が毎日の物語を間抜けな顔で虚しく語る。廃墟の壁の上を回転する星座は地球の自転を示しているだけで、人間の散発的な動きになど何の意味もない。

空腹という事実こそが、内なる時計が鳴らす音だが、それもほんの微かな感覚でしかなかった。苦痛の亡霊のようなもので、ドライフルーツと蜂蜜ですぐにおとなしくなってしまう。ここでの人生は永遠に明るく単調で穏やかなものなのだ。

日が暮れようとする頃、メドフォードはここではないどこかにいるようなこの妙な感覚を振り払い、屋根に上った。沙漠の向こうにアーモダムを探した。南にはアラバスターの山々が、光で縁取られた青いヴェールのように空に浮かんでいる。西には巨大な火の柱が立ち上がり、羽根のある小雲に向かって噴き上がって空を薔薇の葉の泉に、砂地を黄金に変えている。

そこに染みをつける乗手はいなかった。メドフォードは日が暮れるまで虚しく不在の主人《ホスト》を待っていたが、また時間に厳格なゴスリングが食卓へ招きに来た。

夜になって、メドフォードは最新の評論誌をぼんやりと弄《もてあそ》んでいたが――三箇月前のもので新鮮さはすっかり消えてしまっている――それを脇に放り出すと、寝椅子に身を投げだして夢想に耽《ふけ》った。アーモダムには夢見る時間がたくさんあるに違いない。まさにこんなふうに。ならば、今自分が無感覚の中へと沈んでいくのを感じているように、未知の遺跡を求めて沙漠を駆け抜けていたっていいわけだ。悪くない生活だ。

ゴスリングが細線細工を施したカップに入れたトルココーヒーを持って現れた。

「馬小屋には馬がいるのかな」メドフォードが不意に云った。

「馬ですか。荷馬と呼ぶような馬だけですが。いい馬は二頭ともアーモダム殿が連れて行きましたから」

「馬に乗って会いに行けるんじゃないかと思ってね」

ゴスリングが少し考えてから云った。「それもありかも知れません」

「どっちに行ったのかは判るのかな」

「正確には判りません。族長の部下が二人を案内していますから」

「二人？　誰が一緒に行ったんだ」

「私どもの一人です。サラブレッド二頭で出かけたわけです。もう一頭いるのですが、脚の具合が悪いのです」

ゴスリングが少し間を置いた。「道はご存じですか。失礼ながら、以前にこちらでお会いしたことはないと思いますが」

「ないね。前にここに来たことはない」メドフォードは不本意ながら認めた。

「でしたら……」ゴスリングの身振がこう云っていた。「たとえ最高のサラブレッドでもお役に立てないでしょう」

「でも、今夜戻るかも知れないね」

「ええ、もちろん。明日の朝、ここでお二人に朝食をご用意するのを楽しみにしています」ゴスリングが明るい声で云った。

メドフォードはコーヒーを口に含んだ。「さっきは、僕をここで見たことはないと云っていたが、ここに来てからどれくらいになるのかな」

ゴスリングは即座に答えた。まるで、その数字をずっと前から忘れないようにしていたかのように。「十一年と七箇月ですね」

「十二年近いのか。それはずいぶん長い時間だ」

「そのとおりです」

「そんなに他所《よそ》へ出かけることもなさそうだね」

ゴスリングはトレイを持って歩いているところだったが、立ち止まって振り返ると、急に力を込めた声で云った。「一度も離れたことはありません。アーモダム殿に初めて連れて来られてから一度も」

「何てことだ。一日の休みもなく？」

「一日もです」

「しかし、アーモダムさんはときどき出かけるだろう。去年ルクソールで会った」

「そのとおりです。でも、アーモダム殿がここにいらっしゃるときはここで私が必要ですし、お出かけになるときは残された者たちをここで見ておくのに私が必要になります。ですから――」

「ああ、なるほどね。でも、とんでもなく長いように思えてね」

「長く感じられます」

「でも、他の人たちは？　その人たちは――完全には信用できないと？」

「まあ、彼らはアラブ人ですから」ゴスリングは無頓着な軽蔑を感じさせる声で云った。

「そういうことか。その中に信頼できる年配の男が一人くらいいたりしないのか」

「その用語は、彼らの言語にはありませんから」

メドフォードは葉巻に火をつけるのに余念がなかった。顔を上げると、まだゴスリングがほんの数フィートしか離れていないところに立っているのに気がついた。

「約束がなかったわけではないのです」ほとんど激しいと云っていいような口調だった。

「約束？」

「休暇を取らせていただくという約束です。何度もです」

「で、そのときがいつまで経っても来なかったと？」

「ええ、ただ日々が流れていくだけで――」

「ああ、そうだったんだろうな、ここでは。僕のために遅くまで仕事をしなくていい」メドフォードはこう付け加えた。「僕はここで独りで待っているから――アーモダムさんを待っているよ」

　ゴスリングは目を見開いた。「ここで、ですか。この中庭で？」

　メドフォードは頷《うなず》いた。従僕がメドフォードをじっと見つめて立ち尽くすその姿は、月の光で白い幽霊のように見えた。休暇が取れずに死んでしまった辛抱強い執事の不穏な幽霊だ。

「一晩中、この中庭にいらっしゃると云うのですか。心細いところです。呼ばれても私の耳に声が届きませんから。ベッドでお休みになるのがいちばんです。空気もよくありません。また熱が出るかも知れません」

　メドフォードはその言葉を笑い飛ばし、長椅子に横になって躰《からだ》を伸ばした。「明らかに、この男には気分転換が必要だ」とメドフォードは思い、声に出してこう云った。「いや、大丈夫だ。不安になっているのは君の方だろう。アーモダムさんが戻って来たら、口添えしてやろう。休暇を取らせてやるようにね」

ゴスリングはじっと動かずに立っていた。しばらく何も云わなかった。「そうしていただけるのですか」擦《かす》れた声で喘《あえ》ぐように云った。最後は笑うような声に変わった。短く甲高い何かの鳴き声のような。そんな贅沢は長いあいだ許されなかった者の笑い声だ。

「ありがとうございます。お休みなさい」そう云ってゴスリングは去って行った。

四

「飲む水は煮沸してくれているのかな、いつも」メドフォードが訊《き》いた。グラスを握っているが、持ち上げてはいなかった。

声は静かで、秘密の話をしようとしているかのようでもあった。メドフォードは、ゴスリングのために休暇を取得させる軽率な約束をしてから、ゴスリングとのあいだに真の友情が生まれたと云っていいように感じていた。

「煮沸ですか。いつもしています。当然です」ゴスリングは微かに傷つけられたというような声で云った。メドフォードの問いかけが、無意識のうちに新たに確立された二人の関係をそれとなく非難するものであるかの如く。驚いたような目でメドフォードをじっと見つめたが、その目には職業的な無関心という膜を通して心からの懸念が表れていた。

「いや、今朝の風呂が……」

ゴスリングは滑るように歩くアラブ人の手から香りの漂うクスクスの皿を受けとろうとしているところだった。そのアラブ人に向かってゴスリングは声を潜めて云った。「大莫迦《おおばか》土着民め、料理もまともに持っていられないのか!」罵る言葉を浴びてアラブ人は姿を消し、ゴスリングが冷静でゆっくりとした手つきでメドフォードの前に皿を置いた。「どいつもこいつも大して変わりませんが」細心の注意を払ってリネンの袖についた油の跡を拭いた。

「いや、つまり今朝の風呂がはっきり云って臭かったんだ」フォークとスプーンを料理に突っ込みながらメドフォードが云った。

「風呂、ですか」ゴスリングがその言葉を強調した。他の一切の感情を排した驚愕がふたたびその目を満たし、メドフォードを見つめた。「一体どうしてそんなことになったのやら」良心の呵責《かしやく》を感じているようだった。

「ここに井戸は一つしかないのだね。あの中庭にある井戸かな」

ゴスリングは訪問客の苦情について考え込んでいるところから我に返って云った。「はい、一つだけです」

「どういう井戸? 水はどこから来るんだろうか」

「ただの貯水槽です。雨水ですね。ここにはそういう井戸しかありません。私の知る限り井戸の具合が悪くなったことはありませんが、ただこの季節になるとときどき変なことにはなります。アラブ人に訊いてみてください。そういう話をしてくれると思います。奴らは嘘つきですけど、そのことでわざわざ嘘は云わないでしょう」

メドフォードはおそるおそるグラスの水を口に含み、「これは大丈夫みたいだ」と告げた。紛れもない満足感がゴスリングの顔に表れた。「私が自分で煮沸していますから。いつもそうしています。ペリエが明日には届くと思います」

「明日か」メドフォードは肩を竦め、もう一杯注がせた。「明日にはもうここでペリエを飲むことはないかも知れない」

「何ですって――お発《た》ちになるのですか」とゴスリングが大声を出した。

メドフォードがさっと仰ぎ見て、ゴスリングの目に見たことのなかった不可解な表情があるのを捉えた。メドフォードに対する犬のような親愛の情が感じられるようだった。メドフォードを引き留め、もう少し我慢して出発を先送りにして欲しいと説き伏せたいと思っているのは間違いない、断言してもいいと思った。それでも今は、ゴスリングの声に安堵と満足があることもまた同様に断言していいと思った。

「そんなに早くですか」

「まあ、ここにきてから五日目だが。アーモダムさんから何の知らせもないことだし。それに、僕が来ることをすっかり忘れている可能性だってあると君も云っていたじゃないか」

「そんなことは云っていません。そういうことを忘れる方ではありません。ただ、あの方は、石を積み上げた山のどこかに行くと、時間が経つのを忘れてしまうだけです。そう云いたかったのです。何日も経ってしまうのです――夢の中にいるような感じで。きっと今頃、もうあなたが着いた頃だと思っていらっしゃるでしょう」微かな笑みが艶のないゴスリングの厳粛な表情を鮮明にしていた。メドフォードがゴスリングの顔に微笑みを見たのはこれが初めてだった。

「ああ、よく判った。でもまだ――」メドフォードは云い澱んだ。その眠気を誘う場所と穏やかな安らぎが怠惰という呪文をかけてきて、警戒心という本能がじわじわと退《ひ》いていった。

「変だな――」

「何が変なのでしょうか」デーツと無花果のドライフルーツを食卓に並べながら、ゴスリングが思い掛けなく問い返した。

「何もかもだ」メドフォードが云った。

椅子の背もたれに寄りかかり、天井のアーチの下から高い空を見上げた。そこから真昼の光が青と金の滝となって降り注いでいた。アーモダムはあの炎の天蓋の下のどこかにいて、おそらく下男が云うように、夢に心を奪われているのだろう。この地は呪文に満ちている。

「コーヒーは如何でしょうか」ゴスリングの声に我に返って、コーヒーをもらった。

「変だと思うのは、ここの男たちを――つまりアラブ人のことだが――まったく信用しないと云いながら、アーモダムさんが神のみぞ知る場所でアラブ人たちと一緒にいることをまったく心配していないように見えるところだな」

ゴスリングはその言葉を慎重に、偏見のない立場で受け止め、その論点を理解した。「いいえ、判っていただけないと思いますが、アラブ人をいつ信用できていつ信用できないかというのは、人に教えられて判るものではないのです。彼らの関心がどこにあるのかを知ることです、当然ですが。そして、彼らのいう宗教の問題です」ゴスリングの軽蔑には限りがなかった。「しかし、私がどうしてアーモダム殿の心配をしないのかを理解する入口に立つためには少なくとも、アラブ人の中で生活してアラブの言葉を話す必要があるのです」

「しかし僕は――」メドフォードが云い始めたところで急に身を起こすと、コーヒーを覗き込んだ。

「何でしょうか」

「しかし、僕はアラブ人の中を多かれ少なかれそれなりに旅してきたんだ」

「ああ、旅ですか」ゴスリングの声の抑揚をもってしてもこの自慢話を受け止めて敬意と嘲笑を調和させるのは困難だった。

「でもこれで五日目になるじゃないか」と理屈っぽい口調で続けた。真昼の熱気はたとえ中庭の日陰側であっても重苦しく、メドフォードの意志の力は弱ってきていた。

「あなたのような紳士には他にもいろいろな約束があることを私も存じ上げております。いわゆる時間に追われているということですね」ゴスリングは分別をもって譲歩した。

食卓を片づけると、ゴスリングはそこから運び出すのはアラブ人二人に任せ、姿を見せたかと思った彼らが中庭からもう出て行った後に、ようやく立ち去ったのはメドフォードが長椅子に身を沈めてからだった。そして夢の国へ……。

胸壁を越えて広がる金糸織りの巨大な天幕のように午後がこの場所を覆い、重く頭《こうべ》を垂れる椰子の樹の上へと弛んだ帳《とばり》を降ろしていた。やがて金が紫に変わり、西方が沙漠の砂を抱く水晶の弓になるとき、目が覚めたメドフォードは外へ歩いて出てみた。このときは屋根へは登らず、別の方向へ向かった。

五日間もここでぶらぶらしてアーモダムを待っていたのに、自分がこの場所のことを如何に知らないかに気づいて驚いた。もしかしたら、これがここで独りで過ごす最後の晩になるかも知れない。メドフォードがアーチ型天井の下を通る石造りの通路を通って中庭を出ると、そこはまた別の壁に囲まれていた。彼が近づくと、そこにしゃがみ込んでいたアラブ人が二人か三人、立ち上がって視界から消えた。硬い石造建築が彼らを吸収したかのようだった。

その向こうから、蹄《ひづめ》を踏みならす音や夕暮れの馬小屋の物音が聞こえてきた。もう一つアーチの下を進んでみると、馬や騾馬《らば》のいるところに出た。暮れ行く光の中で、アラブ人が一人、一頭の馬の鼻を擦《こす》ってやっていた。力が漲《みなぎ》っている若い栗毛だった。このアラブ人も消えていきそうだったが、メドフォードが袖を掴んでアラビア語でこう云った。

「仕事を続けたまえ」

その若くて筋肉質で、引き締まったベドウィンの顔の男は、動きを止めてメドフォードを見つめた。

「閣下が私たちの言葉をお話しになるとは存じませんでした」

「ああ、話せるんだ」メドフォードが云った。

男は黙り込んだ。片手を馬の落ち着きのない首に乗せ、反対の手は毛糸の腰帯に突っ込んでいた。男とメドフォードは微かな光の中で互いを検分した。

「この馬が脚の悪い奴かな」メドフォードが訊いた。

「脚が悪い？」アラブ人の眼が馬の脚に落ちた。「ああ、そうです。悪いんです」曖昧な感じの答え方だった。

メドフォードは身を屈《かが》めて馬の膝と蹴爪に触れてみた。

「調子は良さそうだが。もし馬に乗りたくなったら、今晩、これに乗せてもらえるだろうか。ゆっくり走らせるから」

アラブ人は考え込んだ。この質問のせいで自分が負うことになる責任の重さに悩んでいるのは間違いなかった。

「今晩、馬に乗って出かけたいのですか」

「いや、ちょっと思っただけだ。そうしたいと思うかも知れないし、思わないかも知れない」

メドフォードは煙草に火をつけて厩番《うまやばん》に一本差し出すと、その男は白い歯を見せて喜んだ。マッチを共有することで互いの距離が縮まり、アラブ人の気後れも軽くなっていくようだった。

「これはアーモダムさんが自分で乗る馬なのかな」メドフォードが訊いた。

「ええそうです。お気に入りの馬です」厩番が答え、手を馬の立派な肩に誇らしげに滑らせた。

「お気に入り？　それでも今回の長い遠征には連れて行かなかったんだろう？」

アラブ人は黙って地面を見つめた。

「そのときには驚かなかった？」メドフォードが訊ねた。

驚くなどということは自分の仕事ではないと云わんばかりの身振りをした。

二人が何も云わずにいる間に青い夜が素早く降りてきた。

ついにメドフォードが何気ない口調で云った。「今、君の主人はどこにいると思う？」

昼のあいだは誰もその光に気付かない月がこのとき世界を素早く掌握し、白い光がアラブ人の白い仕事着、その褐色の顔、駱駝《らくだ》の毛で編んだターバンの隅々まで降り注いだ。アラブ人の眼が宝石のように煌めき揺らいだ。

「アッラーが知らせてくだされればいいのですが」

「しかし、アーモダムさんに危険はないと思っているんだろう？　捜索隊を出す必要はまだないと考えているのだろう？」

アラブ人は深く考え込んでいるようだった。この質問に驚いたに違いない。馬の首に褐色の腕を回し、中庭の石を眺め続けた。

「旦那様が出かけているあいだは、ゴスリングさんが旦那様です」

「それで、ゴスリングはその必要はないと考えているんだな」

アラブ人は身振りで答えた。「ええ、まだだと」

「でも、アーモダムさんがいつまでも戻ってこなかったら――」

アラブ人はまた黙り込み、メドフォードが続けた。「君は厩番頭だね」

「はい、そうです」

また少し間が空いた。メドフォードは半身だけ振り返って、肩越しに云った。「アーモダムさんがどの方向へ行ったのか知っているね。どこに向かって行ったのかということを」

「はい、それは自信があります」

「じゃあ、僕と二人で馬に乗ってアーモダムさんのところへ行こう。夜明けの一時間前に用意しておいてくれ。誰にもこのことは云わないように――ゴスリングさんにも、他の誰にも。二人だけで、他の人に助けてもらわずに見つけなくては」

その言葉に呼応して、アラブ人の顔の上で眼と歯が煌めいた。「はい、あなたと我がご主人が明日の夜までには出会えると約束します。誰にも知られることなく」

「こいつも僕と同じくらいアーモダムのことが心配なんだな」とメドフォードは思った。微かな震えが彼の背中を走った。「いいだろう、準備を頼む」そう繰り返した。

メドフォードが中庭に戻ると、そこに生きている者は一人もいなかったが、打ち延ばされた銀の椰子の樹と白い大理石の無花果の木が、幻想的な姿を見せていた。

「結局のところ、ゴスリングに僕がアラビア語を話せることを云わなくてよかったな」メドフォードはあまり関係なさそうなことを思った。

そこに腰を下ろして、ゴスリングが居間から出てきて、堅苦しい声で五回目のディナーの準備ができたことを云いに来るのを待った。

五

メドフォードは、そんなふうに動ける者はそういないだろうという素早さでベッドの上に身を起こした。誰かが部屋にいる。夜の静けさは完璧だったにもかかわらず、その事実を、姿が見えたからでも音が聞こえたからでもなく、自分たちを取り囲んでいる目に見えない流れが微かに乱されたせいで感知したのだった。

メドフォードは瞬時に目を覚ますとハンドランプを摑んで、驚く二つの眼を照らした。ゴスリングがベッドに被さるように立っていた。

「アーモダムさんが戻って来たのか」メドフォードが大声を出した。

「いいえ、お戻りにはなっていません」ゴスリングの声は低く、落ち着いていた。その極端なまでの落ち着きぶりに、メドフォードは危険を感じた。なぜかは判らなかった。どういう類いの危険なのかも。身を起こして真っすぐにゴスリングを見つめた。

「じゃあ、どうしたというんだ」

「アラビア語を話せると仰ってくださってもよかったのではありませんか」ゴスリングの口調は切なく責めるような感じだった。「あのセリムと打ち解けた話をする前に。夜中に沙漠でこっそり会ったりする前にです」

メドフォードはマッチに手を伸ばして、枕元の蠟燭に火を点《とも》した。ゴスリングを部屋から叩き出すべきか、この男が云わなければならなかったことに耳を傾けるべきか、よく判らなかった。しかし、好奇心が素早く立ち回り、後者を選ぶことになった。

「莫迦なことを。最初はあなたを閉じこめておこうかとすら思いました。そうしてもよかったのです」ゴスリングはポケットから鍵を取り出して掲げて見せた。「あるいは、行かせてしまってもよかった。その方が簡単ですし。でも、ウェンブリーのことがありましたから」

「ウェンブリー？」メドフォードが繰り返した。この男は気が狂いかけているんじゃないかと思い始めていた。何でも先延ばしになる魔法の地では如何にもありそうなことだ。アーモダム自身も少なからず狂っているのではないかと思った。アーモダムがまだそのような運命のあり得る世界にいるのであればの話だが。

「ウェンブリーです。私に休暇を取らせるよう、アーモダム殿に口添えしてやろうと約束してくださいましたね。いつかイングランドに帰ってウェンブリーを見られるように。誰にでも夢があるのではありませんか。私の場合はそれなんです。アーモダム殿にもそう云いました。何度も何度も。でも、まったく耳を傾けていただけませんでした。あるいは、聞いていると信じ込まされただけだったのか。『まあ、考えておくから。ゴスリング、考えておくから』いつもそれだけでした。でも、あなたは違う。約束すると仰いましたし、本気で云ってくださったのも判っています。私の休暇のことを。ですから、部屋に閉じこめておこうと思います」

「僕を閉じこめる？」

「あの殺人者と一緒に行かせないために。あんなのと一緒に馬に乗って出かけて行って、生きて戻れるとは思いませんでしょう」

震えがメドフォードの躰を走り抜けた。ちょうど、アラブ人は自分と同様、アーモダムのことを心配しているのだと自分に云い聞かせたときと同じように。メドフォードは微かな笑みを浮かべた。

「何の話だか判らないな。だが、僕を閉じこめたりはしないだろう」

この言葉の効果はちょっと予想外だった。ゴスリングの顔は痙攣《けいれん》するように歪み、涙が二粒、その淡い色の睫毛を伝って頬に流れ落ちた。

「結局、私を信用してはくださらない」という声は悲しげだった。

メドフォードは枕に寄りかかって思いを巡らせた。これほど奇妙なことが身に降りかかったことなどなかった。この男はどうしようもなく莫迦げたことばかり云うので笑ってしまいそうなくらいだ。それでも、この涙は偽りの涙ではない。もう死んでいるアーモダムのために涙を流しているのか、あるいは同じ墓に入りそうなメドフォードのためか。

「もしご主人の居場所を教えてくれていたら、ただちに君を信用しただろう」

ゴスリングの顔はいつもの警戒心の強い表情を取り戻した。まだ涙の跡が光ってはいたが。

「それはできません」

「ああ、そうだと思った」

「なぜなら――私には判り得ないことですから」

メドフォードはベッドから足を下ろした。片手は毛布の下で拳銃を握っていた。

「もう行っていい。その前にテーブルの上に鍵を置いて行ってくれ。それから、僕の計画を邪魔しようとはしないでくれないか。もしそんなことをしたら撃つつもりだ」と簡潔に云った。

「いいえ、イギリス人を撃ったりしてはいけません。大騒ぎになってしまいます。私が気にするわけではありませんが――自分がそうしようと思ったことは何度もありますし。シロッコの季節にはときどき。そんなものを怖がったりはしません。いや、行ってはいけません」

メドフォードは立ち上がって、拳銃が見えるようにした。ゴスリングは冷淡な眼でそれを見た。

「ということは、アーモダムさんの居場所を知っているということかな。私には見つけられるはずがないと思っているのだろう」と挑発するようにメドフォードは云った。

「セリムはそう考えました。他の者たちも皆そうです。奴らはみんなあなたに邪魔されたくないのです。だから私は奴らを専用の宿泊所から出さず、自分一人であなたを迎える準備をしました。それで、まだここに滞在するおつもりですか。明後日には海岸へ戻る隊商《キャラバン》が通りかかります。お願いですから、それと一緒に行ってください。それがたった一つの安全なやり方です。ここの男たちの誰かと二人だけであなたを行かせるつもりはありません。たとえ、真っすぐ海岸まで行って、この件にはもう係わらないと誓ったとしてもです」

「この件って、どの件かな」

「アーモダム殿がどこにいるか心配することです。心配するようなことは何もありませんから。皆、そんなことは判っていることです。でも、アーモダム殿がいなくなってから金庫の金を抜き取っているので、もし見て見ぬ振りをしていなかったら、私も奴らに殺されていたでしょう。奴らが望んでいるのはただ、あなたがアーモダム殿の後を追って出て行くことだけです。そうしたら、隊商が通る道から離れたどこかの砂の下に安全に隠してしまえるのですから。簡単な仕事ですね。つまりそういうことです。本当ですよ」

しばらく沈黙が続いた。弱々しい蠟燭の光の中に立って、二人はお互いのことを考えていた。危機がすぐ近くに迫っている感覚に襲われ、メドフォードの頭が冴え渡った。彼の心は抱え込んでいる謎の中へとあらゆる方向から探りを入れたが、どこからもまったく入り込めなかった。奇妙なことに、ゴスリングが云ったことを半分も信じていなかったとはいえ、この男は、二人の相互関係に関する限りは信頼できるという妙な感覚を与えてくれた。「アーモダムについてゴスリングは嘘を云っているかも知れない。神しか知らないことを隠すために。だが、セリムについては嘘を云っていると思えない」

メドフォードは拳銃をテーブルの上に置いた。「いいだろう。アーモダムさんを探しに馬で出かけるのはやめよう。そうするなと君が云うのなら。だが、隊商と一緒に帰ることもしない。彼が戻って来るまでここで待とう」

ゴスリングの土色の顔が蒼白になるのが判った。「それはやめてください。待つつもりだと仰っていたら、さっきの質問には答えなかったでしょう。隊商が明後日には海岸まで連れて行ってくれます。ロットン通り〔ロンドンのハイド・パーク内の南側を通る道路〕で馬に乗るのと同じくらい簡単ですから」

「ああ、ということはアーモダムさんが明後日までに戻って来ないと判っているんだね」メドフォードは逃さず指摘した。

「いえ、何も知りません」

「今、どこにいるかも?」

ゴスリングは少し考えていた。「出かけている時間が長過ぎるのです。だから、ちょっと判りませんね」部屋の入口に立ってそう云った。そして、ドアを閉めた。

気がつくとメドフォードは眠れなくなっていた。窓に凭れて星々の光が消えて聖なる夜明けが訪れるのを見ていた。太古の壁に挟まれて生命活動の渦が湧き上がるとき、天に向かう純粋な泉と邪《よこしま》な秘密が蝙蝠《こうもり》のようにしがみつくその下の石積みの塒《ねぐら》の対比に感嘆した。

メドフォードはもう何を信じたらいいのか、誰を信じたらいいのか判らなくなっていた。アーモダムの敵が彼を沙漠へと誘《おび》き出し、アーモダムの部下たちに黙っているように買収したのか。あるいは、使用人たちが彼らなりの何らかの理由で誘拐したのか。そして、立ち去るのを拒めばメドフォードも同じ運命を辿るだろうというゴスリングの言葉はもしかすると本当なのだろうか。

朝の光が明るくなるにつれて、メドフォードは力が戻って来るのを感じた。どうにも不可解な謎に刺激されたのだ。ここに残って、真実を見出すことにしよう。

六

メドフォードの風呂の湯を運んでくるのはいつもゴスリングだったが、今朝はそれもなく、朝食のトレイを持って姿を見せた。メドフォードは、ゴスリングの顔が蒼白く、瞼は泣いていたかのように赤くなっていることに気がついた。その対比が不愉快で、この若者の胸中にゴスリングへの嫌悪感が形作られようとしていた。

「今朝の風呂は?」メドフォードが訊いた。

「ええ、昨日はお湯にご不満だったようですので――」

「沸かせないのか」

「沸かしました」

「じゃあ、それなら――」

ゴスリングはむっつりとした顔で出て行き、ほどなく真鍮のジャグを持って戻って来た。

「この季節は――雨がほとんどありませんので」そうぼやきながら僅かな水を浴槽に注いだ。

なるほど井戸の水が乏しくなっているに違いないとメドフォードは思った。沸かしていても、水は不愉快な臭《にお》いがした。前日に気がついたのと同じだった。もちろん、微かではあったが。それでも、風呂はこの気候では欠かせない。数杯の湯を精一杯、躰に振りかけた。

メドフォードはその日、自分の状況を虚しく考え続けていた。朝が助言をもたらしてくれると期待していたのだが、得られたのは勇気と決意だけで、これらは事態を明確に理解していなければあまり役に立たないものだ。不意に海岸からの隊商が午後には城塞の近くを通ることになっているのを思い出した。ゴスリングはこの日のことを頻繁に気にしていた。ペリエの水の入った箱を持ってくる隊商だったからだ。

「いや、そのことに関してはそれほど残念だとは思わないが」メドフォードは微かに身を縮めながら思った。何か、気持ち悪くなる粘っこいものが、臭気だけのようでもあり実体があるようでもあるものが、朝の風呂以来、皮膚に纏わりついているように感じられ、あの水をまた飲むことを考えると吐き気がした。

だが、メドフォードが隊商を歓迎するのは主に、ヨーロッパ人かせめて海岸から来た地元の役人に、自分の懸念を打ち明けて相談できるのではないかという希望を抱いていたからだった。辺りをうろつき、耳を澄ませて待った。次に屋根に上って北の方向に隊商の踏み跡を探した。しかし、午後の光の中で見たものは、三人のベドウィンが荷を積んだ騾馬を引いて城塞に向かってくる姿だけだった。

三人が坂道を上ってくるとき、そのなかにアーモダムの部下もいるのに気がついた。すぐに、南へ向かう隊商が通った跡は実際には城壁の下を通るわけではなく、ここの男たちはおそらく砂丘をいくつか越えたところにある小さなオアシスまで出迎えに行くのだろうと思った。メドフォードはその可能性を予期できなかった自分の貧弱な頭に腹を立てて中庭へと走った。誰かがアーモダムに関する知らせを持ち帰っていないかと期待していたが、アーモダムは南へ向かったのだから、隊商がやって来た道を横切ったと云うのが精一杯だろう。それでも、誰かが何かを知っているかも知れない。何か話を聞いたかも知れない。沙漠では何事も隠し通せるものではないのだから。

メドフォードが中庭に着くと、怒った呶鳴《どな》り声と、それに激しく云い返す声が馬小屋の方から聞こえてきた。メドフォードは壁に身を寄せて、耳を欹《そばだ》てた。その場の静寂ほど驚いたことはそれまでなかった。ゴスリングはよほど強い腕の持ち主に違いない部下の金切り声を黙らせたのだから。今度は皆が大騒ぎをする声が聞こえた。そして、その場を制したのは、いつもはあれほど控え目で落ち着いているゴスリングの声だった。

　ゴスリングは沙漠のあらゆる言葉に精通していて、何種類もの言葉で部下を罵っていた。

「おまえたちは持って来なかった――おまえたちはあれはなかったと云うが、私はあったと云っている。おまえたちがそれを知っていたということも、海岸から来た汚らしい奴らと喋っているあいだに、砂の上のどこかに置き忘れてきたということも。あるいは、馬の上にしっかり載せておかなかったから途中で落ちてしまって――その上、おまえたちがどいつもこいつも寝《ね》惚《ぼ》け眼《まなこ》で気づきもしなかったのではないか。わざわざその名前を口に出して唇を汚すつもりにもならない女たちの息子たちよ。さっさと戻って探してこい。それだけだ」

「アッラーとその預言者の墓に誓って、許し難い間違いを犯しているのはおまえの方だ。オアシスには何も残っていなかった。途中で落としたものもない。そんなものはなかったんだ。正真正銘、本当のことだ」

「本当だと！　正真正銘だと！　言いわけばかりする惨めな嘘つきどもが。ここにいる紳士は水以外には一滴も触れていない。おまえたちもそうだと自称しているがな。この酒浸りのほら吹きどもめ！」

　メドフォードはほっとした微笑みを浮かべて胸壁から身を離した。ただの行方不明になったペリエの箱じゃないか。その箱のせいで大の大人たちの怒りが狂乱の域に達しているのだ。この尻すぼみの結末が胸のつかえを取り去ってくれた。もし、あの冷静で自制心の強いゴスリングが、食料運搬の仕事についての、こんな些細なことに無駄に憤りを費やせるのなら、少なくとも自由な精神の持ち主に違いない。この素朴な出来事が、メドフォードの推論を如何に莫迦げたものに見せたか！

メドフォードはゴスリングの気遣いに感激すると同時に、幻覚を呼び起こす東洋のイメージにこれほどあっさりだまされていた自分に苛立った。

アーモダムは自分の仕事で出かけているのだ。部下たちはどこで何をする仕事なのか知っているのだろう。留守中に盗みを働いているとしても、そして、その分捕り品を巡って喧嘩をしていたとしても、メドフォードにできることはなさそうだ。あの奇矯なホストにしても――結局、彼とは一晩話したことがあるだけなのだ――あまり考えることもなく招待してしまったことを後悔して、メドフォードをもてなすという退屈な仕事から逃れようと馬に乗って出かけたのかも知れない。この新たな案が頭に浮かんだとき、メドフォードはこれが如何にもありそうなことだと思い、さらに、もしかするとアーモダムはあの入り組んだ迷路のような住まいにある秘密の部屋に引き籠《こ》もって、客が出発するのを待っているのではないかとさえ考え始めた。

それなら、ゴスリングがしきりに帰るように促していたことも説明できるし、あのそわそわと矛盾した振舞いの理由も完璧に説明できるではないか。メドフォードは、自分の鈍感なことに笑いを浮かべながら、明日にはここから出て行くことにしようとすぐに決意した。そう結論づけたことで心が落ち着き、夕暮れまで中庭でのんびり過ごしたあと、いつものように屋上へと上がってみた。しかし今日は、地平線に人の姿を探すのではなく、この六日間の滞在中にほとんど気づかなかった密集する建物に視線を向けた。気紛れな角度で空中に突き出している部屋の窓の鎧戸がしっかり閉まっていることや、そこかしこの窓ガラスにペンキが塗られている謎に戸惑った。その窓の向こう側に自分の招待主が隠れているのではないか、もしかしたら、今この瞬間もぐずぐず居残る自分の動きが覗かれているのではないか。

褐色の長い顔で、もじゃもじゃの白髪の、恐らくは利己的な暴君であり、そして病的な自己陶酔癖のある不機嫌な変わり者が、実は石を投げれば届くような距離にいるのかも知れないという思いのせいで、メドフォードはこのとき初めて鋭い孤独を感じた。招かれざる者として自分が締め出されている——誰かが自分の知らないところに住んでいるのかも知れないと想像すると、今やここは不親切で孤立した危険な場所になってしまった。

「僕はなんて愚かなんだろう——きっと主人が留守だと判ったらすぐに僕が荷物を纏めて出て行くとアーモダムは思っていたんだろう」若者は思いを巡らしていた。そうだ、間違いない、翌朝には自分は出発するはずだったのだ。

ゴスリングはその午後、ずっと姿を見せなかった。ようやくいつもより遅れて夕食の用意にやって来たとき、無愛想な、ほとんど不機嫌と云っていいような表情で、それまでメドフォードが見たことのなかった堅苦しい雰囲気を纏っていた。ゴスリングは若者の「やあ——夕食かな」という親しげな言葉にほとんど返事もせず、メドフォードが席に着くと、黙ったまま最初の料理を置いた。メドフォードのグラスはその縁に彼が手を触れても満たされなかった。

「あの、飲みものがまったくございません。あの者たちがペリエの箱をなくしまして——あるいは、落として割ってしまったのか。奴らは届かなかったのだと云っていますが。あの異教徒は口を開けば必ず嘘をつくのですから、どうして私に判るでしょうか」ゴスリングはいきなり激しく怒り出した。

ゴスリングが手に持っていた皿をテーブルに置いたときに、メドフォードは熱病に罹ったかのようにゴスリングの全身が震えているのを見て、皿を下ろさざるを得なかったのだと思った。

「一体、どうしたんだ。病気なんじゃないか」メドフォードが大きな声を出して、手を従僕の腕に添えた。しかし、ゴスリングはもごもごと「ああ、神よ、いっそのこと私が行ってしまえばよかったのです」と云って身を引くと、そのまま部屋から出て行ってしまった。

メドフォードは坐ってあれこれ考えていた。ゴスリングが哀れにも壊れかけているように見えたのは確かだ。メドフォード自身もこの場所の薄気味悪さに押し潰されそうになっていたのだから不思議はない。しばらくしてゴスリングがきちんとした様子で口を閉ざしたまま、デザートと白ワインを一瓶持って戻って来た。「申しわけありません」

ゴスリングを宥《なだ》めようと、メドフォードはワインを口にしてから席を立って中庭へ戻った。井戸の側にある無花果の木の方へ向かうと、ゴスリングが素早く前へ回り込んで、椅子と枝編み細工のテーブルを中庭の反対側に運んで行った。

「こちらの方がよいと思います。そろそろ風が出てくる頃ですし。コーヒーをお持ちします」

ゴスリングが云った。

ゴスリングはまた姿を消した。メドフォードは坐ったまま石積みと壁土の堆積を見つめながら、誰か、姿の見えない監視者の視界から外れるように、いつものお気に入りの角のところから動かされたのではないかと思った。ゴスリングがコーヒーを持って戻って来てまた立ち去り、メドフォードは坐ったままでいた。

しばらくして立ち上がると煙草を吸いながら行ったり来たり歩き始めた。月が昇る前で、闇が古い城壁に重々しく降りてきた。やがて、微風が吹いてきて、椰子の樹と秘密の交信を始めた。

椅子に戻るとたちまちどこかに隠れている監視者の視線が嫉《ねた》ましげに葉巻の赤く光る先端に注がれるのを感じたように思った。その感覚がもたらす不快感は高まるばかりだった。この闇の中、どこか上の方からアーモダムが幽霊のような長い腕を伸ばし、それが自分に届くのを感じ取れるかのようだった。居間まで歩いて戻ると、そこには笠のある照明が天井から下がっていたが、部屋の中は息苦しく、結局また部屋から出て、椅子をいつもの無花果の樹の下に引きずってきた。そこなら、怪しいと睨《にら》んでいた窓から見下ろされることはない。そこで少し気持ちが落ち着いたが、その角は微風の通り道からは外れていて、重苦しい空気はすぐ隣の井戸から出る蒸気で汚れているように感じられた。

「水位が低くなっているに違いない」とメドフォードは考えた。においは微かではあったが、不愉快なものだった。純粋なその夜を汚していた。だが、なぜかその方が安全に感じられたのだ。不思議にも敵となったあの見えない視線から遠く離れられるからか。

「もしあの男たちの一人に沙漠でナイフを突き立てられたとしたら、それがアーモダムの指示だったとしても不思議ではないな」メドフォードはそんなことを思った。そして、眠りに落ちた。

目が覚めたとき、月がオレンジ色の円盤の躰を重そうに城壁の上に持ち上げているところで、中庭の闇はやや薄まっていた。一時間以上は眠ったに違いない。夜は馨しかった。そこでなくてもそうだっただろうが。メドフォードは以前罹った熱病のときの震えのようなものを感じ、ゴスリングが夜の中庭は健康によくないと警告していたのを思い出した。

「この井戸のせいじゃないかな。坐る場所が井戸に近過ぎるんだ」そう考えた。頭が痛く、甘い腐敗臭が、風呂の後に感じたときのようにまたメドフォードの顔に纏わりついていた。立ち上がって井戸に近づき、水がどれくらい残っているか見てみようとした。しかし、月はまだ井戸の深いところまで光を届かせるほどの高さには達していなかった。ただ、闇を覗き込むだけだった。

突然、両肩を背後から摑まれ、強引に前へ押された。まるで、誰かが縁の向こうへ押して落とそうとしているかのように。一瞬の後、咄嗟《とっさ》に抵抗するのとほぼ同時に、押す力は強く引き戻す力に変わり、向き直るとゴスリングと向かい合っていた。その手はすぐに両肩から離れた。「熱で倒れそうなのかと思いました。落ちていきそうに見えましたので」ゴスリングは口ごもるように云った。

メドフォードが機転を利かせた。「僕たちは二人とも熱があるに違いない。僕には君が落とそうとしているように思えたからね」と云って笑った。

「私がですか」ゴスリングが喘ぐように云った。「私は力いっぱい引き戻したんですが」

「もちろん、判っている」

「ところで、一体ここで何をなさっていたのですか。ここで夜を過ごすのは健康に悪いと申し上げたはずです」ゴスリングが苛立たしげな声で云った。

メドフォードは井戸の口に寄りかかって、ゴスリングをじっと見つめた。「ここはどこもかしこも健康に悪いと思うが」

ゴスリングは黙っていた。しばらく経ってようやく「お休みにならないのですか」と云った。

「ああ、むしろここにいたいと思う」

ゴスリングの顔に断固とした怒りの表情が浮かんだ。「私はむしろここにいていただきたくないのですが」

メドフォードはまた笑った。「どうして。アーモダムさんが新鮮な空気を吸いに出てくる時間だから？」

その言葉の効果は予想外のものだった。ゴスリングは一二歩よろめくように後退ると両手を上げて口を押さえた。叫び声を押し殺すかのように。

「一体どうしたんだ」メドフォードが問い質《ただ》した。この男のふざけた仕草を苛立たしく感じ始めていた。

「どうかしたのか？」ゴスリングは斜めに射す月の光の当たらない、メドフォードから少し離れたところにじっと立っていた。

「さあ、潔くアーモダムはここにいると認めて決着をつけようじゃないか」メドフォードが痺《しび》れを切らして叫んだ。

「ここに？　ここにいるとはどういう意味だ。姿を見てもいないだろうに」この言葉が出てくる前にゴスリングはまた両手を上げ、数歩前によろめくとメドフォードの足許《あしもと》にどたりと倒れ込んだ。

メドフォードはまだ井戸の口に寄りかかっていたが、微笑んで、傷ついた哀れな男を軽蔑の眼差しで見下ろした。ということは自分の推察は正しかったのだ。つまりゴスリングごときに騙されるような人間ではないのだ。

「起きろよ。莫迦な真似はよせ。アーモダムさんが夜中にここを歩いていると僕が思ったとしてもそれは君の責任じゃない」

「ここを歩く！」ゴスリングが蹲《うずくま》ったまま悲痛な叫び声を上げた。

「そうなんじゃないのか。ここで白状してしまっても、アーモダムさんに殺されるわけでもないだろう」

「殺される？　殺される？　おまえを殺してしまえばよかったんだ」ゴスリングは立ち上がりかけた格好のまま、恐怖のあまり蒼白になった顔で天を仰いだ。「やろうと思えばいとも簡単にできただろう。突き落とされそうになったのは判っただろう。ここに来て探りを入れたりにおいを嗅いだりするからだ――」その苦悩で息がつまってしまったかのようだった。

メドフォードはその姿勢を崩さなかった。足許にいる男の惨めな姿が安っぽい力の感覚をもたらしていた。しかし、ゴスリングの最後の叫び声の言葉でいきなり推測の方向性が変わってしまった。ということはアーモダムはここにいるのだ。それは確かだ。だが、どこにいるのか。そして、どんな姿で。新たな恐怖がメドフォードの背を走り抜けた。

「じゃあ、僕を突き落とそうとしたんだな。どうしてだ。おまえの主人と一緒にさせる手っ取り早いやり方だからか」

その言葉は予想以上に速く効いた。

ゴスリングは立ち上がり、告発するような月の光の許で頭《こうべ》を垂れ、身を縮めていた。

「ああ、なんということを――私はあなたを殺しかけてしまった。あなたはそれを知っている。それはあのとき――ウェンブリーについてあなたが云ったことですよ。だから助けてください。あれは本気だったと思って、それで躊躇ったのです」男の顔はまた涙で濡れていたが、今回メドフォードは、それがこの下の汚水に落ちた躰が撥《は》ね上げた滴であるかのように感じて後退った。

メドフォードは何も云わなかった。ゴスリングが武器を持っているかどうかは判らなかったが、もはや怖れは抱いていなかった。ただ、驚いていた。それでも、身が震えるほど頭は冴え渡っていた。

ゴスリングは半ば譫言《うわごと》のようにだらだら喋り続けた。「そしてもしあのペリエが届いてさえいれば、もし毎食ペリエを飲んでいただけていたら、そんなことは頭に浮かばなかったのではありませんか。でも、あなたはあの方が歩いていると仰るし――そうだろうと思っていました。ただ――あの方をどうすればよかったのでしょう。まさにあの日、あんなふうにあなたが姿をお見せになったときに」

なおもメドフォードは動かなかった。

「あの方が私を狂わせたのです。まったくの狂気です。あの同じ朝に。信じていただけますか。まさにあなたがいらっしゃる前の週、私はイングランドに向かって出航することになっていました。一箇月の休暇でした。公平に考えれば、六箇月の権利があったはずです。まるまる一箇月ハマースミスで。従兄の家があるんです。ウェンブリーをじっくり見に行く機会でした。そのときあなたがいらっしゃるとあの方は知ったのです。ここでは退屈な思いをして、孤独でした。お判りでしょう。何か新しい刺激を与えてもらうか、自力で探しに行くかする必要がありました。あなたがいらっしゃると知ったとき、あの方は暗い気分から一瞬で抜け出して、喜びのあまり狂ったようになり、『彼にはひと冬ここにいてもらおう。なかなか立派な青年だ。僕の好みの男だ』と仰いました。私が『私の休暇はどうなるのでしょう』と云うと、あの石のように非情な目でこちらを見つめて『休暇？　ああ、そういえばそうだ。来年には――また来年には都合をつけられるか相談しようじゃないか』と。来年には。まるで私の願いを聞き入れているとでも云うように。そうやって、ほぼ十二年のあいだ、そうだったんです。

でも、今度という今度は。あなたがいらっしゃらなければ、私は逃げ出せたはずです。あの方はセリムに身の回りのことをさせるのに慣れてきていましたし、健康状態もこの上なくよくなっていましたから。人にはそれなりの権利があること、私もいつまでも若いわけではないこと、番犬のように鎖で繋がれて仕えてきたこと、いつも来年来年と云われてきたことなどをお話しすると――ただ笑って、嘲笑《あざわら》うように煙草に火をつけて『ああ、ゴスリング、もうよしてくれないか』と。

あの方はちょうど今のあなたと同じ場所に立っていて、向きを変えて家に入ろうと歩き出したところでした。あの方を押したのはそのときです。体重のある方だったので、井戸の囲い枠に倒れかかりました。ちょうど、今にもあなたがいらっしゃるかも知れないというときで――ああ、何ということを」

ゴスリングの声が押し殺すような呟《つぶや》きになって消えた。

メドフォードは最後の言葉を聞いて思わず数フィート後退りしてしまった。二人は中庭の真ん中に立ち、何も云わずに見つめ合っていた。胸壁の上で高く揺れる月が、探索の光の槍を罪を抱える井戸の闇に射した。

眼

The Eyes

一

あの晩、昔からの友人であるカルウィンのところで素敵な夕食を愉しんだあと、フレッド・マーチャードが話す物語――奇妙な訪問客の物語――を聴いて、私たちはすっかり幽霊物語の気分になっていた。

煙草の煙を通して、暖炉で燃える石炭の輝きで見るカルウィンの書斎が、そのオーク材の壁や暗い色をした古い本の装幀も相俟《あいま》って、そういうものを呼び起こすのに相応《ふさわ》しい場所になっていたこともあってか、マーチャードが最初に口火を切ったあとは、私たちが受け付けるのは自分で経験した幽霊体験だけということになり、それぞれが自分の持ちネタを提供していくこととなった。そこには八人いた。そのうちの七人が、多かれ少なかれ課された条件を満たすような話をどうにか語ることができた。私たちが驚いたのは、皆が超自然的な印象を喚起する話を語れたということだった。マーチャードと若いフィル・フレナム（彼の話がいちばん大したことのないものだった）を除いては誰も、自分の魂を目に見えない世界に送りだす習慣などなかったからだ。だから総合的に見れば、自分たちの七つの「出品物」を誇りに思うのも当然のことだったし、私たちは誰も、主人役が八番目の話を披露するとは思いもしなかった。

私たちの古くからの友人であるアンドルー・カルウィン氏は、肘掛け椅子に深く腰を下ろし、煙の輪の中、分別のある老人の手本のように明るく寛容な態度で目をぱちくりさせながら耳を傾け、彼自身はそのような霊的な接触の機会に恵まれているタイプには思われなかったものの、ゲストたちの得意げな自慢話を羨むことなく楽しむだけの想像力を持ち合わせていた。年齢的にも受けてきた教育的にも、伝統的で頑《かたく》なな実証主義者だったが、日頃のものの考え方は物理学と純粋哲学のあいだの壮大な闘争の時代に形作られたものだった。しかし、当時も今も、本質的には傍観者であって、果てしなく混乱した人生のヴァラエティーショーをユーモアを解する超然とした態度で参観したが、ときに席を抜け出して裏方の浮かれ騒ぎに少しだけ浸ってみたりすることはあっても、知られている限りでは、決して自ら舞台に上がって芸を見せようとすることなど一度もなかった。

同年輩の人たちのあいだには、その昔、ロマンティックな国で決闘をしてカルウィンが負傷したらしいというぼんやりとした言い伝えが残っているが、この伝説は若い世代が知っているカルウィンの性格とはまったく相容れないし、昔はあの人も「目が素敵なちょっと可愛らしい感じ」だったという私の母の言も彼の外見からはもはや想像できなかった。

「どう考えても薪を束ねたようにしか見えなかったと思うけどね」とマーチャードが云ったことがあった。「ていうか、燐光《りんこう》を放つ切り株だな」と誰かが言葉を足した。ずんぐりした小柄な胴体と、斑《まだら》の樹皮のような顔に赤く光る眼が付いているカルウィンの姿になかなかいい表現だと私たちは思った。いつも余暇というものを大切に育み守る男だった。無駄な活動で浪費してしまったりはしない。慎重に守っている時間を卓越した知性と賢明に選び抜いた嗜《たしな》みに充《あ》て、人生にありがちな心の乱れをカルウィンが経験することはまったくなかったようだ。それでも、彼の冷静な世界観はその犠牲の大きい実験を評価することはなかったし、人類を研究した結果、あらゆる男は不要な存在であり、女が必要な理由はただ誰かが料理をしなければならないからだという結論に達したようだった。この点の重要性に対するカルウィンの信念は絶対であり、美食学のみが彼の教養として尊重する唯一の学問体系だった。彼のささやかな晩餐会はこの考え方を強く支える論拠であり、さらに友人たちに対する忠義の理由だった――主たる理由ではなかったが――ということを認めなくてはならない。

精神面では、カルウィンのもてなしは確かに魅惑的とまではいかないが、まさしく刺激的というべきものではあった。彼の心は、着想を交換する集会所や公開広場のようなもので、寒くて冷たい風が吹き込むところはあるが、明るくて広々として、落ち着いていた。葉が木々からすっかり落ちてしまっている学問向きの小さな森のようなところだ。この特権的な場所で、私たち十数人は筋肉を伸ばし深呼吸をするのが常であった。そして、消えそうになっていると感じる団体の伝統を終わらせないためだとでも云うかのように、一人か二人、新参者がときおりこの私たちの仲間に加えられた。

若いフィル・フレナムはそういう新人たちの中でもいちばん新しく入ってきたメンバーで、いちばん興味深い存在で、マーチャードによると、われらの古くからの友人は「みずみずしい相手を好む」といういささか不健全な主張の好例だった。カルウィンがその無味乾燥な性格にもかかわらず、若者の抒情的な資質を特に好んで味わっていたのは実際のところ本当だった。彼は善良な快楽主義者《エピキュリアン》だったので、自分の庭に集めた魂の花を摘み取るようなことはなく、その友情を壊してしまうような影響も与えなかった。それどころか、若い発想を促成栽培して豊かに花開かせてしまうほどだった。そして、フィル・フレナムの中に、最適な実験対象を見出したのであった。この若者は極めて知的で、その健全な性格は上質な釉薬《ゆうやく》の下にある汚れのない陶土のようだった。カルウィンはフレナムを家族という鬱陶《うっとう》しい霧の中から釣り上げ、ダリエンの山頂に引き上げた。それでも、この冒険がフレナムをまったく傷つけることはなかった。好奇心を刺激するように導くカルウィンの技は畏敬の念という花を損なうことなく、マーチャードの感じの悪い比喩に対する十分な答えになっているように思えた。フレナムの才能を花開かせるときにも決して無理をすることはなく、この年輩の友人はその聖なる愚かさに指一本触れてはいなかった。フレナムがいまだにカルウィンに畏敬の念を抱いているという事実が何よりの証拠となるだろう。

「あなた方には見えていない面がこの人にはありますね。あの決闘の話は本当だと私は信じていますよ！」とフレナムが声高く云った。この信念のまさに根本にあるものがフレナムを駆りたて――もうわれわれのささやかなパーティが解散しようとしているとき――冗談めかした要求をしてわれらの主人役を振り返らせたのだ。「今度はあなたが僕たちに自分の幽霊の話をする番ですよ！」

外へ出るドアがマーチャードと他の数名が出て閉じたところだった。フレナムと私だけが残っていた。カルウィンの運命を司っている献身的な召使いは、新しいソーダ水を持ってきたあと、素っ気なくもう寝るように云われていた。

カルウィンの社交性はいつも夜になって花開いた。真夜中を過ぎた頃に中核となる顔ぶれだけで周りを固めたがるのを私たちは知っていた。しかし、このフレナムの呼びかけには妙に狼《ろう》狽《ばい》していて、広間で別れの挨拶をしたあと坐《すわ》り直したばかりの椅子からまたもや立ち上がったほどだった。

「私の幽霊？　友人たちのクローゼットにはあれほど素敵な幽霊がいるというのに、あえて自分の幽霊をとっておくほど愚かだと思っているのか。葉巻を一本どうかな」カルウィンは笑いながら躰《からだ》の向きを変えて私に云った。

フレナムも笑いながら暖炉の前で背の高い細身の躰を伸ばし、背丈の低い躰を強ばらせている友人に向き直った。

「なるほど、でもそれが、本当にお気に入りの幽霊なら、打ち明けてくれる気にはならないでしょうね」

カルウィンは肘掛け椅子に腰を落とし、使い古された革の凹みにもじゃもじゃ髪の頭を載せた。その小さな眼は新しい葉巻の上でちらちら光を放っていた。

「お気に入りの？　お気に入りのだって？　やれやれ」カルウィンは呻《うめ》くように云った。

「じゃあ、あるわけですね」フレナムが私の方に勝ち誇ったような眼くばせをしながら、間髪を容れず言葉を返した。しかしカルウィンは小鬼《こおに》のような躰をクッションに沈め、葉巻の煙でできた雲で身を守ろうとするかのようにその中に隠れた。

「隠してどうするんですか。あらゆるものを見てきた人なのだから、もちろん幽霊だって見たことがあるでしょう」この若い友人は引き下がることなく、雲に向かって勇猛果敢に話し続けた。「もし、幽霊一つ見たことがないと否定するなら、それは二つだからというだけのことでしょう！」

この挑戦的な言葉がこの主人の心を動かしたようだった。カルウィンはときおりそういう仕草をするのだが、煙の中から亀のような妙な動き方で顔を出して、フレナムに同意するような瞬《まばた》きをした。

「そのとおりだ」カルウィンが甲高い笑い声を発しながら云った。「二つ見たからということに他ならない」

この言葉があまりにも予想外だったので、二人とも深い沈黙の中に沈んでしまったまま、カルウィンの頭越しに互いに見つめ合った。そして、カルウィンは自分の幽霊たちに思いをめぐらせていた。ようやくフレナムが、言葉を発することなく、暖炉の反対側にある椅子に腰を下ろし、話を聞かせていただきましょうという微笑《ほほえ》みを浮かべて身を乗り出した……。

二

「まあ、もちろん見栄えのする幽霊ではなかった――幽霊蒐集家だったら見向きもしないだろう……。あまり期待しないで欲しい……あの幽霊の取り柄の一つはその数にあった。例外的に珍しい二つという数だ。だが、それに対して、医師の診察を受けて処方箋をもらうか眼科で眼鏡を作るか、いつでもそのどちらかの方法で幽霊たちを追い払えたかも知れないことは、認めざるを得ない。ただ、内科医のところへ行ったらいいのか、眼科医のところへ行ったらいいのかどうにも決めかねていただけでね。錯覚が視覚に由来するものか消化器に由来するものか判らなかったんだ。やつらにはその興味深い二重生活を続けさせておいた。ときには、やつらのせいで私の生活の方が極めて不快になることがあったがね。

そうだ、不快にだ。私がどんなに不快な生活を憎んでいるか知っているだろう。だが、私の愚かなプライドのせいもあって、ことが始まったとき、あれが二つ見えるなどというくだらないことで自分の心が乱されるのを認められなかったのだ。

それにあの頃は、自分が病気だと思う理由なんてまったくなかったからね。自分で判る限りでは、私はただ退屈していただけだった。死ぬほど退屈だった。それだけ退屈を感じるくらいだったから、珍しく体調が良くて、あり余るエネルギーをどう使ったらいいものか判らなかった。長い旅から戻って来たところで、南米とメキシコを巡る旅だったのだけど、その冬はニューヨーク近郊に腰を落ち着け、年老いた伯母と暮らすつもりだった。彼女は、ワシントン・アーヴィングと古くからの知り合いでN・P・ウィリスとも交流があったんだ。伯母はアーヴィントンにほど近いところにある、湿気の多いゴシック様式の屋敷に住んでいた。屋敷を覆うように欧州唐檜《とうひ》が立っていて、まるで髪の毛で作った記念紋章のようにしか見えなかった。伯母の姿もその屋敷によく合っていてね、あまり残っていなかった髪の毛は紋章作りの犠牲になったのかも知れない。

私は不安な一年を終えようとしていた頃で、金銭的にも精神的にも滞っていたことが多々あり、理屈の上では伯母が穏やかにもてなしてくれる日々が自分の神経だけでなく財布にも有益なはずだと思った。だが、自分が安全で守られていると感じてすぐに、生きる活力が甦ってきた。この記念紋章の中にいてどうやってそれを発散させればいいというのか。その頃私は、人は持っている活力をことごとく知的活動に注ぎ続けられるという幻想を抱いていた。そこで本を書き上げようと決めたんだ。何に関する本だったかは忘れたが大作を書こうとね。伯母はその計画に感銘を受けて、ゴシック風の書斎を使わせてくれた。黒いクロス装の古典や有名人の褪《あ》せた銀板写真がいっぱいある部屋だった。私はそこの机に向かって、その部屋の著作と並んで遜色のないものを書き上げようとした。伯母は私の仕事が円滑に進められるようにと、原稿を清書するために従妹を寄越《よこ》してくれた。

この従妹は育ちのよい娘だった。自分が人間性に対する信頼を恢復《かいふく》するためには、特に自分自身に対する信頼性を恢復するためには、育ちのよい娘こそ必要だと私は考えていた。彼女は美しくもなければ賢くもなかった――可哀想なアリス・ノウェル――しかし、これほどまでに退屈な状態でも満足している女性に会って興味を抱いてね、その満足感の秘密を知りたくなった。そうして私はいささか軽率な対応をしてしまって、好ましくない事態に陥ってしまった――いや、ほんのちょっとのあいだだけのことだ。こんなことを話すとそんな莫迦《ばか》なことと思うかも知れないが、あの可哀想な娘は従兄以外、誰にも会ったことがなかったんだ……。

もちろん私は自分のしたことを後悔したし、どうやって自分の行いを正せばいいのかずいぶん悩んだ。その館に滞在していた彼女は、ある晩、伯母が就寝したあとで、書斎に置き忘れていった本を取りに部屋まで来た。後ろの書棚に並んでいる本に出てくる純朴なヒロインのようにね。鼻のあたりを赤くして、見るからに動揺していた。そのときふと頭に浮かんだのは、この娘の髪も歳をとったらあの伯母の髪とそっくり同じになるだろうということだった。気づいてよかったと思った。それで自分が何をすべきか心を決めるのが簡単になったからだ。置き忘れたわけでもない本を見つけてやって、私はその週にヨーロッパへ発つと告げた。

あの頃は、ヨーロッパといえばもう遥か彼方《かなた》の国だった。アリスはすぐに私の云おうとしていることを理解した。そのときのアリスの受け止め方は、私の予想とはまったく違っていた。予想どおりならもっと気が楽だったのだが。本をしっかり抱いて、机の上にランプを掲げるためにちょっと顔を背けた。そのランプの、蔦《つた》の葉の模様がある磨りガラスのシェードとその縁にぐるりと並ぶガラスの水滴を覚えている。それから、こちらを向くと手を差し出して、「さようなら」と云った。そう云いながら私の顔を真っすぐ見つめて、キスをした。そのキスほど初々しく、恥じらいでいっぱいで、凜々しいものを私は知らない。どんな非難の言葉よりも厳しかったし、非難されて当然のことをした自分を恥じた。私は心の中で、「この娘と結婚しよう。そうすれば、伯母が死んだときにはこの屋敷を遺してくれるだろう。私はこの机の前に坐って本を書き続けよう。アリスはそこに坐って刺繡をしながら、今こうやって私を見ているのと同じ眼で見守ってくれるだろう。そんなふうに、人生が何年も続いていくことになるだろう」と思った。この将来の展望に少し怖くなったが、そのときは彼女を傷つけることが何より怖かった。十分後には、彼女は私の認印付き指輪を指にはめ、さらに海外に行くときには一緒に連れて行くという私からの約束も得ていた。

この件をどうして長々と話すのか訝《いぶか》しく思っているだろう。それは、これから話そうとする奇妙な光景を初めて見たのがまさにこの晩だったからだ。あの頃は、原因と結果のあいだには必然的な順序というものがあると強く信じて疑わなかったから、当然私は伯母の書斎で起きたことと、その数時間後の同じ晩に起きたことのあいだに何らかの関係の糸口を見出そうと懸命になった。この二つの出来事が同時に起きた不思議な巡り合わせはいつまでも心に残っていた。

その夜は重い心で就寝した。初めて意識して実行した善行の重荷に押し潰されそうだったからだ。それに、まだ若かったけれども、どれほど重大な立場に立っているのかは判っていた。だからといって、私がそれまでも破滅の手先のような人間だったとは思わないで欲しい。たんなる無害な若者でしかなかった。自分の好みを追求し、神意との協調をことごとく断ってきただけだった。そしていきなり、世界の道徳的秩序の振興を請け負うことになってしまった。奇術師に金時計を預け、奇術が終わったときにそれがどんな姿で戻って来るのか判っていない、人を疑うことを知らない観客になったような気分だった……。それでも、独りよがりな感情の高まりが恐怖を和らげてくれたし、服を脱ぎながら、善人であることに慣れてしまえば最初の頃ほどびくびくしなくてよくなるだろうと自分に云い聞かせたりした。そして、ベッドに入って蠟燭を吹き消す頃には、本当に慣れてきているような気分になれたし、そうなってしまえば、伯母の柔らかいウールのマットレスに身を沈めるのとさほど変わらないだろうと思った。

私は目を閉じてこんなことを思い浮かべ、そしてふたたび目を開けたときには、かなり時間が経っているに違いないと思った。というのは、部屋はすっかり寒くなっていて、張りつめたような静けさを感じたからだ。誰もが知っているあの奇妙な感じを覚えて目を覚ました。眠りに落ちたときにはいなかった何かが今は部屋にいるという感じだ。ベッドの上に身を起こして暗闇の中に眼を凝らしたが、最初は何も見えなかった。しかしベッドの足許《あしもと》でぼんやりと光る二つの眼が自分を見つめ返しているのが徐々に見えてきた。その眼が付いているはずの顔の表情までは見分けられなかったが、その眼の輝きはますますはっきりと見えるようになった。その眼は自ら光を発していたのだ。

そんなふうに見つめられている感覚はまったく楽しいものではなかった。きっと君たちは、私がベッドから飛び出してその眼の本体である見えない躰に体当たりしようという衝動にまずは駆られたと思うかも知れない。でも、そうではなかった。私の衝動はただじっと横になっていたいというものだった。それが、この幽霊の不気味な本質を瞬間的に感じ取ったからなのか――もしベッドから飛び出したとしても何もないところに突進していただろうけどね――たんにその眼に相手を麻痺させる力があったからなのかは判らない。あれはそれまで見たことがないほど最悪の眼だった。男の眼だったのだが、それにしても何という男なんだ！　最初に頭に浮かんだのはとんでもなく歳をとっているに違いないということだった。眼窩《がんか》は落ちくぼみ、赤く縁取られた分厚い瞼《まぶた》が紐の切れたブラインドのように眼球に覆い被さっている。片方の瞼が反対側の瞼よりも下に垂れ下がっていて、歪んだ意地の悪い目つきに感じられた。皮膚の襞《ひだ》のあいだにあって、貧弱な睫毛が逆立ち、眼そのものは瑪瑙《めのう》で縁取られた小さなガラス玉のようでもあり、海星《ひとで》に摑まれた水晶のようにも見えた。

しかし、いちばん不快なところはその年齢ではなかった。気持ち悪いと思ったのは、安全なところで憎悪を抱いているその表情だった。他にどう表現したらいいか判らない。人生で数々の加害的な振舞いをしておきながら、自分はいつも危険な一線を越えないところにいたような男の顔だ。臆病者の眼ではなく、賢さのあまり危険を冒すことができない者の眼だった。その眼差《まなざ》しの根底にある抜け目のなさに気分が悪くなった。それでも最悪なところは他にあった。互いにじっと見つめ合っているうちに、相手の目に嘲笑の気配を感じ取り、自分がその対象であると気づいたからだ。

そこで怒りの衝動に駆られて立ち上がると、目に見えない人影に向かって突進した。しかし、当然のことながらそこには誰もおらず、私の拳は空を切った。恥ずかしさと寒さに震えながらマッチを手探りして手に取り、蠟燭に火を灯した。部屋はいつもと変わらないように見えた——そうだろうとは思っていたが。そのままベッドに戻って中へ潜り込み、蠟燭の火を吹き消した。

部屋が暗くなるとすぐにまた眼が戻って来た。今度はこの眼について科学的な観点から説明してみようとした。最初、暖炉に残った熾火《おきび》のせいで錯覚を起こしたのではないかと考えた。しかし、暖炉はベッドの反対側にあって、そこは洗面所の鏡に火が映ったりもしない位置だった。部屋の中の鏡はそこにしかない。次に頭に浮かんだのは、その熾火が磨き上げられた木か金属に反射して惑わされたのではないかというものだった。見える範囲内にそんな物は何もなかったのに、また起き上がって暖炉の側まで手探りで歩いて、残っている火を覆い隠してみた。しかし、ベッドに戻るとすぐにその眼も足許の辺りへ戻ってきた。

ならば眼は幻覚だということだ。明らかだ。だが、外的な対象を見間違えたことが原因ではないと判っても全然気分は楽にならない。もしそれが内的な意識の投射だとしたら、私の脳は一体どうなってしまったのか。神秘的な病理学的状態についてはいささか心得があったので、こんな真夜中に戒めを受けるような精神状態について思いを巡らせてみたが、現在の自分の状況に当てはまるようなものは考えられなかった。精神的にも身体的にも、これほど正常だと感じられることはなかったほどだし、私が置かれていた状況で唯一普通ではないと云えるのは、気立てのよい娘に幸せを約束してしまったことくらいだが、だからと云ってそれが自分の枕元に邪悪な霊を召喚するようなものとは思えなかった。しかし、眼はまだ私を見つめている……。

私は自分の目を閉じて、アリス・ノウェルの眼を思い浮かべようとした。それは特別な眼ではなかったが、新鮮な水のように健康的で、あとはもう少し想像力というものを持っていさえすれば——あるいはもう少し睫毛が長ければ——あの眼の表情も面白いものになったかも知れない。しかしそんな試みの効果はあまりなく、気がつくと不思議なことにいつの間にかベッドの足許にいる眼に置き換わっているのだった。そんなふうに閉じた瞼を通して見つめられていると感じるのは、直接見られているときよりもなおさら不愉快で、私はまた目を開いて、その憎悪に満ちた視線をまっすぐ見つめ返した……。

それは一晩中続いた。その夜がどんなだったかを説明することはできそうにないし、どれくらいの時間だったのかもよく判らない。ベッドに横になっても眠れないままどうしようもなく、目を開けると何か怖いものや嫌なものが見えると判っていて、ずっと目を閉じていたことが君たちにもあるんじゃないか。簡単なことに聞こえるかも知れないが、悪魔のように難しい。あの眼はずっとそこにあって、私の注意を惹《ひ》き続けた。底知れぬ深淵へ落ちていくような眩暈《めまい》を覚えた。その赤い瞼が奈落と私のあいだにある縁だった。私は前にも神経質になる時間を過ごしたことがあった。首筋に危険の風を感じる時間だ。だが、こういう極度の緊張は今までになかった。その眼が怖かったのではない。その眼に闇の力の威厳があったわけでもない。その眼には——何と云ったらいいだろう——悪臭と同じような身体への影響があった。その視線は蝸牛《かたつむり》のようにねばねばした感じがした。そして、私に一体何の用があるのかさっぱり判らず、とにかくそれを見出そうとじっと見つめ続けた。

その眼がどんな影響を私に与えようとしたのかは判らない。しかし、眼が私に及ぼした影響のせいで、結果として私は大きな旅行鞄に荷造りをして翌朝早く町から逃げ出すことになった。伯母宛に書き置きを残し、躰の具合が悪くなったので医師の診察を受けることにしたと説明した。実際、とんでもなく体調は悪かった。その夜だけで、体中の血液が抜き取られてしまったような気分だった。しかし、町に着いても医者のところへは行かなかった。友人の家に転がり込むと、ベッドに身を投げだして十時間ほど眠り続けた。目が覚めると真夜中で、何が自分を待ち受けているのかと考えると背筋が凍る思いだった。震えながら躰を起こし、闇の中を見つめたが、その暗闇の尊い表面には一点の傷もなく、眼がないことを確認するとふたたび私は長い眠りに落ちていった。

アリスには何も云わずに館から逃げ出していた。翌朝には戻るつもりだったからだ。だが、次の日は疲れ過ぎて動くことすらできなかった。時間が経つにつれてその疲労はますます増していった。よくあるように不眠の翌日に残っている疲労感が徐々に消えていくのとは違っていた。眼の影響はむしろ増していくようで、またあれを見るかも知れないと思うと耐え難いものがあった。二日間、恐怖と戦い、三日目の晩に何とか勇気を奮い起こして翌朝には館に戻ろうと心に決めた。一度、心を決めてしまうと気分はずいぶん軽くなった。突然私が姿を消したことや、手紙も寄越《よこ》さない不自然な態度に、可哀想なアリスはさぞかし悩んでいるだろうと思ったからだ。心安らかにベッドに入るとたちまち寝入ってしまったが、真夜中になって目を覚ますと、そこには眼があった……。

あれに立ち向かうことなど到底できなかった。伯母のところへ戻る代わりに、トランクに僅かな荷物を詰め込むと、イングランド行きの最初の蒸気船に飛び乗った。船に乗ったときには疲れ切っていて、這うようにして寝台に直行すると、船旅のほとんどを眠って過ごした。夢も見ない長い眠りから目覚めたときに、あの眼はもう見えないのだと判っていて、闇の中を怖れることなく覗き込めるときの至福の喜びは言葉にできない……。

一年間、海外に滞在し、さらにもう一年を過ごしたが、その間いちどもあの眼を見ることはなかった。たとえ無人島にいたとしても、滞在を延ばす理由としてはそれだけでもう十分だった。もう一つの理由は、当然だが、アリス・ノウェルと結婚することはもうまったく不可能だと判ったからだ。このことに気づくのがあまりにも遅かった自分が苛立《いらだ》たしく、また弁明を避けてしまうことにもなった。あの眼から、そしてこの別の困惑の種からも纏《まと》めて逃げ切ったことの喜びは、私の自由に特別な魅力を与えてくれた。それを長く味わうほど、その魅力を愛するようになった。

眼は私の意識を焼いて穴を開け、私は長いあいだあの幻影の正体について思いを巡らせ続けた。あれは戻って来るだろうかと疑い続けた。だが時が経つにつれて恐怖は消え、そのはっきりした残像だけになった。やがて、それも薄れていった。

二年目にはローマに住まいを見つけ、そこでまた別の大作を書き上げてやろうと計画していた。イタリア芸術にエトルリア文明が与えた影響に関する決定版となるべき本だ。そんなことを理由にして、スペイン広場にある日当たりのよいアパートを見つけて、フォルム・ロマヌムをうろうろしたりしていた。ある朝、感じのよい若者が私を訪ねてきた。暖かい陽光の中に立つ彼は、ほっそりとした穏やかなヒヤシンスのようで、廃墟の祭壇から進み出てきたかに見えた。例えばアンティノオスの祭壇から。しかし、実際にはニューヨークからやって来たのだった。手紙を携えて。それが、よりにもよってアリス・ノウェルからのものだった。手紙は、彼女と別れてから初めてのものだったが、この若い従弟であるギルバート・ノイズを紹介し、親しくしてやってほしいと頼むだけの短いものだった。どうやら、この気の毒な青年は、「才能があって」「作家になりたい」と思っているのだが、頑固な家族は字を書くなら複式簿記に役立てろと云って許さず、しかしアリスがそこへ仲裁に入って半年間の猶予を獲得し、彼はわずかな資金だけを持って海外を旅するあいだに何とかしてそれを自分の筆で増やす能力があると証明しなくてはならないというようなことらしい。この風変わりな条件にちょっと驚いた。何だか中世の「試罪法」みたいに断定的だと思った。それから、アリスがこの若者を私のところへ送ってきたことに感謝した。私はいつも彼女の役に立ちたいと思っていたからだ。たとえアリスが赦《ゆる》してくれなくても自分に対して自分の振舞いを弁明するために。これは絶好のチャンスだと思った。

一般論として、天才になるべく運命づけられている者が春の陽光の中で追放された神のような姿でフォルム・ロマヌムに姿を現すことは普通はないと断言して間違いないだろうと思う。いずれにせよ、可哀想なノイズは天才になるべく運命づけられてはいなかった。しかし、見る分には美しいし、仲間としては魅力的だった。だが文学について話し始めるとがっかりしてしまう。この手の症状はよく知っていた。彼が内に持っているものと、外にあって彼に影響を与えているもの。結局のところ、本当に試されるのはそこなんだ。ノイズはいつでも、それはもう間違いなく必然的に、機械的な法則のように容赦なく、必ず間違ったものに感動していた。気がつくと私は、ノイズがどんな間違ったものを選ぶのか前もって正確に予見することが楽しくなってしまっていた。そして、そのゲームに驚くほど熟練してしまった。

最悪だったのは、ノイズの愚かさがあまりはっきり判るものではなかったことだ。ピクニックで彼に会ったご婦人方は知的な人物だと思い込んでしまったし、晩餐会でも賢い人で通ってしまった。顕微鏡で観察するようによくよく彼を見ていた私は、ノイズも貧弱な才能をいつか伸ばして何かをなしとげ、幸せになれるのではないかとときおり夢見ていた。結局、私にとって大事なのはそこだったのではないか。実に魅力的な男だったし、これからも魅力的であり続けるだろうし、私も全力でサポートした。最初の数箇月は私も少しはチャンスがあるのではないかと本気で信じていた……。

この最初の数箇月は楽しかった。ノイズはいつも私と一緒にいて、その様子を見れば見るほど好ましく感じた。その愚かさは自然の恵みだった。嘘偽りなく美しかった。彼の睫毛のように。陽気で、愛情深く、私と一緒にいて楽しそうだった。だから、真実を本人に告げるとなれば、おとなしい動物の咽喉《のど》を切り裂くような気持ちになるだろう。あの輝かしい頭の中に脳があるなんていう唾棄すべき思い違いを最初に抱かせたのはいったい何なのだろうという疑念を持ったものだ。やがて判ってきたのは、それが単なる防御の擬態だということだ。家庭生活やオフィスの机から逃れるための本能的な計略だった。ギルバートが自分でそう信じていなかったわけではない。偽善の痕跡すらなかった。文学は抗し難い天職なのだとギルバートは信じていたのだが、私から見れば、天職でないこと、そして多少の金、多少の暇、多少の娯楽があれば、無害な怠け者になれるということが彼の状況を救う恩恵に思えた。しかし不幸なことに、金の望みはなく、事務机という代わりの道を眼前にして文学への挑戦を先送りすることはできなかった。だが、そうして生み出された作品は見るも哀れなもので、今となっては最初から気づいていたと思うだけだが、それでも一人の人生を一回目の試みで決めてしまうのは理に適っていないということを理由に判断を保留し、そして人間という植物が花開くには暖かさが必要だとする口実に、多少は彼を励ますことすらした。

とにかく、その原則に基づいて振舞い、見習い期間を延長してやったくらいだ。私がローマを去るときにも一緒に来たし、カプリ島やヴェネツィアで楽しい夏をともにのんびり過ごしもした。「もしギルバートに何か内に持っているものがあるのなら、それが花開くとすれば今だろう」と私は自分に云い聞かせ、そして実際に花開いた。これ以上ないというくらい魅惑的だったし、そして魅了されてもいた。旅のあいだに彼が呟《つぶや》く言葉から生まれた美がその顔の表情に浮かび上がる瞬間が何度もあった。ところが、文字にすると色褪《いろあ》せたインクの洪水になってしまうのだ……。

さて、その蛇口を閉めるときが来た。それをするのは自分の手でなければならないことは判っていた。一緒にローマに戻ったときには私のところへ泊まるようにさせた。人生の野心を諦めなければならない状況に直面したときに、独りで自分の宿へ戻ってほしくなかったからだ。もちろん私は自分一人の判断で文学を断念するように助言する決断をしたわけではなかった。いろんな人に作品を送った。編集者や批評家だ。誰も彼もがコメントを付すこともなく冷たく送り返してきた。実際、コメントしようもないのだ——

正直に云うと、ギルバートとけりを付けようと決断した日ほど自分が卑劣な人間に思えたことはなかった。哀れな青年の希望を木端微塵《こっぱみじん》に打ち砕くのが自分の義務だということはよく判っていたが、そんな口実で正当化できないほど、必要以上に残酷な振舞いではないだろうか。私はいつも神に代わってその役割を演じることを避けてきたし、そうせざるを得ないときは、破滅の使者にならないよう特に気をつけてきた。それに、一年の試験期間のあとだとはいえ、哀れなギルバートに才能があるかどうか結局誰に決められるというのか。

自分が演じようと決めた役柄のことを考えれば考えるほど、嫌になってきた。ギルバートが向かいに坐って、ちょうど今のフィルと同じようにランプの光が顔を照らしているのを見たときにはなおさら嫌になった。私はギルバートの最新の原稿を読み終えたところだった。ギルバート自身もそれを知っていたし、私の判定に自分の将来がかかっていることも知っていた。私たちはそれを暗黙の了解としていた。原稿はテーブルの上の、私たちのあいだに置いてあった。小説だった。ギルバートの初めての小説だ。小説と呼びたければの話だが。ギルバートは手を伸ばして原稿の上に手を置いた。そして、全人生をそこに賭けているような眼差しで私を見上げた。

私は立ち上がって、ギルバートの顔とその原稿から目を逸《そ》らそうとしながら、咳払《せきばら》いをした。

「ギルバート、実際のところ」と云い始めると――

ギルバートの顔が蒼《あお》ざめたのが判った。すぐに立ち上がったギルバートは私の顔を見つめていた。

「そんなに苦しそうにならなくても。それほど傷ついているわけではありませんから」ギルバートの手が私の両肩に触れた。上から見下ろすように私に笑いかけていた。必死に陽気な顔を装う様子を見ると、脇腹にナイフを刺されたような気持ちになった。

その姿は美しいほどに勇敢で、私はもう自分の義務がどうこうなどと戯言《たわごと》を続けることはできなかった。そしてギルバートを傷つけることは、他の人たちを傷つけることにもなるのだという思いが浮かんだ。まず自分自身だ。ギルバートを故郷に帰らせることは彼を失うことだからだ。だが、そんなことより可哀想なアリス・ノウェルを傷つけることになる。自分が誠実であることを証明し、彼女に尽くしたいとあれほど願っていたのに。ギルバートを見捨てることは、彼女を裏切るのも同然だ。

私の直感は地平線を飛び交う稲妻のように、自分がもし真実を告げなかったらどうなるかを同時に考えた。そのとき心の中でこう考えていた。「私は生涯ギルバートを自分のものにできる」男だろうと女だろうと、そんなふうに思った相手はそれまで一人もいなかった。この自分勝手な衝動が判定を決めた。私はそれを恥じ、この衝動から逃れるために、ギルバートの腕の中にまっすぐ飛び込むことになった。

「これは見事な作品だ。何か勘違いしているんじゃないか」私がはっきりと云うと、ギルバートは私を抱きしめた。私は笑い、彼の腕の中で身を震わせた。そしてほんのしばらく、これが正しい道だったのだという自己満足に浸った。やれやれ、人を幸せにしてやることは、それ自体魅力的なんだ。

もちろん、ギルバートは何か派手なやり方で自らの解放を祝うつもりだったのだろうが、感情を爆発させるのは独りでやってもらうことにして、私はベッドで眠って自分の感情を落ち着かせようとした。服を脱ぎながら、この感情の後味はどうなっていくんだろうかと思い始めた。最高の時間は長続きしないものだ。それでも、私は後悔していなかった。ボトルを飲み尽くす覚悟はできていたのだ。たとえ、それが香りの抜けたつまらない味に変わってしまうとしても。

ベッドに横になってからもいつまでもギルバートの眼を思い出して微笑んでいた――あの喜びに満ちた眼……。そして眠りに落ちた。目覚めたとき、部屋はおそろしく寒かった。驚いて身を起こすと――あの眼がいた……。

あれに会うのは三年ぶりだったが、何度も何度もあの眼のことを考えていたので、二度と気づかれないままで済むはずはないと思っていた。だが、私に向けられる赤い嘲笑を見たとき、眼が戻って来ると自分は本気で思っていたわけではなかったのだと気がついた。そして、如何《いか》に自分が眼に対して相変わらず無防備であるかということにも。以前と同じように、眼の出現する理由がまったく理解できないことが何より恐ろしかった。眼の狙いは一体何なのか。こんなときに私の前に飛び出してくるなんて。あの眼に出会ってからの数年間は、それなりに暢気《のんき》な暮らしをしてきたが、いくら軽率なことをしたときでもこんな悪魔の凝視に注目されるような邪悪なことはしていないはずだ。だが、この瞬間には、私は聖寵をうけているとでもいうべき状態になっていた。そのせいでどれほどさらに怖ろしく感じたかはもう言葉で云えないほどだったのだ。

しかし、眼は前と同様に邪悪だったというのは正しくない。以前よりも悪くなっていたのだ。この三年間に私が人生について学んだ分だけ、そしてその広くなった経験が眼から読み取った忌まわしい意味の分だけ。以前は見えなかったが、今なら見えるものがあった。眼が珊瑚礁のように少しずつ卑しさを積み上げて、ゆっくりと忌まわしさを増してきたこともそうだ。小さな堕落を繰り返し、ゆっくりとたゆまず月日をかけて蓄積させて。そうだ——私にとって何より酷《ひど》く感じられたのが、それほどまでにゆっくり成熟していったところなのだ。

眼は闇の中に浮かんでいた。腫れ上がった瞼は、眼窩の中で緩く転がる水っぽい小さな球体に被さり、肉の膨らみが濁った影を落としている。私の動きに合わせてその視線も動く。私と暗黙の共謀関係があるように、深く隠れたところで互いに理解し合っているように感じられるのが、最初に未知なる眼に遭遇したときのショックよりも辛かった。眼を理解していたわけではなかったが、眼を見ているといつかは必ずやそうなるだろうと思えてくる。そう、それが何より嫌なことだった。眼が戻って来るたびにそれは強く感じられるようになっていった。

忌まわしいことに、眼はまた繰り返し戻って来るようになった。若い肉体を好む吸血鬼のようだ。もっともこちらは、良心の味に満足するらしい。一箇月のあいだ毎晩、私を一口味わいにやって来た。私がギルバートを幸せにしてやってから、奴は牙を緩めることがない。偶然に違いないと思っていても、この偶然の一致のせいで、ギルバートのことが嫌いになりそうだった。このことにはずいぶん頭を悩ませたが、アリス・ノウェルと関係があるという可能性の他に説明できるような手掛かりは見出せなかった。しかし、私が彼女を見捨てた瞬間に眼は私に寛大になったのだから、拒絶された女の使者役を務めているとは考え難いし、可哀想なアリスがそんな霊を復讐に送りだすなどということも想像し難い。そう考えていくと、もし自分がギルバートを見捨てれば眼は消えるのだろうかと思うようになった。油断のならない誘惑だったが、私は必死に耐えた。実際のところは、あまりにも魅力的な若者をあんな悪魔の犠牲にすることはできなかったのだ。だから、結局あの眼の狙いが何だったのか判らないままだ……」

三

暖炉の火が崩れ落ち、束の間の光を放って語り手の灰色混じりの髭《ひげ》の下にある皺《しわ》の深い顔に浮かんだ安堵の表情を照らした。椅子の背の凹みに押し付けられたようなその顔は、黄色がかった赤い筋の入った石に彫られた凹彫細工のようで、眼の部分にはエナメル光沢が施されているようにも見えた。そのとき炎が消え、またレンブラントふうの朧《おぼろ》な像に戻った。

フィル・フレナムは暖炉の反対側にある低い椅子に坐り、片手を伸ばして後ろにあるテーブルの上に載せ、反対の腕でのけぞるような姿勢の頭を支えていた。その眼はまっすぐ友人の顔に向けられたまま、話が始まったときからまったく動いていなかった。カルウィンが話を終えても身動きせず黙り込んだままで、呆気《あっけ》ない幕切れに漠然とした不満を感じてようやく口を開いたのは私だった。「で、その眼はいつまで出ていたんですか」

深く椅子に沈み込んでいたカルウィンの姿は、誰も着ていない服を置いているだけのように見えたが、私の質問に少し驚いたかのように、少し身動きした。自分が話したことを半ば忘れかけているようだった。

「いつまでか？　ああ、冬のあいだはずっと見えていた。地獄のようだった。あれに慣れることは絶対にないんだ。本当に病んでしまいそうだった」

フレナムが躰の向きを変えようとしたとき、肘が後ろのテーブルの上に乗っていたブロンズの枠に嵌《は》まった小さな鏡に当たってしまった。それで、躰を捻《ひね》って鏡の向きを少し動かしてから躰の姿勢を戻し、黒髪の頭を掌の上に載せて、視線をカルウィンの顔に向けてしっかり見つめた。フレナムの無言の凝視に何か妙なものを感じ取り、そこから注意を逸らすために私はもう一つ質問をした。

「ノイズを犠牲にしようとはしなかったのですか」

「いや、実はそんな必要はなくなってね。ノイズが自らそうなってくれたんだ」

「そうなってくれたって、どういうことですか」

「ギルバートのせいで疲れ果ててしまった。みんながそうだったんだが。惨めな駄文を溢れ出すように書いてね、それをあちこちに売り込み続けて、とうとう恐怖の的になってしまった。書き物を諦めさせようとしたんだが、いや、なるべく穏やかにね、判ってくれるかな、愛想のいい人たちの仲間になるようにして、自分は何を理解する心を持っているのかと気づく機会を作ってやろうとしたわけだ。私は最初からそういう解決法を考えていた。作家になることへの最初の情熱が冷めてきたら、きっと魅力的な居候といった感じの場所を見つけて落ち着いてくれるんじゃないかと期待して。永遠のケルビーノを演じるようなものかな。昔ながらの社交界にはいつもそういう席が用意されていたし、ご婦人方のスカートの後ろに庇護してもらって、いわゆる詩人としての役柄に落ち着いてくれればと思っていた。つまり、書かない詩人ということだが。上流階級の集まりに行けばそういうタイプに会うだろう。そんなふうに暮らすのにさほど金はかからない。頭の中であれこれ計算し、少し援助してやればあと数年間は何とかやっていけるだろうと考えた。そのあいだにきっと結婚する。よい料理人ときちんと管理された家の持ち主である年上の未亡人と結婚するギルバートを思い描いていた。実際に目をつけていた未亡人がいたんだが……。一方で、新しい役割を担えるようにいろいろやってみた。善悪の判断力が鈍るように金を貸し与え、誓いを忘れるように美しい女性を紹介したりした。しかし、何をやっても無駄だった。ギルバートの美しくも頑固な頭にはたった一つのことしかなかったからだ。求めるものはただ月桂樹の冠であり、薔薇ではないのだ。そして、ゴーティエの金言を繰り返しながら、貧弱な散文を叩き出しては綴じて、とうとう何百ページになるかは神のみぞ知る域に達してしまった。ときおり樽いっぱいの原稿を出版社に送っていたが、当然のことながらいつも送り返されてきていた。

最初のうちは特に問題はなかった。「奴らは判っていない」と思っていたからね。自分が天才であるかのように振舞い、作品が戻って来るとそれを手許に置いてすぐに次の作品を書いた。やがて、絶望の淵に立つことになり、騙したと云って私のことを責めたりもした、本当に。それには私も怒って、騙していたのは自分自身だろうと云ってやった。私のところへ来たときには作家になるともう決めていたのだし、そのための援助は精一杯やったではないか。私に罪があるなら、それはギルバートに対してではなく、彼の従姉に対してだったということだろう。

この言葉に打ちのめされてしまったのか、ギルバートはしばらく何も答えなかった。しばらく経ってから、こう云った。「もう時間もお金も残っていません。どうすればいいでしょう」

「莫迦な真似だけはしないようにすればいい」と私は答えた。

「莫迦な真似とはどういうことですか」

私は机の上から手紙を持ってきて、ギルバートに差し出した。

「エリンジャー夫人の申し出を断るようなことだ。彼女の秘書になれば年収は五千ドルだ。いや、もっと多くなるかも知れない」

ギルバートは乱暴に手を伸ばして私の手から手紙を叩き落とした。「ああ、何が書いてあるかはよく判っていますよ」そのときギルバートは髪の根元まで赤くなっていた。

「それで、返答は？　もう判っていると云うのなら」

ギルバートは何も云わずに、少し経ってから振り向くとゆっくりドアに向かった。戸口のところで立ち止まって、声を潜めるようにしてこう云った。「私の書くものは駄目だと本当に思っているということですね」

私は疲れ切って、苛立ってもいた。それで、笑ってしまったんだ。笑ってしまったことに弁解の余地はない。まったく卑劣な態度だ。だが、判って欲しいのは、あの青年は愚かであり、それでも彼のために精一杯のことをしてやったということだ。本当に精一杯やった。

ギルバートは部屋を出ると、そっとドアを閉めて去って行った。その日の午後、日曜日を友人たちと過ごす約束をしていたので私はフラスカーティへと向かった。ギルバートから逃れられて嬉しかった。その上さらに、その晩になって判ったことだが、あの眼からも逃れられたのだ。眼がいなくなって、以前と同じような深い眠りに飲み込まれた。翌朝、柊樫《ひいらぎかし》を見下ろす心安らかな部屋で目を覚ますと、いつも眠りの後に感じていた倦怠感と深い安堵があった。フラスカーティで二晩、幸せな夜を過ごした後、ローマの自室に戻ってみると、ギルバートは出て行ってしまっていた。いや、別に悲劇的な事件は起きていない。この話にそういうのはないんだ。ただ原稿を全部持ってアメリカに旅立ったというだけのことだ。家族とウォール街に机のあるアメリカに。自分の決心を伝える礼儀正しい置き手紙も残されていた。要するに、あの状況において、愚かな者にしては精一杯愚かでない振舞いをしたということかな……」

四

カルウィンはここでまた言葉を止めた。フレナムはまだ身動きもせず、その若い頭の暗い輪郭が背後の鏡に映っていた。

「そのあと、ノイズはどうなったんですか」まだ何かが足りない、この物語と平行に走る線を繋ぐ糸が必要だという落ち着かない気持ちを抱いて私は訊《たず》ねた。

カルウィンは肩を竦《すく》めて答えた。「いや、どうもなっていない。何者にもなれずに終わったからね。そのところに疑問の余地はない。オフィスで無為な日々を過ごしたんだろう。結局、領事館の事務官になって、中国で気の進まないまま結婚をした。いちど香港で見かけたことがある。何年も経ってからだが。太っていて、髭も剃っていなかった。酒浸りになっていると聞いたよ。私のことも判らなかったようだ」

「それで、眼は？」フレナムの沈黙が辛くなってきて、少し間を置いてまた訊ねた。

カルウィンは顎を撫でて、物思いに耽《ふけ》るように影の奥から私を見つめた。「ギルバートと最後に話をしたとき以来まったく見ていないんだ。できるというなら、いろいろ考え合わせて結論を導いてくれて構わない。私としては、関連性は見出せていない」

カルウィンは立ち上がると、ポケットに手を入れて、元気づけてくれる飲みものが用意されているテーブルの方へぎこちなく歩いて行った。

「君たちもこんな無味乾燥な話を聴いて咽喉が渇いただろう。さあ、好きなようにやってくれ。ほら、フィル――」暖炉の方を向いてカルウィンが云った。

フレナムは、主人がもてなす言葉に反応しなかった。じっと低い椅子に坐ったまま身動きしない。カルウィンが近づいたときに、二人の目が少しのあいだ見つめ合った。その後、フレナムは不意に顔を背けると、テーブルの上に両腕を載せてそこに突っ伏した。

この思い掛けない振舞いを見てカルウィンはちょっと立ち止まって顔を紅潮させた。

「フィル――一体どうしたっていうんだ。眼がそんなに怖かったのか。文学的才能がこんなに賞讃されたことは初めてだよ」

　自分の思いつきにくすくす笑いながら、暖炉の絨毯の上で止まり、両手をポケットに突っ込んだまま、フレナムの垂れた頭を見下ろした。フレナムがまだ何も答えないので、一、二歩近づいた。

「しっかりしろよ。あの眼を見てからもう何年にもなる。この頃はもうあれを混沌の中から呼びだすような悪いことは何もしてないようだ。今の話のせいで君にも見えたって云うのでなければだが。そんなことになったら最悪だがね」

　軽口で元気づけようというカルウィンの声は震えながら狼狽《うろた》えた笑い声へと変わった。さらに近づいて、フレナムのうえに屈《かが》みこみ、痛風で腫れた両手を彼の肩に置いた。「フィル、一体どうしたって云うんだ。どうして答えないんだ。君にもあの眼が見えたのか」

　フレナムはまだ顔を隠したままで、カルウィンの後ろに立っている私からは、このわけの判らない断固とした態度に拒絶されたかのようにカルウィンがゆっくり後退《あとずさ》りして離れるのが見えた。そのとき、テーブルの上にあるランプの光がカルウィンの鬱血《うっけつ》した顔を照らし、フレナムの頭の背後にある鏡にその顔が映っているのが私の眼にも入ってきた。

　カルウィンもその反射像を見た。動きを止めて、顔の高さを鏡に合わせてみたりしている。そこに映る顔が自分のものだと認識できていないようにも思えた。だが、その表情がゆっくり変わっていくにつれて、長いあいだカルウィンと鏡像は向かい合い、徐々に憎しみを募らせながら睨《にら》み合っていた。そしてカルウィンはフレナムの肩から手を離し、一歩後ろへ下がった。

フレナムはまだ顔を伏せたまま、身動きしなかった。

肖像画
The Portrait

一

去年の春、メリシュ夫人の館にいた日曜日の午後のことだった。私たちはジョージ・リロの肖像画の話をしていた。コレクションがデュラン＝リュエルのところで展示されていたのだ。美しい女性がきっぱりとこう宣言した。

「何があろうと、あの人に肖像画を描いてもらいたいとは思わないわ」

一斉に疑問の声が上がった。

「だって、誰の顔もひどく感じが悪くなるでしょう。船に乗っているときとか、朝早い時間とか、髪のウェーブがとれてしまっていてそれに自分で気がついているときの顔よね。私ならカンバートンさんに描いてもらいたいわね」

そのころ流行っていた感傷的なパステル画を描くリトル・カンバートンは、笑みがこぼれているのに気がついて、それをごまかすために口髭《くちひげ》を撫でた。

「リロは天才ですよ。それは認めなくては」カンバートンは寛大な口調で云った。友人の弱さを大目に見ているような態度だった。「しかし、彼には不幸な気質がありましてね。理想の状態を捉えるという才能を与えられなかったのです。芸術家にとっては実に大切な才能ですよ。肖像画のモデルの欠点しか見ないわけです。対象の弱点を誇張することに病的な歓びを見出しているという想像する人もいるかも知れませんね。でも、正直なところ彼にはどうにもならないことではないかと思っています。彼独特の限界が、人間性の最もつまらない面以外を見るのを妨げているのです」

「川辺に咲く一輪の桜草、
彼には黄色の桜草、
ただそれだけのもの」〔ワーズワース、Peter Bell, 1798〕

カンバートンは、自分の気持ちを巧みに表現してくれた女性の目を不意を突いて捉えようと振り向いたが、いつも詩で落ち着かない気分になる彼女の移ろいやすい関心は、すでに他の話題に向かっていた。カンバートンの視線は、メリシュ夫人に捕まった。

「限界ですって。でも、あの方に限界がないからこそ、他の肖像画家にはありがちな認識を邪魔するものがないからこそ、私たちはあの方に描かれるのを怖れるのですよ。肖像画を描く相手の一面しか見ないからではありません。その人の本質的で特徴的な面を、探偵が人込みの中で掏摸《すり》の襟首を捉《つか》まえるように本能的に選び抜くからです。もし描くべきものがなかったら——本物の人格がなかったら——何も描かないでしょう。ガイ・オードリイ夫人の肖像画の豪華な虚無を御覧なさい」（「あら」当惑した美しい女性が口を挟んだ。「あれは彼が描いた絵の中で唯一素敵な絵ですよ！」）「全体としては否定的でもその中に肯定的な特質が一つでもあれば、自分の意志と関係なくそれを引き出してしまうのです。もし素敵な特質がなかったら、描かれる人にとってはますます酷《ひど》いことになる。それはリロのせいじゃありません。鏡ほどの責任もありませんから。他の画家たちは表面を見て、リロは深みを見ます。皆は池の漣《さざなみ》を描き、リロは池の底を探ります。身体を服と同じようにたまたま身に纏《まと》ったもののように見せます。真珠とビロードを纏う美しい女性たちを描く肖像画を見ると、私には裸の小さな魂が、大きくて立派な躰《からだ》の側に、まるでオペラハウスの桟敷席の暗い隅にいる貧しい親戚のように縮こまって見えるんですよ。でも、本当に偉大な人物を描いた絵を見てご覧なさい——なんと立派に描かれていることか！　そこには理想がたくさんある。クライド教授の肖像画はどうかしら。あの人の歴史が広くしっかりした筆遣いにはっきり書かれている。偉大な学者の大変な努力、果てしない忍耐、恐れを知らない想像力が。ドムフリーさんの肖像画だったら——美を想像する力を持たなくても美を感じ取れる。まさにあの筆遣いが両者の違いを表現しているのですよ。細かく書き込まれた躊躇《ためら》いがちな線、色調の微妙なグラデーション、どことなくディレッタンティズムを感じさせています。あの人が如何《いか》に繊細な楽器であって、どれほど敏感に反応するように調律されているか感じ取れるでしょう」メリシュ夫人は言葉を止め、雄弁な自分の言葉に少し顔を赤らめた。「だから私が助言するなら、自分を見出されたくなかったら、ジョージ・リロに描いてもらわない方がいいということ。あるいは自分を見出したくなかったらね。それが、私が絶対にあの人に描いてもらわなかった理由。自分の審判の日を待っていることにします」

と笑って締めくくった。

さきほどの美しい女性の目には衣装を話題にしたいという震えるほどの強い気持ちが現れていたが、彼女以外の誰もがメリシュ夫人の話に熱心に耳を傾けていた。展覧会の手筈を整えにリロがパリから十二年ぶりに戻って来ていたので、彼の技法を分析することが、氏の家庭の事情を密かにあれこれ調べているかのような印象を与えるものになっていた。実際それは不適切な喩《たと》えではなかった。その不思議なほど超然とした生活様式ほど彼が描く絵と結びついているものは他に想像するのが困難だからだ。こうしてみると、メリシュ夫人の力の入った熱弁はお茶の時間のどうでもいい会話には不適切というわけでもなかったし、すぐこんなふうに議論を始めてしまった者もいたくらいだ。「でも、あなたの理論によれば、彼の作品の意義は肖像画の対象に依存するということになるわけですが、そうなるとヴァードの肖像画は傑作になるはずです。実際にはあれほどの失敗作はありませんよね」

アロンソ・ヴァードの自死で――彼は自殺したのだ。奇しくもリロが描いた肖像画の公開初日に――その肖像画は展示会の最重要作品になった。作品は十年か十二年前に描かれたもので、この恐ろしい〈ボス〉がその力の頂点を迎えた頃だった。リロの持っているような内なる洞察力を刺激するタイプの人物がいるとすれば、それがヴァードだった。しかし、その肖像画は失敗作だった。見事な構図に、圧倒的な技巧、だが、顔は――何かが欠落していた。上等な外套を纏って寛《くつろ》いでいる様子を見せようとする庶民の男だった。カンバートンが描きそうなヴァードだ。これまで一度も展示されたことがなく、落胆の声が絶えなかった。不平を訴えたのは批評家や芸術家だけではなかった。ヴァードの振舞いに呆然とし震え上がった一般大衆でさえ、陽気な悪事を楽しみ、神の怒りに屈した彼の死は、神に対して抵抗してみせるのに比べれば劣るものの、それでも見せ物として大いに喜んだその大衆ですら、騙されたと感じたのだった。その画家は彼らのヒーローにいったい何をしたのか。葉巻の箱や選挙ポスターに描かれた政治漫画や特許薬の広告にあった如何にも説得力がありますというような顔で嘲笑を浮かべた居丈高な顔はどこへ行ってしまったのか。彼らはその男があまりにも図々しく自分の役をそれらしく演じていることに感嘆していたのに。粗野な躰と残忍な顔の線一本一本に卑しい内面があからさまに表れていたのに。リロの絵のこの似非《えせ》紳士は本物のヴァードと比べると貧相な人物だった。この偉大な〈ボス〉の肖像画には、人を告発する証拠文書のような刺激、あるいは秘密の手記にあるスキャンダラスな魅力が漠然と期待されていたのだが、そこには、その代わりに面白みのない死亡告知のようなものしかなかった。この芸術家が肖像画の対象と結託して、死後の暴露を求める要求に、それをきっぱり拒絶する虚無の壁で対抗すると誓ったかのようだった。大衆は腹を立て、批評家たちは困惑した。メリシュ夫人ですら降参せざるを得なかった。

「ええ、ヴァードの肖像画は失敗作ですね」彼女も認めた。「そうなった理由は私には判りません。もしヴァードが人目を避け続けた悪党だったのなら、このときだけはリロも的を外したんだろうって理解できますけど、地獄から出てきたようなあの顔では――」

彼女がこの議論の的になっている名前を耳にして振り返ると、そのときにはもうリロと握手をしていた。

その美しい女性は驚き、両手を豊かな巻き毛の頭に当てた。カンバートンはへりくだるような目つきになった（彼は自分をその職業で認められているとは決して考えたことはなかった）。メリシュ夫人は自分の話が聞かれていたことに気付いても上機嫌でリロのために場所を空けながら、云った。

「ご説明いただけるでしょうか」

リロは顎髭を撫でて紅茶が来るのを待った。そして「説明できるようなものであれば、失敗することなどないのでは」と云った。

「ええ、場合によってはその本質を把握できないことや、うまくいかなかった原因を特定できないこともあるのは想像できます。中には銀板写真のように、光の加減でまったくそれらしく見えなくなってしまう人たちもいるでしょう。でも、ヴァードははっきり見えていたはずです。私が知りたいのは、ヴァードに何があったのかです。ヴァードに何をしたのですか。どうやってヴァードらしさを隠したりできたんですか」

「それはあなたが考えているよりもずっと簡単な話でね。ただ、私が機会を逸してしまっただけで――」

「看板書きだって見逃さないでしょうよ！」

「確かにそうかも知れない。戦うときに当たり前なことを避けていると、重要なことを見逃してしまったりする――」

「――それで、パリから戻って来たら」あの美しい女性が嘆くのが聞こえた。「ここの女たちが皆、私が持ってきたデザインの服を着ていたのよ！」

隙のない主人役になりきっていたメリシュ夫人は、そこで立ち上がると客たちの組み合わせを巧みに入れ替え、ヴァードの肖像画の話題は終わった。

私はリロと一緒に家を出て五番街へ向かうあいだしばらく黙っていたが、その後、リロに不意にこう云われた。

「ヴァードの肖像画は皆にそんなふうに云われているのか。新聞でどうこうということではなく、絵を知っている人たちのあいだでということだが」

私はそうだと答えた。

リロは息を深く吸って云った。「まあ、失敗しようとしたときにきちんとそれを失敗できると判るのはよいことだな」

「失敗しようとした？」

「ああ、いや、正確にはそうではないか。ヴァードの絵は失敗させたくなかったのだが、それでもやはり、わざとそうしてはいる。すべて承知の上でだ。実に判りやすい失敗だと云えると思う人もいるだろう」

「でも、どうして――」

「理由はかなり込み入っていてね。いつか話すことにしよう――」少し迷っているようだった。「今度クラブで一緒に食事をしよう。そうしたらその後で話せるから。心理学者の食欲をそそるものだ」

食事のあいだリロはほとんど話さなかったが、私はあまり気にしなかった。彼のことは何年も前からよく知っていて、話を慎んでいるあいだにも落ち着きと親しみが心を慰めてくれるのをいつも感じていたからだ。黙っているからといって社交的でないわけではないのだ。自然な静寂のように快いものだった。自分が無視されていると感じることはなく、むしろ包み込まれているように感じられる。リロは髭を撫でながらぼんやりと私を見ていた。コーヒーとリキュールを終えると、私たちはリロのアトリエへ歩いて行った。

アトリエは、凡庸な画家にありがちな装飾や気取り、いわゆる芸術性を意識的に感じさせないようにしていた。私に葉巻を手渡すと、暖炉の前に腰を下ろして葉巻を燻《くゆ》らし始めた。リロが口を開いたが、その話題はどうでもいいような内容だった。ヴァードの肖像画の話をもっと聴きたいという願いを諦めようとしたとき、私の目は一枚の写真に惹《ひ》き寄せられた。その写真を見ようと部屋の反対側まで歩いて行くと、リロもすぐに明かりを持って一緒に写真のところまで来た。

「確かに完璧な変装だ」リロは私の肩越しに呟《つぶや》いた。そして振り向くと壁に立て掛けてある大きな肖像画の前で身を屈《かが》めた。

「ミス・ヴァードに会ったことはあるかな」と肖像画を見ながらリロが云った。そして私の返事を待たずに、少女の横顔のクレヨン画を手渡した。

リロのクレヨン画をこれまで見たことがなかった。この巨匠の多才な能力における新たな側面に関心を抱くあまり絵のモデルの個性を見落としてしまった。描く線は少なくうっすらとしているが、それでも何と力強いことか。粗い紙から明るい花弁が開いている。それは絵を仄《ほの》めかしているに過ぎなかったが、記憶の中に長い谺《こだま》を呼び起こす言葉のように鮮やかだった。

また肩越しにリロの気配を感じた。

「誰かは判ると思うが」

少し考えてみなければならなかった。そうだ、もちろん誰かは判る。物静かで魅力的な娘だ。

でも、華やかなのに、ぱっとしない。世間がヴァードに屈服した冬に、会ったわけではないが彼女を見ていた。そのクレヨン画を見つめながら、自分の記憶にあるヴァード嬢とリロのスケッチに描かれた厳かな若い熾天使《してんし》とのあいだの接点を見出そうとした。ヴァード父娘に魔法でもかけられたのか。一体どんな巧妙な暗示をかけたら、リロを惑わしてあの恐ろしい父親を床屋の鈍物の如く、このどこにでもいそうな娘を忘れようにも忘れられない姿に描かせることができるのだろう。

「彼女のことをあまり覚えていないのか。いや、覚えていないんだろう。静かな娘で、誰の目も惹かなかったからな。あのときだって——」ここで言葉を止めてリロは微笑《ほほえ》んだ。「君たちが皆でヴァードに一緒に食事をしてくれと頼んだときでさえ」

私はちょっと狼狽《うろた》えてしまった。そう、本当の話ではある。私たちは食事を一緒にどうかと皆でヴァードを招待した。私たちの弱さを運命が彼に贖《あがな》わせたと思えばたとえば多少の慰めにはなる。

リロはスケッチを暖炉の棚において、肘掛け椅子を炎の側に寄せた。

「今夜は寒いな。葉巻をもう一本、それからウィスキーも少しどうかな。ボトルとグラスが君の後ろの戸棚にある。好きなようにやってくれ」

二

ヴァードの肖像画の話を？ （リロは話し始めた） じゃあ、話すとしようか。これは奇妙な話で、ほとんどの人には何だか判らないだろう。私の敵なら失敗を説明するためのこじつけのような話だと云うかも知れない。だが、君にはもっとよく判るはずだ。メリシュ夫人は間違っていない。私とヴァードなら失敗はあり得ない。この男は私にぴったりだ――初めて目があったときにそう感じた。その場ですぐに絵のモデルになってくれと頼まずにいるのは難しかった。だが、どういうわけかヴァードに何か頼むのは無理なのだ。それでも私はじっと坐《すわ》ったまま、ヴァードが私のところに来てくれるように祈った。次のサロン〔毎年パリで開催される現代美術展覧会〕に向けて何か大きな対象を探していたからだ。あれは十二年前のことで、前回ここに来たときのことだったたか。チャンスに飢えていたんだ。著作業の人にもそういうことはあるだろうが、自分の中に何かとてつもないものがあるように感じていた。それを解き放つことさえできればという感覚があって、ヴァードこそがその岩を打ち砕くモーゼだと思っていた。あの頃の私には、犠牲者を求める卑俗な理由もあった。私は何年ものあいだ、金も名誉もなく、無名の存在だった。その前の年の展覧会に出したペピータの絵で初めて世間の評判になったくらいだったた。その絵があちこちで話題になって、註文も入り始めたところだったので、次のサロンで大作を発表してさらに勢いをつけようと思ったわけだ。そのとき批評家たちは、私にはスペイン風の作品しかできないと当てこすっていた。カスタネットを大袈裟に書き過ぎたんだろう。誰もが一度は通る子供の病気みたいなものだ。まだ才能の貯えはたっぷりあると見せつけたかったんだね。毎日、朝起きたときに自分がバルザックやサッカレーに比肩し得ると証明しようという気持ちになったりはしないか。そのころ私はそんなふうに感じていた。チャンスさえあれば、皆に向かってそう叫びたかった。そして、ヴァードこそ自分のチャンスなのだとすぐに判ったんだ。

あの年の秋にパリからクリングズボロー夫人を描きに来て、最初に参加した晩餐会でヴァードと彼の娘に出会った。その後はあの男の頭部のことしか考えられなくなった。いったいどういう人物なんだ。彼のスキャンダラスな経歴の詳細を集めてみると、百科事典ができ上がるほどのものだった。新聞はその頃、ヴァードの記事でいっぱいだった。頭から足まで胡散臭い。ちょうど大高架橋疑獄のあった頃で、まっとうな市民たちがヴァードを倒すべく団体を結成していたのだが効果はなかった。そして、その間もずっと人々は晩餐会でヴァードに会い続けた。そこがこの話のいいところだ。一度、主教の奥方の隣にいるのを見たときのことを覚えている。そのときの二人の小さなスケッチがあったはずだが――いや、とにかく堂々としていて、生まれながらの支配者という感じだった。金色の鎧《よろい》に身を包み、兜《かぶと》の上でグリフィンが微笑《ほほえ》んでいたりすれば、それはもう立派な傭兵隊長《コンドッティエーレ》ができあがっていただろう。レオナルドのコンドッティエーレの肖像画を覚えているかな。騎士の顔と兜の輪郭が一体となった怪物じみた蜥蜴《とかげ》の横顔像というような感じの。ヴァードを見るといつもあの絵を思い出す……。

しかし、どうやってヴァードに近づけばいいだろう。ある日思いついたのは、ミス・ヴァードに話しかけてみるという手だった。素っ気ない感じの話し方をする人で、今話題に出ていることからまったく興味を広げようという気がなさそうに見えた。だが、気がついたらいきなりこんなことを話しかけていたというわけだ。「あなたは自分のお父さんがどれほど並外れて肖像画のモデルに向いているかご存じだろうか」あのときの彼女に表れた表情の変化を見てもらいたいくらいだ。目に光が灯《とも》り、その目を向けたのは――まあ、そのとき彼女に見てもらおうとしていたものがあったからね（と云って彼はスケッチに目を向けた）。そして、ええ、でも父は立派でもないし、今まで出会ったこともないほど目鼻立ちが整っている男性だというわけでもないでしょう？　と云った。

これにはさすがに驚いた。彼女がこういう話題で冗談を云うとはとても思えなかったし、だからといって真剣に話しているというのもありそうになかった。だが、彼女は真剣だったのだ。向かい側に坐っているヴァードを見つめる彼女の様子を見て判った。天を仰ぐ狼のようなヴァードの横顔にぼさぼさの髪が後ろに落ち、露《あらわ》になった狭く白い額が見えていた。この娘はそのヴァードを崇拝しているのだ。

彼女はさらに言葉を続け、自分と同じようにヴァードを見ているのが嬉しいと云った。多くの芸術家は一般的な美しさしか賞讃しない。大理石に刻まれる莫迦《ばか》っぽいギリシア彫刻タイプだ。だが彼女はいつもの私の作品から、私がもっと深いところ、気質と境遇によって形作られてきた顔まで読み取るのではないかと想像していた。どうやら、彼女は私の作品を全部知り尽くしていたようだった。「だからもちろん、そういう意味で父の顔は美しい」と締めくくった。

これにはさっきよりも驚いた。しかし、その神々しいまでの誠実な態度に疑問を投げ掛けることはできない。私はそれを利用しようとしたのだと思う。ヴァードの絵を描きたいのであれば、自分がしなければならないのは話を聴くことだと気づいて、彼女に話を続けさせた。

彼女は思いの丈を一気に吐き出した。そのような人生と係わることは少女にとっては素晴らしいことですよねと云った。ときには、それを強く感じるあまり、押し潰されそうになったことさえあり、彼女は自らを恥じ、自分を愚かに思うこともあったという。皆が自分にヴァードの娘に相応《ふさわ》しい生き方を期待しているのではないかと彼女は怖れた。だが、そんなのはもちろん不条理な要求だ。優れた人の子供が秀でていることは滅多にないのだから。それでも、ヴァードがもし世に出ていなかったら、彼女はもっと幸せだったかどうかは私には判らない。もし、ヴァードと娘が本や音楽とともにどこかに隠れていたら、そして、彼女がそれを全部独り占めできていたら。ヴァードの賢さ、ヴァードの知識、限りなく無限に善良なところも。ヴァードがどれほど善良なのか誰も知らないのだから。彼女以外には誰も。その賢さは、卓越した能力は、誰もが認めるところだった。敵でさえ、特別な知的才能を認めざるを得ず、そしてもちろん、認めたせいでさらに憎むようにもなっていたが。しかしヴァードが家ではどうなのか、誰も想像できなかった。誰もだ。いつも外では派手に演技をしている男たちも、彼らの妻や娘は空っぽの劇場しか目にしないと聞いたことがある。フットライトは消えて、舞台背景は片隅に積み上げられている。だが、ヴァードの場合はそうではない。公衆の前で、あるいは社交界では素晴らしい男だが、彼女は時として実はヴァードは本領を完全に発揮していないのではないかと思うことがあった。家ではもっと素晴らしかったからだ。それで罪の意識すら抱いていた。ヴァードの友人たちや崇拝者たちは、ヴァードが自分自身の最高のものを娘のために残しているのだと知ったら決して彼女を許さないだろう。

彼女の話を聴きながら、自分が何を感じていたのかはまったく判らない。私は自分の考えているところへ彼女を誘導するので頭がいっぱいだった。そんなふうに頭を塞いでいるものがあったにもかかわらず、彼女は愚かな話をするときでも、愚か者のように話すわけではないと気づいて、強い印象を抱いたことを覚えている。彼女は生まれながらの愚か者ではない。鈍感なわけでもない。その冷淡な上辺の下は敏感な感覚点でいっぱいだったのだ。この事実は、彼女が水晶のように率直であることもあって、彼女の父親であるヴァードに対する印象を私自身でも驚くほど見直すことになった。この綿密な調査の結果、私にとってヴァードはなおいっそう怪物的になった。澄んだ水に映る醜い像は、水が純粋であるほど醜くなるのだ。そのときでさえ私は、運命がミス・ヴァードの魂という山の池を利用したことに心を痛め、そこに映る自分の姿にいつまでも見惚《みと》れていてはならないという不安を抱いた。すでに大きく欺《あざむ》いている少女をある些細《ささい》な点で欺くのを躊躇ったのは妙なことだった。おそらく、彼女の徹底的な妄想こそが、宗教的な信仰のような聖性を生じさせていたのだろう。何《いず》れにせよ、一日二日経って彼女から、ヴァードが私の絵のモデルになることを承諾したと知らされたときの満足感が、その紛れもない不快感を静めてくれた。

私の躊躇いは画架《イーゼル》をヴァードの前に置いたときに消え去ったのだろう。彼は広大で未踏の領域だった。私の観点からはまだ誰も足を踏み入れていない――私はヴァードのコルテスなのだ。ヴァードの話を聞いているうちに、不思議に思う気持ちが強まっていった。ヴァードの娘も一緒に来ていて、ヴァードが自分自身の最高のものを家族のために残しているのだというさきほどの彼女の言葉は正しいのではないかと私は思い始めていた。話を促したり会話を誘導したりするわけではなかったが、彼女には繊細な警戒感やほとんど感じ取れないほどの影響力があって、心に楽しい生気を与えるような雰囲気を生み出していた。彼女は活気を与えてくれる風であり土であった。私は公共問題に話題を向けようとしたのだが、話は本や芸術の方向へ行ってしまった。無理な圧力をかけることなく話題がそこから他所《よそ》へ行かないようにされているのだと微《かす》かに感じ取った。ほどなく私はこの誘導の価値が判った。ヴァードの政治的な面を知るのは簡単だが、他の側面を知るのは稀有な体験だし、はるかに有益な内容だ。ヴァードには学識があると彼女は云っていた。もちろん、生まれながらの学識派ではなかった。このタイプの男たちと同様に、立ったまま昼食のカウンターで食べ物をかき込むように知識を貪るのだ。驚くべきは、その驚異的な吸収力だ。それは、その博識が教養を高めることなく、力と流暢《りゅうちょう》な弁舌だけに寄与したまったく奇妙な実例だった。ヴァードの知識は、彼の認知力を洗練させていなかった。自分を磨くためというより、他者に切りつけるための手段だった。一目見て、ヴァードは非常に大きな存在だと云ったが、よくよく調べてみればみるほどその存在感は小さくなっていった。ヴァードの深みというものは壁に描かれた偽りの遠近法だったのだ。

私にとって難しいのはそこだった。ヴァードの肖像画のために用意したキャンバスは大き過ぎたのだ。知的関心の範囲は広大だが、凡庸なピアニストの指が届く範囲のようなものでしかなく、そんなものが彼を偉大な演奏家にすることはない。道徳的に、どうしようもなくひどいというわけではなかった。その堕落加減にしたって、興味深く思えるほど想像力豊かでもなかった。それは目的のための手段というよりもむしろそれ自体を目的として訓練を重ねた一種の技巧だった。ビリヤードでキャノンを突くときの、高度に究めた技のようなものだ。結局、悪か徳かを区別するのはものの見方なのだ。磨りガラスの窓のある徳性が、偏狭な冷笑主義より退屈ということもない。

ヴァードの娘の存在が——いつもヴァードと一緒に来ていた——こういった結論をさりげなく強調していた。彼女が最も豊かになれるところで、ヴァードは裸同然だったからだ。深く根を張る鋭い感受性がまさに彼女の中心部から色と香りを引き出している。ヴァードの感情は、良いものだろうと悪いものだろうと、袖口カバーと同様に着脱可能なのだ。それゆえ、彼女が近くにいるのは、私が思うに、幻惑されている私の理解力でもヴァードを詳細まで理解できるようにという優しい意図でなされたことだったのだろう。この悪気のない計画は実際には裏目に出てしまったのだが。彼女はヴァードの最高の姿を見せようとしたが、彼女が近くにいることでその最高の姿を安っぽいものにしてしまった。この男は芯から粗野だった。威力のある権力者であるにもかかわらず。薄っぺらで、空っぽで、派手で、張りぼての化け物だったからだ。

彼女は疑いを抱かなかったのだろうか。そうは思わない。少なくともそのときは。ヴァードは彼女の何も通さない信仰心に包まれていた。新聞？　新聞の告発は政治的な対抗意識によるものばかりだったし、彼女が会う人たちはヴァードの取り巻きか、ヴァードを気晴らしの対象にした社交界の一団だけだった。それに、彼らから何かが知らされることは決してない。直接告発されたとしても、怒りが燃え上がりまともな判断力など押し潰されてしまっただろう。もし、真実が彼女に届くとすれば、誰かと親しい関係になることによってだろう。何と云えばいいのか——彼女の重心が微妙にずれることによって。私がいつも怖れていたのは、彼女の鈍さは当てにできないということだった。いわゆる賢いタイプではなかった。そういうところはヴァードから引き継がなかったのだが、鋭いところはあった。ときおり、直感的な鋭い表現に驚かされることもあった。少しは判ってもらえるだろうか。私たちは絵筆で説明するのは上手いが、言葉をどう混ぜ合わせ、それをどう相応しいところに配置すればいいのか判らなくてね。

彼女は賢くはなかったが、心で考えていた――私に云えるのはそれだけだ。

もし彼女が愚かだったら、ことは簡単だった。ありのままのヴァードを描けただろうか。実際に描いたんだ。一日で、記憶を辿って顔を描いた。まさにあの男の顔だった。描け彼女が来る前に私はその顔を塗りつぶしてしまった。彼女に見透かされるのが耐えられなかったからだ。彼女のヴァードに対する信仰をこの手に握っているような感覚があった。壊れやすい物を手に持って、群衆の中を運んでいるような感じだ。髪の毛一本分でもぶれたら、それは粉々になってしまう。

彼女がいないときに、そうした捉えがたいところを自分で納得しようと試みてみた。自分の務めはヴァードをありのままに描くことだ。もし、娘がヴァードの姿を気にしないのなら、私が気にすべきだろうか。これは特別なチャンスなんだ。最初の一筆でヴァードがキャンバスから飛び出して来たときにもう判っていた。傑作になるはずだ。毎回、モデルを前にして私は自分にそうすると誓った。そして彼女が来てヴァードの側に坐った。私は――そうしなかった。

私が顔を描くのを避けていることに気づかれるのに、それほどかからないと判っていた。ヴァード自身は肖像画にほとんど関心を示さなかったが、彼女は私をじっと見ていたからだ。ある日、椅子に坐ったモデルを見る時間が終わってもまだ彼女はその椅子から離れず、いつになったら「肖像」を書き始めるつもりなのかと云った。その声の調子から、当惑しているのは私の方なのか、あるいは彼女の方だとすれば、私の自尊心の傷つきやすいところに触れざるを得ないことに関してではないかと考えた。これまで彼女を悩ませていたたった一つの疑惑は私の能力に対する不信感だ。何か適当なことを云ってはぐらかそうと、とにかく私を信頼してくれとか、霊感が閃《ひらめ》く余裕を与えてくれとか、いつかは顔の方からやって来るとか、いきなり筆の下にあるのが判るようになるとか云ってみた。あの可哀想な娘は私を信じた。女というものには、完璧に理解していること以外ならほとんど何でも信じさせることができるんだ。彼女は自分の教養のなさを恥じ、父には云わないでくれと頼んだ。きっと莫迦にされるだろうからと。

その後も、モデルになってもらっての作業は続いた。もちろん、そんなに多くはなかったが。ヴァードは忙しくて私のところに来る時間があまり取れなかったのだ。それでも、十回以上は来てくれたんじゃないだろうか。あれほど簡単に自分のやり方を見つけたことはなかった。そしてあれほど確実に。何の迷いも、邪魔もなかった。顔はそこにあって、私を待っていた。キャンバスの上で顔が自ら姿を作り上げるようなこともあった。不運にも、ミス・ヴァードもそこにいたのだ。

その間ずっと新聞各紙は陸橋スキャンダルで大忙しだった。騒ぎは日に日に大きくなっていった。あのときどんなだったか覚えているか。ヴァードの仕事仲間の一人が——バードウェルだったかな——暴露してやると云って脅したんだった。対立派閥がそいつを抱き込み、独立派も迎え入れて、マスコミは調査を声高に要求した。ヴァードが難局を切り抜けるのはこれが初めてではなかったし、その顔は落ち着き払ったほどよい警戒心を纏っていた。寛《くつろ》ぎ過ぎて見えるような過ちに陥る男ではなかった。その態度がヴァード自らの力に対する自覚から生じたものであったら、もっと堂々としていただろう。しかしその態度はむしろ、敵対者に対する軽蔑に基づくものだという印象を受けた。成功とは逆から覗き込んだ望遠鏡のようなもので、敵があまりにも小さく、遠く見えてしまいがちである。しかし、ミス・ヴァードの場合は、安らかさがまったく失われていなかった。しかし、その落ち着いた優しさの中に挑戦的態度が感じられた。モデルに来てもらった最後の日には、彼女に対して私は、最高の陶器が壊れる音を聞く女主人のようなわざとらしい陽気な態度を示した。

ある日、それが本当に壊れたのだ。新聞各紙の朝刊の見出しが悲劇の結末を私に向かって叫んでいた。「怪物、降伏する——ヴァードに対して逮捕状——バードウェル、ボスのブーメランに」どんなものかは知っているだろう。

新聞各紙に目を通すと、読み終えたものを投げ捨てて外へ出た。その朝はたまたまヴァードが肖像画のモデルになってくれることになっていた。だが、ヴァードを待っていたりしたらずいぶん皮肉な結末を迎えることになっていただろう。絵を完成させておけばよかった。そもそもあの男の肖像画を描くなどと思いつかなければよかったのだ。できることなら、何もかも心の中から消し去ってしまいたかった。どう表現するのが適切なのかよく判らないのだが、新聞がことごとく世間に吹聴していることを私が知っていると認めるだけでも、それはあの可哀想な娘に対して不誠実であるような気がしていた。

一時間ほど歩いたところで、ふとミス・ヴァードがもしかしたら約束の時間にアトリエに来るかも知れないという考えが頭に浮かんだ。どうして彼女が来なければならないのか。理由は判らないが、ただそう思ったのだ。もし来るとして、そのとき私が不在だったらどう思うだろうと考え、慌てて十二番街へと戻った。それはまさに虫の知らせと云ってもらっていいと思うが、彼女はそこにいたんだ。

私が来たので立ち上がった彼女の手から新聞が滑り落ちた。愚かにも私はその忌々しい新聞をそこらに放置したまま外出してしまったのだ。

私がもごもごと遅刻の謝罪を口にすると、彼女は安心させるように、

「でも、父はまだ来ていませんから」と答えた。

「ということは――」私は自分のぶざまな言葉に腹が立った。

「今朝はずいぶん早く出かけました。ここでいつもの時間に落ち合おうという伝言を残して」

煌《きら》めくような勇気に満ちた目で彼女は、床に落ちた新聞を挟んで私と向かい合っていた。

「もうすぐ来るはず――時間にはいつも正確だから。でも、私の時計が少し進んでいるんじゃないかしら」

勢いよく腕が差し出されたので、自分の時計と見比べるような振りをしたそのとき、鋭くドアをノックする音が聞こえて、ヴァードが入ってきた。彼の歩き方にはいつも堂々とした市民の威厳があった。まるで銅像が台座から降りてきたかのようで、携えた傘に弁論を抱み隠して

いるかのような雰囲気を纏っていた。そして、その日はいつにもまして堂々としていた。ミス・ヴァードはノックの音に青ざめたが、ヴァードの姿を見ただけで気分を持ち直し、もしこのとき、私の目を避けたとしたら、それは私の当惑を哀れんだだけのことだろう。

実のところすぐに動き出せなかったのは三人のうちで私だけだった。だが、二人の名人の妙技が霊感を与えてくれたし、ヴァードがコートを脱ぎ捨て、厳めしいポーズを取る頃には私も自分の仕事に気合いを入れて取り掛かる準備ができていた。私はその場でヴァードの顔に取り掛かった。彼女の見ているところで。ヴァードの側に坐っている彼女の顔を、私は絵筆を握っているあいだ何度かちらりと様子を窺っただけだった。

ヴァード本人はまったく動じているようなところはなかった。ヴァードの言葉は私の迷いやきまり悪さの中を、通り道から乾いた落ち葉を吹き飛ばすぴりっとした北西風のように音を立てて駆け抜けていった。ヴァードの娘さえも、シェードを外したランプのように突然輝きだした。私たちは皆、驚くほどの活気に満ちていた。それはまるでフラッシュを浴びて写真を撮られているかのような感じだった。

それまでモデルになってもらった中でも最高のひと時だった。が、それも残念ながら十分も続かなかった。

邪魔しに入ってきたのはヴァードの秘書だった。コーンリイという名の、いつもこそこそ歩きまわる男だったが、そのときは銀行が預金の引き出しを停止したと知らされた口座利用者のように顔面蒼白《そうはく》になって飛び込んできた。秘書が入ってくるとヴァードの娘は跳び上がったが、気を取り直して椅子に戻った。ヴァードは煙草を一本手に取ると、静かにその先端に耐風マッチで火を点《つ》けた。

「ここにいらっしゃいましたか！」コーンリイが大声を出した。「時間がありません。十三番街の角のところに馬車を待たせています」

ヴァードは煙草の先端を見つめていた。

「十三番街の角に馬車だって？　自分の乗物《ブルーム》がここの玄関前にあるのに？」

「判っています。でも、奴らもそこにいるんです。まだだとしても、もうすぐにも。のんびりしていないで、お願いです、十三番街から逃げてください――」

「バードウェルの手下たちか。コートを取って、着るのを手伝ってくれないか」

コーンリイの歯がかたかた鳴っていた。

「ヴァードさん、あなたの親友たちが……ミス・ヴァード、あなたからも何か云って差し上げてください」そして荒々しい目つきで私の方を向いて「裏口から出て行けますか」と云った。

私は頷《うなず》いた。

ヴァードが立つ姿は雲衝くように見えた。何か悪魔のようなやり口で文字通りこの状況に立ち向かっているように見えた。片手をコートの胸の内側に入れ、ブロンズ製の愛国心とでもいうような姿勢で。ヴァードの娘の方をちらりと見ると、水に溺れかかっているような顔をしてヴァードにしがみついていた。不意に彼女は身を起こしてまっすぐ立ち上がった。恐怖と向き合う姿は何かヴァードに似たところがあり、それは私たち上流階級の者が持っていない原始の落ち着きだった。彼女はヴァードに歩み寄り、手をヴァードの腕に置いた。この間、十秒も経っていなかった。

「お父様――」

ヴァードは顔を上げてアトリエの中を君臨する者の目で見渡した。

「裏口へ、裏口へどうか」コーンリイが哀れっぽい声で云った。

ヴァードの目が惨めな部下を貫いた。

「私は裏口など使ったことは一度もない」とはっきりした声で告げた。その言葉に相応しい身振りとともに。そして私の方を向いて頭を下げた。

「お騒がせして申しわけない」ヴァードはドアへ向かって歩き出した。その横を歩く娘の顔は警戒心からいつもとは違う顔をしていた。

「お前はここにいなさい」

「絶対に嫌！」

二人は束の間、互いに相手の様子を窺ったが、ヴァードが娘の腕を引き寄せた。私を一瞥する彼女の目は勝利の讃歌を湛えていて、出て行く二人の後をコーンリイが追った。

あのとき肖像画を仕上げておけばよかったと思う。私がヴァードの中に見出すように彼女が誘導しようとしていた表情を、何かとらえられたかも知れないと思うのだが。残念なことに、私は興奮し過ぎて翌日も仕事にならず、一週間もすると何もかも明るみに出てしまった。起訴の内容がでっち上げでないとしても――それについては意見が二つに割れていたと思う――その後のあれやこれやは全部でっち上げだったがね。覚えているだろう、あの茶番めいた裁判、あらかじめ準備されていた陪審員たち、従順な判事、勝利の無罪判決を。いつでも投票者たちに対して説得力のある見せ物だからな。あの「無実の罪を晴らした」後ほど大衆の人気が高まったことはなかった。

何週間かミス・ヴァードには会わなかった。ある日の夕暮れに、ようやく一人でアトリエまで私を訪ねてきた。そのときの彼女は――何と云ったらいいのだろう――ヴェールに包まれたような、まるで私たちのあいだに彼女が細かい紗を下ろしたかのようだった。私は彼女が口を開くのを待った。

部屋の中を見回し、私が競売で手に入れた山査子《さんざし》の花瓶を感じ入ったように見つめた。少し躊躇ってからこう云った。

「あの絵は完成していないの?」

「まだ、全然」

見てみたいというので、画架を引っ張り出してきて覆いをとった。

「あら、顔にはまだ手を付けていないのね」彼女が呟いた。

私はそうなんだと首を振った。

彼女は握りしめた自分の両手に目を落とし、それから絵を見上げた。私には目を向けることなく。

「これを――完成させる気はあるの？」

「もちろん完成させるとも」私は大きな声で云った。甦った決意を声に籠《こ》めて。神に誓って、完成させるつもりだ！

彼女の顔にほんの微かな安堵が浮かんだ。夜明け前に啼く鳥の最初の微かな囀《さえず》りのように弱々しいものだった。

「そんなに難しいのかしら」彼女が躊躇いがちに訊《たず》ねた。

「克服できないほどではない、と願っている」

彼女は黙ったまま腰を下ろした。目を絵から離すことはなかった。しばらく経って、やっとの思いでという感じでこう云った。「もっとモデルを見る必要があるかしら」

一瞬、二つの相対する推測のあいだでまごついてしまったが、真実が頭に飛び込んできて、私は叫んだ。「いや、もう来ていただかなくて結構だ！」

そのとき初めて彼女が私の方を見た。見るのが早過ぎる。可哀想に。彼女の目に雨の夜明けのように安堵の光が広がるとき、おそろしいほどはっきり、希望が潰走するのを見たからだ。

彼女にもそれが判っていると私には判っていた。

その絵を仕上げて送り届けるのに一週間とかからなかった。成功するように務めたんだが――ご覧のとおりだ――遅過ぎたと思うかな。ああ、そうだ――彼女にとっては。だが、私にとっても、世間にとってもそんなことはない。あと一日でも、一時間でも長く、彼女にその惨めな秘密を秘密のままだと感じさせることができたなら――野心を捨て去るだけの価値があると思えただろう。


リロは立ち上がってスケッチを手に取ると、黙ってそれを見つめていた。

しばらく経った頃、私は思いきって訊《き》いてみた。「それで、ミス・ヴァードは」

リロは画帳を開いてスケッチを中に入れると、しっかり紐を結んだ。そして、ランプの炎で葉巻に火を点け直し、こう答えた。「去年、亡くなった。やれやれだ」

ミス・メアリ・パスク
Miss Mary Pask

一

翌年の春になってようやく勇気を奮い起こして、ミセス・ブリッジワースにあの晩モルガで何があったのかを話すことができた。

そもそもミセス・ブリッジワースはアメリカにいて、一方私はあの問題の晩の後、数箇月ほど外国に滞在していたということもあった。もちろん、楽しみのためではなく、エジプトで軽い熱病に罹《かか》ったあと、おそらく仕事に復帰するのを急ぎ過ぎたせいで神経がやられてしまったためだった。何《いず》れにせよ、グレイス・ブリッジワースの家のすぐ近くにいたとしても、あの件を話そうと思ったところで彼女にも他の誰にもとても話せはしなかっただろう。スイスにあるあの素晴らしいサナトリウムの一つで安静療法を終え、頭の中のもやもやを一掃するまでは。

手紙を書くことすらできなかった。どうしてもできなかった。あの晩の出来事に何層にも及ぶ時と忘却を重ねて覆わなければ、またあのことを考えるのに耐えられなかったのだ。

ことの発端は莫迦《ばか》莫迦しいほど単純なものだった。ニューイングランドふうの良心が突然、弱った体調に対して反射的な力を及ぼしたせいだ。ブルターニュで絵を描いていたときだった。美しいが移り気な秋の天候のもとで、何もかも青と銀色の世界になる日もあれば、その翌日には激しい風が吹き濃霧に襲われたりする。ラ岬《ポワン・デュ・ラ》に小さな白漆喰の外壁の簡素な宿があって、夏には観光客が押し寄せてくるが、秋になると海に洗われるだけの閑散としたところになる。そこに宿を取って波を描こうとしていたとき、誰かにこんなことを云われた。「何とかいう岬にはぜひ行くべきだ。モルガの先にある岬だ」

早速出かけて行って、銀と青の一日を過ごした。その帰り道で、モルガという名前から思いもかけない連想が生まれた。モルガ――グレイス・ブリッジワース――グレイスの姉メアリ・パスクと繋がった。「姉のメアリは今、モルガの近くにある小さな住まいで暮らしています。もしブルターニュにいらっしゃるのなら、ぜひ会ってやってください。本当に孤独な日々で、私も心を傷めているんです」

きっかけはそういうことだった。ミセス・ブリッジワースのことは何年も前からよく知っていたが、彼女の未婚の姉メアリ・パスクの方は、たまに会うことがある程度の知り合いに過ぎなかった。この姉妹が特に仲が良いことは知っていた。グレイスが私の昔からの友人であるホレス・ブリッジワースと結婚してニューヨークで暮らすことになったとき、彼女にとって何より悲しかったのは、それまで一度も離れ離れになったことがなかった姉がヨーロッパに残ると云ってきかなかったことだった。母親が死んでからずっと一緒に旅してきたヨーロッパに。メアリ・パスクが妹と一緒にアメリカに行くのを拒んだ理由は私にもどうしても判らなかった。グレイスは、姉はニューヨークに住むには「芸術家気質」が過ぎるのだと云っていた。そのミス・パスクのことも知ってはいたから、彼女の芸術の好みが初心者レベルのものだと判っていたので、むしろホレス・ブリッジワースを嫌っていたからではないかと思っていた。第三の可能性としては——ホレスを知っていたらそう思ってしまいそうだが——ミス・パスクもホレスに惹《ひ》かれ過ぎてしまったからだとも考えられる。しかし、ミス・パスクを知っていればやはりそれはあり得ないということになるだろう（少なくとも私はそう考える）。血色のよいまるまるとした顔、無邪気な団栗眼《どんぐりまなこ》、美術品を小奇麗に飾って取り澄ましたような住まい、そしてよく判らない中途半端な慈善活動。あの彼女がホレスに憧れるなんて！

まったく当惑するしかなかった。当惑するだけの価値があると云えるほど興味を抱ける相手であればだが。でも、そうではなかった。メアリ・パスクは、どこにでもいる冴えないオールドミスたちと同様に、数えきれないほどの些細《ささい》な代替品で人生を満ち足りたものにしている、陽気な社会からの落伍者だった。私の古くからの友人と結婚して、他の友人たちとも親しくしているのでなければ、グレイスだって私にさほど関心を抱くことはなかっただろう。グレイスはそれなりに有能だが、どちらかといえば退屈な女性であり、夫と子供たちのことしか頭になく、想像力の欠片《かけら》もなかった。グレイスの姉に対する傾倒とメアリ・パスクの妹に対する崇拝のあいだには逃れられない溝があった。感情を向ける対象に乏しい者と情緒の面ですでに満たされている者とのあいだの溝だ。グレイスが結婚する前には二人は親密だったし、会わなくても楽しくやっていける人々にもグレイスは愛情のこもった言葉をかけ続ける優しくて誠実な女性だったから、「メアリと私が一緒にいたのはもう何年も前のことで——モリーが生まれていなかった頃のことですからね。メアリがアメリカに来てくれさえすれば！　だって、モリーはもう六歳になるのに、おばさんに会ったことが一度もないんですから」と云ってから、さらに「ブルターニュにいらっしゃることがあったら、きっとメアリのところに寄ってくださいね。約束して」と付け加えたとき、私は必要もない義務を負わされる者のあの暗い深みに足を踏み入れてしまうことになった。

そしてあの銀と青の午後、「モルガ——メアリ・パスク——グレイスのために」という連想から、突然私の中に義務感が解き放たれた。いいだろう。鞄に荷物を放り込んで昼間は予定どおり絵を描いて、日が暮れてきたらミス・パスクに会いに行って、モルガの宿で一夜を過ごすことにしようではないか。絵を描き終えて宿に戻ってきたときに待っているように一頭立てのおんぼろ馬車を手配しておき、夕暮れ時にメアリ・パスクの探索に出発した。

不意に誰かが両手で目を塞いできたかのように、海からの霧に覆い包まれた。ついさっきまで、進む道を赤く染める夕陽を背に、何もない広い高原を走っていたのに、今はもう夜の闇の中だ。ミス・パスクの正確な住所を教えてくれた人はいなかった。それでも、漁師たちの村落に行けばどこに行ったらいいかは判るだろうと考えていた。私は間違っていなかった。戸口まで出てきた老人が教えてくれた。ああ——次の上り坂を越えて、左の小道を下っていくと海に出る。その辺りですよ。あのいつも白い服を着ているアメリカのご婦人ですね。ええ、知っていますとも。ベ・デ・トレパスの近くですよ。

「でも、どうやって見つけたらいいんです？　そんなところ、ぜんぜん知りませんよ」私を乗せた馬車を走らせてきた、如何《いか》にも嫌々やっている感じの若者がぶつぶつ云う。

「着いたら判るんじゃないかな」と云ってみた。

「そうでしょうが、そろそろ馬がばてそうで。そうなるとまずいんですよ。うちの店主と揉めることになるから」

馬車を降りてよろめいている馬を曳《ひ》くようにこの若者を何とか説得し、ようやく先へ進めるようになった。私たちが持っているたった一つのランプではただ光が吸い込まれてしまうだけの湿った闇の中を長いあいだのろのろ這うように進んだ。しかし、ときおりその幕が上がったり、襞《ひだ》が分かたれたりすることがあって、そんなときは私たちの弱々しい光が夜の中から、白い門、こちらを見つめる牛の顔、道端の石を積んだ山など、何の変哲もないものを掬《すく》い上げ、それは背景から切り離されて吃驚するような不吉なものへと変貌し、予想もしていないときに飛び出しては引っ込んでいく。そういったものが投影されるたびに、闇はさらに三倍ほど深みを増す。しばらく緩やかな斜面を下っていたはずが、今や断崖を這い降りているような感じになった。私は慌てて飛び降りると馬を曳いている若い御者の側へ駆け寄った。

「進めません――もう嫌です！」御者は泣きだしそうな声を出した。

「ほら、あそこに明かりが見えるじゃないか――もう目の前だ！」

揺れるように霧の帳《とばり》が開いていった。家の正面と思しきぼんやりとした塊の中に、微《かす》かな光に照らされた四角形が二つ見えた。

「あそこまで連れて行ってくれ。そうしたら、もう戻っていいから」

その形はふたたび霧に覆い隠されたが、御者は光を見て元気を取り戻したようだ。私たちの前方に見えたのは確かに一軒の家だった。そして、それがミス・パスクのものであるのは間違いないだろう。こんな人里離れたところに、二軒も家があるとは思えない。村落のあの老人も「海の近く」だと云っていた。果てしなく繰り返される海の声の変化は、しばらく前から私たちが海岸へ向かって進んでいると告げていた。ブルターニュの地ではどこでも視覚より音で距離を推し量るのだ。御者は返事をすることなく馬を曳き続けた。霧が前にも増してすべてを覆い隠し、ランプはただ馬の後半身の毛を濡らす大きな水滴を照らすだけだった。

御者が手綱を引いて立ち止まった。「家なんかありませんよ。海へ向かって真っ逆さまだ」

「でも、さっき明かりを見たじゃないか」

「そんな気がしましたけど、今はどこにも見えやしませんよ。霧が薄くなってきたのに。ほら、前に木が見えるでしょう。でも、明かりなんかない」

「きっと皆寝てしまっただけじゃないかな」冗談めかして云ってみた。

「じゃあ、引き返した方がいいんじゃありませんか」

「何だって？　門から二ヤードのところで？」

若い男は何も云わなかった。この先に門があるのは確かだし、きっとあの水が滴る木々の向こうに何らかの住居があるだろう。野原と海しかないなんてことがなければ……飢えた海の声が私たちのすぐ下から繰り返し喚び求めてくる。この地が〈死者の湾《ベ・デ・トレパス》〉と呼ばれるのも不思議ではない。だが、どうして明るく心優しいメアリ・パスクはわざわざこんなところに引きこもっているのか。もちろん、この若者は外で私を待ったりはしないだろう……。そんなことは判っている……まさしく死者の湾だ。海がすぐ下で哀れっぽく泣いている。まるで給餌の時間なのに、飼い主である復讐の女神《エリニュス》たちに忘れられてしまったかのように。

門があった！　手が当たった。手探りで掛け金を外し、濡れた茂みをかき分けて家の正面へと向かう。蠟燭の光すらどこにも灯《とも》っていない。この家に本当にミス・パスクが住んでいるのだとしたら、きっと早寝を習慣にしているんだろう。

二

夜と霧は今や一体となり、闇は毛布のような厚みを帯びていた。呼び鈴を手探りしたが無駄だった。ようやくノッカーに手が触れたので、それを持ち上げて打った。その音が静寂の中で長く鳴り響いた。しかし、一、二分のあいだ、何も起こらなかった。

「誰もいやしませんよ！」苛立《いらだ》っているような若者の声が門から聞こえた。

だが、いた。中から人が歩く音は聞こえなかったが、しばらくして閂《かんぬき》が外され、農民風の頭巾を被った老婆が顔を出した。蠟燭を背後のテーブルの上に置いているので、レースのような光輪に包まれて顔ははっきり見えなかったが、背を丸めている肩の格好やぎこちない動きから老齢だと判った。老婆の顔を見えなくしている蠟燭の光が私の顔を照らし、老婆が私の顔を覗き込んだ。

「ミス・メアリ・パスクのお宅ですか」

「そうでございますよ」と答える声は年老いていたが優しく聞こえ、驚く様子もなく友好的でさえあった。

「お伝えしてきます」そう云うと彼女は足を引きずって歩み去った。

「会ってもらえそうだろうか」私はその後ろ姿に声をかけた。

「もちろんですよ。どうしてまた！」と笑うように云った。遠ざかる姿を見ると、ショールを掛け、絹布の傘を腕から下げていた。出かけようとしていたのは間違いなさそうだ。夜になると自宅へ戻るのだろう。メアリ・パスクはこの寂しい一軒家にたった独りで住んでいるのだろうか。

老婦人が蠟燭を手に持って姿を消すと、私は暗闇の中に取り残された。しばらくすると家の裏手の扉が閉まる音が聞こえ、それから古い木靴がゆっくりと外の板石を踏む音が聞こえてきた。どうやらあの老婦人は台所で木靴を履いて家を出たようだ。出て行く前に私がいることをちゃんとミス・パスクに伝えてくれたのか、それとも悪ふざけをして私を独り置き去りにしてしまったのか。扉の向こうからはまったく何の音もしない。跫《あしおと》が消え、門がかちっと鳴る音が聞こえると、その後はまた霧のように完全な静寂に包まれた。

「もしかしたら――」と心の中で疑い始めた瞬間、不意に隠れていた記憶が無気力な意識の表面に浮かび上がってきた。

「いや、違う。死んだんだ――メアリ・パスクは死んだんだ！」

驚きのあまり、大声で悲鳴をあげてしまうところだった。何とも信じがたいことだが、熱病に罹ってから自分の記憶に何度も騙されてきた。一年ほど前に、メアリ・パスクが死んだと知らされていた。その前の年の秋に突然に。ここ数日メアリ・パスクのことをずっと考えていたのに、忘れていた事実が今頃になって突然意識に浮上してきたのだ。

死んだんだ！　エジプトへ向かう船に乗る前に別れの挨拶に行ったまさにその日、グレイス・ブリッジワースが喪章をつけて涙を流す姿を見たではないか。私の目の前に電報を置き、私が読むあいだ涙を流していたではないか。電報には「アネギミケサキユウシ　ユイゴンニヨリニワニマイソウ　アトフミ」ブレストのアメリカ領事の署名があったではないか。領事は確かブリッジワースの友人の一人だったような気がする。電報の文面は一言一句、目の前の暗闇に焼き付いているように甦って見えた。

その場に立ち尽くし、空き家なのか、まったく知らない人たちが住んでいるのかも判らないまま真っ暗な家に自分が独りでいることよりも、記憶の欠落に気がついたことに動揺していた。前にも一度こんなふうに、よく知っているはずの事実が記憶から一時的に抜け落ちているのに気づいたことがあった。これで二度目になる。間違いなく、私は医師たちが云うほど病から恢《かい》復《ふく》したわけではないのだ。そうだ、モルガに戻ったら一日か二日、何もせずに、ただ食べて寝て過ごすことにしよう。

独りで物思いに耽《ふけ》っているうちに方向感覚を失い、ドアがどっちにあるかも判らなくなってしまった。ポケットを残らず探ってマッチを見つけようとしたが、医師に禁煙するように云われたのだから、見つかるはずもない。

マッチを見つけられなかったことで無力感に対する苛立たしさは弥増《いやま》し、玄関広間の見えない家具のあいだを手探りでぎこちなく歩いていると、階段の掃きつけ仕上げの壁に沿って明かりが斜めに射した。その方向を見ると、頭上の踊り場に白い服を着た人影が片手に持った蠟燭の光に手を翳《かざ》すようにしてこちらを見下ろしているのが見えた。背筋に寒気が走った。その姿が、かつて私が知っていたメアリ・パスクに妙に似ていたからだ。

「あら、あなただったの！」囀《さえず》るように叫ぶ擦《かす》れた声が聞こえた。その声はあるいは老婆の震え声のようにも聞こえ、またあるいは少年のファルセットのようにも聞こえた。白いだぶだぶの服を着た姿で、いつものぎこちない揺れるような動きで、足を引きずるように降りてきた。だが、木の床の階段を降りる跫が聞こえないことに気がついた。まあ、それはそうだろう。当然のことながら。

私は言葉もなく立ち尽くしていた。不思議な光景を見上げながら、心の中でこう云った。「あそこには何もない。何も存在しない。消化不良か、眼の具合か、躰《からだ》のどこかに悪いところがあるせいだ」

しかし、何《いず》れにせよ蠟燭は存在する。それが近づいてくるにつれて、私のいる辺りを照らしたので、振り向いてドアの掛け金を摑んだ。忘れるな、あの電報や喪章をつけたグレイスを見たことを……。

「あら、どうかしたの。ぜんぜん迷惑じゃないから、気にしないで」白い人物が、微かな笑いを帯びた囀るような声で云った。「この頃はお客様はそんなに多くはないから」

玄関広間までやって来ると、私の目の前に立って、震える手で蠟燭を掲げ、私の顔を覗き込んで云った。「全然変わらないわね――少なくとも私が予想していたほどには。でも、私は変わったでしょ？」もう一度笑って私の同意を求めると、不意に手を私の腕に置いた。私はその手を見下ろして、こう心の中で思った。「そんなことで騙されはしないぞ」

私はいつも人の手に注目している。人の性格の手掛かりを他の人たちは、眼や口、頭の形に求めるものだが、私は爪の曲がり具合、指の先、指の先の傷、掌が薔薇色か土色か、滑らかか皺《しわ》が多いか、どれほど膨らんでいるかなどで判断する。メアリ・パスクの手の様子ははっきりと覚えていた。本人のカリカチュアのようだったからだ。丸くてふっくらしていてピンクで、それでいて歳の割に老けた、役に立たない手だった。そして、それが間違いなく、私の袖の上にあった。だが、すっかり変わって皺が寄っている。蒼白《あおじろ》くて斑点《はんてん》のたくさんある茸《きのこ》のような感じで、少し触れただけでも塵になってしまいそうだ……。ああ、塵に？　まさしく……。

皺の寄った柔らかい指を見つめると、ちょっと間の抜けたように丸みを帯びた小さな指先は、以前は自然のままの無垢なピンクだったのに、今やそれが黄ばんだ爪の下で青くなっている――恐怖で背筋が凍った。

「さあさあ、お入りになって」何だか笛のような声で云った。だらしない白い頭を傾げて、青い団栗眼をくるりと回して私を見ながら。恐ろしいことに、ぎこちなく戯れる仕草などという相変わらず子供じみた手管を実践しているのだ。袖を引っ張られているのを感じ、鉄線で曳かれるかのように私はその跡を追った。

連れて行かれた部屋は——こういうときには「以前のまま」という言葉を使うものだろう。一般的に人が死ぬと、遺品は片づけられ、家具は売られ、形見の品が遺族へ送られるものだが、病的なまでの忠誠心（あるいはグレイスの指示）なのか、ミス・パスクが生きていた頃とまったく同じ状態を保っているように思えるのだった。細部を確認したい気分ではなかったが、揺れ動く弱々しい蠟燭の光の中で、薄汚いクッション、銅製の壺やら何やらがらくたのようなもの、花の盛りを過ぎた低木の萎《しお》れた枝を挿した壺といったものに気がついた。まさにメアリ・パスクの内面だ。

白い人影は幽霊のようにふわふわと炉棚飾りの前まで漂って行って二本の蠟燭に火を灯し、三本目をテーブルの上に置いた。自分が迷信深いとは思っていなかったが——三本の蠟燭とは！　自分でも何をしているのかほとんど判らないままに、慌てて屈《かが》んで蠟燭を吹き消した。背後で笑う声が聞こえた。

「三本の蠟燭——まだそんな迷信を気にしているの？　私はもうきっぱり卒業したのよ」と云ってまた笑った。「快適だし……この解放感……」すでに震えていた躰をまた新たな震えが襲った。

「こっちに来て隣に坐《すわ》って」とソファーに躰を沈めながら彼女が云った。「生きている人に会うのは久し振りなのよ」

その言葉の選び方は如何にも妙ではないか。すべすべした白いソファーに凭《もた》れかかり、まだ埋もれていない手の片方で私を手招いたときには、もう向きを変えて逃げ出したくなった。だが、蠟燭の光に浮かぶその年老いた顔は、頰が不自然に赤くあたかも艶出しのワックスを塗った林檎《りんご》にも似て、蒼い目は曖昧な優しさの中を泳いでいるようでもあり、臆病な私に向かって、生きていようと死んでいようと蠅《はえ》一匹だろうとメアリ・パスクは決して他者を傷つけることをしないとアピールしているとも思えた。

「お坐りになって！」と繰り返すので、私はソファーの反対の端に坐った。

「会えてどんなに嬉しいことか——グレイスに行けって云われたんでしょ」ここでまた笑った。彼女の会話にはいつも他愛もない笑いが挟み込まれるのだ。「これは事件ね——本当の大事件！　滅多に訪問客なんてないものだから。私が死んでからはね」

またバケツ一杯ほどの冷水が躰を流れ落ちる。しかし、思い切って彼女の顔を見ると、その表情が如何にも無邪気であることでまたもや恐怖が消えていった。

咳払《せきばら》いをして、大きく喘《あえ》ぐような声を出した。まるでそれまで墓石を掘り返していたかのように。「ここに独りで住んでいるんだね」かろうじてこれだけ口に出した。

「やっと声が聞けてよかった。この頃はほとんど人の声を聞いていないけど、まだちゃんとみんなの声は覚えているのよ」彼女は夢見るように呟《つぶや》いた。「ええ、ここに独りで住んでいるの。夜には、さっき会ったと思うけど、あの人も帰ってしまうから。暗くなってからはどうしてもいてくれないの——無理だって云って。変でしょ？　でもどうでもいいの。私は暗いところが好きだから」そう云って私の方に身を乗り出すと、云っていることと不釣り合いな微笑《ほほえ》みを浮かべた。「死んだら、自然に暗いところに慣れるものなのよ」

もう一度咳払いをしてみたが、言葉は続けられなかった。

こちらを見つめ続けながら、彼女は親しげな瞬《まばた》きをする。「それで、グレイスは？　妹のことを何もかも話して。もう一度会えたらよかったのだけど……一度でいいから」ここでグロテスクな笑い声を発する。「私の死の知らせが届いたとき――そのとき一緒だった？　妹はひどく動揺していたかしら」

私は意味を成さない言葉を口ごもりながら、よろめくように立ち上がった。返事ができなかった――彼女を見ていることもできなかった。

「ああ、そうなのね……辛過ぎるのね」そう云って納得し、首を振りながら目を潤ませて顔を背けた。

「でも、ようやく……悲しんでくれてよかった……ずっとそう云ってもらいたかったんだけど、そんなこと願っても無駄だったから。妹は忘れているのね……」彼女も立ち上がって、部屋の中をふらふらと歩いて、ドアの方へと近づいて行った。

「やれやれ、出て行こうとしている」と私は思った。

「ここが昼間どんなところかご存じかしら」不意にそんなことを訊《き》かれた。

私は首を振った。

「それは美しいところなのよ。でも、昼間だったら私には会えない。私をとるか景色をとるか、選ばなくてはね。太陽の光は嫌い。頭が痛くなるの。だから一日中寝ているってわけよ。ちょうど起きたところにあなたが来た」秘密を打ち明ける雰囲気を高めるような口調になって微笑みかけてくる。「いつも私がどこで寝ていると思う？　あそこよ——あの庭の下の方よ」またけたたましい笑い声が響いた。「太陽の光に絶対に邪魔されない蔭になっているところがあるの。星が出てくるまでそこで寝ていることだってあるわよ」

庭に関係する言葉が領事の電報にあったことを思い出し、「結局のところ、そんなに不幸な状態でもないんじゃないか。生きていたときよりむしろいい暮らしと云えるのではないだろうか」と思った。

彼女にとってはそうかも知れない。一緒にいる私にとってはどう考えてもそうではない。ドアの方へ近づいて行く彼女を見て、絶対に自分の方が先にドアまで行かなければという気持ちになった。急に怖くなって先回りしようと足を踏みだした直後にはもう彼女の手が把手《とって》を摑み、ドアに寄りかかって、白くて長い衣装を経帷子《きょうかたびら》のように揺らめかせていた。首を少し傾げて、睫毛《まつげ》のない瞼《まぶた》の下からこちらを見上げた。

「帰ろうとしているわけじゃないわよね」私を責めるように云った。

失った声を取り戻そうとしたがどうにもならず、黙ったまま身振りでそのつもりだと伝えた。

「行ってしまうということ？　そういうこと？」彼女の目はまだ私をじっと見つめたままだっ

た。その両眼の端から涙が零《こぼ》れ、頰の上に煌《きら》めく弧を描くのが見えた。「そんなの嫌。寂し過ぎる……」と静かな声で云う。

私は言葉にならないことを口ごもりながら、青い爪の手が把手を摑んでいるのを見ていた。突然、背後の窓が激しい音を立てて開き、闇の中から突風が吹き込んできて、炉棚の蠟燭のうち近くにあった方の炎が消えた。もう一本の蠟燭も消えてしまうのではないかと不安になって振り返った。

「風の音は好きではない？　私は好き。私の話し相手はそれだけだから……。死んでからは皆話してくれなくなって。変でしょ？　田舎の人は迷信深いのね。ときどき、本当に寂しくなって……」何とか笑おうとしたのかその声が擦れた。そして片手を把手にかけたまま、私の方へ躰を寄せた。

「寂しくて、寂しくて。どれだけ寂しいか判ってもらえたら。寂しくないって云ったのは嘘。今ようやくあなたが来てくれて、優しそうなその顔で……もう帰ってしまうと云うなんて。駄目、駄目、駄目、そんなの駄目。それならどうしてここまでいらっしゃったの。残酷でしょ、そんなの。孤独とは何なのか自分には判っていると思っていたけど……グレイスが結婚してからはね。妹は自分ではいつも私のことを考えていると思っていたようだけど、そうじゃなかった。私のことを愛しい姉と呼んでいても、考えていたのは夫と子供たちのこと。そのときはこう思っていたの。『たとえ死んでいたってこれほど寂しくはないでしょうよ』って。でも、よく判った……。この一年ほど寂しいことはなかった……絶対に。ときどきここに坐って思うのは、『いつか誰か男の人がやって来て、好意を抱いてくれたら』ということ」また曖昧な笑い声を上げた。「まあ、そんなこともあるのよね、もう若くない歳になってからでも……同じような悩みを抱えている男の人だっているでしょう。でも、今夜まで誰も来なかった……それなのに行ってしまうなんて！」そう云っていきなり私にすがりついてきた。「ああ、一緒にいて、ここにいて……せめて今夜だけ……。ここは静かで素敵なところだから……。誰もここのことなんか気にしない……誰もここには邪魔しに来ないから」

最初に突風が入ってきたとき窓を閉めておくべきだった。また、もっと激しいのが来るに決まっているではないか。まさに今、蝶番《ちょうつがい》の緩んだ格子戸をそんな突風が叩きつけ、跳ね返った窓から入ってきた海の音と湿った霧の渦が部屋を満たし、もう一本の蠟燭を床の上へ叩き落としたのだった。明かりが消えて、私はそこに立ち尽くした――私たちはそこに立ち尽くした――轟音が渦巻く闇の中で互いを見失って。心臓の鼓動が止まったように感じた。汗びっしょりになって必死に息を吸わなければならなかった。ドアは――ドアは――ああ、蠟燭が消える前、私はドアの方を向いていたはずだ。何か白い亡霊のようなものが目の前の夜の中で溶けて崩れていくのを感じ取った。それが沈み込んだ場所を避けつつ、よろめくようにそこを迂回《うかい》して進み、ドアの把手を摑んだ。緩く絡みつく見えないスカーフだか袖だかに足を取られたが、ぐいと引き離すと、邪魔するものはもうなかった。ようやくドアを開け放ち、玄関広間へ入ったとき、弱々しく泣く声が背後の闇の中に聞こえたが、玄関のドアへ飛びついて押し開け、夜の中へと転《まろ》び出た。惨めな小さな啜《すす》り泣きに向かってドアを叩きつけると、霧と風が癒やしの腕で私を抱きしめてくれた。

三

多少は体調もよくなってあのことをもう一度考え直すことができそうだと思っても、少し考えただけで熱が上がり、激しく脈打つ心臓が喉元まで上がってくるような気分になってしまう。無理だ……。とにかく耐えられない……喪服を着ているグレイス・ブリッジワースに会ったのに、電報を読んで泣いている姿を見たのに、私はグレイスの姉と同じソファーに腰を下ろして話をしたのだ。その姉はもう一年前に死んでいたのに！

忌まわしい悪循環だった。どうしてもそれを断ち切ることができなかった。翌朝私が熱を出して倒れていたという事実が説明になるかも知れない。それでも私は、いつまでも纏《まと》わりつく幻影から逃れられなかった。自分が話した相手が本物の幽霊で、熱を出したせいで見えただけの幻影ではなかったとしたら。メアリ・パスクの何かが生き残って、その心の中に生涯あり続けた孤独を私に訴え、生きていたときに常に黙して隠さなければならなかったことをようやく表現できるようになったのだったとしたら。そう思うと心が妙に動揺して、衰弱した私は横になったまま涙を流した。女性のそんな最期の話はいくらでもあるし、もしかして死後に機会を見出して試そうとするのだとしたら……。古い物語や伝説が私の心に浮かんでは消えた。コリントの花嫁や中世の吸血鬼――しかし、哀れを誘うメアリ・パスクのあの幻影を何と名づけたらいいのか。

私の弱った心は、これらの幻影と憶測の内外を彷徨《さまよ》った。そして、それらに耽溺《たんでき》すればするほどメアリ・パスクだった何かがあの晩私と話をしたということに確信を深めるようになった。私は心を決めた。また起き上がれるようになったら、あの場所に戻ってみよう。今度は陽の光に溢れている時間に。庭にあるという墓を探しだして――あの「太陽の光に絶対に邪魔されない蔭になっているところ」だ――哀れな幽霊に少し花を捧げて慰めてやろう。しかし、医師たちの考えは違っていた。そしておそらく私の意志の弱さが知らず知らずのうちにそういう方向へと仕向けたのかも知れない。何れにせよ私は医師たちの強い言葉に負け、パリ行の列車に乗るためにホテルから駅に直行し、そこから荷物のように積み換えられ、彼らが私のために選んでくれたスイスのサナトリウムへと向かった。もちろん、私は何とか躰が動くようになったらあそこへ戻るつもりだった……そうこうしているあいだに、あの秋の夜風が噎《むせ》び泣くベ・デ・トレパスや生きていた頃よりもずっと生々しい死んだメアリ・パスクの出現に、この雪山から思いを馳せるときの気持ちは次第次第に穏やかになって、その間隔も空くようになっていった。

四

　そもそも、グレイス・ブリッジワースに云わなくてはならないだろうか。私が何を見たかなど彼女には何の関係もない。もし、私にだけ姿を見せたなら、説明のつかないものや忘れられないものが眠っている深淵の奥深くに埋めておくのがいいのではないだろうか。それに、グレイスのような女性が、理解することも信じることもできないような話にどんな興味を抱くというのか。私のことを「変な奴」だと決めつけるだけだろう。そんなふうに扱われるのはもううんざりだ。ようやくニューヨークに戻った私の最初の目標は、身も心もすっかり元気になったと皆に納得してもらうことだ。その計画に採用する証拠としては、メアリ・パスクのところでの体験は相応《ふさわ》しくない。諸々を考慮して、口を噤《つぐ》んでおくことにした。

　しかし、しばらくすると墓のことが気になってきた。グレイスはちゃんとした墓石を使っただろうか。あの妙な具合に放置された家の様子から、もしかしたらグレイスは何もしていないんじゃないかという気がしたのだ。次に海を渡ったときに対処しようと何もかも先送りしているんじゃないかと。「グレイスは何でも忘れてしまう」と哀れな幽霊が声を震わせるのが聞こえた。いや、墓について一つくらい当たり障りのない質問をしても害はないだろう。今はどうなっているのか、戻って自分の目で確かめなかったことを悔やむようになっていたからなおさらだ。

グレイスとホレスは昔と同じように歓迎してくれた。やがて、他に客がいそうにない頃合いを見計らって立ち寄り、食事に同席するようになった。それでも、チャンスはなかなか訪れることなく、数週間待つことになった。そして、ホレスが外で食事をしてくるという晩に、グレイスと二人きりで坐っていると、グレイスの姉の写真が目に留まった。古い色褪《いろあ》せた写真で、その中の目が私を非難するように見つめていた。

「ところでグレイス」私は思いきって顔を上げて話し始めた。「まだ話していなかったと思うが、病気がぶり返す前の日に、あそこの……お姉さんのところへ行ったんだ」

途端に彼女の顔が明るくなった。「全然話してくださらなかったじゃない。わざわざ行ってくださるなんて」もう涙が目から溢れそうになっている。「本当に嬉しい」そして少し声を小さくしてそっと訊《たず》ねた。「姉には会ったんでしょう?」

その質問のせいで、かつてのあの戦慄が全身を走った。私は驚きの眼差《まなざ》しでブリッジワース夫人のふっくらした顔を見つめた。辛そうには見えない涙のヴェール越しに私に微笑みかけている。「愛しいメアリのことで、自分をますます責めるようになってしまっていて」震える声でそう付け加えた。「でも、何もかも話して」

咽喉《のど》が締めつけられるような感じがした。メアリ・パスクのところにいたときと同じような居心地の悪さだった。それまでグレイス・ブリッジワースを不気味と感じたことなど一度もなかったのに。私は無理矢理声を絞り出した。

「何もかも？　ああ、それはちょっと――」そう云って微笑もうとしてみた。

「でもお会いになったんでしょ」

私はなおも微笑みながら何とか頷《うなず》いた。

グレイスの表情が急に窶《やつ》れたようになった。そう、窶れたのだ。「あまりにも酷《ひど》い変わりようだったから話せないということ？　そういうこと？」

私は頭《かぶり》を振った。結局のところ、私が衝撃を受けたのはあまりにも変わりようが僅かだったところなのだ。死んでいることと生きていることのあいだには、ほんの僅かな違いしかないのかも知れない。現実では不思議とそれが際立つだけなのだ。しかし、グレイスの目はなおも私を執拗に探っている。「話していただかなくては」グレイスは繰り返した。「私が自分でもっと早く行くべきだったとは判っているけど」

「そうだね、行くべきだったんじゃないかな」私は云い澱《よど》んだ。「せめて墓の世話くらいはね」

グレイスは黙ったまま坐って私の顔を見つめていた。涙が止まり、心配そうな表情は怯《おび》えるように何かを見つめるものへとゆっくり変わっていく。躊躇《ためら》いながら、ほとんど嫌々ながらといった感じで、グレイスは手を伸ばすと私の手に一瞬だけ触れた。「ねえ――」と話し始めた。

「残念だけど」私はその言葉を遮った。「墓を見に戻れなかったんだ……翌日は体調が悪くなってしまって……」

「ええ、ええ、もちろんそうよね」少し間が空いた。「本当に姉のところへ行ったのよね」と突然そんなことを訊いた。

「本当にだって？　何を一体――」今度は私が見つめる番だった。「まだすっかりよくなってないと疑っているんじゃないだろうね」不安げな笑い声を上げながら云ってみた。

「いいえ――もちろんそんなことはないけど……でもよく判らなくて」

「何が判らないんだ。あの家に行って……実は何もかも見たんだが、墓だけは……」

「メアリのお墓？」グレイスは跳び上がると、両手を胸元で握って素早く遠ざかった。部屋の端に立って私を見つめ、それからゆっくりとした動きで戻って来た。

「ということはつまり――もしかして」私を見つめる目には、恐怖と安堵が混在していた。

「それはまだ何もお聞きになっていないということかしら」

「聞いていないとは？」

「でも、どの新聞にも載っていたのに。一つも読まなかったということ？　手紙を書こうとは思ったの……。書いたつもりだったんだけど……でも『どうせ新聞で読むでしょうから』って思ってしまって……。私が筆無精なのは昔からご存じでしょう」

「新聞を読めば何が判ったって云うんだ」

「だから、姉は死ななかったっていうこと……。死んでいないの！　だからお墓もないのよ！　強硬症《カタレプシー》のせいで昏睡状態になっていただけで……。珍しい症例だってことだったけど……。姉は自分でそう云わなかったかしら――だって、お会いになったんでしょう？」グレイスはいきなりヒステリックと云っていいような笑い声を上げた。「当然云うはずでしょ、自分は死んでいなかったたって」

「いいや」私はゆっくりと答えた。「そうは云わなかった」

その後、私たちはずっとその話をしていた――ホレスが男たちだけの食事会から戻って来るまでずっと話し続けていた。もう真夜中になっていた。グレイスはその事件を何から何まで繰り返し話した。グレイスが繰り返し云うように、メアリが新聞の紙面を飾るのはこのときだけだろう。しかし、辛抱強く坐って耳を傾けていたが、私はグレイスの話に心から関心を抱くことはもうできなかった。メアリ・パスクに対してもう二度と関心を抱くまいと思っていたのだ。彼女に係るどんなことであっても。

ヴェネツィアの夜

A Venetian Night's Entertainment

これは、ビーコン通りにある、あの有名なブラックネル&ソールズビー東インド商会の古い館（今はアルデバラン・クラブになっている）の食堂で、アンソニイ・ブラックネル判事が、ご婦人方が長円形の居間に引き上げてから（そしてマリアのハープが透き通った音色の網を食堂全体に投じているあいだ）、ボナパルトがモスクワに進軍した年の話をよく孫たちにしていたときのものである。

一

「あれがヴェネツィアだ！」大きな耳飾りをしたインド人水夫が云った。そして、トニー・ブラックネルが父親の東インド貿易船ヘプジバB号の高い舷縁《ふなべり》に凭《もた》れかかりながら遠くを見ると、朝の海の向こうに、黄金の空気へ溶け込んでいる塔やドームの朧《おぼろ》な像が見えた。

それは一七六〇年の、こんな二月は滅多にないだろうというような日で、成年になったばかりのトニーは古いブラックネル船隊の中でも優れた船に乗って大旅行に出発したところだった。彼方《かなた》の都が震えるように姿を現すと、トニーの心はときめいた。ヴェネツィアだ！　その名前は、幼い頃から彼にとって魔法の杖だった。セーレムにあるブラックネルの家には、広間の壁に伯父のリチャード・ソールズビーが長い航海の途中で買い求めてきた黄ばんだ版画がいくつも掛かっていた。異教徒のモスクや宮廷、トルコ帝国の宮殿、ローマのサン・ピエトロ大聖堂といったものが描かれていた。そして部屋の隅——古い火打ち石銃がかけられた銃架にいちばん近い隅のことだ——には、楽しそうな人たちでいっぱいの風景を描いた絵があって、そのタイトルは「ヴェネツィアのサン・マルコ広場」となっていた。この絵は、初めて見たときから、幼いトニーの想像力を強く刺激した。他の絵に対する彼なりの批評は、動きがないというものだった。確かに、サン・ピエトロ大聖堂の絵で描かれている場面では、髪の毛が肩まで垂れている鬘《かつら》を被った老練な顔つきの紳士が、どう見ても見落としようもない記念建造物を内気そうな同伴者に向かって指さしているのに、同伴者はどうやらあえてそちらに目を向ける気もなさそうだった。一方、トルコ帝国の宮殿の扉では、ターバンを巻いた異教徒の一群が、駱駝《らくだ》に乗ったヴェールの女性が躊躇《ためら》う様子もなく近づいてくるのを注視していた。しかし、ヴェネツィアではさまざまなことが同時に起きるのだ。それはボストンで十二箇月のあいだに起こることよりも、セーレムで一生涯のあいだに起こることよりも多いとトニーは確信していた。そこには、彼らの身なりから推測するに、地球上のさまざまな国からやってきた人がいる。中国人、トルコ人、スペイン人、その他もっと。さまざまな色の人々が犇《ひし》めき合い、貴族たち、従僕たち、行商人たち、呼び売り商人たちがいて、聖職者の正服姿をした背の高い名士たちがその群集の中を支配者の雰囲気を纏《まと》って歩いている。その後ろを太鼓持ちたちがぞろぞろと付いていく。そして、これらの人物たちは皆ことごとく大いに楽しんでいるようで、呼び売り商人に対して値切ったり、訓練された犬と猿の道化芝居を眺めたり、不具の物乞いたちに施しものを与えたり、黒服の小狡《こずる》そうな奴らにポケットの中身を掏《す》られたりしている。絵全体にそんな自然な活気があって、掏摸《すり》ですら、宙返りをしているアクロバットや動物たちのショーの一部であるかのように感じられた。

トニーが齢《よわい》と経験を重ねるにつれて、この子供っぽい無言劇はその魔力を失ったものの、幼い頃に心躍らせた想像力はそうではなかった。この古い絵は想像力の踏み台でしかなく、夢の国へ導いてくれる雲の梯子《はしご》の最初の一段だったからだ。そんな夢とともにヴェネツィアという名前はトニーの中に残り、この地に関して後に見聞きしたことはことごとく、現実と幻想のあいだに位置するのだということを確かに裏付けていたのだった。たとえば、二つのローストフト磁器の箱のあいだにある棚に立てられたヴェネツィアン・グラスのほっそりした硝子器が、百合の花粉や日光の塵で金粉をまぶされたように見えて、ピンで留められた蝶のように震えていると思えたとき。さらには、母親の黄金の鎖が、やはり同様の太陽の粉から紡ぎ出されたかのごとく、手で触れても気づかない糸にも似て、光のように指のあいだをすり抜けていくのだが、それでも魔法の力で空中に浮いているように見える重いペンダントを担うだけの強さはあるのを見たとき。魔法！　ヴェネツィアのことを考えると心に浮かんでくる言葉だ。他のところでは起こり得ないことも自然に起こる場所のようだとトニーは感じていた。そこでは、二足す二が五になる。逆説が三段論法と駆け落ちする。そして、結論が自らの前提の偽りを責める。そんな世界へ逃げ込みたいと一度ならず願ったことのない若者がかつていただろうか。少なくともトニーは角本《ホーンブック》で自明の理としてキリスト教徒の重い責任と罪をはっきり悟らされた最初のときから、この強い憧れを感じていた。そして今、トニーの願いは今ここでその形を得ようとしていた。朝の海の彼方にある黄金の霞が塔やドームの形を得ようとしている今。

トニーの家庭教師であり旅の付添いを務める、オジアス・マウンス師が自由意志と宿命に関する説教の第四部第三節に差しかかったとき、ヘプジバB号の錨《いかり》が下ろされた。トニーは上陸を急ぐあまり、錨と一緒に飛び込みそうな勢いだった。しかし、オジアス師は自分の労作から顔を上げながら、討論を途中で放棄してしまうことに強く反対した。教会そのものがイスラム教徒のようにターバンを巻いているようなローマ・カトリックの外国の都市に着いたという取るに足らないことが、神学の女神《ミューズ》が逃げ出す前にマウンス師が結論を纏める重要な案件に対して一体何だというのか。潮の条件が合えば、ブラックネル氏と一緒に明日の朝にでもヴェネツィアの都を訪れることができればいいと云う。

明日の朝だと？　けっ！――トニーは従順に「はい、判りました」と呟《つぶや》いた。手なずけている船長にはウィンクを送ると、剣をベルトに差し、大袈裟な身振りで帽子をぐっと下げた。そして、オジアス師が次の推論に達する前に、船長用ボートに乗って岸へ向けて楽しげに滑って行った。

一瞬の後にトニーはもうその真っ只中にいた。ここはまさにあの古い版画の世界だ。陽の光と色彩に溢れ、楽しげな物音で賑《にぎ》やかだった。何という光景だ！　広場は幻想的な絵を描かれた建物に囲まれていて、人々はやはり幻想的に犇めき合っていた。大声を出し、笑い、押し合いへし合い、汗まみれの集団だ。いろいろな色の、いろいろな言語の、暑い太陽の許《もと》で台所の炎で焼かれている一皿分のフリッターと同じようにぱちぱち音を立てている者たち。トニーは唖然としながら、肩で人を押し分けて先に進んだが、すぐに気がついたのは、大きな声や興奮した身振りに満ちた大変な騒ぎであるにもかかわらず、トニーの故郷で市《いち》の立つ日に見られる人混みのような、粗野な振舞いや莫迦《ばか》騒ぎの気配がまったく感じられないことだった。それでも、周囲の人々を残らず巻き込むような穏やかな悪ふざけはあった。そんな雰囲気の中で、馴染みのないところにいるという感覚は消え去って、すっかり寛《くつろ》いだ気分になってきた。そのとき、人の波が押し寄せ、突き飛ばされたトニーは、道化のような身なりで鐘を鳴らして、頭上の高い金属製のツリーにシャーベットグラスをぶら下げて運んでいる男にぶつかった。その勢いでぶら下がったグラスが回転し、三個か四個が飛んで石の上に落ちた。シャーベットグラス売りが聖人の名前をさかんに叫んで罵《ののし》ると、トニーは堂々とポケットを叩いて一ダカットを投げてやった。一ゼッキーノと間違えたのだったが。その男の目が眼窩《がんか》から飛び出しそうになったちょうどそのとき、成り行きを見守っていた感じのよさそうな若者がトニーの方へ歩み寄り、楽しそうに英語でこう云った。

「ここの通貨に馴染みがないとお見受けします」

「もっと欲しいんでしょうか」トニーが大きな声で云った。相手は笑ってこう答えた。「今の仕事を引退してアーケードの上に賭博場を開けるくらい出してやったんですよ」

トニーも一緒になって笑い、この出来事で自己紹介を済ませたことにして、二人は広場にある一軒のコーヒーハウスの前でカナリーワインを飲みながらすっかり打ち解けることになった。トニーは、この迷路の手掛かりを与えてくれそうな、感じがよくて、しかも英語を話す仲間に出会えて運がよかったと思った。そして、カナリーワインの代金を支払うと（この友人が選んでくれた硬貨で）、二人はまた街を眺めに出た。このイタリア人の紳士はリアルト伯爵と名乗り、実に多くの知人がいるようで、身分の高い人たちや、気品のある男たちや社交界で話題のご婦人方、さらにセーレムの国勢調査ではおおっぴらに触れられない類いの人物たちについてもいろいろ教えてくれた。

トニーは、他に楽しいことがないときは読書に勤しんだので、『ヴェニスの商人』もオトウェイの優れた悲劇も一通り読んだことはあった。こういった作品からヴェネツィアの社会習慣が故郷とは異なることに気づいてはいたものの、この友人が挙げてくれた重要人物たちの驚くべき身なりと挙動には不意をつかれた。共和国議会の厳粛な議員たちは、妙な縞模様のズボンに短いマント、羽飾りのある帽子を被っていた。ある貴族は襞襟《ひだえり》と白衣を纏っていた。また別の貴族は黒いビロードに薔薇色の裏地が見える切れ目の入ったチュニックを来ていた。一方、気取って歩く恐怖の十人委員会議長はレピヤーのように鋭い鼻をした怖そうな男だったが、揉み皮《バフ》の袖なし胴着《ジャーキン》と引きずるほど長い深紅の外套を纏っていて、群集もそれを足で踏んだりしないように気をつけている。

何もかもが本当に楽しかった。トニーはこのまま永遠に居続けたいとすら思っていた。しかし船長には、日没時には波止場へ戻ると約束していて、すでに空には夕暮れが迫っていたのだった。トニーは信義を重んじる男だった。狭い通りに並ぶ細工物の店の一つで選んだ金の象眼細工を施した綺麗な短剣を伯爵に受け取らせようとしながら、ヘプジバの小ボートの方へ向かうように強く要求した。伯爵は嫌々従ったが、ふたたび広場に出たとき大聖堂の扉に向かって押し寄せている群集に巻き込まれた。

「降福式に行く人たちですよ。灯《あかり》や花がたくさんあって綺麗ですね。ちょっと覗いてみるというわけにはいかないのが残念ですが」と伯爵が云った。

トニーもそう思った。そのとき、足のない乞食が大聖堂の扉の革紐を引いた。彼らを包む黄金の馨《かぐわ》しい霧は、オルガンの力強い音のうねりに乗って昇り降りするように感じられた。そこでも外と同じくらいの人が犇めき合っていて、トニーが柱にぴったりへばりついていると、肘《ひじ》の辺りから可愛らしい声が聞こえてきた。「ごめんなさい、剣が！」

トニーがその下手な英語の声の方を見ると、如何《いか》にもそんな声を出しそうな少女がトニーの剣を収めた鞘の先端から服を外そうとしていた。少女は、ヴェネツィアの貴婦人たちが好む黒いだぶだぶの頭巾を被っていて、庇のように突き出た布の下から巣の中にいる小鳥のように可愛らしい顔でトニーの方を見ていた。

薄暗がりの中、二人の手が鞘の上で重なった。彼女が服を外すときに、レースの縁飾り《フロウンス》の切れ端が魔法にかけられたトニーの指に絡みついた。離れていく姿を見送っていると、尊大な感じがする灰色の髭《ひげ》の男に彼女が腕を取られるのが判った。男は黒くて長い長衣を纏い、深紅のストッキングを穿いていた。若い二人が視線を交わしたのに気付くと、男は脅すような目つきで彼女を引っ張った。

伯爵がトニーと目を合わせて微笑《ほほえ》んだ。「ヴェネツィア美人の一人ですね。麗しのポリッセーナ・カドール。ヴェネツィアで一番の綺麗な目をしていると云われています」

「英語を話していた」トニーが口ごもって云った。

「ああ、確かに。セントジェームズ宮廷で身につけたんですね。彼女の父親は議員で、以前大使として派遣されていたんですよ。幼い頃にイギリス王室の王子たちと遊んだということです」

「あれが父親」

「そのとおりです。ポリッセーナくらいの階級の令嬢は両親か付添い婦人と一緒でなければ外を歩き回ったりしませんから」

そのとき、柔らかな手がトニーの手に滑り込んできた。トニーの心臓が愚かにもが跳び上がった。あの頭巾の下の楽しげな目を捉えられるのではないかと半ば期待して振り向いたが、その代わりに見えたのは瘦《や》せた茶色の肌の少年だった。奇抜な感じがする服を着ていた。少年はトニーの指のあいだに畳んだ紙を押し込むと、雑踏の中へ姿を消した。トニーはぞくっと身を震わせて伯爵の方を盗み見たが、どうやら祈りに没頭しているようだった。鐘が鳴ると皆が一斉に祈りに没頭したので、トニーはその隙に明かりの灯《とも》った聖廟の下へ手紙を手に滑り込んだ。「私は大変な困難に直面しています。どうか助けてください。ポリッセーナ」そう書いてあったが、言葉の意味がほとんど頭に入らないうちに肩に手が置かれたのを感じた。傾けた帽子を頭に載せた厳めしい顔つきの男が棍棒か槌矛《つちほこ》のようなものを手にしてヴェネツィアの言葉で何か云った。

吃驚したトニーは、手紙を胸の奥に突っ込むと、急いで逃げようとしたが、逃げようとするほど相手も摑む力を強くして逃すまいとした。すぐに伯爵は何が起こったのか気付いて、人混みをかき分けて来てくれて、慌てたように耳元に囁いた。「ここは逆らわないで。本気で云っています。静かにして、私の云うとおりにしてください」

トニーは臆病者ではなかった。故郷の、同年代の若者たちのあいだではいささか喧嘩っぱやいことで知られていて、セーレムにいたら腹を立てていたようなことをヴェネツィアにいるからといって我慢する男ではなかった。だが、その黒い男が指さしているのはトニーの胸の中にある手紙のようなのだ。その疑念は伯爵の動揺した囁きで確認できた。

「これは十人委員会の情報員の一人だ。頼むから騒ぎを起こさないで」そう云って槌矛の男と一言二言言葉を交わした。「手紙を隠したのを見られています」

「だったら何なんだ」トニーが怒って云った。

「落ち着いて、落ち着いてください。ドナ・ポリッセーナ・カドールから手渡された手紙ですよ。厄介な問題です、実に厄介です。カドール家はヴェネツィアで最も権力のある貴族ですから。一言も話さないようにお願いします。考えさせてください——よくよく考えなければ——」

トニーの肩に手を置いて、帽子を傾けて被った有力者と急ぐ様子で言葉を交わした。

「申しわけありませんが、当地の上流階級の若い女性たちは大トルコ帝国の妻たちのように油断なく守られています。このスキャンダルにはご自分で責任を取らなければなりません。私にできる最善の策はパラッツォ・カドールのところへ内密にお連れすることです。委員会に連れ出されるのではなく。あなたの若さと経験不足を弁解に使いました」ここでトニーは顔を顰《しか》めた。「まだ事態は調整の余地があると思っています」

そうこうしているうちに十人委員会の情報員は、鋭い表情だが卑しそうな顔つきの、どことなく弁護士の事務職員のような黒い身なりをしている男にその場所を譲り、その男は汚らしい手をトニーの腕にかけて、申しわけなさそうな身振りで群集の中を教会の扉に向かって導いて行った。伯爵は反対の腕を摑んで、そのままの格好で広場まで出た。もう辺りはすっかり暗くなっていて、アーケードの下とその上にある賭博場の窓にたくさんの明かりが瞬いているだけだった。

このときにはトニーも声を取り戻していたので、どこでもお望みのところへ行くけれども、ヘプジバ号の航海士にまず一言云っておかなければならないと強い言葉で云った。波止場でもう二時間以上トニーのことを待っているのだから。

伯爵がこの言葉を監視人に告げたところ、首を振って強い否定の言葉を発した。

「無理だそうです」と伯爵が云った。「強く要求しないようにお願いします。抵抗すると後で不利になりますから」

トニーは黙り込んだ。素早く辺りを窺って、脱出の機会を推し量った。いたって健康であるということに関しては、トニーを捕まえた男たちの誰よりも劣ることはないし、少年時代の策略は遠い昔の出来事になってしまったわけではなく、十数人の大人の裏をかくことはできると感じていた。しかし、叫び声が上がれば、群集が自分に迫ってくることくらいは判っていた。

十ヤード四方くらいの空間があれば、ドージェも評議会も笑い飛ばせただろう。しかし、人々の雑踏は糊で固めたように密で、隙ができるのを窺いながらも従順に歩くしかなかった。不意に群集が何か新たなショーの方へ向きを変えた。トニーの拳が黒衣の男の胸に入り、男が体勢を取り戻す前に若いニューイングランド人は護衛から一目散に逃げ出した。速度を上げてグロスター湾の上げ潮のような人々に切り込み、最初に目に入った迫持《アーチ》の下へ飛び込んだ。明かりのない運河へ通じる道を駆け抜け、狭い太鼓橋を飛び越えると、壁の隙間の暗闇へ着地した。だがこのとき追手はすぐ背後に迫っていた。叫ぶ野次馬たちが援軍となって。壁は高くて登れず、いくら彼が勇敢であったとしても、運悪く着地したところは石造りの檻の中のようなもので、息を切らして行ったり来たりするしかなかった。突然、その壁にあった門が開いて、女中が顔を出すとトニーを手招きした。この機会を慎重に検討している余裕はなかった。トニーが門を駆け抜けると、救出者は扉を叩き閉めて閂《かんぬき》をかけた。二人は高い家の壁に挟まれた狭い通路に立っていた。

二

使用人は角灯《ランタン》を手に取り、付いてくるようトニーに身振りで示した。汚れた石段を昇り、通路を手探りで進み、高い丸天井の部屋に入った。彩色された天井から下がるオイルランプの弱々しい光に照らされていた。周囲の様子からかつての輝きの痕跡が認められる。しかし、じっくり見ている余裕はなかった。人影が近づいてくるのに気がついて驚いたからだ。薄暗い光の中でよくよく見てみれば、そもそもこのトラブルの元凶となった娘だと判った。

彼女は両手を広げて駆け寄ってきたが、トニーが前に進むと彼女は顔色を変え、当惑したように身を縮めた。

「これは間違いです。ひどい間違いです」娘がかなり怪しげな英語で叫んだ。「どうしてここにあなたがいらっしゃるんですか」

「自分で選んだのではなく否応なく。本当です」トニーは云い返した。この待遇を決して喜んでいるわけではないとはっきりさせて。

「でも、どうして――どういうわけで――どういうわけでこんな不幸な間違いをなさったんでしょう」

「いえ、率直に申し上げるのを許していただけるなら、これはあなたの方の間違いだと思いますが」

「私の？」

「私に手紙を渡したことです」

「あなたに――手紙を？」

「間抜けな若いのが、愚かにもあなたの父上の目と鼻の先で私に手紙を手渡して――」

彼女が大声を出してトニーの言葉を遮った。「何ですって。私の手紙を受け取ったのはあなただったっていうこと？」娘は女中の方を向くとヴェネツィア語の奔流を浴びせかけた。女中は同じ言語でそれを打ち返した。そのとき、トニーの目は、サン・マルコ寺院でトニーに手紙を手渡したこの女中と瓜二つの召使い少年の姿をそこに見出した。

「そうか！　あの若いのはこの娘が変装していたのか」と叫んだ。

ポリッセーナは言葉を止めて抑えきれない微笑みを浮かべたが、すぐにその顔に蔭が差し、告発の続きに戻った。

「このどうしようもなく不注意な娘のせいで私は破滅するということ。私の身を滅ぼす元になるでしょうよ。どうしたら判っていただけるでしょう。手紙はあなた宛のものではなかったのです。英国大使に渡そうとしたものです。母の旧友なのです。大使から援助を受けられたらと思って。どうお詫《わ》びをすればいいのか」

「謝罪は不要です」トニーは頭を下げながら云った。「正直に云って私を英国大使と間違える人がいるとは驚きました」

ここでふたたび上機嫌な笑みの波がポリッセーナの顔を覆い尽くした。「この哀れな娘の勘違いを赦《ゆる》してやってください。あなたが英語を話しているのを聞いて——それに——教会にいるいちばん美男子の外国人に手紙を渡すように私が云ってしまったせいもあります」トニーはもういちど頭を下げた。前よりも深く。

「英国大使はそれは美男子なのです」とポリッセーナは無邪気に云い添えた。

「私が大使代理になれるほどだったらよかったのですが」

ポリッセーナもトニーが笑うのに応えたが、両手を打ち合わせると顔に苦しみの表情を浮かべた。「私は何て莫迦なのでしょう。こんなときに冗談を云うなんて。大変なトラブルに巻き込まれて、それにあなたも巻き込んでしまったかも知れないのに。ああ、父が。父が来る足音が聞こえます」さっと蒼《あお》ざめると、震えながら召使いに寄りかかった。

確かに足音と大きな声が外から聞こえてきた。そのすぐ後、赤いストッキングを穿いた議員が、トニーが広場のあちこちで見かけたヴェネツィアの貴族六人ほどを従えて部屋にずかずかと入ってきた。その姿を見て、皆ことごとくさっと剣に手をやり、すさまじい叫び声を上げた。彼らの使う言葉はトニーにはまったく理解できなかったが、彼らの声の調子と身振りでその意味は不愉快ながらも明白だった。議員は怒りに逆上してまず侵入者に飛びかかり、そのとき仲間たちに引き戻されると、怒りを込めて娘に向かった。娘は議員の足許で両腕を伸ばして広げ、涙を流しながら、若い苦悩を雄弁に語り、彼女の申し立てを訴えた。一方、他の貴族たちは激しい身振りで話し合っていて、その一人である攻撃的な顔つきの人物が襞襟とスペイン風マントを纏ってトニーに嫉妬深い目を向けたまま、少し離れて一人歩き回っていた。トニーはこのとき思案に暮れていた。というのは美しいポリッセーナの涙が彼女の話す英語をすっかりかき消してしまったからだ。ヴェネツィア貴族たちが自分に対して何かよからぬことをしようとしているということ以上には、一体何をしようとしているのかトニーには見当もつかなかった。

そのとき幸運にも、友人であるリアルト伯爵が突然その場に姿を現し、たちまち部屋中の口撃を受けることになった。トニーの姿を見ると浮かぬ顔をしたが、この若者には黙っていろという合図を送り、自分は議員に熱心に話しかけた。議員は最初、彼の話を聴くために一息入れようともしなかったが、少し落ち着いてくると、伯爵と一緒に歩いて離れ、他の人たちに声を聞かれないところで話を交わした。

伯爵はようやくトニーの方を向いて、動揺を顔に浮かべながらこう云った。「怖れていたとおりになってしまいました。大変な災難に陥ってしまいましたよ」

「大変な災難だ。大変な罠だと云った方がいい」トニーは叫んだ。このときトニーの血は煮えたぎっていた。だが、その言葉が聞こえたとき、麗しのポリッセーナが悲しそうな視線をトニーに向けたので、額まで真っ赤になってしまった。

「気をつけて」伯爵が低い声で云った。「議員閣下は英語を話すことはできませんが、少しは判りますから――」

「その方がいいじゃないか！」トニーが言葉を遮った。「僕に対する不満が何なのか簡単な英語で訊《たず》ねれば通じるんだろう」

これに対して、議員はまた言葉を浴びせようとしたが、伯爵があいだに割って入って、素早く答えた。「議員の苦情はあなたが彼の娘であるポリッセーナと秘密のやり取りをしたのがばれたことです。誰よりも気高いポリッセーナ・カドールとです。こちらの高名なマルケス・ザニポロの婚約者です」そう云ってケープと襞襟を身につけ、顔を顰《しか》めているスペインの郷士に恭しく手を振った。

「閣下、それが私の罪の範囲であるなら、私を解放する責任はこちらの若い女性にあります。ご自身が正直に認めてくださいまして――」トニーはすぐに言葉を止めた。というのは、驚いたことに、ポリッセーナが怯《おび》えた目で彼を見たからだ。

伯爵が口を挟んだ。「ヴェネツィアには、ご婦人の信望の陰に隠れる習慣は馴染まないのですよ」

「セーレムだってそうだ。いや、もっとだ」トニーは白熱状態になってすばやく云い返した。「これだけははっきりさせておきたかっただけです。この若いご婦人の告白のとおり、彼女は僕にいちども会ったことがないということです」

ポリッセーナの目が、感謝の念を伝えてきた。そして、トニーは彼女を守るためなら死んでもいいと思った。

伯爵がトニーの言葉を訳してから、すぐにこう続けた。「その場合、お嬢様の違法な振舞いはなおさら非難されるべきだとこちらの議員閣下は仰っています」

「違法な振舞い？　どんな振舞いのことを云っているんだ」

「サン・マルコ寺院で人目も憚《はばか》らずに読んでから懐に入れるのを見られたあの手紙をあなたに

送ったことです。それはザニポロ侯爵閣下に目撃されているんです。その結果として、すでに閣下は不幸な花嫁と縁を切りました」

トニーは黒衣の侯爵を蔑むような目で見つめた。「もし、閣下がそんな些細《ささい》なことを理由に淑女を拒んだりするほど気高い心に欠けているのだとしたら、父親の怒りの対象は私ではなく閣下だろう」

「若い紳士殿、それを決めるのは貴方ではない。細部の問題で私たちにどう振舞えばいいのか助言するなどということはやめておいた方がいいだろう。理由はただ一つ、私たちの習慣には疎《うと》いのだから」

トニーには伯爵が敵に寝返ったように感じられ、それで反論の言葉がきつくなった。

「僕が思うに、分別のある人というのはどんな国でも同じように振舞うし、この地においても紳士その人の言葉は信用されるだろう。僕が読んでいるところを見られた手紙は、この若い淑女の名誉を穢《けが》すようなものではないし、実際、あなた方が考えているようなこととは何の関係もないと本心から断言できる」

手紙が何を云おうとしているのかはトニーにもさっぱり判らなかったので、はっきり云えることはここまでだった。

そこでもう一度短い相談が反対陣営でなされ、伯爵が云った。「紳士であればある種の質問に対して拒絶で応えなくてはならないということは誰しも知っています。しかし、このご婦人の疑念を直ちに晴らす手段をあなたは持っていらっしゃいます。手紙をご婦人の父君に見せることはできませんか」

答えるまでにそれと判るほどの間があって、その間にトニーはまっすぐ前を見ているように装いながらも、ほんの一瞬だけ訊ねるような視線をポリッセーナの方へ向けた。その返事はほんの微《わず》かではあったが、見間違いようのない不安な様子を伴って拒否の気持ちを返してきた。

「可哀想に！　思っていた以上にひどい目に遭っているようだ。何としても彼女の秘密を守らなければ」とトニーは思った。

トニーは議員に向かって深々と頭を下げ、「できかねます。自分宛の私信を他人に見せる習慣はありません」と云った。

伯爵がこの言葉を通訳すると、ドナ・ポリッセーナの父親は剣の柄を摑んで、激しい罵倒の言葉を浴びせ、一方侯爵は少し離れたところで憤怒の感情を抱えていた。

伯爵は悲しみに沈んだ顔を振った。「ああ、怖れていたとおりです。若さとなれなれしさによる軽率な振舞いが命取りになったのはこれが初めてではありません。でも、名誉を重んじる者としてあなたに課せられた責務をあえて私が指摘するまでもないでしょう」

トニーは伯爵を偉そうな態度で見つめた。本当は侯爵に向けようとした眼差《まなざ》しだった。「どんな責務ですか」

「過ちを償うことですよ。別の言葉で云えば、このご婦人と結婚することですね」

この言葉でポリッセーナは泣き崩れてしまい、トニーはこう思った。「一体どうして彼女は僕に手紙を見せるように云わないんだ？」

そのとき、トニーは手紙に宛名がないことと、そこに書かれた言葉がたとえ自分宛のものだったとしても、疑念を晴らすものではないことを思い出した。この娘の由々しき苦境を考えると、トニーは自分の危険のことなどすっかり忘れてしまったが、それにしても伯爵の最後の言葉はあまりに途方もないので笑いを抑えることができなかった。

「その解決法をこちらのご婦人が歓迎すると思うほど自惚れてはいませんよ」

伯爵はさらに儀式張った態度になった。「そのような謙遜はあなたの若さと未熟さによるものでしょう。しかし、たとえそれが正当なものだと認められたとしても、この件について何かが変わるということはまずありません。この国では、若い女性は父親が選んだ相手と結婚することを望むのが常ですから」

「たった今判ったのだが、あそこの紳士は羨むべき立場にいるんじゃないのですかね」

「確かにそうでした。あなたのためにその特権を放棄せざるを得ない状況になるまでは」

「身に余る光栄だと思っています。しかし、自分にその価値がないと強く感じているならば断らざるを……」

「まだ思い違いをなさっているようだ」言葉を遮って伯爵が云った。「あなたの意向も、お相手の意向と同様に考慮の対象にはなりません。単刀直入に云えば、あと一時間以内に結婚しなければなりません」

トニーの気概を持ってしても、これには血の気が引く思いがした。自分と扉のあいだに立って脅すようなことを云っている者の顔を黙って見つめ、横目で部屋の高い格子窓を見てから、父親の足許で泣き崩れているポリッセーナの方を向いた。

「もし断ったら？」

伯爵は意味あり気な身振りをした。「あなたのように気骨のある人を脅そうとするほど私も愚かではありません。しかしおそらくあなたはそれでこのご婦人にどのような結果がもたらされるのか判っていないのでしょう」

これを聞いてポリッセーナは何とか立ち上がり、伯爵と父親に感情のこもった言葉を投げかけたが、父親は非情な身振りであしらった。

伯爵がトニーの方を向いて云った。「お嬢様がご自身であなたのためにお願いしているのです。あなたには見当もつかないような犠牲を払って。お判りのように無駄ですがね。一時間後には閣下の神父《チャプレン》がここに到着します。それまでのあいだ、閣下はあなたを婚約者の監視下に委ねることに同意なさいました」

トニーが後退《あとずさ》ると、他の紳士たちは大仰にお辞儀をして一人ずつ部屋から出ていった。鍵がかけられる音がして、気がつくとポリッセーナと二人きりになっていた。

三

娘は椅子に深く坐《すわ》って、顔を隠した。恥と苦しみを絵に描いたような姿だった。その苦悩の様子に心を動かされ、トニーはまた自分が窮地に陥っていることを忘れた。彼女の側へ行って跪《ひざまず》き、顔を覆っている両手を取った。

「お顔を見るなんて無理です。そんなことさせないで！」そう云って彼女は啜《すす》り泣いたが、トニーの視線から隠れた先は彼の胸の上だった。トニーは泣いている子供を抱きしめるように、彼女を抱いて息つく余裕を与えてやった。やがて彼女は身を離し、トニーをそっと押しやった。

「何て恥ずかしいことを！」と嘆いた。

「僕があなたを責めると思っているんですか」

「この困った事態に陥ったのは私の莫迦な手紙のせいではありませんか。それに、堂々と私を守ってくださいました。手紙を見せようとしなかったのはなんと思いやりのあることでしょう。このひどい結婚から逃れようと大使に手紙を書いたと知られたら、私に対する怒りはますますひどくなるでしょう」

「ああ、そのための手紙だったんですか」トニーはなぜか判らないが安堵の気持ちを抱いた。

「もちろんです。何だと思っていらっしゃったのですか」

「でも、大使に救ってもらうには遅過ぎるのでは」

「あなたから？」涙を通して微笑みが煌《きら》めいた。「残念ながらそうですね」そして後退りするとまた顔を隠した。恥ずかしさの波が新たに押し寄せてきたかのようだった。

トニーは周囲を見回した。「あの窓から格子を捩《ねじ》り取れれば――」と呟いた。

「無理です。この宮廷は監視されています。ああ、お話ししておかなければ」彼女はさっと立ち上がって、部屋の中を歩き回った。「でも実際のところ、あなたにはこれ以上悪く思われようもないでしょう」

「僕があなたのことを悪く思っているとでも？」

「ええ、そうに決まっています。私のために不本意な結婚をするように父に選ばれたのですから」

「あんなげじげじ眉毛の田舎者！　あなたがあの男と結婚することになったら、とんでもない不幸です」

「ああ、あなたは自由の国からいらっしゃったんですね。ここでは娘に選択権はないのです」

「恥ずべきことだ。まったく、恥ずべきことだ！」

「いいえ、私は従うべきでした。他の皆と同じように」

「あの獣に従うなんて。あり得ない」

「あの方の名前は暴力で怖れられています。あの方のゴンドラの船頭が私のメイドにそんな話をしたことがあるのです。でも、どうして私は自分のことなんか話しているのでしょう。あなたのことを考えなくてはならないときなのに」

「僕のことを？」とトニーが取り乱したような声で叫んだ。

「ええ、どうやって助ければいいか。だって、私には助けられるのですから。でも、一瞬たりともおろそかにできません。それでも、これから云わなくてはならないことはあまりにも恐ろしいのです」

「あなたの口から出る言葉に恐ろしいものはありません」

「ああ、あの方もあなたのような話し方をしていたら」

「でも、少なくとも今はあの男から解放されたわけだから」とトニーは少し乱暴な口調で云った。しかし、これに対して彼女は立ち上がってトニーに深刻な視線を向けた。

「いいえ、解放されたわけではありません。でも、私の云うとおりにすれば、あなたは解放されます」

この言葉を聞いてトニーは眩暈《めまい》を感じた。まるで、夢中になって飛んでいた雲と闇の中から安全なところに落ちて戻り、墜落したせいで気を失ってしまったような感じだった。

「何をすればいいんですか」

「私から目を逸《そ》らしてください。そうしないとお話しできません」

トニーは最初、これは冗談かと思ったが、彼女の目が本気で命じていたので、しぶしぶ少し離れるまで歩いて行って、窓の斜間《はすま》に凭《もた》れた。彼女は部屋の真ん中に立って、トニーが背を向けるとすぐに早口の単調な声で話し始めた。まるで聖書の日課を読み上げるかのように。

「まずザニポロ侯爵のことを知っておかなければなりません。立派な貴族ですが、豊かではありません。実は大きな地所をいくつか持っているのですが、後先考えない浪費癖や賭博癖があって、手っ取り早く纏まったお金が手に入るなら魂だって売りかねません――振り向いたら話すのをやめますよ――私の結婚持参金に関して父とひどい口論をしたことがありました。私の姉たちよりももっと多く欲しかったのです。一人は知事と、もう一人はスペインの大公と結婚したのですけどね。でも、父もまた賭博癖がありますから――ああ、あの拱廊《アーケード》の向こうで財産を浪費しているんです。だから、そう、いえ振り向いては駄目、お願いですから――ああ、私の云っていることが判り始めました？」

彼女は泣き崩れ、トニーは彼女に目を向けずにいるのに大変な努力を要した。

「続けて」とだけ云った。

「判っていただけないのでしょうか。あなたを助けるためなら何でも云うのに。あなたは私たちヴェネツィア人のことが判っていません。私たちは皆、値段をつけられて買われるのです。売れるのは花嫁だけではありません。ときには夫たちが自分自身を売ったりします。そして、彼らはあなたが金持ちだと思っています。私の父や、その他の――どうしてなのか私には判りません。あなたがお金を好き放題使うのを見られたのでなければ。それに、イギリス人は皆お金持ちじゃありませんか。ああ、判っていただけますか。あなたの目が耐えられないのです」

　彼女は椅子に崩れ落ちて、両手で頭を抱えた。トニーはすぐにその側に駆け寄った。

「可哀想に。可哀想なポリッセーナ」トニーは大きな声を出し、涙を流し、彼女を抱き寄せた。

「お金持ちなんですよね。身代金には応じるおつもりですね」彼女はしつこく繰り返した。

「あなたがあの侯爵と結婚できるようにするために？」

「あなたがここから逃げられるように。もう二度とお顔を見られなくなってもその方がいいと思っています」と云ってまた涙を流し、トニーは彼女から離れて熱に浮かされたように部屋の中をぐるぐる歩いた。

　やがて彼女は新たな決意を抱いて立ち上がり、壁に掛かっている時計を指した。「もう時間がありません。父が神父《チャプレン》を呼びに行くと云ったのは本当です。お願いです。他に逃げ道はないのです」

「僕が云われたとおりにすれば？」

「そうすれば安全です。解放されます。私の命を賭けてもいいです」

「それであなたは——あなたはあの悪党と結婚することになる」

「でも、あなたを助けることはできます。お名前を教えてください。私が独りになったときに声に出して云えるように」

「アンソニーです。でも、あの男と結婚してはいけません」

「アンソニー、赦してください。私のことを悪く思っていませんよね」

「あの男と結婚してはいけないと云っているんです」

彼女は震える手でトニーの腕を摑んだ。「時間がありません。他に方法はありません」

一瞬、トニーの脳裏には、日曜の夕にセーレムで最高の居間にある椅子に背を伸ばして坐りティロトソン大主教の説教を読んでいる母の姿が浮かんだ。トニーは彼女の方を振り向いて、両手を握った。「そうだ、もし君が望むなら、神父は呼ばせておこうじゃないか」

トニーから身を引いた彼女の顔は蒼ざめ、輝いていた。「ああ、そんなこと云わないでください」

「僕は高貴な侯爵でもないし、大きな財産もない。父は、マサチューセッツ植民地のただのインド貿易商だ。でも、もしあなたが――」

「まあ、おやめになって。私には難しい単語の意味は判りませんが、それでも感謝します。跪いて感謝します」そう云って彼女はトニーの前に跪いて、手を取って接吻《せっぷん》をした。

トニーは彼女を自分の胸元に引き上げ、抱きしめた。

「それでいいのかい」

「いいえ！」彼女は両手を伸ばしてトニーから離れた。「それは駄目です。誤解です。私は侯爵と結婚しなくてはならないのです」

「僕の金で？」と詰《なじ》るように云った。彼女の真っ赤になった顔がトニーを非難していた。

「ええ、あなたのお金で」と悲しそうに云った。

「どうして。あの男を憎んでいるよりももっと僕のことを憎んでいるから？」

彼女は黙っていた。「もし、僕のことを憎んでいるなら、どうして僕のために犠牲になるんだ」トニーが食い下がった。

「これでは拷問です。それにもう時間が過ぎていると云っているでしょう」

「過ぎてしまえばいい。あなたの犠牲を受け入れることはできない。他の男があなたと結婚するのを助けるために指一本動かすつもりなんかないんだ」

「ああ、狂っている、狂っている」彼女は呟いた。

トニーは腕を組んで彼女を正面から見つめ、そして彼女は数フィート離れたところで壁に寄りかかっていた。その胸はレースと縁飾り《ファルバラ》の下で打ち震え、その目は恐怖と哀願の中で泳いでいた。

「ポリッセーナ、愛しているんだ」

赤みは彼女の咽喉《のど》から胸元にかけて広がり、不安そうな眉のところまで染め上げていた。

「愛している、愛しているんだ」トニーが繰り返した。

彼女はふたたびトニーの胸のなかにいて、二人の若さがその唇に集中した。しかし、抱擁した彼女は小鳥のように落ち着きがなく、いつの間にかトニーは空《から》の空気を抱きしめていて、二人は部屋の半分ほども離れたところに立っていた。

彼女は小さな珊瑚のお守りを握りしめて笑っていた。「あなたのポケットから抜き取ったの。ぜんぜん価値はないものでしょう。だから、これでお金を手に入れたことにはなりませんよね」

彼女は不思議な笑い方で笑い続け、口紅が彼女の灰色の顔の上で炎のように燃え上がった。

「一体、何を云っているんだ」トニーが云った。

「彼らは今着ている服の他には何も与えてくれません。そして、あなたにはもう二度と会うことはありません」彼女は怖ろしい眼差しでトニーを見た。「アンソニー、可哀想に、可哀想な人。『愛している、愛しているんだ、ポリッセーナ』」

トニーは彼女が錯乱してしまったのだと思って、なだめる言葉をかけながら近づいて行ったが、彼女は腕を伸ばしてトニーを留め、そのときその顔に真実を読み取った。

トニーはよろめくように彼女から離れ、両手で俯《うつむ》く頭を抱えて嗚咽《おえつ》を漏らした。

「ただ、お願いだからお金は用意しておいて。そうでないと、ここで殺しが起きるかも知れないから」と彼女が云った。

その言葉の途中で、ドアの外で大きな足音が聞こえ、入口で大きな声が炸裂した。

「これは全部嘘なの」彼女が喘《あえ》ぎながら云った。「私の結婚とか侯爵とか。大使のことも、議員のことも。でも、ここにいるとあなたは危険だというのは嘘ではないし、私の愛も」トニーに彼女の息がかかった。そして、ドアの鍵ががちゃがちゃ音を立てるなかで彼女はトニーの額に唇を寄せた。

鍵が音を立てドアが開いた。しかし、入ってきた黒いカソックを纏った紳士は、確かに司祭ではあったが、偶像崇拝の儀式に熱心な者ではなく、ごく真っ当な聖職者であるオジアス・マウンス師で、周囲の様子に動揺していて、特に〈深紅の淫婦〉〔「黙示録」第十七章一－六節〕を警戒しているようだった。神父は明らかにほっとした様子でヘプジバB号の船長に支えられていた。一行の最後には厳めしい顔つきの、三角帽を被って突き剣を持った男たちがいた。彼らのあいだには、トニーの新しい友人たちであるヴェネツィア貴族がいて、それが今は法の網に捕えられ、申しわけなさそうな顔で歩いていた。

船長が威勢よく部屋に入ってきて、トニーの姿を認めると満足げな呻《うめ》き声を発した。

「ということは、ブラックネルさんはこの役者たちとカーニバルを見物したってことですかね。それで、これがあなたの楽しみの行き着く先だったということですか。綺麗な住居の筆頭にいるのは綺麗なご婦人というわけだ」船長は部屋を見回し、王女のような態度で彼を見ているポリッセーナに向かって茶化すような態度で帽子をとった。

「おや、お嬢さん」船長は親しげな態度で云った。「今朝広場でお見かけしたと思うが、仮面劇のパンタローネ役の腕に縋《すが》っていなかったか。スパヴェント船長といえば――」侯爵を嘲笑《あざわら》うように指さして「ここの港に錨を下ろしてからずっとこの男がアーケードの下で商売を繁盛させているのを見てきた。やれやれ」憤りが落ち着くのを待って先を続けた。「カーニバルなんだから、何をしたっていいということだろう。だが、この紳士は出航命令を受けているのでね、皆さんのささやかなパーティはこれでお開きということになる」

このときトニーは、リアルト伯爵が前に進み出て、しょげ返って言いわけをするような顔でへつらいながら船長に打ち明け話を始めるのを見た。

「これだけは間違いないと申し上げておきたいのですが」伯爵は得意の英語で云った。「この件は不幸な誤解の結果生じたものです。もし、この用心棒たちを解散してくださいますなら、ここにいる我が友人たちも喜んでブラックネル殿とお仲間に満足していただけるように致します」

マウンス師はこれを聞いて目に見えるほど躰《からだ》を縮め、船長の方は大きな笑い声を上げた。

「満足だって？　自分の咽喉にロープがかかっていることを考えれば、すいぶん寛大な話じゃないか。だが、私たちはその気前の良さに付け入ろうというつもりはない。というのは、すでにブラックネル氏はその気前の良さにずいぶん頼ってきたのではないかと思うからだ。ガレー船を漕ぐ奴隷どもと同じだ、お前たちは」突然、船長は咳《せ》き込んだ。「世間知らずの若者を悪魔のおとりで巧みに誘って――」船長の目がポリッセーナを捉えると、その声が妙に和らいだ。

「ああ、ところで私たちも一度カーニバルを観ておかなければなるまい。終わりよければすべてよしだ。劇中で誰かが云っていたとおり。さて、ブラックネルさん、よろしければこのマウンス師の腕を取っていただいて、私たちをもてなしてくれたエンターテイナーの方々に別れを告げ、直ちにヘプジバ号へと向かいましょうぞ」

旅

A Journey

寝台に横になって頭上の影を見つめていると、猛然と回転する車輪が彼女を脳内で深く深く明晰な覚醒の領域へと急《せ》き立てる。寝台車はすでに夜の静寂の中へと沈み込んでいる。濡れた窓ガラスの向こうに突然光が差し、暗黒が慌てて長く伸びていくのが見えた。ときおり彼女は振り向いて、通路の反対側にある夫のカーテンを自分のカーテンの隙間から覗いた。

何か欲しいものがあるんじゃないだろうか、もし夫に呼ばれたら自分にはその声が聞こえるだろうかと思うと落ち着いていられなかった。夫の声はここ数箇月のあいだにどんどん弱くなってきていた。その声が彼女に聞こえないと夫は苛立《いらだ》つのだった。この苛立ちが、この子供じみた癇癪《かんしゃく》がひどくなっていくことが、二人の目に宿る見えないよそよそしさを表現しているように思えた。ガラス一枚を隔てて見つめ合う二つの顔のように、二人はすぐ近くにいて、ほとんど触れ合うかのようだったが、お互いに声も聞こえず触れて感じることもできなかった。二人のあいだの伝導性は失われていた。少なくとも彼女は、離れ離れになっているという感覚を抱いていた。ときどき、次第に弱くなっていく声を補おうとする夫の表情にそれが映し出されていると思った。疑いようもなく、落ち度は彼女の方にある。彼女はあまりにもしっかりした健康体で、病気などという意味のないものに冒されることはなかった。罪の意識でいっぱいの彼女の優しさは、夫の不合理性に染まっていた。夫の専制的な態度には何か目的があることをぼんやりと感じていたが、その変化はあまりにも突然で、気がついたときには不意を突かれていた。一年前、二人の脈動は同じ間隔で力強く打っていたのに。そして、尽きることのない未来にあり余るほどの同じ信頼を抱いていたのに。今では二人のエネルギーはもう歩調を合わせていない。今もなお希望と活動力に満ちている彼女は、まだ誰の所有物にもなっていない領域をつぎつぎに獲得しながら前を向いて人生を歩み、それに対して夫の方は後方に遅れて、彼女に追いつこうと空《むな》しくあがいている。

二人が結婚した当初、彼女には人生においてやり残していることがいくつもあった。それまでの彼女の毎日は、中身の乏しい真実を無理矢理教え込む学校の白壁と同じくらい冴えないものだった。彼の到来は、そんな眠っているような状況に楔《くさび》を打ち込み、現在を拡張し、ほんの僅かなチャンスの受け皿になった。しかし、気づかないうちに視野は狭くなっていった。人生は彼女に悪意を抱いた。もう翼を広げることは決して許されないだろう。

最初は、医師たちが云うには穏やかな気候の土地へ行って六週間ほど過ごせば治るということとだったが、これを確実なものにして戻って来るには、もちろん乾燥した冬も含めるべきだという説明に変わっていたのだった。二人は自分たちの綺麗な家を諦め、結婚の贈り物や真新しい家具をしまい込むと、コロラドへ行った。最初から彼女はコロラドが嫌いだった。誰も自分のことを知らないし、気にかけることもない。彼女が選んだ結婚相手に感嘆する者もいないし、新しいドレスや名刺を羨む者もいない。自分では今でも吃驚するくらいなのに。そして、夫の躰《からだ》の具合はますます悪くなっていった。それはあまりにも捉えどころがない相手で、直接的な感覚で戦うのが困難だという思いに悩まされていた。もちろん、今でも夫を愛していた。しかし、ゆっくりと、どことなく、彼らしさが失われてきたのだ。彼女が結婚した男は、強く、活動的で、上品な風格があった。人生における物質的な困難を排除して道を切り開くのを歓びとする男だった。しかし今では、彼女の方が保護者だった。厄介事から守ってやらねばならず、何が起ころうとも薬やスープを与えてやらなければならない。病室での日々の雑事には当惑した。この時間通りの正確な投薬は、意味の判らない宗教的な儀式のようにくだらなく思えた。

確かに、甚だしく衰弱した夫の躰を相手にお互いを探り合うときなど、その瞳の中に今もなお以前の夫の自我を感じ取ったときには、温かい憐憫《れんびん》の気持ちが迸《ほとばし》って、夫の状態に対する憤《ふん》懣《まん》を一気に払拭するような瞬間もあった。だが、そのような瞬間ももう滅多にない。ときおり、夫が怖くなることがあった。肉の落ちた無表情の顔は、まるで見知らぬ者のようで、その声は弱々しく擦《かす》れ、薄い唇が作る微笑《ほほえ》みは筋肉の収縮に過ぎない。彼女の手は、夫の湿った柔らかな肌を避けるようになった。親しみのある健康的なざらざらした肌ではなくなっていた。自分が夫をこっそり盗み見る様子が、見慣れない動物を観察するときにそっくりだということに気がついた。これが自分の愛する男だと思うと怖くなって、自分が何に苦しんでいるかを夫に話すことが、恐怖から逃れる方法だと思えることもあった。しかし大抵は、彼女は自分をもっと甘く判断し、もしかすると夫と二人っきりでいる時間が長過ぎたのではないかと、そしてまた二人で家に戻って、逞《たくま》しく朗らかな家族に囲まれていればまた違うように感じるのだろうと思った。ようやく医師たちが帰宅を認めたとき、彼女はどれほど喜んだことか。もちろん、その決断が意味するところは判っていた。二人とも判っていた。夫はもう死ぬということなのだ。だが、二人は真実を希望に満ちた美辞麗句で飾り、ときには喜んで準備しているあいだに、彼女は本当に旅の目的を忘れてしまって、いつの間にか来年の計画を熱心に話していたりもした。

ついに出発の日が来た。二人ともうそこから抜け出せないのではないかという強い恐怖を抱いていた。最後の瞬間になって夫が自分を裏切るのではないか、医師たちがいつものようになぜか反対のことを云いだすのではないかと。しかし、何も起こらなかった。二人は駅へ向かった。夫は膝掛けを膝の上に掛け、クッションを背中に当てて席に坐《すわ》らされ、彼女は窓から顔を出して残念だとも思っていない別れの挨拶として、どうしても好きになれなかった知人たちに手を振った。

最初の二十四時間は順調に過ぎていった。彼は少し調子が良くなり、窓から外を眺めたり、列車の調子を観察するのを楽しそうにしていた。二日目には具合が悪くなり、チューインガムの包みを持った雀斑《そばかす》だらけの子供の冷めた視線に苛立つようになった。その子の母親に、夫は病気が重いのでそっとしてやっておいてほしいと説明しなければならなかった。その女性は、見た目にも明らかな憤りを持ってその言葉を受け止めた。彼女の憤りは車両いっぱいの母性感情に支えられているのだった。

その夜、彼はよく眠れず、翌朝になって測った体温を見て彼女は怖くなった。明らかに悪化している。その日は、旅にありがちな些細《ささい》な苛立ちに邪魔されつつ、ゆっくり過ぎていった。夫の疲れた顔を見ていると、自分の躰がそれに同調した疲労で打ち震えるようだった。他にも夫を観察している者たちがいるのを感じ、訝《いぶか》しげな視線と夫のあいだを落ち着きなく行ったり来たりした。あの雀斑のある子供は蠅《はえ》のように彼につきまとった。飴《あめ》や絵本を差し出してもその女の子を追い払うことはできなかった。片足をもう片方の足に絡めるようにして落ち着いた顔で見つめていた。ポーターは通り過ぎるたびに曖昧な援助の申し出を繰り返した。きっと博愛主義の乗客たちの、何かしなければという気持ちが膨れ上がったのだろう。縁なし帽を被った神経質そうな男が一人、妻の健康に与える影響を聞こえるように心配していた。

何もすることがないまま、退屈な時間だけが過ぎていった。黄昏時《たそがれどき》になって彼女が側に坐ると、夫はその手を彼女の手に重ねてきた。手が触れたときにはびくっとした。遙か遠くから彼女を呼んでいるかのようだった。困惑して夫の方を見ると、その微笑みが躰の痛みのように彼女を貫いた。

「疲れている？」彼女が訊《き》いた。

「いや、そうでもない」

「もうすぐ着くわね」

「ああ、もうすぐだ」

「明日の今頃には――」

彼は頷《うなず》いて、二人は黙ったまま坐っていた。彼をベッドに寝かせると、彼女は自分の寝床にもぐりこんで、二十四時間以内に二人はニューヨークにいるのだということを考えて自らを励まそうとした。みんな駅に迎えに来てくれるだろう。そんなに心配してなさそうな彼らの顔が人混みをかき分けて来るのを思い描いた。ずいぶん元気そうに見えるとか、じきにすっかりよくなるとか、あまり大きな声で云わないでくれるといいなと思った。長く苦悩に接しているあいだに培われた微妙な共感のおかげで、家族の感性にある粗野な本質に気づけたのだ。

不意に夫の呼ぶ声が聞こえたような気がした。カーテンを開けて耳を傾けた。いや、車両のどこか反対側の方で鼾《いびき》をかいている男がいただけだった。その鼾は油でべとつくような、獣脂の中を通ってきたかのような音だった。彼女は横になって眠ろうとした……。今、彼が動くのが聞こえなかったか。躰が震え始めた。静寂が、どんな音よりも怖かった。彼女に聞こえるような声を出すこともできないのかも知れない。今も呼ぼうとしているのかも知れない。どうしてそんなことを考えてしまうのだろう。疲れきった心にいつも、何となく予感という程度に、耐えられないほどつきまとってくるのだ。顔を出して耳を欹《そばだ》ててみたが、夫の呼吸を周囲の肺が出す音と聞き分けることはできなかった。起き上がって様子を覗いてみたいと思ったが、その衝動は自分の不安のただの捌《は》け口だと判っていたし、夫を邪魔すると考えるだけで恐怖を感じるのだった。彼のカーテンの規則的な動きになぜか安心した。夫が明るくお休みの挨拶をしてくれたことを思い出した。もうこれ以上、一瞬たりともこの恐怖に耐えられないと思い、疲れ切った健康な躰からその恐怖を追い出した。そして、寝返りを打って眠った。

彼女は躰を強ばらせながら身を起こし、外の夜明けを見つめた。列車は生気のない空に向かって草木の生えていない小丘が身を寄せ合うあいだを駆け抜けていた。天地創造の最初の一日のようだった。列車内の空気は息苦しく、窓を押し上げて外の寒風を中に入れた。時計を見ると、七時だった。そろそろ周りの人たちも起きてくる頃だろう。服を纏《まと》い、乱れた髪を撫でつけ、化粧室に入り込んだ。顔を洗って服を整えると、希望に満ちた気分になった。朝はいつも陽気な気分にならないようにするのが大変だった。頬はごわごわしたタオルの下で心地よく火照り、濡れた髪は顳顬《こめかみ》のあたりで力強く上へ向かう巻き毛になった。躰の隅々まで命と活力に満ちた。十時間後には二人で家に戻るのだ。

彼女は夫の寝台に歩み寄った。早朝の牛乳をグラス一杯飲む時間だ。窓の日除《ひよ》けは降りていた。カーテンに囲まれた薄暗がりの中で、夫が顔を反対側に向けて横向きになっているのが見て取れた。夫の上に身を乗りだし、日除けを引き上げた。そのとき手が夫の手に触れた。冷たかった。

もっと近くまで身を屈《かが》め、手を彼の腕の上に置いて名前を呼んでみた。それでも動かなかった。もう少し大きな声で呼びかけてみた。肩を摑んでそっと揺すってみた。それでもまったく動かなかった。もう一度、手を取った。その手はくにゃりと彼女の手から滑り落ちた。死んだ生き物のように。死んでいる？

彼女は息を飲んだ。顔を見なければならない。身を乗り出して、急いで、尻込みしながら、逆らう夫の身体を気持ち悪く思いながら、両手で肩を摑んでその身を仰向けにした。彼の頭ががっくりと後ろに落ちた。その顔は小さくつるりとしているように見えた。動くことのない眼で彼女を見つめていた。

長いこと彼を抱いたままそうやっていた。二人は互いに見つめ合っていた。不意に彼女が後《あと》退《ずさ》った。悲鳴を上げたい、誰かを大声で呼びたい、夫から飛んで離れたいという気持ちに押し潰されそうだった。しかし、強い手が彼女を捕えていた。大変なことになった！　夫が死んでいると知られたら、次の駅で列車を下ろされてしまう。

かつて旅の途中で目撃したある場面が、恐ろしい閃光のように記憶に甦った。子供が列車内で死んでしまった夫婦が、どこかの駅で降ろされていたのだ。子供の遺体を挟んで二人がホームに立ち尽くしているのを見た。その二人が遠くへ去っていく列車を呆然と見送る姿を彼女は忘れることができなかった。それが今度、自分に起こったのだ。一時間も経たないうちに、気がつくと見知らぬ駅のホームに立ち尽くしているかも知れない。夫の遺体と二人きりで。それだけはごめんだ！　恐ろし過ぎる。彼女は追いつめられた動物のように躰を震わせた。

そこで蹲《うずくま》っていると、列車の動きが遅くなっているのを感じた。そのときが来るのか――列車が駅に近づいている！　また人のいない駅のホームに立つ夫婦の姿が甦った。乱暴に日除けを下ろして夫の顔を隠した。

眩暈《めまい》がして、寝台の縁に腰を下ろし、躰を伸ばしている夫からなるべく身を遠ざけながらカーテンをしっかり閉めて、墓のような薄明の中に二人で閉じこもった。必死に考えようとしていた。何としても、夫が死んでいるという事実を隠さねばならない。でも、どうやって。彼女の心が行動を拒んだ。計画を立て、それを組み合わせることができなかった。カーテンを握りしめて、そこに坐っていることしか考えられなかった。一日中でも……。

ポーターがベッドを整えに来たのが聞こえた。列車内の人々が動き始めていた。更衣室のドアが開いて閉じた。彼女は自らを奮い立たせようとした。ようやく、大変な苦労の末に立ち上がって、列車の通路を越えて自分の寝台のカーテンを引いた。カーテンが列車の揺れでまた少しずれてしまったのに気づいて、自分の服にピンがあるのを見つけると、それでカーテンをしっかり留めた。周囲を見回すと、ポーターの姿が見えた。自分のことを見ているような気がした。

「まだ起きていらっしゃらないんですか」とポーターが訊《たず》ねた。

「まだです」彼女は口ごもった。

「欲しくなったときのために牛乳は用意してあります。七時までに用意しておくように仰いましたね」

彼女は黙って頷いて、自分の席に戻った。

八時半に列車はバッファローの駅に着いた。その頃には乗客たちは着替えを済ませ、寝台は一日が始まったためにもうたたまれていた。ポーターはあちこち動き回ってシーツや枕を運んでいた。通るたびに彼女の方を見ていた。とうとうポーターが云った。「まだ起きていらっしゃらないんでしょうか。できるだけ早く寝台をたたむように云われているんですが」

恐怖の寒気が躰を走った。ちょうど駅に入ったところだった。

「ええ、まだなんです」口ごもるように彼女は答えた。「牛乳を飲んでからでないと。持ってきていただけます？」

「はい、出発したらすぐに」

列車が動き始めるとポーターが牛乳を持ってやって来た。彼女はそれを受け取り、腰を下ろしてぼんやりと牛乳を見つめていた。頭の中ではあれこれ思いつきが浮かんでは消えていった。それは溢《こぼ》れた水を渡るための飛び飛びに置かれた踏み石のようでもあった。ようやく、ポーターがまだ何かを待っているようにそこにいるのに気がついた。

「私がお持ちしましょうか」ポーターが云った。

「いえ、やめて」と大きな声を出してしまった。「あの人はまだ眠っていると思うから――」

ポーターが歩み去って行くのを待って、カーテンを開けて中に入った。薄暗いところで夫の顔は、大理石の顔に瑪瑙《めのう》の眼で彼女を見つめているようだった。その眼が怖かった。手を伸ばして、その瞼《まぶた》を閉じた。そのとき牛乳の入ったグラスを手に持っていることを思い出し、これをどうしたらいいだろうと思った。窓を開けて捨ててしまおうかとも考えた。しかし、そうするには躰を夫の上に寄りかかるように乗せ、自分の顔を夫の顔に近づけなくてはならない。そこで、牛乳は自分で飲むことにした。

空になったグラスを持って自分の席に戻ると、しばらくしてポーターがそれを受け取りに来た。

「ベッドはいつ片づけますか」とポーターは云った。

「今はまだちょっと――具合が悪いから今は無理――とても具合が悪いから。このまま寝かせておいていただけるかしら。なるべく横になっているようにと医師にも云われていて」

ポーターは頭をかいた。「まあ、本当に具合が悪いというのなら――」

カーテンの向こうの人は具合が悪くてまだ起きられないのだと乗客たちに説明しながら、空のグラスを持ってポーターは去って行った。

彼女は自分が同情の眼差《まなざ》しの中心にいることに気がついた。親しげに微笑む優しそうな女性が彼女の隣に坐った。

「具合が悪いなんて本当にお気の毒ね。私の家族にも病人が多かったから、もしかしたらお力になれるかも。ご様子を拝見してもいいかしら」

「やめて――お願いです。邪魔されたくないって云うに決まっていますから」

その婦人は彼女の拒絶を云われるがままに受け入れた。

「ええ、仰る通りよね、もちろん。でも、あまり病人を扱う経験がおありのようにも見えなくて。喜んでお手伝いしますよ。ご主人がこんなふうになったときは、いつもどうなさっているんですか」

「ええと――眠らせておきます」

「眠りすぎも健康によくないんですよ。お薬は飲ませなくていいの？」

「ええ、飲ませます」

「飲ませるなら起こすんでしょう？」

「ええ」

「次にお薬を飲む時間はいつ？」

「あと――二時間後です」

その婦人は少しがっかりしたようだった。「私だったらそんなにあいだを空けずに飲ませるでしょうね。私の家族にはそうしているけど」

それから、誰も彼もが彼女に迫ってくるようになった。乗客たちは食堂車へ向かう途中に通りかかると、通路から閉じたカーテンに興味津々といった様子で目を向けるのに気がついた。顎の尖った男が立ち止まって突き出た眼でカーテンの襞《ひだ》のあいだから視線を差しこもうとした。雀斑の子は朝食から戻って来る人たちが通りかかるのを待ち構えてバターでべとべとの手で摑み、大きな声で「あの人は病気なんだ」と囁いた。一度は、車掌がやって来て乗車券を見せるように云った。彼女は隅で身を縮め、窓の外を木や家が飛ぶように過ぎていくのを眺めた。果てしなく広げられていくパピルスに書かれた意味のない象形文字を見ているようだった。

ときおり列車が止まるたびに、新しい乗客が乗り込んできて、閉ざされたカーテンを順に見つめる。通り過ぎる人の数はどんどん増えているようだ。その顔が彼女の脳裏に浮かぶ像と妙に混ざり始めた。

しばらく時間が経って、太った男が顔の霧の中から抜け出してきた。腹には段があり、唇は蒼《あお》かった。男が向かい側の席に腰を下ろしたとき、黒いブロード生地の服を着ていて、白いネクタイに染みがついているのが目に入った。

「ご主人は今朝、かなり具合が悪いようですね」

「ええ」

「それはお辛いでしょうね」男が使徒のような微笑みを浮かべると、金歯が見えた。

「ご存じでしょうが、病気なんてものはないのですよ。そう考えた方が素敵じゃありませんか。

死そのものは私たちのもっと高次の感覚に欺かれているに過ぎません。霊の流入に身を任せ、聖なる力の作用に自らを差し出せば、病気も死もあなたにとっては存在しなくなるのです。もし、この小冊子をご主人に読んでいただければ――」

また周囲の顔がぼやけてはっきりしなくなった。あの優しそうな女性と雀斑の子供の親が、複数の薬を一度に試すのがいいのか、一つずつ順に試すのがいいのか熱く議論しているのを聞いていたというぼんやりした記憶があった。優しそうな女性の方は競合的な投薬法の方が時間を節約できると主張し、もう一人はそれではどの薬に治療効果があったのか判らなくなってしまうと異議を唱えた。二人の話す声は延々と続いていた。霧の中で音を発し続ける打鐘浮標《ベルブイ》のように。ときおりポーターがやって来て、彼女に理解できない質問をしたが、ポーターは質問を繰り返すことなく去って行ったので、質問にはどうにか答えたに違いない。二時間おきにあの優しそうな女性がやってきて夫に薬を飲ませる時間だと注意してくれた。人々が客車を降り、別の人に入れ替わった。

頭がくらくらして、吹き抜けていく思考を捉《つか》まえて落ち着こうとしたが、どれも彼女の手をすり抜けて行ってしまった。断崖を落ちていくときに見える壁面に生えた茂みのようにどうしても手が届かない。突然心の霧が晴れて、気がつくと列車がニューヨークに着いたときに何が起こるかを心の中に鮮明に描いていた。そのときには夫の身体はすっかり冷たくなっていて、朝のうちに死んでいたことに誰かが気付いてしまうのではないかと思って、彼女は身を震わせた。

慌ててこんなことを考えた。「もし私が吃驚しないのを見られたら、何かを疑うだろう。質問をされて、本当のことを答えたとしても信じてはもらえまい。誰も私の云うことなんか信じてくれない！　ひどいことになる」そして、何度も自分に云い聞かせた。「知らなかったふりをしなくてはならない。知らなかったふりをしなくてはならない。彼らがカーテンを開けたら、私は立ち上がってごく自然に彼のところまで行かなければ——そして、そこで悲鳴を上げる」ただ、彼女は悲鳴を上げるというのはかなり難しいことになりそうだと考えていた。

ゆっくりまた別の考えが頭の中に入り込んできた。差し迫った鮮やかな像だった。それを頭から切り離して抑え込もうとしたが、うるさくつきまとってきた。夏の暑い日の終わりの小学生のようだ。それを黙らせることもできないほど疲れてしまった。頭が混乱してきて、自分の役割を忘れて無防備な言葉や表情で自分を裏切ってしまうのではないかという恐怖で気分が悪くなった。

「知らなかったふりをしなければ」と呟《つぶや》き続けていた。言葉はその意味を失ったが、それでも機械的に繰り返した。まるで魔法の呪文であるかのように。不意に、自分がこう云っているのが聞こえた。「憶えていない。憶えていない！」

その声はとても大きく響き、彼女は怯《おび》えて周りを見回した。だが、誰も彼女が言葉を発したことに気づいてないようだった。

客車内を見渡すと夫の寝台のカーテンが目に留まった。その重い襞に織り込まれた単調なアラベスクをよくよく調べ始めた。パターンは入り組んでいて目で辿るのは難しかった。カーテンをじっと見つめていると、厚い布地が透明になってきて、向こう側にいる夫の死に顔が見えた。必死に目を逸《そ》らそうとしたが、彼女の目は動かず、頭は万力で押さえられているようだった。やっとの思いで目を逸らしたときには、力が抜け躰は震えていた。しかし、そんなことをしても無駄だった。すぐ目の前に小さくてつやつやした夫の顔があった。それは彼女と正面に坐っている女の崩れた三つ編みのあいだの空中に浮かんでいるように見えた。抑える間もなく手を伸ばしてその顔を払いのける身振りをしてしまった。そのとき、滑らかな肌の感触の記憶がよみがえった。叫び声を抑え、席から腰を浮かせた。崩れた三つ編みの女が辺りを見回し、彼女は自分の動きに何とか理由をつけなくてはと思いながら、立ち上がって、向かい側の席から旅行鞄を持ち上げた。鞄の鍵を開けて中を覗き込んだが、最初に手に触れたものは夫が持ってきた小瓶で、出発間際のぎりぎりの瞬間に慌てて突っ込んだのだった。鞄の鍵をかけて目を閉じた。夫の顔がまた現れ、彼女の眼球と瞼のあいだに赤いカーテンに掛けた蠟の仮面のようにぶら下がっていた。

彼女は震えながら身を起こした。気を失っていたのか。それとも眠っていたのか。何時間か経ったような感じがしたが、まだ真昼の光が照っていたし、周囲の人たちも前と同じ姿勢で坐っていた。

不意に空腹を感じ、朝から何も食べていなかったことに気がついた。食べ物のことを考えたら、嫌な気分でいっぱいになったが、また気を失うのも怖かったので、鞄にビスケットを少し入れておいたことを思い出し、一枚取り出して食べた。乾いたビスケットのかすで噎《む》せてしまったので、夫の瓶からブランデーを少し急いで飲んだ。焼けるような咽喉《のど》の感覚が反対刺激剤となって作用し、神経の鈍い痛みを一瞬和らげてくれた。優しく広がる暖かさが柔らかな空気で撫でてくれるように感じ、群れをなして襲ってくる恐怖の鉤爪が緩み、自分を包む静寂、夏の日のゆったりした安らぎのように慰めてくれる静寂を通ってその恐怖が引いていった。そして、彼女は眠った。

眠っているあいだも、彼女は勢いよく進む列車の動きを感じていた。それ自体が生きていて、抗えない圧倒的な力で彼女を押し流そうとしているようだった。闇と恐怖、未知の日々に対する恐怖の中へと。何もかもが静かになった。物音一つしなくなった。心臓の鼓動さえも。今度は彼女が死ぬ番なのか。すべすべした顔の夫の隣に横たわって。何と静かなことか。それでも、近づいてくる足音が聞こえた。二人を運び去ろうとする男たちの足音が。他にも感じたものがあった。突然の振動が長く続いていたこと。一連の激しい衝撃、そしてまた闇の中へ入ったこと。今度は死の闇だった。黒い旋風の上で二人とも木の葉のように舞った。荒々しく解ける螺《ら》旋《せん》の中で、何百万もの死者と共に……。

彼女は恐怖で飛び起きた。長いこと眠ってしまったに違いない。冬の日は薄暗くなり、明かりが灯《とも》っていたからだ。客車内は混乱していた。落ち着きを取り戻して周りを見ると、乗客たちが鞄や包みを集めているのが見えた。崩れた三つ編みの女が化粧室から瓶に差した枯れそうな蔦《つた》植物を持ってきた。クリスチャン・サイエンスの信者は袖を折り返していた。ポーターが誰に対しても公平な態度で声を掛けながら通路を通った。金の線が入った帽子の冷たい感じの男が彼女に夫の乗車券を見せるように云った。「手荷物サービス」と叫ぶ声が聞こえ、乗客たちが預かり札を手渡すときのかちかちいう金属の音が聞こえた。

やがて彼女の窓は一面の煤煙で塞がれ、列車はハーレムのトンネルへと入った。旅は終わった。数分後には駅の雑踏の中を彼女の家族が嬉しそうに歩いているのが見えるだろう。彼女の気力が甦ってきた。最悪の恐怖は去ったのだ。

「そろそろ起こした方がいいんじゃないでしょうか」ポーターが彼女の腕に手を添えながら云った。

ポーターは夫の帽子を手に持ち、それをブラシの下で物思いにふけりながらくるくる回していた。

彼女はその帽子を見て、何か云おうとしたが、突然列車が暗くなった。彼女は両手を上げて何かを摑もうとしながら、頭を死んだ夫の寝台に打ち当て、俯《うつぶ》せに倒れた。

あとになって

Afterward

一

「もちろん、いるでしょうよ。でもそのときには絶対に判らないものなの」

明るい六月の庭で笑いながら云い放って断言する六箇月前の言葉が、十二月の黄昏時《たそがれどき》にランプが書斎に運ばれてくるのを立って待っているメアリ・ボインの心に鮮明に甦ってきて、そこに秘められていた意味が判ったような気がした。

この言葉は友人のアライダ・ステアの口から出たもので、あれはパングボーンにあるアライダの家の庭に坐《すわ》ってお茶を飲んでいたとき、まさにこの館が話題になって、いま問題になっている書斎が極めて重要な核となる「目玉」なのだという話をしているときだった。メアリ・ボインと夫の二人は、イングランド南部か南西部の田舎に邸宅を求めてやってくると、自分自身も同じ問題をうまく解決したアライダ・ステアのところへまっすぐ相談に行ったのである。アライダが現実的で妥当な提案をいくつかしてみたところ、ただの気紛れとしか思えないような理由でことごとく却下されるものだから、とうとう投げ出すようにこう云った。「それなら、ドーセットシャーにあるリング館ならどうかしらね。ヒューゴーの従兄が持っているのだけど、そこなら二束三文で手に入ると思う」

　そんな条件で手に入る理由として挙げられた、駅から遠いこと、電燈や給湯管その他の庶民的な必要設備がないといったことは、むしろこのロマンティックなアメリカ人二人の好みにぴったり合っていた。実用性から見た欠陥をあえて求めたがるひねくれた探し方をするのは、様式という観点から云ってもそんな不便なところにちょっと変わった建築の良さがあると考えていたせいだ。

「自分が古い家に住んでいるんだって感じを味わうには、何もかも不便にできていないとね」妻にも増して突飛なことを云うネッド〔エドワードの愛称〕・ボインがふざけたように力説した。「少しでも便利な感じがすると、もう番号を振った資材を組み上げた展示場の見本を買ってしまったような気分になるんだ」二人はおかしいくらい几帳面《きちようめん》に次から次へとありとあらゆる疑問や要求を並べ立て、その従兄の推薦する館がほんとうにチューダー様式の建物であるのかとか、暖房設備もなくて村の教会が文字どおりその敷地内にあるのかとか、さらに嘆かわしいことに給水装置すらあるかどうかよく判らないとまで云われてようやく信じる気になったのである。

「そこまで住み心地の悪そうなことって本当にあるのかな」エドワード・ボインは、不便な点を聞き出すたびにその言葉に歓喜していたが、そんな情熱的な質問を打ち切り、突然疑わしそうな声に戻って「それで、幽霊は？　幽霊なんかいないってことを隠していたりしない？」と云った。

メアリはこのとき一緒になって笑っていたが、そうやって笑いながらも、夫とは異なる認知力をいくつかそなえていたこともあり、アライダの答える愉快な声の中に、不意に声の調子が下がるところがあるのに気がついていた。

「あら、ドーセットシャーには幽霊なんてたくさんいるでしょ」

「それはそうだけど、それだけじゃ駄目だ。他人の幽霊を見るために車で十マイルも出かけたくはないからね。自分の屋敷内にだって幽霊の一人くらいは欲しいじゃないか。で、リング館に幽霊は出るのかな」

こう云い返したので、アライダはまた笑った。そしてこのとき、さっきのじらすような言葉を云ったのだった。「もちろん、いるでしょうよ。でもそのときには絶対に判らないものなの」

「絶対に判らないって？」ボインがそこで話を遮った。「でも、幽霊だと判らないのなら、どうしてそれが幽霊だって云えるんだ」

「そんなこと知らないけど、そういう話なのよ」

「幽霊はいるけど、それが幽霊だとは誰にも判らないのか」

「まあ、あとになって初めてね、とにかく」

「あとになって？」

「ずっとずっとあとになって」

「でも、この世のものではない来訪者だと一度は認定されたのなら、そいつがどんな姿だったのかどうして一族に伝えられなかったんだろう。どうやって正体を隠し続けてきたんだろう」

アライダは首を振るだけだった。「私に訊《き》かないで。でも、実際そうなんだから」

「そしていきなり」メアリが予知という洞窟の奥深くから上がってくるような声で云った。「ずっとあとになってからいきなり、『あれがそうだった』って心の中で気づくわけ？」

二人のからかい半分の質問に自分が陰気な声で答えてしまったことに気づいて妙に驚き、同様の驚きがアライダの澄みきった瞳にも浮かんでいるのに気がついた。「そうなんでしょうね。待たなければならないわけよ」

「いや、待つのは嫌だね」とネッドが口を挟んだ。「人生は短いのに、思い出して楽しむだけの幽霊なんてね。もっといい別のやり方はないのかな」

しかし、結局のところもっといい別のやり方を試す運命にはなかった。ステア夫人と話し合ってから三箇月も経たないうちにリング館に落ち着くことになったからで、日常生活の細部まできちんと計画していた憧れの生活が実際に始まったのだ。

十二月の黄昏時に、こんな奥行きのある庇《フード》のついた暖炉の側で、こんな黒いオークの垂木《たるき》の下に坐って縦仕切りのある窓から見ているのは、深い幽寂へと暮れていく景色で、この感覚こそメアリ・ボインが求めていた最高の贅沢であり、だから十四年ものあいだ、メアリは魂を殺されるような醜いアメリカ中西部での生活を耐え忍んできたのだし、エドワードはエンジニアとしての仕事を粘り強く努めてきた。そしていまだに戸惑っているほど突然に、ブルー・スター鉱山で大儲《もう》けして、たちまち一生暮らせる財産とそれを愉しむ余裕を手にしたのだった。二人は怠惰に暮らしていこうなどとは一瞬たりとも思わず、調和の取れた活気に満ちた生活をしようと考えていた。メアリは（灰色の壁を背景として）絵を描いたり庭いじりをしたりといった将来像を抱いていたし、エドワードはずっと前から温めていた「文化の経済的基盤」という内容の本を執筆したいと夢見ていた。これだけ夢中になれる仕事があれば、世間からすっかり引き籠《こ》もってしまうことはないだろう。世の中から切り離されてしまうとか、過去の世界に沈み込んでしまうといった心配はない。

ドーセットシャーは、その地理的な位置にしては不釣り合いなほど人里離れた雰囲気で、そこに二人とも最初から心惹《ひ》かれていた。しかし、二人が何度も不思議に感じたのは、この信じられないほど押し縮められた島のようなところ——二人の云う言葉では州が集まる塒《ねぐら》となるところ——のごく限られた範囲にしかその効果が及んでいないということだった。ほんの数マイルが大きな距離となり、ほんの少しの距離が大きな違いとなるのだ。

ネッドが熱狂的な口調でこんなふうに説明したことがあった。「この土地こそが、あの効果に深みを与えていて、わずかなコントラストをあんなふうに際立たせているんだ。一口一口に最高のバターを贅沢に塗っているからだね」

リング館に塗られているバターは確かに厚い。この古い灰色の館は丘陵の肩の下に隠れるように建ち、長い過去との交流の細かな痕跡をほとんどそのまま残している。この館が大きいわけでもなく特別なものでもないという事実が、夫妻にとって、その独特の価値をむしろ豊かにしているように思えた。何世紀にもわたる朧《おぼろ》げで底深い生活の蓄積を湛《たた》えているという価値であった。その生活はおそらくさほど生き生きと調子のよいものではなかっただろうが、長い時間をかけて音もなく過去の中へと落ちていったのは疑う余地はない。櫟《いちい》の木々に囲まれた緑の養魚池へと何時間も降り注ぐ秋の静かな霧雨のように。しかし、そういう取り残された場所が、ときにはゆったり動く深みの中に、鋭い奇妙な感情を生み出すことがある。メアリ・ボインは最初から、そんな強烈な記憶の謎めいた徴候を感じていた。

その感覚をこれほど強く感じたことは、この日の午後、ランプを持ってきてもらうのを書斎で待ちながら、椅子から腰を上げて暖炉の蔭に立ったときまで一度もなかった。昼食のあと、エドワードは丘陵の上を歩く長い散歩に出かけていた。メアリは、夫がこの頃独りで出かけたがるのに気づいていた。二人の関係はもう長い試練を経て安心できるものになっていたので、それは著作のことで悩んでいて、朝の仕事で片づかなかった問題を午後になって独りで考える必要があるのだろうと推断していた。確かに執筆は彼女が予想していたほど順調には進んでいないようで、エドワードの眉間にはエンジニア時代にはなかったような難問による皺《しわ》が刻まれていた。あの頃は、病気になりかかっているんじゃないかと思うような疲れ切った顔をしていることはあったが、「心配事」などというあの国の悪魔が額に刻印を捺《お》したことは一度もなかった。今までに夫が読み聞かせてくれた数ページは——序文と第一章の概要だった——主題をしっかりと把握し、自分の能力に対する自信を深めていることを示していたのだが。

となるとますますわけが判らなくなった。もう「事業」とは関係を絶って、それに関係する不測の事態に悩まされることはなくなって、そっちが原因となる苦労の可能性は排除できるのだから。ならば、あるとしたら健康の問題か。しかし、ドーセットシャーに来てから身体的にはずいぶんしっかりしてきたし、血色も良くなり目も生き生きとしてきた。メアリが夫に何とも説明し難い変化が生じたように感じたのは、この一週間以内のことだった。そのせいで、夫がいなければ何となく落ち着かないし、一緒にいると自分の方が隠しごとをしているような気分になって言葉が出なくなるのだ。

二人のあいだに秘密があるのだと思うと不思議な気持ちがしてきて、長い部屋をきょろきょろと見回すのだった。

「この館のせいなんてことある?」と考え込んだ。

この部屋そのものに秘密がいっぱいあるのかも知れない。日が沈むにつれて、ビロードの影が低い天井から、棚に並ぶ本から、暖炉の煙で煤けた彫刻から、秘密が滴り落ち層をなして積み重なっていくように思えてくる。

「ああ、もちろんそうよね、この館には幽霊が出るんだから」と思い出した。その幽霊――アライダの云う気づくことのない幽霊――は、リング館に来て最初の一箇月か二箇月は、二人のあいだの冗談などによく登場したが、やがて想像の種としての効果がなくなってきて、次第に忘れられてしまった。実際メアリは、幽霊屋敷の新たな貸借人として当然のことながら近所の住人たちによくある質問をしてみたのだが、「そんな話を聞いたことはありますがね」というような曖昧な返事が返ってくるだけで、村人の話から何も得るところはなかった。このとらえどころのない幽霊は、しっかりとした伝説が生まれるほど正体が確認されたことはどうやらなかったようだ。しばらく経つとボイン夫妻は、リング館は超自然的なもので価値を高めるようなことをしなくても、それ自体もう十分魅力的な館だということで意見の一致をみたので、幽霊の件は損益勘定に記録して片づけてしまった。

「可哀想な無力な悪も、そういうことなら虚空で虚しく美しい翼を打ち羽ばたかせているしかないんでしょうね」メアリは笑いながらそう決めつけた。

「というより」ネッドも調子を合わせるように云った。「そこらじゅう幽霊みたいなものばかりだから、幽霊として独自の存在感を示せないんじゃないかな」こうしてとうとう二人の目に見えない同居人はもう話題に上らなくなってしまったのだが、話すことはいくらでもあったので話題に上らなくなったことすら意識になかった。

　今こうして暖炉の前に立っていると、以前の好奇心の対象が心の中に甦ってくるのが判った。それは、毎日密かな神秘の舞台に接していることで少しずつ獲得された感覚によって判るようになった、新たな意味を伴っていた。当然のことながら、幽霊を視るという能力を備えているのはこの館そのものである。目に視えるとは云え密かにその館自身の過去と交信しているのも。もしこの館と親密になれたら、その秘密に思いがけず気づくことができるかも知れないし、自ら幽霊を視る能力を獲得できるかも知れない。もしかしたら、彼女が夕方になるまで一度も入ったことのなかったこの部屋で、夫は長い時間を過ごすことですでにその能力を獲得していて、それによって自分だけが知り得たことの重みを背負って黙っていたのかも知れない。メアリも、自分が見た幽霊について話したりしてはいけないと判らないほど、霊の世界の約束事に疎《うと》いわけではなかった。そんなことをしたら、クラブで女性の名前を出して話題にするくらい分別のない振舞いとなるからだ。しかし、実際のところ彼女はこの解釈には納得していなかった。

「結局、ぞっとするのが楽しいということ以外に、あの人が古い幽霊を好む理由はあるんだろうか」とつくづく考えてみた。そこでまた根本的なジレンマに立ち戻ることになってしまう。幽霊の影響に対する感受性が強かろうと弱かろうとこの件には特に関係はないということだ。リング館で幽霊を見ても、それが幽霊だとは判らないのだから。

「ずっとあとになって初めてね」とアライダ・ステアは云ったのだった。では、二人がここに着いたときにもう幽霊を見ていて、先週になってそれが幽霊だと判ったのだとしたら？　この黄昏時の魔力をますます強く受けて、ここに住み始めた頃のことを思い返したが、荷を解き、家具を配置し、本を並べ、家の中で宝のようなものを見つけるたびに、お互いに家の中の遠く離れた場所から声を掛け合ったりして、混乱しながらも陽気だった場面がまず頭に浮かんだ。やがて、ある穏やかな十月の午後のことを思い出していた。それは、ただ有頂天になっていた最初の探検期から、古い館を詳細に検分する時期へと移行していた頃で、メアリが（ちょうど映画のヒロインのように）羽目板を押したら、屋根の上の平らなところへ通じている螺旋階段があるのを発見した。その屋根は下から見ると、よほど熟練した足でなければ登れないほど急な傾斜をなしているようだった。

　この隠された場所からの展望があまりにも素晴らしかったので、跳んで下りてネッドを原稿から引き離して、この発見をたっぷり楽しませてやった。今でも覚えているのは、隣に立ったネッドの腕に抱かれて、二人で丘陵地帯の遠い地平線を眺め、それから満ち足りた視線を近くへ落として、養魚池の周りにアラベスク模様を描く櫟の生け垣や芝生の上に落ちる杉の樹の影を見つめたことだった。

「じゃあ、今度は反対側だ」と云ってメアリを抱きかかえたまま躰《からだ》の向きを変えた。メアリはネッドに身を寄せたまま、何かを満足げに飲み干すが如く、灰色の塀に囲まれた中庭、門の上に蹲《うずくま》るライオン像、丘陵の下を通る街道へと通じる菩提樹《ぼだいじゅ》の小道など、絵画のような景色をうっとりと見つめ続けた。

二人がそうやって寄り添って景色を眺め、ネッドの腕が緩んだのを感じたちょうどそのとき、「おーい」という甲高い声が聞こえて、メアリはネッドの顔を見た。

そう、今でもはっきり思い出せるが、ネッドの顔に目をやったとき、そこに懸念というか、むしろ困惑という感じの影が浮かぶのが判ったのだった。夫の視線の先を辿ると、男の姿が見えた。ゆったりとした灰色の服を着ているようだったが、この辺りに初めて来て道を探しながら歩いているような自信のない足取りで菩提樹の小道から中庭へとゆっくり下りてきていた。メアリの近視の視力ではぼんやりした小さな灰色の形が見えただけで、何か外国風の、少なくともこの地域の人ではないような印象を、その躰つきや服装から感じ取れたに過ぎなかったが、夫の方はもっとよく見えたようで、メアリを押しのけ、慌てたような声で「ちょっと待て！」と叫ぶと、彼女が下りるのに手を貸そうともせず階段を駆け降りて行ってしまった。

微《かす》かに眩暈《めまい》がするような感じがして、メアリはそれまで二人が寄りかかっていた煙突にしばらくしがみついていた。そんなこともあって、それから夫の後を追って、最初は用心しながら降りて行った。踊り場まで降りたとき、特に理由はなかったがまたそこで一息ついて手摺りに寄りかかり、陽光が斑《まだら》に当たっている静寂に満ちた茶色の奥まった場所を見通そうと目を凝らした。なかなかそこから動かずにいたら、その奥のどこかでドアが閉まる音がした。それで無意識のうちに、短い階段を降りて下の広間に着いた。

玄関のドアは開いていて、中庭の陽の光が差しこんでいた。広間にも中庭にも誰もいなかった。書斎のドアも開いていて、中から声が聞こえないかと耳を傾けていたが何の物音もしないので中へ入ってみると、夫が独りでぼんやりと机の上の書類をいじっていた。

メアリが入ってきたのに驚いたかのように顔を上げた。その顔からはさっきの懸念の影は消えていて、むしろ普段より明るく晴れやかなようにも思えた。

「何だったの。誰だったの」とメアリが訊《たず》ねた。

「誰って？」自分の方が驚いているとでも云うような顔で彼は聞き返した。

「さっき、こっちの方へ歩いてきた男の人よ」

少し考え込むような顔をしてから答えた。「男の人？　ああ、ピーターズかと思ったんだ。馬小屋の排水のことで一言云おうと思って急いで追いかけたんだが、声をかける前にどこかへ行ってしまっていた」

「どこかへ行ってしまった？　でも、私たちが見たときにはずいぶんゆっくり歩いていたようだったけど」

ボインは肩を竦《すく》めた。「あのときはそう思ったけどね。きっと下に行くあいだに元気が出たんだろう。ところで、日が暮れる前にメルドン坂を登ってみるのはどうかな」

それだけのことだった。あのときは、取るに足りない出来事としか思わず、メルドン坂から初めて見た景色の魔力ですぐに記憶から消えてしまった。リング館の屋根よりも高く隆起しているその露《あらわ》な尾根を初めて見たときからずっと登ってみたいと夢見ていたところだった。たまたまメルドン坂を登った日に起きたから覚えていたというだけのことで、このとき思い出すまで記憶の奥底にしまいこまれていたのだった。このこと自体には何も不吉な兆しはなかったのだから。あのころ、仕事の遅い職人を追いかけて屋根から駆け降りるというようなことはまったく珍しくもなかった。時期としては、この辺りの仕事に詳しい者を雇っては一人二人にいつも目を光らせていて、待ち伏せて飛び出して行っては質問したり、小言を云ったり、仕事を思い出させたりしていたころだった。それに、確かに遠くから見るとあの灰色の人影はピーターズに似ていた。

しかし今になってそのときの光景を思い返してみると、夫の説明もあの不安な表情のせいで本当だとは思えなくなっていた。どうして見慣れたピーターズの姿で不安になったりしたのだろう。それにも増して、もし馬小屋の排水のことで急いで一言云う必要があったのだとしたら、どうしてピーターズを見つけられなかったときにあんな安堵の表情を見せたのだろう。あのときには、こういった疑問は一つも思い浮かばなかったのだが、それでも今こうして呼び出されるように次々とたちまち現れてきたのは、ずっと前から心の中に抱いていて、呼び出されるときを待っていたんじゃないかという気がした。

二

考えるのに疲れて、メアリは窓辺に寄った。書斎はもうすっかり暗くなっていたのに、外を見るとまだ黄昏の光が残っていることに驚いた。

中庭の先の方を見ていると、葉の落ちた菩提樹の並木の遙か先に人影が現れ、灰色の景色の中にある少し濃い灰色の染みにしか見えなかったものが自分の方に近づいて来るのに気がついて、メアリは「幽霊だ!」と思い、一瞬、心臓がどきっとした。

長くも思えるその瞬間に、二箇月前、屋根の上から遠くに姿を見た男は、今になって、あらかじめ決まっていた運命の時刻に自ら正体を現しに来たのであり、それはやはりピーターズではなかったのだと思った。正体が明らかになる瞬間が迫っているという恐怖に耐えられそうにないと感じた。しかし、時計の針がひと刻みも動かないうちにその人影は実態と人格を獲得し、メアリの弱い視力でもそれが夫の姿だと判った。彼が部屋に入って来たとき、出迎えようと振り向いたメアリは己の愚かさを告白した。

「本当に莫迦《ばか》々々しいんだけど、どうしても覚えていられないの」と云って笑いだした。

「覚えていられないって、何を?」ボインが近くまで来て云った。

「リング館の幽霊は、見たときには絶対にそうだって判らないことよ」

メアリはネッドの袖に手を乗せていたが、何かに気を取られているようなネッドの顔にも身振りにも何の反応もなかった。

「幽霊を見たって思ったんだね」とかなりの間を置いてから云った。

「実はあなたを幽霊と見間違えてしまったのよ。絶対に見てやるっていう強い気持ちのせいかしらね」

「僕を――たった今？」腕を放して、ネッドはまだ微かに笑い声の残響を漂わせているメアリに背を向けた。「いや、本当にもう諦めた方がいい。もしできることならね」

「ええ、そうね、もう諦める。それで、あなたはどうなの」不意に夫の方を振り向いてメアリが云った。

小間使いが手紙とランプを持って部屋に入ってきて、彼女が差し出すトレイの上に身を屈めたボインの顔に光が当たった。

「あなたはどうなの」小間使いが明かりを点《つ》けてまわるために部屋から出て行くと、メアリはまたしつこく訊ねた。

「僕が何だって？」と上の空のような声で答えたが、そのとき手紙を捲《めく》っている彼の眉間に深い憂慮の印が刻まれているのをランプの光が照らした。

「幽霊を見るのは諦めたのかってこと」今、自分が試みていることに少し胸をどきどきさせた。

夫の方は、手紙を片づけると薄暗い炉端の方へ行った。

「僕は見ようとも思っていなかったからね」と云いながら、新聞の包みを破って開けた。

「まあ、もちろん、苛立《いらだ》たしいのはそうしようとしても無駄だってことよね。だって、ずっとあとになってようやく判るって云うんだから」としつこく話を続けた。

ネッドは妻の話をほとんど聞いていないような顔で新聞を広げると、両手のあいだで新聞紙ががさがさと音を立てた。そして、顔を上げると「ずっとあとって、どれくらいだか判る？」と訊いた。

メアリは暖炉の側の低い椅子に深く腰を下ろしていた。驚いて、彼女はその椅子から夫の横顔に目をやった。その顔はランプの光の中に浮かび上がっていた。

「いいえ、ぜんぜん判らないわね。あなたはどうなの」と、さっきの言葉をもっと強い口調で繰り返した。

ボインは持っていた新聞をくしゃくしゃに丸めると、それを手に持ってどういうわけかランプの方へ戻って行った。

「いや、僕にも判らないよ。ただ、何か言い伝えでも残っていたりするんじゃないかと思って訊いてみただけだ」と微かに苛立たしさを感じさせる声で云った。

「私の知るかぎりではないわね」そう答えたが、とっさに「どうしてそんなことを私に訊こうと思ったの」と付け加えようとしたときに、小間使いが紅茶と二つ目のランプを持って部屋に入ってきたので邪魔されてしまった。

影が追い払われていつもの日々の家事にとりかかると、メアリ・ボインは何かが音もなく迫ってくるような感覚から少し解放されたと感じた。その日の午後はずっと、その感覚のせいで気分が暗くなっていたのだが。しばらくのあいだ手許《てもと》の細かい作業に没頭していたが、ふと顔を上げたときに夫の表情が変わっていて、戸惑う気持ちを抱いた。夫は離れている方のランプの側に坐って、手紙を読み耽《ふけ》っていた。それは、その手紙に書いてあることのせいなのか、それとも自分のものの見方が変わったせいなのか、すっかりいつもの表情に戻っているのはどうしてなのだろう。じっと見れば見るほど、その変化は確かなものに思えてくる。緊張の皺は消えて、残っている疲労の痕跡も、いつもの頭を使う仕事のせいに過ぎないと思えてくる。そのメアリの視線に引き寄せられたかのようにネッドも顔を上げて、目と目が合うと微笑《ほほえ》んだ。

「お茶を飲みたくてたまらないと思っているんだけどね。ほら、これはきみ宛の手紙だ」

メアリはお茶の入ったカップと引き換えに手紙を受け取った。自分の椅子に戻って封を切った。たった一人の大切な人にまつわること以外にまったく関心がない者の物憂げな動作だった。

彼女が我に返ったときにしていたのは、立ち上がって、手紙はそのまま足許に落ちるに任せ、新聞の切り抜きを夫に向かって差し出すことだった。

「ネッド！　これは一体どういうこと」

ネッドも同じ瞬間に立ち上がっていた。まるで、その叫び声が発せられる前に聞こえていたかのようだった。しばらくのあいだ、二人はメアリの坐る椅子とネッドの机をあいだに挟んで、互いに隙を狙う敵同士のように相手を睨《にら》みつけていた。

「何のことだ？　吃驚するじゃないか」しばらく経ってようやくボインが云った。憤慨した表情で突然笑いながらメアリに近づいた。彼の顔には懸念の影がまた現れていた。今度は、明確な予感というような様子ではなく、警戒感が唇と目に現れては消えるのを見て、メアリはネッドが見えない存在に取り囲まれていると感じているのではないかと思った。

メアリは手が震えて、新聞の切り抜きをなかなか手渡せなかった。

「この記事は、ウォーキショー・センティネル新聞からのものだけど、エルウェルっていう人がブルー・スター鉱山のことで何か問題があったってあなたを訴えているんですって。私には半分も判らないけど」

メアリが話しているあいだも、二人は立ったまま向かい合っていた。そして、メアリは自分の言葉が直ちにネッドの顔の不安そうな警戒感を消し去る効果を発揮したことに驚いた。

「ああ、それか！」ネッドはちらっと切り抜きに目を向けると、いつも見ている無害なものを扱うような仕草でそれを畳んだ。「今日の午後はどうかしたんじゃないのか。悪い知らせでも受け取ったのかと思ったよ」

メアリは云いようのない恐怖を抱いて夫の前に立ちつくしていたが、安心したような声を聞いて、その恐怖はゆっくりと収まっていった。「このことは知っていたの？　大丈夫なの？」

「もちろん知っていたよ。心配するようなことじゃない」

「でも、これは何？　私にはわけが判らないんだけど。この人はどういうことで訴えようっていうの」

「訴訟事件表に載っているほとんどありとあらゆることだね」ボインは切り抜きを放り投げて、火の側の肘掛け椅子にどっかと腰を下ろした。「その話を聞きたい？　特に面白くもないと思うけどね。ブルー・スター鉱山の利権にからんだつまらない諍《いさか》いだよ」

「でも、このエルウェルって誰？　聞いたことない名前だけど」

「ああ、僕がこの件に引き入れてやった男なんだけどね――目をかけてやったんだが。あの頃、全部話していたはずだと思う」

「たぶん、そうなんでしょうけど。きっと忘れてしまったのでしょうね」記憶を必死にたぐり寄せてみたが、無駄だった。「でも、もしあなたが助けてあげたのだったら、どうしてこんなことをするの？」

「たぶん、どこかのいかさま弁護士につかまって焚《た》きつけられたんだろう。かなり技術的な込み入ったことばかりでね。そんなことを話しても退屈するんじゃないかと思っていたんだ」

メアリは後悔の念に心を痛めた。理屈のうえではアメリカ人の妻が夫の職業上の問題に無関心であることを非難する立場をとっていたが、実際にはさまざまな利害関係が絡んだボインの取引に関して、集中して話を聞くのが困難だったことも事実だ。それに、流刑者のような生活をしていたあの頃、夫が過酷なまでの努力をして働き続けてようやく生きていけるような生活環境では、二人が持つことのできるささやかな余暇は、目の前の仕事からいつも夢見ていた生活へと逃避することに使うべきだと感じていた。こうして実際に新しい生活が二人の周りに魔法の円を描いてくれるようになった今になって、自分がしたことは正しかったのかと自問したことも一度か二度はあった。しかし、これまではそんな反省も想像を膨らませて過去に思いを巡らせてみるという域を超えることはなかった。このときになって初めて、自分の幸福が何を土台に築かれているのかほとんど知らないことに気づいて、少し驚いていた。

メアリは夫に目をやり、その顔が落ち着き払っているのを見て改めて安堵したものの、ちゃんと安心していられるようにするにはもっと確かな証拠が必要だと思った。

「でも、その訴訟のことは心配していないのね。どうして、今まで一度も話してくれなかったの」

ネッドはその二つの質問にすぐに答えた。「最初はどちらかというと、そのことが心配だったから――悩んでいたから話さなかった。でも、それはもう何もかも昔の話だ。それを送ってくれた人は、センティネルのバックナンバーを手に入れたんだろうね」

ほっとする気持ちがメアリの躰を走り抜けた。「もうすっかり終わったということ？　この人は訴訟に負けたということ？」

ボインの返答には微かに感じ取れる程度の遅れがあった。「その訴訟は取り下げられたんだ。それだけのことだよ」

それでもメアリはなおも質問を続けた。まるで、引き下がるのが簡単すぎるという内なる非難から自ら逃れるためのようであった。「勝ち目がないと見て取り下げたということ？」

「ああ、勝ち目はなかったね」ボインが答えた。

メアリはまだ心の奥底に残る漠然とした不安と闘っていた。

「取り下げたのはどれくらい前のこと？」

ネッドは少し黙り込んでしまった。また前の疑念が微かに戻って来たかのように。「知らせを受けたのはついさっきなんだけど、ずっと前からそうなるとは判っていたんだ」

「ついさっき――そこの手紙で？」

「ああ、あの手紙だ」

彼女は何も答えず、そのまま少しじっとしていたが、夫が立ち上がって部屋を歩いてきて自分が腰を下ろしているソファーの隣に坐るのに気づいた。腰を下ろしながら自分の躰に腕を回すのを感じた。そして、夫の手がしっかりと自分の手を握りしめるのも。ネッドの頰の温かさに導かれるようにゆっくり振り向くと、その目には微笑みが浮かんでいた。

「大丈夫なの――大丈夫なのね」と訊ねた。溶けて流れていく疑問の洪水のあとに残った質問をした。「大丈夫だという言葉がこれほど正しかったことは今までになかったくらいだよ」そう笑い返して、夫は彼女をしっかり抱き寄せた。

三

翌日の不思議な出来事を後になって思い出してみて何より奇妙だったのは、いきなり安心感がすっかり戻って来たことだった。

天井の低い、薄暗い自室で目を覚ますと、そこの空気にはそんな安心感が漂っていた。その安心感は彼女と一緒に階段を降りて朝食の食卓に行き、暖炉の火からも吹き出しているようだったし、壺の側面やジョージ王朝風のティーポットのしっかりした縦溝装飾からも湧き出《い》でてさらに増えているようだった。昨日メアリから発散していた恐怖がことごとく、それはあの新聞記事を読んだときが頂点で、将来に対して漠然とした疑問を抱いたり、吃驚して過去を振り返ったりしたのだが、そういったことが遠回りするようなやり方で、これまでずっと心に掛かっていた道徳的な義務を一掃してくれたかのようだった。なるほどこれまで自分は夫の仕事に無関心だったかも知れないが、それは、そんな無関心も夫に対する本能的な信頼のせいなのだから仕方がないと、この新たな精神状態が証明してくれたような気がしたし、一方で夫の方も、脅威と疑惑に直面した今、彼女に信頼される権利があるとはっきり主張していた。夫を厳しく追及した後になって、これほど心の乱れがなく、これほど自然に、そして無意識に振舞う夫を見たことがなかった。あたかもネッドも彼女の疑惑に気づいていて、彼女と同様にすっきりさせたいと思っていたかのように。

　毎日そうしているように庭を一回りしようと館を出てみると、ありがたいことに晴れ晴れとしているその日は、少し夏のようにも感じられる明るい光に輝いているのに驚いた。書斎の前を通りかかったときに、パイプを咥《くわ》えた夫が机に置いた紙の上に身を屈《かが》めて、落ち着いた顔で何かに没頭しているのを見かけて、そのまま声をかけずに出てきたのだ。メアリにも今は自分のなすべき朝の日課がある。こんな素敵な冬の日には、春がもうそこで始まっているかのように自分の領地を楽しくぶらぶら歩くこともその日課に含まれていた。彼女の前には無限の可能性が広がっている。この古い館に隠れている魅力を、館を冒瀆《ぼうとく》するような改変を施さずに引き出す機会だ。春と秋に実行する計画を立てるのに冬だけでは短過ぎるくらいである。とりわけこの朝は、安心できる気持ちを取り戻して、静けさに包まれた気持ちのよい場所を歩く足取りもいつにも増して軽くなっていた。まず最初に菜園へ行った。そこには垣根仕立ての梨の木が壁に複雑な模様を描いていて、鳩小屋の銀色の屋根のあたりで鳩たちが羽ばたいたり羽根づくろいをしたりしていた。温室の配管の調子が悪く、ドーチェスターから詳しい人が列車のない時間でも車で来てくれて、ボイラーを点検してくれることになっていたはずだ。しかし、温室の湿った熱気の中に入って行って、昔ながらの外来植物が馨《かぐわ》しい香りを放ったりピンクや赤に艶めく色彩――このリング地方の植物ですらそういう雰囲気を帯びていた！――の中を歩いたところ、その専門家とやらはまだ来ていないと判った。その日は珍しく人工的な空気の中で過ごすにはもったいなかったので、温室を出て、ローンボウリング場のふかふかの芝生を歩いて家の裏の菜園へ向かった。その奥には草の生えた高台があって、そこから見渡せば養魚池や櫟の生け垣の先に、広い家屋の正面が見え、捩《ねじ》れた煙突や勾配の揃っていない青い屋根が、何もかも淡い金色の湿気に包まれていた。

こうして見ていると、菜園に広がる網目模様越しに、開け放たれた窓やもてなすように煙を吐いている煙突から、温かい人間の気配や経験を積んで日当たりのよい壁の上にゆっくりと醸成された心の趣が彼女のところにまで漂ってきた。このときほど館に親しさを感じたことはなかったし、館の秘密は何もかも恵み深いものであり、自分とネッドの生活も、陽の光の中で館が織り上げていく長い長い物語の調和のとれた模様の中へと取り込まれていくことに信頼を感じていた。それは子供たちがよく「お前たちのためだ」と云われるときに感じる信頼感のようでもあった。

背後に足音を聞いて振り返った。ドーチェスターからの技師を庭師が連れてきたんだろうと思ったが、見えた姿は一人だけで、ほっそりとした躰つきの若者だった。その場では自分でも理由は判らなかったが、それが温室のボイラーに詳しい人物の姿だとはまったく思えなかった。その新来者は、メアリの姿を認めると、不本意ながら敷地に入ってしまったことを弁解しようとしている紳士——もしかしたら旅行者かも知れない——という雰囲気を漂わせて帽子を上げた。リング館にはときどき教養ある旅行者が惹きつけられてくるのだった。メアリは、この見知らぬ男もどこかにカメラを隠し持っているとか、カメラを取りだしてみせて自分がここにいることの言いわけにするのではないかと半ば予期していた。ところが、そんな素振りも見せないので、メアリは少し待ってから男のためらいがちな礼儀正しい態度に合わせるような声で訊ねた。「誰かをお探しですか」

「ボインさんにお目にかかりたくてまいりました」と男は答えた。訛《なま》りというほどでもない微かな抑揚にアメリカ人だと感じられるところがあって、メアリはその声を聞いて改めてよくよく男の姿を見てみた。柔らかそうなフェルト帽の鍔《つば》の蔭になってはっきり判らなかったのだが、メアリの近視の目には、如何《いか》にも「ビジネスで」来た人といった、礼儀正しいが自分の権利はしっかり意識しているとでもいった真剣な表情を浮かべているように見えた。

過去の経験から、そのような申し出は等しく理解しようとしてきた。しかし、夫の朝の時間を守ってやりたいと思っていたし、その時間を邪魔する権利を誰かに与えたとは疑わしいように思えた。

「お約束は、なさっているんでしょうか」

訪問者がためらう様子は、そんな質問は予想外だとでもいうようだった。

「私が来ることは予期していらっしゃると思います」

今度はメアリがためらう番だった。「この時間は仕事をしていますので、午前中のうちは誰にもお会いしないことになっているのですが」

男はしばらく何も答えずにメアリを見ていたが、その決定に納得したかのように、歩み去りかけた。振り向いてから立ち止まって、男が穏やかな館の正面玄関の方を見上げるのがメアリの目に入った。そこに漂う雰囲気に、どこかしら遠くからやってきた疲労と失望、それなのに時間の都合が合わなかった旅行者の落胆といったものを感じた。もしそうなら、自分が断ったせいでせっかくやって来たのを無駄足にしてしまったことになる。良心の呵責《かしやく》を感じてメアリは男のあとを追いかけた。

「あの、遠いとこからいらっしゃったんでしょうか」

男はやはりまた深刻な顔で答えた。「ええ、遠くからやってまいりました」

「それでしたら、館まで行ってくだされば、主人はきっとお会いすると思います。書斎におりますので」

メアリはどうして最後の一言を付け加えたのか自分でもよく判らなかった。きっと、さっきの冷淡な態度を償おうという漠然とした衝動からだったのだろう。訪問者は感謝の言葉を口にしようとした様子だったが、ちょうどそのとき庭師がどう見てもドーチェスターから来た専門家にしか見えない男を連れてきたので注意が逸《そ》れてしまった。

「あちらへどうぞ」メアリはそう云って見知らぬ者に館の方向を示した。そして一瞬の後にはもうボイラー業者との話にすっかり気を取られて男のことは忘れてしまった。

その後の話題が広範囲に及ぶことになり、結局、技師は列車の時間を諦めるしかなくなり、メアリも気がつくと植木鉢のあいだで話し合うのに夢中になって午前中が終わろうとしていた。話し合いが終わって、もう昼食の時間が近いことに驚いたメアリは慌てて館に戻ったのだが、そのとき夫が出迎えてくれるのを半ば期待していた。でも、中庭には砂利を掻《か》いている下働きの庭師の他には誰もいなかった。広間に入っても、ひっそりと静まり返っていて、夫はまだ仕事中なのだろうと思った。

その邪魔をしたくなかったのでそのまま居間に向かって、そこで自分の書き物机に向かって午前中の話し合いで自分が請け合ってしまった出費の計算をやり直すことに没頭した。こんなどうでもいいことに好きなように出費してもいい身分になったのだと、まだ新鮮な気持ちを抱いていて、それまでの漠然とした不安と対比させてみると、ネッドの云うように、物事が総じてこんなにうまくいったことはなかったくらいだと感じられ、それが安心感を取り戻したことの表れのように何となく思えてきた。

贅沢な数字を弄《もてあそ》ぶ贅沢に耽っていると、戸口のところから現れた小間使いに昼食をお運びしてもいいかと訊ねられて我に返った。トリムルが昼食を告げるときはいつも国家機密を漏らすかのような顔つきだというのが二人のあいだの冗談の一つだったが、書類に気持ちが集中していたメアリは上の空で承認するような声を出しただけだった。

トリムルが戸口でためらっているのが判った。そんなふうにちゃんと考えもせずに答えたことを非難しているかのようだった。それから廊下を立ち去って行く足音が聞こえてきて、メアリも書類を脇へ押しやって、広間を通って書斎のドアの前まで行った。ドアはまだ閉まったままだった。今度はメアリがためらう番だった。夫の邪魔はしたくないが、仕事の量もほどほどにしておくべきなのにと心配する気持ちもあった。両方の衝動のあいだで揺れ動いてそこに立っていると、トリムルが昼食の用意ができたと告げに戻って来たので、メアリはそれに促されるように書斎のドアを開けた。

ボインは机の前にいなかった。本棚の前に立っているのではないか、どこか部屋の奥にいるのではないかと思って見回してみた。声をかけても返事はなく、書斎にはいないのだということがはっきりした。

小間使いの方を振り向いてメアリは云った。

「きっと二階でしょうね。お食事の用意ができましたって云ってきて」

トリムルは、従わなくてはならないのが明らかな職務であるが、自分が指示されたことが如何に莫迦げているかもまた明らかであるという確信の狭間でためらっているようだった。その葛藤の末にこう答えた。「失礼ではございますが、二階にはいらっしゃいません」

「自分の部屋にいない？　確かなの？」

「間違いございません」

メアリは時計を見た。「それならどこにいるっていうの」

「お出かけになりました」トリムルが告げた。秩序立った知性の持ち主なら最初にするはずの質問を如何にも恭しく待ち受けていたというような、人を見下す雰囲気があった。

メアリの推測は正しかったということだ。ボインはメアリを迎えに庭の菜園へ行ったに違いない。だが、会えなかったということは、中庭を回らず南側の扉から近道をしたのは間違いないだろう。メアリは広間を通って櫟の庭へ面しているフランス窓の方へ向かったが、小間使いがまた心の内で葛藤したあと、心を決めてこう云った。

「奥様、旦那様はそちらへはいらっしゃいませんでした」

メアリが振り向いて云った。「じゃあ、どこへ行ったっていうの。いつのこと?」

「玄関を出て、車道へ行かれました」一度に一つの質問にしか答えないというのがトリムルの主義だった。

「車道へ？　こんな時間に?」メアリは玄関まで行って、葉の落ちた菩提樹のトンネルの先にある中庭を見た。しかし、そこは館に入ってくるときに確認したように誰もいなかった。

「伝言か何か残して行かなかったの」

トリムルは混沌の勢力との最後の戦いに入ろうとしているようだった。「いいえ、殿方とご一緒にお出かけになりました」

「殿方？　誰のこと?」メアリはこの新事実と向き合うかのように、くるりと振り向いて云った。

「訪ねていらっしゃった男の方です」トリムルが諦めたように答えた。

「いつ男の方が訪ねてきたって云うの？　ちゃんと説明しなさい！」

メアリは、空腹だったことに加え、温室のことを夫に相談したかったのもあり、いつになく強い指示の仕方をしてしまった。それでも、礼儀正しい部下が厳し過ぎる要求をつきつけられたときの反抗の兆しをトリムルの目に見てとるだけの冷静さは残っていた。

「時間を正確に申し上げることはできかねます。その方をお通ししたのは私ではありませんので」と答えた。筋道の通っていない質問の仕方は慎み深く気がつかなかったことにしているという雰囲気を漂わせていた。

「あなたがお通ししたのではないの」

「はい、奥様。ベルが鳴ったとき私は着替え中でしたのでアグネスが――」

「それなら、アグネスのところへ行って訊いてきなさい」

トリムルは相変わらず辛抱強く寛大に対応しているという顔つきだった。

「アグネスには判らないでしょう。ちょうど町から届いた新しいランプの芯を整えているとき可哀想に火傷《やけど》をしてしまいまして」トリムルがいつも新しいランプを嫌っていたことはメアリも知っていた。「それで、ドケットさんがアグネスの代わりに台所女中を行かせました」

メアリはまた時計に目をやった。「もう二時ですよ！　その台所女中のところへ行って何か言づてがないか訊いてきなさい」

メアリはそれ以上待たずに昼食を摂《と》ることにした。トリムルはまもなく戻って来て、台所女中がその紳士は十一時頃訪ねてきてボイン氏は何も言づてを残して行かなかったと云っていると伝えた。台所女中は訪ねてきた客の名前すら知らないという。客は自分の名前を紙に書いて折り畳むと、それを手渡して直ちにボイン氏に届けるようにと命じたからだ。

不思議に思いながらもメアリが昼食を終えて、トリムルがコーヒーを客間に持ってきた頃には、その疑惑がさらに強まり微かな不安の色を帯びるようになってきた。そんな時間に何も説明せずにいなくなるなんてエドワードらしくないし、その素性も判らない訪問客の呼び出しに従って出て行ったということも事態をさらに不可解なものにしている。多忙な技師の妻としての経験からメアリ・ボインは、突然の呼び出しや不規則な時間に合わせるのは仕方がないことだと思って、予期せぬ出来事も平然と受け入れるようになっていた。しかし、仕事を辞めてからのボインは、ベネディクト会修道士のように規則正しい生活を送っていた。立ったまま昼食を摂ったり、食堂車でがたがた揺られながら夕食をかき込んだりする不規則で落ち着かない日々を償うかのように、時間通りの単調な生活という優雅な暮らし方を身につけ、予期せぬ出来事を好む妻を落胆させたり、繊細な美的感覚の持ち主には、日々の繰り返しの中にも数限りない喜びを見出せるのだと断言したりするようになったのだった。

それでも、どんな生活であっても予期せぬ出来事から完全に身を守ることはできないのだから、ボインがいくら用心しても遅かれ早かれどうにもならなくなるのは明らかだった。だから、退屈な訪問客の相手を早く切り上げるために駅まで一緒に歩いて行ったのか、少なくとも途中まで同行したのだろうという結論に達した。

そう結論づけるとそれ以上心配することもなくなり、庭師と打ち合わせるためにまた外へ出た。そのあと、一マイルほど離れた村の郵便局まで歩いて行って、家に戻るころには早くも黄昏が迫っていた。

彼女は丘を越える小道を通って来たし、一方ボインは、おそらく駅から街道を通って帰って来たのだろう。だから、二人が道で会うとは考えられなかった。しかし、きっとエドワードは自分よりも先に帰宅しているものと確信していた。だから、館に入ってちょっとトリムルに確認してみることもなくまっすぐ書斎へと向かった。しかし、書斎には相変わらず誰もいなかった。メアリは珍しくはっきりと夫の机の上にあった書類の位置を記憶していたのだが、それはすっかりそのまま、彼女が昼食に呼びに来たときと変わっていないことを見て取った。

そのとき不意に、未知なるものへの漠然とした恐怖に襲われた。部屋に入ったときにすぐに扉を閉めていたので、静まり返った細長い形の部屋に独りで立っていると、恐怖が形や音を纏《まと》って、そこの蔭の中で息づき潜んでいるように感じられた。闇を通して見つめていたメアリの近視の目には、何か超然としたものが自分に気づいて見つめ返しているのが本当に見えていた。その実体のない存在から後退《あとずさ》りして、メアリは呼び鈴の紐に飛びついて強く引いた。

その激しい鳴らし方を聞いたトリムルが急いでランプを持ってきた。いつもの見慣れた姿が現れて、メアリはようやくほっと息をついた。

「旦那さまがお帰りならお茶を持ってきて」呼び鈴を鳴らした理由が必要なのでメアリが云った。

「かしこまりました。でも、旦那さまはいらっしゃいません」ランプを置きながらトリムルが答えた。

「いらっしゃらないですって？　戻ってからまた出かけたということ？」

「いいえ、まだ一度もお戻りになっていません」

恐怖がまた膨らんできて、自分がその恐怖に捕えられてしまったことが判った。

「あの――男の方と出かけてからずっと？」

「あの男の方と出かけてからずっとです」

「でも、あの男の方っていうのは誰だったの？」と詰問するメアリの声は、喧騒《けんそう》の中で自分の声を聞かせようと声を張り上げているような金切り声だった。

「それは私には判りません」ランプを持って立ったまま答えるトリムルの姿は急に丸みと明るさが失われたように見えた。やはり同じく忍び寄る不安の影に覆い隠されたかのようだった。

「でも、台所女中が知っているでしょう。中に入れたのは台所女中でしょう」

「あの子にも判らないのです。紙に書いて折り畳んだものを渡されただけですから」

メアリは動揺しながらも、そのときまで型にはまった用法どおりに社会一般で用いられる引喩を使い続けていたのに、二人とも今は曖昧な代名詞で未知なる訪問客を呼んでいることに気がついた。そのとき、彼女の心は折り畳んだ紙にはっと気づいた。

「でも、名前はあるはずですよ。その紙はどこにあるの」

机の前に行って、散らかっている書類を捲り始めた。最初に目に留まったのは、夫の筆跡の書きかけの手紙だった。突然呼び出されて落としたかのように、その手紙の上にペンがあった。

「パーヴィス殿」パーヴィスって誰よ。「エルウェルの死を知らせるあなたの手紙を拝受したところです。これでもう面倒なことは起こらなくなると思いますが、安全を考えて――」

その手紙を放りだすと、探しものを続けた。しかし、慌てたか驚いたかしてかき集めたかのように積み重なっている手紙や草稿の中にはその折り畳んだ紙を見つけることはできなかった。

「でも、台所女中はその人に会っているわけでしょう。あの子を呼んできて」そう指示しながら、どうしてこんな簡単な解決方法にすぐ気がつかなかったのだろうと自分の鈍さに呆《あき》れた。

トリムルは部屋から出て行けることがありがたいかのように、一瞬にして姿を消した。彼女が狼狽《うろた》えている台所女中を連れて戻って来たとき、メアリは落ち着きを取り戻し、質問の準備ができていた。

その男の方は全然知らない人だった――そう、それは判っている。でも、その人の名前は？何より、その人はどんな様子だった？　最初の質問の答えは簡単に引き出せた。ほとんど何も話さなかったからだ。ただボイン氏への面会を求め、紙切れに何かを書いてそれをすぐに届けてくれと頼んだだけだった。

「じゃあ、何を書いたかは判らないということね。名前かどうかも判らないでしょ」

台所女中は確かに判らないと答えた。ただ、そうではないかと思うと云う。それは、誰が訪ねて来たと云えばいいのかと訊いたら紙に書き記したからだと。

「その紙を旦那さまに届けたときに、何と云われたの？」

台所女中は、そのとき旦那さまは何もおっしゃらなかったように思うと答えた。だが、それもはっきり覚えていないというのは、ちょうどその紙を手渡してエドワードが開いて見たとき、訪問客が書斎へ入った自分の後ろを歩いてついてきてもう部屋に入っていることに気づき、二人を残してそっと抜け出してきたからだと云う。

「でも、書斎に二人を置いて出てきたのなら、どうして二人が外に出て行ったと知っているの？」

この質問に台所女中はうまく言葉が出てこない様子だったが、そこにトリムルが助け船を出して、なかなか巧みな遠回しの質問をして、広間を抜けて奥の廊下へ出ないうちに二人の声を聞いて、そのあと一緒に正面玄関から出て行くのを目撃したのだという証言を引きだしたのだった。

「知らない紳士だと云っても、二度も見たんだからどんな様子の人だったかは云えるでしょう」

だが、彼女の表現力に対してなされたこの最後の要求で、台所女中は明らかに試練の限界を超えてしまった。そもそも、玄関まで行ってお客さまを案内するなどという責務を担うこと自体が、ものごとの根本的な秩序を転覆するような事件で、彼女の判断力はそのせいで絶望的なまでの混乱状態に陥ってしまっていて、喘《あえ》ぐような声を必死に出そうとしてようやく、ただ口ごもりながらこう答えるのが精一杯だった。「その帽子が、何となく変わった様子だったと、云えるかも知れません——」

「変わっていた？　どんなふうに？」その瞬間メアリの心に閃《ひらめ》くものがあった。その日の朝に見かけたあと、その後のさまざまな記憶の層の下に埋もれてしまっていた像だ。

「その帽子は鍔が広かったということ？　その人の顔は蒼白《あおじろ》くて若い感じがしなかった？」唇もまっ青になる厳しさでメアリは詰問した。しかし、この難詰に対する適切な答えを見出していたとしても、質問した相手に届くことはなく、メアリは自らの答えが判ったという感情の奔流に押し流されてしまったのだろう。見たことのない男——庭にいたあの男だ！　どうして今まであの男のことが頭に浮かばなかったのだろう。自分の夫を訪ねてきて一緒に出て行ったのはあの男だということをもはや誰かに証言してもらう必要はない。だが、あれは誰だったのか。そして、なぜ夫は男に云われたとおりにしたのだろうか。

四

暗闇ににやりと笑う顔が浮かび上がるように、イングランドという地は「行方不明になるのも難しいような場所」と二人で云っていたことが不意に思い出された。

行方不明になるのも難しいような場所！　夫がよく口にしていた言葉だ。そして今や、当局の全捜査機構が海岸から海岸まで、さらにそれを隔てている海峡も越えて、サーチライトを当てて捜索しているのだ。今や、ボインの名前があらゆる町や村の壁に鮮明に記され、顔写真が(メアリがそれを見てどれほど心に苦しみを抱いたことか)国中に、指名手配中の犯罪者の顔のように配られているのだ。今や、この小さな人口過密の島国は、これほど警察の監視網が行き渡り、調査し尽くされ統治されているというのに、底知れぬ神秘を守るスフィンクスのような守護者の姿を現して、苦悩に満ちた妻の目を、決して彼らが知ることのない何か邪《よこしま》な喜びを抱くが如く見つめ返しているのだ。

ボインが失踪してから二週間が過ぎても何の消息もなく、その痕跡すら得られなかった。いつもなら苦しむ家族の胸中に期待を抱かせる誤報すらほとんどなく、あってもすぐに消えてしまうものばかりだった。台所女中以外にはだれもボインが家を立ち去るところや、そのとき一緒に出ていった「紳士」を目撃した者はいなかった。近隣の聞き込みでも、あの日、リング館周辺で他所者《よそもの》を見かけたという目撃情報を聞きだすことはできなかった。そしてボインの姿を、独りであろうと同伴者がいようと、近隣の村でも丘陵を通る道でも地元の鉄道の駅でも見た者はいなかった。明るく晴れたイングランドの昼が、まるで暗黒の国の夜に吸い込まれたかのように彼を飲み込んでしまったのだ。

メアリは、公的機関が総出で最大限の調査をしてくれているあいだ、夫の書類を片っ端から読み漁《あさ》って、自分の知らない過去のいざこざがないか、事件に巻き込まれたり借りを作ったりしたことがないかを調べ、そういうものがあれば闇の中に光を投げ掛けてくれると思ったものの、もし何かそのようなことがボインの人生の背後に存在したとしても、あの訪問客が名前を書いた紙切れと同様に姿を消してしまっていた。手掛かりの糸になりそうなものはまったく残っていなかった。ただ、これも無理してそう云えばの話だが、あの謎めいた呼び出しを受けたときに書きかけていたと思われる手紙だけは例外だった。その手紙をメアリは何度も何度も読み返した。警察に提出したものの、行方を推測するにはほとんど何の役にも立たなかった。「エルウェルの死を知らせるあなたの手紙を拝受したところです。これでもう面倒なことは起こらなくなると思いますが、安全を考えて――」これだけだった。「面倒なこと」は、ブルー・スター鉱業の仕事仲間の一人が夫を訴えていることをメアリが知った新聞の切り抜きから簡単に説明がついた。この手紙がもたらしたただ一つの新情報は、もうその訴訟は取り下げられたと云っていたにもかかわらず、そして、手紙には原告となった男は死んだと書かれているにもかかわらず、ボインがまだ、この手紙を書いた時点では、訴訟の結果を心配していたということだ。海外電報を使って何日もかけて、書きかけの手紙の宛先になっていたこのパーヴィスなる人物の身元を調べたが、ウォーキショーの弁護士だということが判ってからも、エルウェルの訴訟に関する新たな事実はまったく得られなかった。この弁護士はどうやら、この件と直接の関係はまったくなさそうだった。ただの知人、仲介者になれるかも知れない人物というだけの付き合いらしい。そして、パーヴィスは、ボインが何のために自分の助けを求めていたのかまったく判らないと断言していた。

この冴えない情報が、最初の二週間の捜査で得られた唯一の成果だったが、その後の数週間が過ぎてもまったく成果が増えることはなかった。メアリは、調査がまだ続けられていることは知っていたが、その勢いが徐々に弱まってきているのを何となく感じ取っていた。現実の時間の進み方すらゆっくりになっているように感じられた。あたかも、不可解な謎に包まれた一日の印象が飛び去っていくにつれて自信を取り戻し、ついにいつもの生活のペースに戻っていくような感じだった。あの暗い出来事にかかわる人間の頭の中も同様であった。まだその多くを占めていたとはいえ、毎週毎週、毎時間毎時間、その占有域は小さくなっていって、人間の経験という濁った大釜から絶えず噴き上がる新たな問題によって意識の前景から押し出されていくのは、ゆっくりではあるが変えられない運命だった。

メアリ・ボインの意識さえもまた、同じように徐々に勢いがなくなっていくのだった。その意識は絶え間なく推測を巡らしては狼狽えていたが、それも次第にゆっくりになり、間隔を置いて繰り返すようになっていった。何かの毒で躰は動かないが頭ははっきりしている状態になった人間のように、ただぐったりしているだけの瞬間すらあって、そんなときは自分が「恐怖」に飼いならされてしまい、それは生活の中で変わらぬ条件のひとつであって、いつまでも常に存在しているものとして受け入れていることに気づくのだった。

　こういった瞬間が数時間、そして数日間と延びていって、とうとう鈍い黙従の状態に入ってしまった。毎日の決まりきった日課を、文明人の物事の進め方など無意味にしか思わず何の感銘も受けない野蛮人の如き無関心な目で見守っていた。そして、自分自身も日常の決まりきった日課の一部で、車輪と一緒に回転し、それを支えるスポークの一つのようなものだと思うようになった。もはや部屋にある自分が坐る家具になったような気持ちにすらなった。椅子やテーブルと一緒に埃を払ったり場所を動かしたりされる、感覚を持たない物体でしかない。次第に深まっていくこの無関心のせいで、いくら友人たちが希《こいねが》おうと、医師がおきまりの「転地」を勧めようと、リング館から頑《かたく》なに離れようとはしなかった。そうやって動くのを拒むのは夫が姿を消したところからいつか館に戻って来ると信じているからだと思って、そうやって待ちわびるメアリを勝手に想像していつしか美談が育まれていった。しかし、実際にはそんな信念があるわけではなく、深い苦悩に包まれ、もはや希望がときおり閃くくらいで明るくなるようなものではなかった。もうエドワードが戻って来ることはないのだと確信するようになった。

あの日、死神が館の戸口で待っていたかのように、自分の見える世界からは完全にいなくなってしまったのだと。新聞社や警察が、そして彼女自身の苦しむ想像力が考え出した、失踪に関するさまざまな推論を、メアリは一つまた一つと切り捨てていった。純然たる無気力の中でメアリの心は、恐怖を代替する選択肢から目を背け、夫はいなくなったのだというありのままの事実の中へ沈み込んでいった。

エドワードに何が起こったのか、メアリには決して判らないだろう――いや、誰にも判らないだろう。しかし、この館は知っている。彼女が独り寂しく夜を過ごした書斎は知っている。最後の場面が演じられたのはここであり、あの見知らぬ男が来て、夫が立ち上がってついて行ってしまった言葉が発せられたのもここなのだから。メアリが踏むこの床はエドワードの歩みを感じ、書棚に並ぶ本はエドワードの顔を見たのだ。ときには、この古くて暗い壁を強く意識すると秘密を告げてくれるのが聞こえそうに感じられる瞬間もあった。しかし、その声は決して聞こえて来なかったし、これからも聞こえて来ることはないと判っていた。リング館は自分に預けられた秘密を裏切って話すようなお喋りな古い家などではなかった。まさにこの館にまつわる伝説が、思いがけず知った秘密であろうと、リング館は常に変わらず沈黙を守る共犯者であり、賄賂の効かない門衛であり続けたことを証明している。そして、メアリ・ボインは坐ってその沈黙に相対し、人間の力でその沈黙を破ろうとすることの虚しさを感じていた。

五

「公正な取引ではなかったと云っているわけではありません。ただ、公正な取引だったとも云っていません。あれは、ビジネスだったのです」

この言葉に、メアリははっとしたように顔を上げて、相手の顔をじっと見つめた。三十分ほど前、「パーヴィス」という名の名刺が持って来られたとき、エドワードの書きかけの手紙の冒頭にその名前があるのを知ったときからずっと、その名前が自分の意識に引っかかっていたのだとメアリは気がついた。書斎で待っていたのは、血色の悪い小柄な男で、禿頭《とくとう》で金縁の眼鏡を掛けていた。自分の夫が最後に思い浮かべていた相手が、知られている限りではこの男なのだと思って躰に震えが走った。

パーヴィスは礼儀正しく、しかし無駄な前口上は一切なしで――片手に時計を持ったまま話すようなタイプの男だ――訪問の目的を切り出した。急用の仕事があってイングランドまで飛んで来たのだが、ドーチェスターの近くにいると気づいたので、ボイン夫人に挨拶をせずに帰りたくないと思い、機会があればボブ〔ロバートの愛称〕・エルウェルの家族にどう対応するかご意向を伺いたいということもあってと述べた。

その言葉は、メアリの胸中にある漠然とした恐怖の源泉に触れた。この訪問客は結局のところ、書きかけのままになっている夫の言葉を知っているのではないだろうか。彼女がそのご意向を訊ねるという言葉の説明を求めると、その問題についてメアリがそれまでずっと何も知らなかったことに驚いているとすぐに判った。知らないなどと云っているが、本当に知らないなどということがあるだろうかと。

「何も知らないのです——教えていただけませんか」メアリが口ごもりながら云うと、訪問客は事の経緯を話しはじめた。パーヴィスの話は、頭が混乱していて、状況もまだ把握できていなかったメアリにも、ブルー・スター鉱山の曖昧な全体像にどぎついぎらぎらした光が投影されるのが判った。彼女の夫は、好機を摑むのに機転が利かない誰かを「出し抜く」ことによって、あの鮮やかな投機を成功させて資産を作ったのだ。その巧みな手腕の犠牲になったのが、エドワードがブルー・スター鉱業に引き入れてやった、若いロバート・エルウェルだったというわけだ。

メアリが最初に叫び声を上げたとき、パーヴィスは彼女にその曇りのない眼鏡を通して冷静な視線を投げ掛けた。

「ボブ・エルウェルはスマートにやれなかったんですよ。それだけです。エルウェルが逆の立場だったらボインさんに同じようなことをしていたでしょう。ビジネスの世界ではそんなことは日常茶飯事です。科学者の云う適者生存ってやつでしょうね」パーヴィスはその比喩をここで云えたのが嬉しかったようだ。

メアリは次の質問を口にしようとして、躰が縮こまるような感じがした。唇をその言葉が通るときに吐き気を催してしまうかのように。

「でも、それなら——夫が何か卑劣なことをしたと、そう仰るわけですか」

パーヴィスはその質問を覚めた顔で検証して答えた。「いえ、そうではありません。公正な取引ではなかったとすら云っていませんから」

パーヴィスは書棚に並ぶ本を眺め回した。そこの一冊に自分が探す言葉の定義が載っているかも知れないとでも云うように。「公正な取引ではなかったと云っているわけではありません。ただ、公正な取引だったとも云っていません。あれは、ビジネスだったのです」結局のところ、それ以上にその意味するところを押さえた定義はパーヴィスの語彙的範疇《はんちゅう》にはなかった。

メアリは坐って恐怖の眼差《まなざ》しでパーヴィスを見つめていた。邪悪な力を持った冷徹な死者のように感じられてならなかった。

「でもエルウェルさんの弁護士の方は、そのような見方をしてはいなかったようですね。だって、その弁護士の助言で訴えを取り下げたのでしょうから」

「ええ、そうです。厳密に云えば論拠を欠いていると彼らにも判っていましたから。訴えを取り下げるように助言されたときに、エルウェルは自暴自棄になってしまったのですよ。多額の借金をしていて、そのほとんどをブルー・スターで失ってしまいました。進退窮まったということです。見込みはないと云われ、それで拳銃の引き金を引いたわけです」

恐怖が耳を聾《ろう》するような大波となってメアリに襲いかかった。

「引き金を引いたって、それが理由で自殺したということですか」

「まあ、正確に云えばそのときには自殺していません。死ぬまでに二箇月かかりましたから」

パーヴィスは蓄音機がレコードの音を出しているような感情のない声でその言葉を発した。

「それはつまり、自殺しようとして失敗したということですよね。それで、もう一回自殺したのですか」

「いえ、もう一回する必要はありませんでしたね」パーヴィスは冷酷な云い方をした。

二人は向かい合って坐ったまま黙り込んだ。パーヴィスは眼鏡を指にかけて揺らして考え込んでいるようで、一方メアリは、身じろぎもせず、腕を伸ばして膝の上に手を置いて緊張した顔をしていた。

「でも、そういったことをご存じだったのなら」ようやくメアリが口を開いたが、囁き声より大きな声を出せない様子だった。「主人が行方不明になったときにお送りした手紙に対して、主人の手紙の意味は判らないというお返事だったのはどういうことなんでしょう」

こう云われてもパーヴィスはまったく困る様子もなくその言葉を受け止めた。「いや、判らなかったからです。厳密に云うとですね。それに、そのことを話すのにふさわしいときでもなかった。もし知っていたとしてもです。エルウェルの件は、訴えが取り下げられて決着がつきました。私が何かお話ししていたとしても、ご主人を探すのに役立つことはなかったでしょうし」

メアリはなおもパーヴィスの顔をじっと見つめた。「では、どうしてそれを今になってお話ししてくださったのですか」

やはりパーヴィスの返事には迷いがなかった。「何よりもまず、ご存じなさそうな様子とはいえ、このエルウェルが死んだ状況についてそれなりに判っていらっしゃるだろうと思っていたということがあるのですが、それに加えてこの頃またエルウェルの件が世間の話題になっているからです。この話がまた蒸し返されているのです。もしそういうことをご存じないのであれば、お知らせした方がいいと思ったのです」

メアリが黙ったままだったので、パーヴィスは先を続けた。「この頃、エルウェル家の状況が悲惨なことになっているのが知られるようになりましてね。奥さんは立派な方で、できる限り戦い続けたのですよ。働きに出て、病気を患ってからは家でできる裁縫の仕事なんかをして。心臓の病気でしたか。でも、母親の面倒を見なくてはならない、子供たちの世話もしなくてはならないで、とうとう潰れてしまいました。世間に助けを求めることになりました。それでこの事件に注目が集まって、新聞にも取り上げられて、義捐金《ぎえんきん》の募集が始まったわけです。ボブ・エルウェルは皆に好かれていましたから。土地の有名人が揃って義捐金名簿に名を連ねていたので、一体どうしてと皆が思い始めたところで――」

パーヴィスは言葉を止めて、内ポケットを探った。「これです。センティネル紙に載った、その話の全容を書いた記事です。多少、大袈裟なところはありますがね、もちろん。でも、目を通していただいた方がいいと思いまして」

そういってパーヴィスは新聞をメアリに渡すと、彼女は新聞をゆっくり広げながら、この同じ部屋でセンティネル紙の切り抜きに目を通した、生活の安定が最初に根底から揺らぐことになったあの晩を思い出した。

新聞を開くと目に入ってきた「ボインの犠牲者の残された妻、援助を乞うに至る」というどぎつい見出しから視線を逸らし、下の記事に挿入された二枚の顔写真に目を留めた。最初の写真はメアリの夫のもので、二人がイングランドにやって来た年に撮影したものだった。メアリが夫の写真の中でいちばん気に入っている一枚だ。ここの二階のメアリの寝室にある書き物机にも一枚置いてある。写真の顔と目が合ったとき、エドワードに関する記事を読むのは自分には無理だと思って、その痛みの激しさに目を閉じた。

「ふと思ったのは、奥様もその義捐金の援助者として名を連ねたいと思うかも知れないと――」パーヴィスが話を続けるのが聞こえた。

メアリがやっとの思いで目を開けると、もう一枚の写真が視線を捉えた。若い男の顔の形はほっそりとした感じだが、その表情は鍔の広い帽子の蔭になってぼやけている。この顔の輪郭は前に見たことがなかっただろうか。よく判らないまま写真を見ていたが、心臓の鼓動が耳に響くほどだった。不意にメアリが叫び声を上げた。

「この男——あの人を連れて行った男！」

パーヴィスが立ち上がるのが聞こえ、そしてソファーの隅に崩れ落ちた自分の上にパーヴィスが心配そうに屈みこんでいるのをメアリはぼんやりと感じていた。メアリは躰を起こして、取り落とした新聞に手を伸ばした。

「この男ですよ。どこで会っても間違えはしません」悲鳴に聞こえる声だと自分でも思いながらメアリは云い募った。

パーヴィスが答える声が、遙か彼方《かなた》から霧に包まれた中を曲がりくねって届くように感じられた。

「ボインさん、具合が悪いようですね。誰か呼びましょうか。水を持ってきましょうか」

「いいえ、大丈夫ですから！」メアリはパーヴィスにすがるように立ち上がると、半狂乱になって新聞を摑んだ。

「この男なんですよ。見たことがあるんです。菜園で私に話しかけてきたんです！」パーヴィスはメアリの手から新聞を受け取って、眼鏡を写真の方に向けた。「そんなはずはありません。これはロバート・エルウェルですから」

「ロバート・エルウェル？」メアリは蒼白になった顔で虚空に目を泳がせた。「じゃあ、主人を連れに来たのはローバト・エルウェルということです」

「ボインさんを連れに？　ここから出て行った日にですか」メアリの声が高くなったのとは逆

に、パーヴィスの声は低くなった。優しく手を添えて、メアリを椅子にそっと坐らせようとするように身を屈めた。「でも、エルウェルは死んでいたんですよ。忘れたんですか」

メアリは、パーヴィスが何を云っているのか気づいていない様子でじっと写真を見つめて坐っていた。

「ボインさんが私に書いていた手紙のこと、あの日、机の上で見つけたという手紙のことをお忘れになったわけではないでしょう。あれは、エルウェルが死んだと知ってすぐに書いていたものですよ」パーヴィスの感情のこもっていない声が妙に震えていることにメアリは気がついた。「覚えていらっしゃるはずですが」パーヴィスが念を押した。

そうだ、それは忘れてはいない。だからこそ、深い恐怖を感じているのだ。エルウェルは夫が姿を消す前の日に死んでいた。そして、これがエルウェルの顔写真だ。ここの菜園でメアリに話しかけた男の顔写真だ。メアリは顔を上げて書斎をゆっくり見回した。この書斎も、あの日手紙を書いているボインに会いに来た男の顔だということを、この書斎も証言してくれるはずだ。メアリの頭の中に沸き立つ霧の中から、半ば忘れかけていた言葉が微かに聞こえてきた。アライダ・ステアがパングボーンの芝生の上で云った言葉だ。ボイン夫妻がリング館を見てもおらず、いつの日かそこに住むかも知れないなどと想像することもまだなかったころに。

「これは、私に話しかけてきた男です」メアリが繰り返した。

メアリの視線がパーヴィスに戻った。おそらくは寛大な同情の表情だと自分では思っているらしい顔の下に、己の心の動揺を隠そうとしていた。しかし、その唇の端は蒼くなっていた。「この人は私のことを狂っていると思っている。でも、私は狂ってはいない」そうメアリは思った。そのとき不意に、自分の妙に聞こえる言葉が正しいことを示す方法が頭に閃いた。

メアリは静かに坐って、唇が震えるのを抑えながら、自分の声を取り戻すまで待っていた。それから、まっすぐパーヴィスの顔を見て、こう云った。「あと一つだけ答えていただけませんか。ロバート・エルウェルが自殺を図ったのはいつのことでしたか」

「いつ——いつのことか?」パーヴィスは云い澱《よど》んだ。

「ええ、その日付です。思い出してください」

メアリは、パーヴィスがますます自分を怖がっているのを見て取った。「理由があってお訊ねしているのです」と念を押した。

「ええ、ええ、ただはっきりは覚えていないんですよ。二箇月ほど前でしたね」

「日付が大事なんです」メアリが繰り返した。

パーヴィスは新聞を手に取った。「ここにあるかも知れません」メアリに調子を合わせるような口調で云った。紙面に目を走らせて答えた。「ここにありました。先月十月の——日付は——」

メアリがその言葉を先取りした。「二十日ではありませんか」鋭い視線でメアリを見返し、パーヴィスは同意した。「そうです、二十日です。では、ご存じだったということですか」

「今、判ったんです」メアリの視線はパーヴィスを離れて彼方を彷徨《さまよ》った。「日曜日、二十日の――エルウェルが初めて来た日です」

パーヴィスの声はほとんど聞きとれないくらいだった。「初めて来た？」

「ええ」

「二度会っているということですか」

「ええ、二度でした」メアリはパーヴィスに向かって囁きかけるように云った。「最初に来たのが十月二十日でした。私たちが初めてメルドン坂を登った日だから覚えているんです」そういうことがなかったら忘れてしまっていたかも知れないと思うと、心の中に微かな笑いが込み上げてくるのを感じた。

パーヴィスは、メアリの視線を遮ろうとするかのように、彼女の顔をじろじろ見続けていた。

「私たちは、屋根の上からエルウェルを見ました」メアリは続けた。「菩提樹の小道を下りてこの館へ歩いて来ました。あの写真と同じような身なりをしていました。主人が最初に見つけたんです。怯《おび》えていましたね。それから、私を置いて走って行きました。でも、そこには誰もいなかったんです。消えてしまったのです」

「エルウェルは消えてしまった？」パーヴィスが弱々しい声で云った。

「ええ」二人の囁き声はお互いを探り合っているようだった。「何が起こったのか、私には判りませんでした。今、ようやく判りました。あのとき、エルウェルはここに来ようとしていたんですね。でも、まだ死にきれていなかった。ここまで辿り着けなかったのでしょう。死ぬのに二箇月かかって、ようやくここに引き返してきたわけです。そして、ネッドも一緒に行ってしまった」

メアリは、難しいパズルを解いた子供のように勝ち誇った顔をしてパーヴィスに頷《うなず》いた。そのあといきなり両手を絶望したように振り上げると、その両手で顳顬《こめかみ》を押さえた。

「ああ、何ということを！　私があの男をネッドのところへ行かせた——私がどこに行けばいいか教えてしまった！　私がこの部屋へ行くように云ってしまった！」と絶叫した。

周囲の壁の本が、内側に崩れ落ちるように襲いかかって来るのをメアリは感じた。パーヴィスがその崩れ落ちた廃墟の向こうから何かを叫びながら、自分の方へ進んで来ようとしているのが聞こえてきた。しかし、メアリはパーヴィスの手が触れるのも感じなかったし、何を云っているのかも判らなかった。その混乱状態の中ではっきり聞こえてきた声があった。パングボーンの芝生の上で話すアライダ・ステアの声だった。

「あとにならないと判らないものなの」とその声が云っていた。「ずっとずっとあとになって初めて判るのよ」

動く指
The Moving Finger

一

　グランシー夫人の死の知らせを、測り知れない過ちのような衝撃とともに受け止めた。運命が犯す取り返しのつかない蛮行の一つだ。あの運命の車輪を一つ妨げることで、あらゆる恢復《かいふく》力《りょく》が食い止められたかのようだった。グランシー夫人は社会機関に目立った貢献をしたわけではない。彼女を唯一無二の存在にしているのは、この世にある自分の特別な居場所を完璧に満たしていたことだった。多くの人は、配置に失敗した彫像群のように、一つの壁龕《へきがん》に二つ重ねて置かれてしまったり、その一方で別のところが空いたままになってしまったりになりがちである。グランシー夫人の居場所は夫の人生にあった。そして夫人がいなくなってもそれほど大きな欠落が生じるわけでもないだろうと主張する人がいるのなら、私に云えるのはただ、最終的には、そのような大きさは既成の有用性の基準では測れない、もっと繊細な計器で測らなければならないということである。ラルフ・グランシー自身は実体を持たないところで、はっきりした形へ結晶化する代わりに、いわば明晰な思考と優れた感性を育む媒体となっていて、創造的な影響力をもたらす有用性があったというわけだ。彼は自らの人生という不毛な区画へ誠実に水を引き、その実り多い水分は境界を越えてそっと染み出していた。この喩《たと》えを続けて、もしグランシーの人生が勤勉に耕された土地であると云うならば、彼の妻はグランシーがその真ん中に植えた花であり、いや、むしろグランシーを覆って地面に休息と日陰を与えてくれる樹であり、頭上の枝に夢の風を集めてくれる樹であった。

私たちは皆ささやかながらグランシーの熱烈な支持者なのだが、彼に失望する瞬間が訪れかけた時期を知っている。くだらない障害——体調不良、貧乏、誤解、そして何よりも彼のような男にとって最悪だったのは最初の妻の油断ならない自己中心癖だったが、そういったものに一つひとつ抗うのを見守ったのだった。妻の愛という鈍色《にびいろ》の抱擁によって、溺死の危機に瀕した水泳者のように沈んでいく姿を見て私たちが絶望したときでも、彼はいつも水面に浮かび上がってきた。目も眩《くら》み喘《あえ》ぎながらも岸辺へ向かって力強く水を掻《か》いた。妻の死によってとうとう解放されたとき、どれほど彼女に負うところがあったのかが気になるところだったが、独り残された彼は寄生体を取り除かれた樹木のように斑《まだら》模様に萎《しな》びて枯れたところを見せたものの、少しずつ新たな葉を出すようになった。そして、二番目の妻となる女性と出会ったとき——その人こそ彼の本当の妻だと友人たちは評価していた――彼は完治して一気に花開いた。

二人目のグランシー夫人は結婚したときちょうど三十歳を過ぎたところだった。若いときの絶望に根ざした人生半ばの歓びという実りを彼女が収穫したのは明らかだった。しかし、たとえ彼女が十八歳の上辺を失っていたとしても、その内面の光は保たれていた。その頬にはもう未熟な艶がなくなっていたとしても、目には生涯の半分ほどの若さを貯えていた。グランシーが彼女に初めて出会ったのは東洋のどこかだった。たしか、我が国の領事の妹だった。彼女がニューヨークに連れて来られたとき、まったくの他所者《よそもの》として私たちに目の前に現れた。グランシーが再婚すると知ったときには私たちのあいだに衝撃が走った。燃え尽きて灰になってしまった男は大抵、もう二度と火がつかない。私たちのあいだでは、グランシーは感傷的な過ちに陥る運命なのだというところで意見が一致した。私たちは諦めて、その過ちの結果が現れるのを待った。そしてグランシー夫人がやって来て――私たちにも判った。彼女は誰よりも美しく、彼女自身が自らを完璧に説明していた。私たちは何もかも判っているつもりだったのにすべて覆されてしまったので、それまでのことは、惜しみない歓迎の言葉の下にそそくさと埋めてしまった。私たちはここ数年で初めて、グランシーのことが気に掛からなくなった。「彼は今にも大きなことをなし遂げようとしている！」私たちの中で悲観的な者はそう予言した。感傷的な者はこう訂正した。「彼はすでになし遂げたところだ――彼女との結婚で」

この大袈裟な表現にあえて挑んだのが、肖像画家のクレイドンだった。クレイドンはこの結婚の後すぐに幸せな夫の求めに応じて、グランシー夫人の肖像画によってこの言葉の正当性を主張する準備に取り掛かった。私たちは皆――クレイドンですら――クレイドン夫人に特別なところがあるのは、ある程度は環境の問題であると認めるつもりでいた。その魅力は補完的なもので、くすんだ色の翼に隠れた彼女の輝きを喚び起こすには夫の声が必要だということだ。だが、たとえ彼女が自分を演出するのにグランシーを必要としたとしても、そのためにどれほど彼に奉仕しなければならなかったか！　クレイドンは専門的な見地から彼女は自分にお誂《あつら》え向きのモデルだと云った。しかし、意味を定義しようとすれば長々と話すことになってしまうし、全体を捉えようとすれば、今までになかった道を通し、新たな展望を切り開いて、過酷なまでの倹約に努めながらまるまる荒野の中で活動領域を開墾する羽目になる。この共鳴とも云うべき相互作用が、目に見える表現とならないわけはなかった。グランシーの存在が――ただグランシーの名前に言及するだけでも――妻の見かけにかなりの影響を与えると云い張るのはクレイドンだけではなかった。あたかも照明の位置が変わったかのように、カーテンが開かれたかのように、そして、クレイドンの別の比喩を借りれば、愛という倦《う》むことを知らない芸術家がモデルにとってさらに幸せな「ポーズ」を絶え間なく探しているかのように。このような光の許《もと》で、グランシー夫人は、決して最後のページが捲《めく》られることのない本のように女の顔を魅せる力を獲得した。彼女の眼の中には、何か新たに読み取れるものが常にあった。クレイドンがそこで読み取ったものを――少なくとも聖なる扉を通って彼のところまで届いた日常的に繰り返される振舞いの断片的な手がかりを――やがて来たるべきときが来て、彼が描いた肖像画が私たちに明らかにしてくれた。その絵が展示されるとクレイドンの最高傑作だとたちまち喝采とともに迎えられたが、グランシー夫人を知る者たちは微笑《ほほえ》んで、実物以上によく見せた絵だと云った。しかし、クレイドンは彼らのグランシー夫人を描いたのではなかった。私たちのグランシー夫人でもない。ラルフのだ。ラルフはその絵を一目見てすぐに判った。最初に絵に対面したとき、彼はクレイドンが理解していたことを見て取った。一方グランシー夫人は、クレイドンが絵を完成させて彼女に見せたとき、画家の方を向いてただこう云っただけだという。「まあ、私が東を向いている絵を描いてくださったのですね！」

この絵は当時、大変価値のあるものにもかかわらず、二人の宿命が展開していく過程におけるただの些細《ささい》な出来事、二人の人生を語る華やかな文章のうちの一つの脚註としか思われていなかった。しかしずっと後になってこの絵は、二度と再び越えることのない敷居の上で語られた最後の言葉という意味を獲得することになった。グランシーは結婚から一年後に、タウンハウスを手放して、一時間ほど離れたところにある、丘の上の小さな住まいに幸せな生活を移したのだった。仕事や趣味のいろいろな用事でニューヨークには頻繁に出かけていたが、それでも彼の家が仲間たちの熱意が集う場であった頃と比べると私たちの会う機会は必然的に減っていった。そんな影響力を持つ人を失ってしまうのは残念なことに思えたが、私たちは皆、彼の幸せという長く遅れていた「滞納金」はたとえ何であっても彼自らが選ぶ硬貨で支払われるべきだと思っていた。この幸せな二人が放つ暖かさが私たちのところに届くまでの距離は、友情が越えられないほど遠すぎるということはなかった。私たちは日曜日をグランシーのところの書斎で過ごすという素敵な余暇の過ごし方を思いついた。書斎には、心安らぐ田園風景や学究的な壁面で輝きを放つグランシー夫人の肖像画もある。肖像画はその場所と完璧に調和していた。私たちはクレイドンのことを、肖像画を見るためにグランシー夫人に会いに行っているのだろうと云って非難したものだ。彼はこれに対して、肖像画こそがグランシー夫人じゃないかと反論した。この言葉に反駁《はんばく》の余地がないと思う瞬間があった。私たちの一人が——小説家だったと思うが——クレイドンは肖像画に恋をすることでグランシー夫人と恋に墜《お》ちずに助かったのだとまで云った。注目すべきは、完成した作品は彼の将来にとってもはや努力の抜け殻に過ぎないのに、作品に対して絶えることのない優しさを示し続けたことであった。私たちは後になってそのことをよく考えては微笑んだ。グランシー夫人が部屋にいるとき、話をする私たちのあいだには急流に反射する空の煌《きら》めきのように彼女が映し出されているのに、クレイドンはこの本物の女性から目を背けて、絵の声に耳を傾けるようにして坐《すわ》っていることがよくあった。そのときクレイドンの態度は、生活の中でのよく見慣れた組み合わせが魔術的な変化を遂げるときの、あの絵画の如き午後における奇妙な出来事の一つに過ぎないように思えた。幸せが内陸の湖である人もいるだろうが、グランシーの場合は外洋であり、人生を航海する関心事のための浮力をもった果てしない海面が広がっていたのだ。この海には、私たち一人ひとりが別々に冒険を企てるだけの余地があった。そして夕暮れの向こうにはいつも、私たちの船の舳《へ》先《さき》が目指している幸運な島々の蜃気楼があった。

二

彼女の訃報を聞いたのはその三年後、ローマでだった。その知らせに「突然のこと」と書かれていて、私にはそれが嬉しかった。そしてまた――浅ましいことかも知れないが――何も云えないことが鈍さに、発言が嘲笑に思われるに違いないときにグランシーから離れていられたことも嬉しく思った。

それから数箇月後、グランシーが突然姿を見せたとき私はまだローマにいた。コンスタンチノープル公使館の秘書官に任命されて、その赴任先に向かう途中だと彼は云う。その職を引き受けたのは「逃げるためだ」と率直に云った。私たちの国とオスマントルコ政府との関係から、苛酷な仕事になることが予想されたが、グランシーが云うには、それこそ自分が必要としていることだと云う。廃墟の中に坐っているだけでは決して安らぎを得られないのだと。私たちの多くがそうであるように、極度に道徳的な緊張状態にある男は災厄の中心でなすべき振舞いをするという役割を演じるものだと判った。悲嘆に暮れるという本能的な身の構えは、抵抗と屈服のあいだで揺れる妥協案であり、そんな仇《あだ》を前にして自尊心はもっと立派な態度を取る必要があると感じていた。グランシーはもともと、物思いと回顧に耽《ふけ》りがちな性格だったが、打撃には打撃で応え、運命の突きには鎧《よろい》を纏《まと》って立ち向かう、行動する男を演ずる役を選んでいた。その完璧な装備が彼の内なる弱さを証明していた。私たちは頭にあることとは別のことだけを話し、伝統によって割り当てられた役割を演じるには、このような場合、友情では力不足であると証明されたことに、安堵しながら数日後に別れた。

それからほどなくして私は仕事の都合で帰国することになったが、グランシーはそれから数年間ヨーロッパに留まった。国際外交は約束どおり彼に仕事を提供し続けたし、一年のあいだ代理公使を務め、厳しい条件の許で際立った熱意と分別をもって職務を果たした。彼の能力が政府にとって有用であると証明されてすぐ、政治的な再配置の問題から任地を離れることになった。その翌年の夏、グランシーは帰国して、田舎にあるあの家に戻っていると耳にしたのだった。

町に戻ったときに手紙を出してみたら、次の配達で返事が来た。ごく自然な感じで、今度の日曜日に一緒に過ごさないかと強く促していた。もしも同伴することを説得できる昔からの友人がいたらぜひ連れて来るようにとも書いてあった。これはよい徴《しるし》だと思った。それでも――これも認めなくてはならないだろう――ぼんやりとした失望も感じていた。もしかしたら、友人の悲しみというものは、侵食してくる蔦《つた》を定期的に除去している歴史的な記念碑のように、保存すべきだと思いがちなのかも知れない。

まさにその晩、たまたまクラブでクレイドンに会った。グランシーから招待された話をして、一緒に行かないかと誘ってみたが、他に用事があるからと云って断られた。クレイドンと私は他の皆よりもラルフと親しいといつも思っていたので、それは残念だと思い、昔のような日曜日を復活できるのなら、二人だけ先にグランシーと会ってもいいのではないかと考えた。クレイドンにそう云って、時間もクレイドンに合わせようと申し出たのだが、きっぱりと断られてしまった。

「グランシーのところへは行きたくないんだ」クレイドンは素っ気なく云った。私は少し待ってみたが、そこに付け加える言葉はなかった。

「グランシーが戻って来てから、会ったのか」思いきって私の方から云ってみた。

クレイドンは頷《うなず》いた。

「何か悪いところでもあるのか」

「悪いところ？　いや、あいつは大丈夫だ」

「大丈夫だって？　見違えるほど変わったと云うのでもなければ、大丈夫なんてことはないだろう」

「まあ、あいつを見違えることはないだろう」と妙に強調を込めて云った。

クレイドンの曖昧な感じに苛立《いらだ》ちを覚え始めた。私も知っておいて然《しか》るべきことを隠されているように感じたのだ。

「もうあそこには行ったってことか」

「そうだ。行った」

「お互いに終わりということにしたのか——協力関係は解消ということか」

「お互いに終わりにしただって？　神に誓ってそうであってくれたら！」クレイドンは苛々した様子で立ち上がり、私が声をかけたせいで読むのをやめていた評論誌を放り出した。「こいつを見てみろ」私の前に立ち上がったクレイドンが云った。「ラルフは今どき珍しいいい男だ。あいつのためなら何でもやってやろう——ただ、もう一度あそこへ行くのだけは別だ」そう云って、クレイドンは部屋から出て行ってしまった。

　クレイドンは私から見ると予想もつかないような振舞いをする男で、彼の言葉もまたいくつもの意味を読み取れるように思えたが、どう解釈しても自分で納得できるものはなかった。何《いず》れにせよ、もう同伴者を探すのはやめて、今度の日曜日には独りでグランシーのところへ出かけて行くことに決めた。グランシーは駅まで出迎えに来てくれて、その姿を見てすぐに前に会ったときからずいぶん変わっていることに気がついた。あのときグランシーは戦闘状態にあったが、深い悲しみが今も同居しているとしても、もはや敵同士ではなかった。身体的な変化は著しかったが、それは安心感を与えてくれるものではなかった。精神が勝利していれば、身体はその傷を見せるものである。四十五歳のグランシーは、髪に白いものが混じり、前屈《かが》みになって老人のように疲れた足取りで歩いていた。しかし、その沈着振りは老いによる諦めではなかった。まだゲームから降りるつもりはないことが見て取れた。彼はほとんどすぐに私たちの昔からの関心事について話し始めた。前に会ったときのように無理をしているという様子はなく、人生が自然な流れに戻った男の口調で、あっさりと当たり前のように話していた。グランシーの復活力を如何《いか》に自分が信用していなかったかを私は一抹の罪の意識とともに思い出した。しかし、グランシーに残っている力に対する私の賞讃の気持ちには、結局、そうした幸福はきっと彼の最後の硬貨で支払われたに決まっているという意識が生まれてきた。この感覚は彼の住まいに近づくにつれて強まってきて、この場所の記憶と彼の妻は如何に切り離せないものになっているかがよく判った。そこの光景全体が、その鮮やかな存在感の拡張したものにすぎないということが。

ドアから中に入ってみれば何も変わっておらず、私の手が歓迎の握手をしようと伸ばす彼女の手に包まれても何の驚きも感じなかっただろう。ちょうど昼食時だったので、グランシーは私をダイニングルームへと案内した。そこでは、壁が、家具が、皿やその他の磁器類の一つ一つが、ついさっきまで彼女の顔を映していたかのように思えた。グランシーは、落ち着きを取り戻したその微笑みの下に、やはり彼女の存在感を隠しながら、自分と現実とのあいだに常に静めることのできない彼女の輝く姿を見ているのだろうか。グランシーは一度か二度、まったく偶然のように彼女の名前を口にしたが、その名前は口から発せられたあと響き続ける和音のように空中を漂っているかに感じられた。もしグランシーが彼女の存在を感じているとすれば、それは明らかに彼が呼吸している精神的な大気であり、包み込む媒体であった。死者がどれほど完璧に生きながらえるのか私はそれまでまったく知らなかった。

昼食の後、私たちは時間をかけて秋の野原や森を散歩し、黄昏《たそがれ》が訪れる頃になって館に戻った。グランシーは今度は書斎に案内してくれた。この時間はいつも彼の妻が輝く暖炉の火と紅茶で私たちを迎えてくれたものだった。その部屋は西向きで、他の部屋が暗くなってもそこは明るさを保っていた。この淡い金の光がその眼や髪を照らすとき、あるいは窓の前を通る彼女の少女のような輪郭がシルエットに映し出されるとき、彼女が如何に若々しかったかを思い出した。どの部屋にも増して書斎が彼女に合っていた。そして、姿が見えるのではないかというほど、そこで彼女を近くに感じた。それから、グランシーがドアを開けると、その感覚は一瞬にして消え、部屋に入るときには押し返すような力に迎えられた。私は辺りを見回した。部屋は変わってしまったのだろうか。穢《けが》らわしい手が彼女の存在の痕跡を拭い去ってしまったのだろうか。いや、部屋はまったく乱されていない。私の足はダゲスタン織りの絨毯に深く沈み、豊かで控え目な装幀が並ぶ書棚が暖炉の光を受けていた。彼女の肘掛け椅子は以前と同じようにティーテーブルの近くにあり、その反対側の壁から彼女の顔が私を見ていた。

その顔は——これが彼女の顔なのか。近寄って、肖像画を見上げた。グランシーの視線が私の目の先を追うのが判った。彼が側に来るのが聞こえた。

「絵が変わったのが判るかな」グランシーが云った。

「どういう意味だ?」私が訊《き》いた。

「つまり——五年が過ぎたということだ」

「彼女の姿に?」

「そうとも。私を見てみろ」そう云って灰色の髪と皺《しわ》の刻まれた額を指さした。「あの若さを保っていたのは何の力だったと思う? 幸せの力だったんだ。だが、今は——」限りなく優しい眼で彼女を見上げて続けた。「そうであった方がいいと思うし、彼女もそう望むはずだ」

「望んでいたのか」

「一緒に歳をとることを。彼女が独り取り残されたいと願うと思うか」

私は言葉もなく、悲嘆に暮れ窶《やつ》れたグランシーの顔から肖像画へと視線を上げた。そこには彼のような皺はなかった。しかし、年月の帳《とばり》が降りてきているようだった。輝く髪はそのしなやかさを、頬はその透明感を、表情はその輝きを失っていた。女性らしさ自体が衰えていた。

グランシーが私の腕に手を置いて、「気に入らないかな」と悲しげに云った。

「気に入る? これでは——これではあの人を失ったようなものだ」と私は大声を出してしまった。

「それでも私は彼女を見つけたんだ」とグランシーが答えた。

「この絵にか?」非難を込めた身振りをしながら私は叫んだ。

「そうだ、この絵にだ」グランシーは挑戦的と云っていいような身振りで振り向いた。「あれは偽物のようになっていた。嘘のように。これが、なっていたはずの彼女の姿だ。いや、なっているはずの。クレイドンには判っているはずだ」

私はさっと顔を上げて云った。「クレイドンは引き受けたのか」

グランシーは頷いた。

「こっちに戻って来てから？」

「そうだ。戻って来てから一週間後に連絡を取った」そう云って顔を背けると燻《くすぶ》る火を突いた。

私も一緒に暖炉の側へ行った。肖像画から離れてほっとしていた。グランシーが暖炉の側の椅子にどさりと腰を下ろすと、その敏感に表情を変える顔を暖炉の光が照らした。頭を背もたれに預け、手を目に翳《かざ》すようにして話し始めた。

三

「君たちは私の人生をよく知っているから、二回目の結婚が私にとってどういう意味をもつのかを想像できるだろう。想像と云ったのは、本当の意味では誰も理解できないからだ。私にはずっと以前から女性的な傾向があったのだと思う。一緒に見てくれる眼が、一緒に時を刻んでくれる鼓動が必要だった。もちろん、人生というのは大きなものだ。壮観だと云っていい。だが、私はもうそれを独りで見つめるのに疲れてしまった。それでも、生きるというのはいつでもよいことだし、私にも幸せはたくさんあった。少しずつ深まっていくような幸せだ。私が味わったことのない幸せは、単純な無意識の幸せ、人が空気のように呼吸する幸せだ。

そして——彼女と出会ったんだ。彼女がどういう人かは知っているだろう。自分が生きていくはずだった場所を見つけたような気がした。どうやって人生との接点を限りなく増やすか、どうやって洞窟を光で照らし深淵に橋を架けるかを。誓って云うが（何もかも私の内にあることだと思うけれども）一日の終わりに家へ帰る途中いつも考えていたのは、このドアを開けるとそこに彼女が坐っているのではないか、首にかかる小さな巻き毛をランプが特別な光で照らしているのではないかということだった……。クレイドンが描いた姿は、私が部屋に入ったときにこちらを見上げる彼女の顔を捉えたものだ。私たちが二人だけになったときにどんな顔をしているのかどうしてクレイドンに判るのだろうと、不思議に思ったこともあった——あの肖像画を見たときの歓びはどれほどのものだったか！　私はよくこんなことを云っていた。『これでもう私に捕まえられてしまったわけだ——もう決して君を失うまい。もし、私のことが嫌になって出て行ってしまっても、君の本質は壁の上にいるんだから』彼女がもううんざりしていた私の冗談の一つだった——

三年後のことだった——彼女は死んでしまった。あまりにも突然のことで、様子が変わるとか衰弱するとか、何もなかった。まるで、いきなり肖像画のように固定されて動かないものになってしまったかのようだった。まるで幸せな時間に時が止まってしまったかのようだった。

ちょうど、クレイドンが筆を投げ出して、『もうこれ以上よくはならない』と云った日のように。

君も知っているように、私はここを離れて、五年のあいだ外国にいた。がむしゃらに働いて、暗黒の数箇月が過ぎた頃、微《かす》かな光が差してきた。彼女がいたら私のやっていることに関心を抱くだろうかと考えているうちに、彼女は関心を抱いている——彼女はそこにいて、彼女には判っていると感じるようになった。心霊現象の話をしているわけじゃない。たんに、自分が抱いた感覚を表現しようとしているだけだ。影響力があまりにも大きく、あまりにも濃密に満ちているので、春の雨のようにやり過ごすことはできない。私たちは互いの心の中に深く入り込んで生きていたので、彼女がどう思いどう感じるかということが、何をするときにも投射される。最初のうちは、戻って来たと云っても恥ずかしげで躊躇《ためら》いがちで、私を見つける自信がないとでも云うようだったのだが、やがてもっと長く留まるようになり、とうとう私が呼吸する空気そのもののようになるまで戻ったんだ。もちろん、彼女を近くに感じるせいで、本物の女性を失ったことを嘲笑されているかのように苦しくなる瞬間もあったが、次第にその二つの区別がなくなって、彼女のことを考えるだけで血と肉の温かさに満たされるようになった。

そうなった頃に、私は帰って来たんだ。朝のうちに上陸して、真っすぐここへ来た。この肖像画を見られるという思いで心がいっぱいになっていて、書斎のドアを開けるときには恋する男のように心臓がどきどきしていた。あれは昼下がりで、部屋には光が満ちていた。その光は肖像画にも降り注いでいた——若く輝く女性の肖像だ。彼女は冷たく私に微笑みかけていた。二人のあいだにある隔たりの向こうから。何だか彼女には私のことが判っていないような感じがした。そのとき、そこの鏡に映る自分の姿が目に入った——灰色の髪をして打ち拉《ひし》がれた男の姿を彼女はまったく知らないはずだ！

一週間、私たちはともに暮らした——見知らぬ女と見知らぬ男だ。夜になると私は坐って微笑む彼女に問いかけた。しかし、返事は返ってこなかった。結局のところ彼女は私の何を知っているのだろうか。私たちは五年間の生命によって引き裂かれて、それはもう取り消すことができない。ここに坐っているときに、彼女に対して憎しみが湧き上がってきたことすらあった。彼女の存在が私の淑《しと》やかな幽霊を追い払ってしまったからだ。ここで厳しい年月をともに泣き、老い、苦労した本当の妻を……。あれは私の知る限り、最悪の孤独だった。やがて少しずつ、肖像画の眼に悲しみの表情があるのに気づき始めた。こう云っているかのようだった。『私も孤独なのに気づかないの？』そして、彼女だって独り置いて行かれるのがどれほど嫌だったかに思い至った。彼女が人生を、二人で一緒に持たなければ容易には読めないほど重い本に喩えていたのを思い出した。私たちを隔てているページを彼女がどれほどもどかしい思いで捲っているだろうと思ったんだ。それで、こんなふうに思うようになった。『この肖像画こそが私たちを隔てている。この肖像画は死んでいて、私の妻ではない。この部屋に坐ることが、遺体を側で見守り続けるようなことになってしまっている』この気持ちが次第に強くなって、肖像画が、彼女を生きながらにして埋葬した美しい霊廟のように思えてきた。絵具を塗った壁を彼女の手が叩く音や、私に向かって弱々しく助けを求める泣き声が聞こえるようになった。

ある日、もう耐えられないと思ってクレイドンを呼んだ。これまでのことと、これから何をやってほしいのかを話した。最初のうち、クレイドンは絵に手を加えることを頑《かたく》なに拒んだ。翌朝、長い時間外を歩き回ってから戻って来ると、クレイドンが独りでこの部屋に坐っているのを見つけた。私を一瞬、鋭い眼で見てから、こう云った。『気が変わった。やってみよう』北の部屋の一つを仕事場として提供してやると、クレイドンはそこに一日中閉じこもった。呼ばれたので行ってみると、君が今見ているような姿になった肖像画が立っていた。彼女が部屋の入口に立って両腕を開いて私を迎え入れてくれるようだった。彼に礼を云って、これが私にどれほどの意味をもたらすのかを話そうとしたが、クレイドンは私の言葉を遮った。『五時の上り列車があったはずだな。夕食の約束があるんだ。駅まで急げば何とか間に合うだろう。後で僕の道具なんかを送ってくれないか』それ以来、クレイドンには会っていない。

傑作に手を入れるのに彼がどれだけの犠牲を強いたのかは想像できる。だが結局、彼にとって失ったものは肖像画でしかなく、私にとっては妻を取り戻したということなんだ」

四

それから十年間かそれ以上、夢という構造に基づいた生産的で希望に満ちた努力によって人生を送るグランシーという、奇妙な光景を見守ることになった。この間、妻が神秘的なやり方で自分の人生に参加してくれているという感覚がグランシーに力と勇気を引き出していたのは間違いないだろう。数箇月後グランシーに会いに行くと、肖像画は書斎から二階にある小さな仕事部屋に移動していて、そこに机と本が数冊運び込まれているのに気がついた。独りのときはいつもこの部屋に坐っていて、日曜日の来客用には今でも書斎の方を使っているという。肖像画がないことに気づいたとしても、もちろんそのことを指摘したりする者はいない。その秘密を知っている者も少しはいたが、そのことについてはグランシーを尊重していた。以前の友人たちがまた少しずつ戻ってきて、日曜日の午後はまた昔のような雰囲気に浸れるようになったが、クレイドンはそこに決して姿を見せなかった。

今から思えば、グランシーの健康は帰国した頃から衰えていたに違いない。その不屈の精神は衰弱の兆候を偽り隠していた。後になって思い出してみれば明らかなのだが。そのときは、無限に引き出せる尽きない生命力の貯えがあるように見えて、私たちの中には彼の生命力のおこぼれに与《あずか》って生きている者も一人に留まらなかった。

それにもかかわらず、ある夏にヨーロッパで過ごして休暇から帰って来たときに、グランシーが死の瀬戸際にいると聞いて、私たちが彼は健康だと信じていたのはただそうであって欲しいと思っていたからだったのだとすぐに判った。

急いで田舎の彼の家へと行ってみると、ゆっくりとだが恢復していく途上にあった。だがそのとき、もう私たちの手の届かないところに行ってしまったという感じがした。そしてグランシーは私の心の内を一目で読み取ったようだった。

「ああ、もう歳だからな。それは間違いない。これからは私たち二人も少しゆっくり生きていかなければならないだろうな。でも、手を引いてもらう必要はまだない」

この複数形の代名詞に衝撃を受け、思わずグランシー夫人の肖像画に目をやった。皺《しわ》の一本一本に私の恐怖が映し出されているのが見えた。それは自分の夫が死にかけていることを知っている妻の顔だった。私の心臓はクレイドンがしたことを考えて止まりそうになった。

グランシーが私の視線の先を捉えた。「そうだ、変わったんだ」と静かに云った。「何箇月ものあいだ、私が際どい状態だったことは知っているだろう。二人にとって長い戦いだった。私よりも彼女にとって厳しいものだった」一呼吸置いてから付け加えるように云った。「クレイドンは寛大だった。最近は忙しいらしく、ぜんぜん会えないのだが、この前は来てくれと頼んだらすぐに駆けつけてくれた」

私が何も云わなかったので、病気の話はそれきりになった。だが、帰るときには、死の宣告をされたグランシーを独り閉じこめて来るように感じられた。

次に会いに行ったときはずいぶん元気そうだった。日曜日だったが、書斎で迎えてくれたから肖像画を目にすることはなかった。その後も順調に恢復して、春になる頃には遠くまで旅に出られるくらいになったと皆も思うようになった。彼が云っていたように、手を引いてもらう必要もなく。

ある晩、もう安心だと確信して町に戻ったとき、たまたまクレイドンがクラブで独り夕食を摂っているのを見かけた。一緒にどうかと誘われたので、コーヒーを飲みながら仕事の話を聞いた。

「もし忙しくなければ、もう一回グランシーのところへ行く時間を作ってくれないか」と云えたのはしばらく経ってからだった。

クレイドンは素早く視線を上げて「どうして？」と云った。

「すっかり元気になったから。夫人の予想は間違っていた」私は冷酷な云い方をした。

クレイドンは私を少し見つめてから云った。「いや、彼女には判っている」と断言したときの微笑みに寒気を感じた。

「じゃあ、肖像画はそのままにしておくつもりだということか」ともうひと言云ってみた。

クレイドンは肩を竦《すく》めた。「まだ呼ばれていないからな」

ウェイターが葉巻を持ってくると、クレイドンは立ち上がって別のグループのところへ行った。

それからちょうど二週間が経ったとき、グランシーの家政婦から電報が届いた。彼女は駅まで迎えに来てくれて、グランシーの具合が悪くなっていること、医師団が治療に当たっていることなどを知らせてくれた。医師たちが現れるまで、誰もいない書斎でしばらく待たなければならなかった。偉大な癒やし手に地位を奪われた偽医者のように困惑した様子の彼らは、グランシーは苦しんでおらず、私がいても害はないと伝えるくらいの時間しかそこに留まらなかった。

行ってみると、グランシーはあの小さな仕事部屋の肘掛け椅子に坐っていた。微笑みながら私に手を差し出して云った。

「結局のところ彼女が正しかったと判っただろう」

「彼女が？」一瞬混乱して同じ言葉を返してしまった。

「妻のことだ」そう云って肖像画を指し示した。「もちろん、最初から彼女は希望を抱いていないことは判っていた。私には判ったんだ」――グランシーは声をひそめた――「クレイドンが帰ったあとにだがね。だが、最初は信じられなかった」

私はグランシーの手を握って云った。「頼むから今も信じないでいてくれ」と頼んだ。

グランシーはそっと首を振った。「もう遅過ぎる。彼女には判っているということが判っていてはね」

「でも、僕の云うことも聞いてくれ」と云い始めたところで言葉を止めた。どうやってグランシーを説得できようか。私たちが同意できる共通の論拠はないのだ。結局のところ、グランシーにとっては、彼女には判っていたと思いながら死ぬ方が楽なのだろう。クレイドンが目的を達成しなかったのがなぜか私には判った……。

五

グランシーの遺言には、私を遺言執行者の一人に指名すると書かれていた。もう一人の執行者は他の仕事で手いっぱいだから、我らの友人の願いを実行する任務を引き受けてくれと云われてしまった。そのせいで私は、グランシー夫人の肖像画を遺贈されたことをクレイドンに伝えなくてはならなくなった。クレイドンはすぐに受け取りに行くという返事を送ってきた。私は閑散とした邸宅で肖像画が運び出されるのを見守った。ドアが閉まったとき、グランシーの存在も消えたのを感じ取った。今度はグランシーが彼女を追っていく番なのだろうか。幽霊がもう一人の幽霊に取り憑くことは可能なのだろうか。

その後の一年か二年のあいだ、あの肖像画について何かを耳にすることはなかった。クレイドンにはときどき会っていたのに、言葉を交わすことはほとんどなかったのである。相手に対して言葉にできるような不満を抱いているわけではなく、クレイドンが自分の最高傑作を友人のために犠牲にしてやったことを思い出そうともしていた。しかし、私の憤りは不条理なまでに執拗なものだった。

だがある日、クレイドンに肖像画を描いてもらったというご婦人から一緒に見に行こうと誘われてしまった。断ることもできないし、彼女に誘われたのが私一人だけではないということも判っていたので、そんなに嫌だとも思うことなく出かけて行った。私が部屋に入ったとき、他の友人たちは画架の周りに集まっていた。私が参加したことを喜んでくれる声に応えてから、私はそこから離れてアトリエの中を歩き始めた。

クレイドンはちょっとした蒐集家だったので、彼の持ち物はどれもなかなか見応えがあった。アトリエはタペストリーで飾った細長い部屋で、奥のアーチになったところがカーテンで仕切られていた。カーテンは開けてあって、両側がタッセルで括《くく》られていたので、小さな一角に本や花、ブロンズや磁器の小物類があるのが見えた。この奥の小部屋にはティーテーブルがあり、入って観賞することを促していたので私は中に入ってみた。最初に、蒼《あお》い琺瑯《ほうろう》引きの花瓶に目を惹《ひ》かれた。次に、ブロンズ製のほっそりとしたガニュメーデース像を見てみようと向きを変えたとき、グランシー夫人の肖像画と向かい合ってしまった。呆然と見上げていると、彼女は輝く若さを取り戻した微笑みを返してくれた。画家は後から手を加えた痕跡をことごとく消し去って、本来の姿を甦らせていた。羽目板を張られた壁の王座に独りで坐り、注意深く選び抜かれた側近たちの頭上から美しい姿が煌《きら》めいていた。一瞬にしてこの部屋が彼女に貢ぎ物を捧げる場所になったように感じた。クレイドンがこの宝を、愛した女性の足下に積み上げたのだと。そうだ、クレイドンが愛したのは絵ではなく、この女性だったのだ。私の本能的な憤りも説明がついた。

不意に肩に手が置かれるのを感じた。

「どうしてこんなことを」振り向きざまに私は叫んだ。

「どうして私がこんなことを?」クレイドンが直ちに云い返した。「どうしてしてはいけないんだ。もう私のものじゃないか」

我慢できずにその場を離れようとした。

「ちょっと待ってくれ」そう云ってクレイドンは引き留めるような身振りをした。「もう皆はいなくなったから、少し話しておきたい。ああ、私のことをどう考えているのかは判っている。想像がつく。私がグランシーを殺したと思っているんだろう?」

私は急に激しくなったクレイドンの口調に驚いた。「何か残酷なことをしようとしたとは思っている」

「ああ、君たちは人生をずいぶん浅いところまでしか見ないんだな」と呟《つぶや》くように云った。「ここにちょっと坐って——ここなら彼女がよく見える——そうしたら教えよう」

クレイドンは長椅子《オットマン》に坐った私の隣に腰を下ろし、肖像画をじっと見つめた。両手を膝の上で握りしめていた。

　クレイドンがゆっくりとした口調で話し始めた。「ピュグマリオーンは自作の彫像に本物の命を与えた。私は命ある女性を肖像画に変えた。些細な報酬だと君は思うだろうが、一人の女性を描いたあとにその人がどれほど自分のものになるかを知らないからな。まあ、とにかく私は精一杯のことをした――自分の中にあるものを精一杯捧げた。そうしたら、彼女のような女性がただ生きているだけで与えられるものをお返しに与えてくれた。二度と描けないような絵を描かせてくれたのだから、結局のところ十分な報酬だった。彼女のある一面は私だけのものだった。それは彼女の美しさだった。他にそれを理解できる者はいなかったからだ。グランシーにとっても、それは単なる彼女の表情の一つにすぎなかった。思考にとっての言語のようなものだ。グランシーが肖像画を見たときも、私の秘密を見抜くことはなかった。彼女は完全に自分のものだと確信していたからな。まるで、家の前のプールに映る月を見て、それが自分のものだと思うようなものだ――。

　グランシーが戻って来て呼び出されて、肖像画に手を加えるように云われたときは、殺人を犯せと云われたような気持ちだった。彼女を年寄りにしろと云うんだからな。神々しいまでの不変の若さだというのに！　本当に愛している女性に対して、自分のために若さと美しさを犠牲にしろと要求するようなものじゃないか。最初はできないと云った。だがその後、グランシーが私を肖像画の前に独り残して出て行ったとき、何か妙なことが起こった。もともとグランシーのことは大好きだったから、彼の望みを拒否するのが本意ではなかったせいかと思った。とにかく、坐って肖像画を見上げていると、彼女にこう云われたような気がしたんだ。『私はあなたのものではありません。彼のものです。だから、彼が望むようにしてほしいと思っています』だから、そうした。その仕事を終えたときには、自分の手を切り落としてもいいと思った。たぶん、私は二度と部屋に戻らず、肖像画を見ることもなかったとグランシーは君に云ったんじゃないかと思う。私が忙しいとでも思ったのか——グランシーには決して理解できないだろう……。

去年になってまた呼ばれた。覚えているだろう。病気になったあとだった。自分は二十歳も老け込んだから、彼女も老けさせてくれと云われた。彼女に置いて行かれたくないとね。あの頃は医師たちはまだ恢復するだろうと考えていたし、グランシーもそう思っていた。最初に会ったときは私もそう思った。だが、肖像画の方を向いたとき——ああ、信じてくれとは云わないが、確かにあのとき彼女の顔が、グランシーは死にかけていると語ったんだ。そして、彼にそれを知らせてくれと。彼女には伝えるべきメッセージがあって、それを私に伝えさせたというわけだ」

クレイドンは不意に立ち上がって肖像画の前に歩いて行った。それから、また私の隣に戻って来て坐った。

「残酷なこと？　そうだな、私も最初はそう思った。あのとき私が抵抗したとしたら、それは自分のためではなく、グランシーのためだった。だが、私に向けている彼女の視線をずっと感じながら、彼女が私に理解させようとしていることが少しずつ判ってきた。もし彼女が身体を伴ってそこにいたとしたら、誰よりも先にグランシーが死にかけていることに気づくのではないか（彼女がそう云おうとしているように思えた）。グランシーは彼女の顔から最初にその知らせを読み取るのではないだろうか。そして、その代わりに見知らぬ者の目に知らせを見出したとしたら、それこそ恐ろしいことになる。それが、彼女が私に望んだことだ。だから私はやった。最後の瞬間まで二人を一緒にしてやった！」クレイドンは肖像画をまた見上げた。「だが、今は彼女は私のものだ」そう繰り返した……。

惑わされて

Bewitched

一

雪がなおも激しく降りしきるなか、ローントップの南で農家をやっているオーリン・ボズワースという男が馬橇で乗りつけてきたのはソール・ラトレッジの家の門だった。驚いたことに、見ると二台の馬橇《ばそり》が前に止まっているではないか。そこからしっかり着込んだ人影が二人降りてきた。ボズワースが驚きの念を強めたのは、それがノース・アシュモアのヒブン牧師補と、ローントップへ行く道の途中にあるベアクリフの古い農場から来た男やもめのシルヴェスター・ブランドだということだった。

ヘムロック郡でソール・ラトレッジの門をくぐる者は滅多にいない。とりわけ、この真冬に、しかもラトレッジ夫人に呼び出されて（少なくともボズワースはそうだった）来るなどということは。この社交的とは云えない地方においても、夫人は冷たい態度と孤独な性格の女で通っていたのだった。この状況は、オーリン・ボズワースほど想像力が豊かでなかったとしても、好奇心を掻《か》き立てられるには十分だった。

ボズワースが縦溝彫りの壺形装飾を戴く壊れかけた白い門柱のあいだを通るときには、先客の二人は自分たちの馬を隣に建つ小屋に曳《ひ》いて行くところだった。ボズワースも二人に続いて馬を柱に繋いだ。三人は肩に積もった雪を払い落とし、凍えた手を叩くと、挨拶の言葉を交わした。

「こんにちは、牧師さん」

「これはこれは、オーリン」二人は握手をした。

「やあ、ボズワース」シルヴェスター・ブランドはそう云って軽く頷《うなず》いた。打ちとけた態度を示すことは滅多になかったし、このときはまだ馬具や胴掛けで手がふさがっていた。

オーリン・ボズワースは三人の中でいちばん若くて話し好きだったが、牧師補のヒブンへ視線を戻した。その妙に染みが多く黴《かび》でも生えていそうな長い顔と瞬《まばた》きしながら人を覗き込むような目は、それでもブランドの重苦しい顔つきに比べればまだしも話しかけてはいけないという雰囲気ではなかった。

「妙な感じだね。こんなふうに三人が会うなんて。ラトレッジの奥さんから来てくれっていう伝言があってね」ボズワースが進んで話の口火を切った。

牧師補が頷いた。「私のところにも奥さんからの伝言があった。昨日の昼にアンディ・ポンドが持ってきたんだ。面倒なことにならなければいいが」

ますます厚く降り積もる雪を通して、ラトレッジ邸の荒れた様子を正面から眺めた。打ち捨てられた今の姿がとりわけ物悲しく感じられるのは、門柱のようなかつて優雅だったものの痕跡が残っているからだ。ボズワースがいつも不思議に思っていたのは、これほどの館がどうしてノース・アシュモアとコールド・コーナーズのあいだなどという辺鄙《へんぴ》なところに建てられたのかということだった。以前はこんな館が他にもあって、アシュモアという小さな郡区ができていたのだと云われている。一人のイギリス王党派の将校が気まぐれな気持ちで作った山あいの入植地のようなもので、その将校は家族もろとも独立戦争のずいぶん前にインディアンに殺されたという。この話を裏付けるものとして、小さな家のものだったと思しき廃墟となった地下室が草木の生い茂る近隣の丘の斜面で発見されたり、コールド・コーナーズにかろうじて残っている聖公会の教会にある聖体拝領皿にアシュモア大佐の名前が、一七二三年にアシュモア教会にこれを寄贈した者として刻まれていることなどがある。そのときの教会そのものはもはや跡形もない。杭の上に立てられた質素な木造建築だったことは疑いなく、周辺の家々を焼き尽くした大火によってすっかり灰になってしまったのだろう。夏でも陰鬱な寂寥感にすっかり満たされていて、ソール・ラトレッジの父親はどうしてそんなところに住み着いたのかと不思議に思われていた。

「これほど、人間の社会から遠く離れているように感じられるところはない。それでも、マイルで数えればそれほどでもないのだが」とヒブン師が云った。

「距離を決めるのはマイルだけではないってことだな」オーリン・ボズワースが答えた。そして二人の後ろにシルヴェスター・ブランドが続いて正面玄関へ通じる道を渡って歩いた。ヘムロック郡の人たちがこの正面玄関から出入りすることは、普通はない。だが三人は、この極めて異例に感じられる状況では、いつもの慣れ親しんだ台所から入る経路は相応《ふさわ》しくないと思ったようだ。

三人の判断は正しかった。牧師補がノッカーに触れそうになった瞬間にドアが開いて、ラトレッジ夫人が姿を見せた。

「入って」いつものように無感情な声で夫人が云った。ボズワースは二人の後ろについて入りながら「何が起ころうと、この人がそのときの感情を顔に出すことはないだろう」と思った。

プルーデンス・ラトレッジの顔という限られた範囲に浮かぶ、常と変わらない表情に何か普通とは違うところを見出せることなど到底ありそうにない。このとき彼女は、白い水玉のある黒のキャリコを纏《まと》い、クロッシェ編みの襟に金のブローチを留め、灰色の毛織りのショールを両腕の下を通して背中で結んでいた。小さくて細い頭で、薄い色の眼鏡の上に丸く突き出ている額だけが目立っていた。黒い髪をこの膨らみの上で分け、耳の上から後ろへきつくぴったりひっつめて、うなじで小さな輪を編むように纏めていた。ひっつめ髪の頭は、紐のような筋が見えている細長くて弱々しい首の上に載っているので、なおいっそう細く見えた。目は冷たく淡い灰色で、顔色はのっぺりとした白だった。年齢は三十五歳から六十歳のあいだのどことも云えそうだった。

三人が案内された部屋はおそらく元はアシュモア邸の食堂だったのだろう。今では応接室として使われていて、年季の入った木製のマントルピースを飾る精緻な縦溝彫りの羽目板から張り出した亜鉛版の上に、黒いストーブが設置されていた。熾《おこ》したばかりの火は嫌々ながら燃えているとでも云うように燻《くすぶ》っていて、部屋は狭苦しく、そしてひどく寒かった。

「アンディ・ポンド」とラトレッジ夫人は家の奥にいる者に大きな声で呼びかけた。「ちょっと旦那さんを呼んできておくれ。薪小屋の中か、納屋の近くにいるだろうから」それからまた客人の方へ向き直って「まあ、お掛けになってください」と云った。

三人は気まずい気持ちをいよいよ強くしながら示された椅子にそれぞれ坐《すわ》り、ラトレッジ夫人はビーズ細工用のがたがたしたテーブルの後ろにある四つ目の椅子に堅苦しく腰を下ろした。

訪問客の一人ひとりに目をやってから、こう云った。

「みんなどうしてここに呼ばれたんだろうと不思議に思っているでしょう」彼女が平坦な声でそう云うと、オーリン・ボズワースとヒブン師は同意の言葉をもごもごと呟《つぶや》いた。シルヴェスター・ブランドは黙って坐ったまま、太い眉毛の下の目で、前で揺れている自分の大きな長靴の先端をじっと見つめていた。

「まあ、まさかパーティがあると思ってはいなかっただろうけど」とラトレッジ夫人が続けた。このよそよそしい冗談にあえて誰も反応しようとせず、夫人はさらに続けた。「ちょっと困ったことになっているというのが実際のところで、助言が必要なんです。夫と私がどうしたらいいいか」咳払《せきばら》いをしてから、無慈悲なまでにすっきりした目でまっすぐ前を見たまま夫人はさらに低い声で云った。「主人は魔法に惑わされましてね」

ヒブン師がするどく目を上げて、薄い唇をぎゅっとすぼめて疑わしそうな笑みを浮かべた。

「魔法だって?」

「そう云ったんですよ。魔法に惑わされたって」

三人はまたもや黙り込んだ。それからボズワースが、他の二人に比べれば気楽な性格で、口も重くなかったので、冗談めかした口調でこう訊《たず》ねた。「それは、厳密に聖書で使われている意味で云ったのですか」

夫人はボズワースをちらりと見てからこう答えた。「そういう意味でうちの人は云いましたね」

ヒブン師は咳払いをしてがらがらいっていた咽喉《のど》をすっきりさせた。「もう少し詳しく話してもらえませんか。ご主人が来る前に」

ラトレッジ夫人が握りしめた両手をじっと見下ろしている姿は、その質問について思い巡らしているようだった。ボズワースは夫人の瞼《まぶた》の襞《ひだ》の内まで顔の皮膚と同じ白だということに気がついた。だから彼女が視線を落とすと、少し飛び出した目が大理石でできた彫像の盲目の眼球のように見えるのだった。その印象は不快ですらあり、ボズワースはマントルピースの上に掲げられている言葉に視線を向けた。

罪を犯した者が死ぬ〔「エゼキエル書」第十八章二十節〕

「いいえ、待ちます」夫人はようやく云った。

この瞬間、シルヴェスター・ブランドが不意に立ち上がって椅子を後ろに押し動かした。「よく判らないな」無作法な低音で云った。「俺は聖書に詳しいわけじゃないから。それに、今日はスタークフィールドに行って、ある男との取引を纏めることになっていた日なんだ」

ラトレッジ夫人が痩《や》せた長い手を片方上げた。仕事と寒さのせいで皺《しわ》だらけのか細い手だった。が、顔と同じように生気のない白だった。「長くはかかりませんから。お坐りになったら？」

農夫のブランドは決断しかねて立っていた。紫の下唇を震わせながら。「ヒブン師がここにいるじゃないか。そういうことは任せておけば……」

「ここにいてほしいんです」ラトレッジ夫人が静かな声で云うと、ブランドは腰を下ろした。

沈黙が降《お》り、そこにいる四人はその中で足音に耳を欹《そばだ》てていたが、何も聞こえず、一分か二分経ってラトレッジ夫人がまた口を開いた。

「レイマーの池の近くにある古い丸太小屋。そこで二人は会っている」唐突に夫人は云った。

シルヴェスター・ブランドの顔に目を向けたボズワースは、農夫の硬い革のような肌が内側から紅潮したような気がした。ヒブン師は身を乗り出して、好奇心でその目を輝かせた。

「二人って、誰です？」

「私の夫のソール・ラトレッジと……あの女……」

シルヴェスター・ブランドがまた椅子の上でもぞもぞと躰《からだ》を動かした。「あの女って誰だ」いきなり、遠く彼方《かなた》に思いを馳せていたところから戻って来たかのように云った。

ラトレッジ夫人は体を動かさず、その長い首だけ捻《ひね》ってブランドを見た。

「あんたの娘さ」

男はよろよろと立ち上がって言葉にならない声を上げた。「俺の——俺の娘？　一体、何を云っているんだ。俺の娘？　とんでもない出鱈目《でたらめ》だ。それは……それは……」

「あんたの娘のオーラさ。ブランドさん」ラトレッジ夫人がゆっくり云った。

ボズワースは背筋に氷のような寒気が走るのを感じた。本能的にブランドから目を背け、ヒブン師の黴《かび》の生えたような顔に視線を向けた。斑点《しみ》のあいだの肌はラトレッジ夫人と同じように白くなっていた。そして、その目は灰の中の残り火のように白の中で燃えていた。

ブランドが笑った。錆《さ》びついて軋《きし》むような笑い声だった。陽気な気分でも笑いの発条《ばね》がまったく効かない男のようだった。

「そうさ」

「俺の死んだ娘？」

「あの人はそう云っている」

「あんたの旦那がか」

「夫のラトレッジはそう云っている」

オーリン・ボズワースは息がつまるような気持ちで話を聞いていた。恐怖の中でもがいているいつまでも終わらない夢を見ているような気分だった。もうシルヴェスター・ブランドの顔に視線を戻さずにはいられなかった。驚いたことに、その顔は落ち着いた自然な表情を取り戻していた。ブランドは立ち上がって、「それだけか」と蔑むような声で云った。

「それだけ？　これで十分でしょう。あなた方がソール・ラトレッジと最後に会ってからどれくらいになる？」ラトレッジ夫人が突然食ってかかった。

ボズワースはかれこれ一年になるような気がした。牧師補はノース・アシュモア郵便局で、去年の秋に一度、一分くらいだったがばったり出くわしたことがあった。そのとき、あまり具合がよさそうではなかったと云った。ブランドは何も云わず、何かを躊躇《ためら》っているように立っていた。

「まあ、もう少し待って自分の目でみれば判るし、あの人も自分の言葉で話すでしょうよ。だから、こうやって引き留めているわけさ、夫に何が起こったのか皆さんの目で見てもらうためにね。そうしたら、云うことも変わるでしょうよ」とシルヴェスター・ブランドの方に首を捻《ひね》って付け加えた。

ヒブン師は質問しようと痩せた手を上げて云った。

「ご主人は、われわれがこの話のために呼ばれてきていることはご存じなのかな」ラトレッジ夫人は同意する身振りをした。

「じゃあ、ご主人の同意もあるってことだ」

夫人は冷たい目で質問者を見た。「同意なしにできるわけがないでしょう」と云った。ボズワースはまた背筋を寒気が走るのを感じた。そして、その感覚を振り払おうとして、しっかりしているふうを装って話した。

「話してもらえませんか。この厄介事というのはどんな様子なのか……どうしてそう思っているのか……」

夫人はボズワースの方に一瞬目をやった。そして、ビーズ細工のテーブルの上に身を乗りだした。うっすらと蔑むような微笑《ほほえ》みが浮かんで色のない唇が窄《すぼ》んだ。

「思っているんじゃなくてね——知っているのさ」

「なるほど——でも、どうやって」

夫人は身を乗り出し、両肘をテーブルについて声を落として云った。「見たのさ」

窓の外を覆う雪から届く灰色の光の中で牧師補の細めた小さな目が赤い火花を放っているように見えた。「ご主人と死んだ女を?」

「あの人と死んだ女を」

「ソール・ラトレッジとオーラ・ブランド?」

「そのとおり」

シルヴェスター・ブランドが椅子を後ろに倒す音が響いた。また立ち上がったブランドは紅潮した顔で喚《わめ》いた。「出鱈目だ。悪魔がでっち上げる嘘だ」

「ブランド……ブランド……」牧師補が声をかけた。

「こんなのはもう止《や》めてくれ。ソール・ラトレッジ本人に会って話をさせてくれないか」

「来ましたよ」ラトレッジ夫人が云った。

家に入るドアが外から開いた。足踏みをしたり躰を揺する音が聞こえて、いちばんよい応接室という聖なる領域へ入る前に服に積もった雪をすっかり落としているのだと判った。そして、ソール・ラトレッジが入ってきた。

二

ラトレッジが部屋に入って来たとき北側の窓から入る光を顔に受けていて、ボズワースの頭に最初に浮かんだのは、まるで氷の下から引き上げられた溺死体のように見えるということだった。それも、自ら飛び込んだやつのだ、と心の中で付け加えた。しかし、雪映えというものは人の顔色に残酷な悪戯《いたずら》をするものだ。人の顔形に対してさえ。一年前の筋肉質で真っすぐ背を伸ばした男から、今目の前にいる窶《やつ》れはてた惨めな姿へ変わってしまったのは、一部にそのせいもあるだろうとボズワースは思った。

牧師補が恐怖を和らげる言葉を探した。「さあ、ソール、ストーヴの前にすぐ来た方がいいような顔をしているじゃないか。軽いマラリア熱にでも罹《かか》っているのかね」

この力のない試みは役に立たなかった。ラトレッジは動こうとも答えようともしなかった。黙ったまま、云うに云えない様子で皆に囲まれて立ち尽くしていた。死から甦ってきた男のように。

ブランドがラトレッジの肩を乱暴に摑んだ。「おい、ソール・ラトレッジ。あの汚い嘘は一体何だ。お前の女房がすっかり話してくれたぞ」

それでもラトレッジは動かなかった。「嘘なんかじゃない」

ブランドの手が肩から離れた。乱暴で威張り散らすほどの力の持ち主であっても、ラトレッジの顔と声に説明できない怖れを抱いたようだった。

「嘘じゃないだと。じゃあ、すっかり頭がおかしくなったってことか」

ラトレッジ夫人が口を開いた。「この人は嘘をついてはいないし、頭がおかしくなってもいませんから。私も見たって云ったでしょう」

ブランドがまた笑い声を上げた。「こいつと死んだ女を？」

「ええ」

「レイマー池の側だって？」

「ええ」

「それはいつのことだか訊《き》いてもいいかね」

「一昨日でしたね」

不思議な事情で集まった面々に沈黙が訪れた。ようやく牧師補が沈黙を破ってブランドに向かって云った。「ブランド、私の考えを云わせてもらえば、この件を最後まで見届けるしかないだろう」

ブランドは少し考え込むように立ち尽くしていた。ブランドが紫色になった厚い下唇の端に玉のような泡を少し溜めて、顔を顰《しか》めて黙り込んでいる様子を見ながら、ボズワースは、そこには何か動物的で原始的なところがあると考えていた。ブランドはゆっくり椅子に腰を下ろした。「俺も最後まで見届けるつもりだ」

他の男二人とラトレッジ夫人は坐ったままだった。彼らの前に立つソール・ラトレッジは、被告人席の囚人のよう、いや、むしろ治療しようとしている医師たちの前にいる病人のようだった。ボズワースはラトレッジの虚《うつ》ろな顔をよくよく眺めてみた。黒く日焼けした皮膚には血の気がなく、謎の熱病に内側から生気を吸い取られ消耗していた。もしかしたらこの夫と妻は本当のことを話していて、皆はこの瞬間に禁じられた神秘の縁に立っているのかという考えが、この健康で健全な男の脳裏に浮かんできた。まともな精神の持ち主なら一顧だにしないようなことも、目の前のソール・ラトレッジを見て一年前の同じ男を思い出せる者にとっては、もはや簡単に片づけられないことのように思えた。そうだ、牧師補が云ったように、この件は最後まで見届けなければならないだろう。

「まあ、坐りなさい、ソール。もっとこっちに近づいてはどうかな」牧師補は、自然な口調に戻るように努めて云った。

ラトレッジ夫人が椅子を前に押して動かすと、夫はそこに腰を下ろした。両腕を伸ばして骨張った茶色の指で膝を摑むと、その姿勢のままじっとして、顔も目も動かさなかった。

「ところで、ソール」牧師補が続けた。「この心配事に対して、それが何かはよく判らないが、何か助けになるようなことが私たちにあるんじゃないかと奥さんが考えを話してくれたんだが」

ラトレッジは灰色の目を少し見開いて、云った。「いや、そんなことは考えていなかった。何かできることがあるんじゃないかというのはこいつの考えだ」

「でも、私たちを呼ぶのに同意したのだから、二つ三つ質問をするのは差し支えないと思うのだが、どうかな」

ラトレッジは一瞬黙り込んでから口を開いたが、無理をしている様子がありありと判った。

「ああ、構わない」

「じゃあ、奥さんの話は聞いていたかね」

ラトレッジは微《かす》かに同意する仕草をした。「それなら――それに対する答えはどうかな。どう説明する？」

ラトレッジ夫人が遮って云った。「この人がどう説明できるっていうんですか。私は見たんですよ」

少し沈黙が続いた後、ボズワースが安心させるような優しい口調で云った。「そうなのか、ソール」

「そうだ」

ブランドが考え込んでいるような顔を上げて云った。「それは本気でそう云っているんだね……みんながいる前で……」

牧師補がまた手を上げて制した。「まあ、待ちなさい。私たちはみんな事実を確かめようとしているんだろう？」ラトレッジの方を向いて言葉を続けた。「みんなで奥さんの話は聞いたが、お前さんの答えはどうなんだ」

「答えなんてものがあるかどうか判らない。こいつが俺たちを見たんだから」

「というとつまり、一緒にいたのは……一緒にいたと思っているのは……」牧師補のか細い声はいっそう小さくなった。「オーラ・ブランドだと？」

　ソール・ラトレッジは頷いた。

「判っていた……あるいは判っているつもりだったのか……自分が死者と会っていると」

　ラトレッジはまた頷いた。雪はやむ気配もなく、窓に向かって絶えることなく降り注いだ。ボズワースは、空に巻き上げられていたシートが降りてきて、共同墓地にいる自分たちをすっかり包み込もうとしているような気がした。

「自分が何を云っているのかよく考えろ。私たちの信仰に反することだ。オーラ……可哀想に……一年以上前に死んでいるのに。あの子の葬式にも出ていたじゃないか。どうしてそんなことが云えるのか」

「他に何が云えるっていうのさ」ラトレッジ夫人が口を挟んだ。

　皆黙り込んだ。ボズワースはもう策が尽きてしまったし、ブランドはまたもや暗い瞑想に沈み込んでいる。牧師補は震える指先を合わせてから、唇を湿らせた。

「一昨日が初めてだったのかな」

　ラトレッジの首の動きは否定を示していた。

「初めてではない？　ではいつ……」

「一年くらい前かな」

「何と！　それからずっとなんて本気で云うつもりなのか」

「さてね……どんな顔で云っているのか見てくださいよ」ラトレッジの妻が云った。他の三人は目を伏せた。

少ししてボズワースは心を落ち着けようとしながら、牧師補の方に目をやった。「ソールに自分の言葉で説明させてやりませんか。そのために私たちはここにいるんじゃありませんかね」

「そのとおりだ」牧師補が同意して、ラトレッジの方に向き直った。「どう考えているのか私たちに話してくれないか。その……どんなふうに始まったのか」

またもや黙り込んだ。ラトレッジは骨と皮になった両膝をぐっと両手で摑み、どこをということもなく真っすぐ前を見る目は不思議なほど澄んでいた。「まあ、ことの始まりはずいぶん前で、この家内と結婚する前だった」その声は低く機械のようで、何か目に見えない存在に言葉を指示されているか、それが代わりに声を発しているか、そんな感じだった。「実は、オーラと俺は結婚するはずだった」と付け加えた。

シルヴェスター・ブランドが顔を上げて、口を挟んだ。「まず、それを正確な言葉で云ってくれないか」

「俺たちは懇《ねんご》ろだったという意味だ。だが、オーラはまだ若かった。それでこのブランドさんがあの子を遠くへやってしまったというわけだ。三年くらいだったかな。戻って来たときには、俺は結婚していた」

「それでいい」ブランドはそう云って、また椅子に沈み込む姿勢に戻った。

「彼女が戻って来てから、また会うようになったのかな」牧師補が先を続けた。

「生きているときのことか」ラトレッジが云った。

部屋に震えが走るのが判った。

「ああ――もちろんそうだ」牧師補が苛々《いらいら》したように云った。

ラトレッジは考え込んでるようだった。「一度会ったか――一度だけだ。他の連中も大勢いたときだ。コールド・コーナーズの市《いち》のときだ」

「そのとき、オーラとは話をしたのか」

「ほんの一分くらいだったかな」

「何と云っていた？」

ラトレッジは声を落とした。「病気だと云っていた。そのせいで死ぬだろうと。それで、死んだら俺のところへ戻って来ると云った」

「で、何と答えた」

「何も」

「そのとき、何か思ったんじゃないのか」

「いや、そのときは何も。死んだと聞かされたときまでは。そのあとで思ったのは――あいつに引き寄せられたんだって思った」

「あの池の側の廃屋に引き寄せられたということか」

ラトレッジが微かに同意する仕草を示した。すると牧師補がこう付け加えた。「来て欲しい場所があそこだとどうやって判ったんだ」

「あいつに――ただ引き寄せられたんだ――」

長い間があった。ボズワースは、自分にも他の二人にも、次の質問をしなければならないという強い重圧があると感じていた。ラトレッジ夫人は薄い唇を一度か二度、開いたり閉じたりして、何だか浜に打ち上げられた貝が潮を求めて苦しそうにしているようだった。

「それで、話の続きはしてくれないのですか」牧師補がようやく促した。

「これだけだ。他にはもうない」

牧師補が声を落として云った。「オーラにただ引き寄せられたということだね」

「そうだ」

「何度も？」

「たまたまそうなったということかな」

「でも、いつもオーラに引き寄せられると云うのなら、その場所に近寄らないようにするだけの精神力があればいいんじゃないか」

このとき初めてラトレッジは質問者の方にうんざりしたような顔を向けた。空虚な微笑みを浮かべて血の気のない唇がすっと細くなった。「どうしようもない。あいつが後ろについてくるんだから」

また沈黙が続いた。これ以上何を訊けばいいのか、このとき、この場で。ラトレッジ夫人の存在が、次の質問を抑え込んでいた。牧師補はあれこれ考えていてどうにもならないようだ。やがて、牧師補がいつにもまして権威ある口調で云った。「それはしてはならないことだ。判っているだろう。神に祈ったことはあるかな」

ラトレッジは首を振った。

「では今から一緒に祈ろう」

ラトレッジは魂の助言者に凍りつくような冷淡な視線を投げた。「みんなが祈りたいって云うのなら、喜んで応じよう」ところが、ラトレッジ夫人が口を挟んだ。

「祈ったって仕方がありませんよ。こういう相手には祈っても何の役にも立ちやしない。それくらいお判りでしょう。ここにわざわざお呼びしたのは、この教区で前に起きた事件を覚えていらっしゃるからですよ。三十年前のことだったと思いますけどね。でも、ご存じのはず。レファーツ・ナッシュ――祈りで助けられましたか？　あの頃、私はまだ幼い女の子でしたが、冬の夜によくその話を聞いたものです。レファーツ・ナッシュとハンナ・コーリーのことを。ハンナの胸に杭を打ち込んだんですよ。それでナッシュは治ったってね」

「ああっ」オーリン・ボズワースが叫んだ。

シルヴェスター・ブランドが顔を上げた。「あの古い話が、今回のことと同じだとでも云うような口振りだな」

「そうでしょうよ。うちの人は、レファーツ・ナッシュと同じように窶れて衰えているじゃないですか。このヒブンさんなら、ご存じでしょうけど――」

牧師補は不安げに椅子の上で身じろぎした。「してはならないことだ」と繰り返した。「仰るように、ご主人が霊に取り憑かれていると本気で考えるのであれば、まあ、そのときは、証拠となるものが必要で……死んだ女が……あの気の毒な娘の亡霊であるということの」

「証拠だって？　この人がそう云っているじゃないか。あの女がそう云ったじゃないか。私が二人を見たじゃないか」ラトレッジ夫人の声はもはや悲鳴だった。

三人は黙って坐っていたが、不意にラトレッジの妻が大声を出した。「胸に杭を打って。それが昔からのやり方なんだから。やり方って云ったらそれしかない。牧師補さんなら知っているでしょうが」

「死者の眠りを乱すのは、私たちの信仰に反する」

「生きている者を死なせるのも信仰に反することでは？　うちの人は死にかけているんだから」夫人はいつもの唐突な身の動きで立ち上がると、客間の隅にある飾り棚から家庭用聖書を取ってきた。聖書をテーブルの上に置くと、鉛色の指を湿らせて、素早くページを捲《めく》った。目指すところを開くと石の文鎮のような手をそこに乗せた。「ここをご覧なさいな」そう云って、抑揚のない単調な声で読み上げた。

『魔術をつかふ女を生かしおくべからず』

「出エジプト記ですよ。ここにある言葉です」そう云い添えて、自分の云ったことを立証するかのように、聖書を開いたままにした。

ボズワースは心配そうにテーブルの周りの四人の顔を一人ずつちらちらと見ていた。他の誰より若く、現代社会との繋がりもあった。スタークフィールドにあるフィールディング・ハウスのバーでは、いつも他の男たちと一緒に女たちのあいだに伝わるそんな昔話を笑い飛ばしていた。しかし、ボズワースはローントップの凍てつく影の下で生まれ、ヘムロック郡の厳しい冬を飢えて震えながら生き抜いた男なのだ。両親が死んだ後、農場を自分の手で経営するようになって、新しい手法を導入したり、ストーツベリー周辺に夏のあいだだけ集まる避暑客たちに牛乳や野菜を供給したりして、利益も増えてきた。ノース・アシュモアの行政委員にも選ばれたし、若いわりには、この郡でそれなりの地位に就いていたのだ。それでも、ボズワースの中には今もなお古い生活の根が残っていた。幼かった頃、年に二回ほど母と一緒にシルヴェスター・ブランドのところよりももっと先にある荒涼とした丘の農場へ行ったことを覚えている。そこには、母の叔母にあたるクレッシドラ・チェニーが、窓に鉄格子のある、清潔だが冷たい部屋に何年にも亙《わた》って閉じこめられていた。幼いオーリンが初めてクレッシドラ叔母さんに会いに行くことになったとき、そこにいたのは小柄な白い老婆だった。オーリンが母と訪ねて行くときには、訪問客のために叔母は見苦しくない格好をさせられていた。子供だったオーリンは、どうして窓に鉄格子があるのだろうと思った。「カナリアみたいだ」とオーリンは母に云った。その言葉にボズワースの母は考え込んでしまった。「あれでは確かに独りぼっちで叔母さんも寂し過ぎるでしょうね」と云った。次に少年と一緒に山に来るとき、木の籠《かご》に入れたカナリアをオーリンの大伯母に持って行った。これはもうわくわくしないわけがない。大伯母が大いに喜ぶことはオーリンにも判っていた。

その鳥を見た老女のいつも動かない顔には明かりが灯って、目が輝いた。「それは私のものだね」即座にそう云うと、骨張った弱々しい手を鳥籠に伸ばした。

「もちろんですよ、叔母さん」ボズワース夫人は目を潤ませて云った。

ところがカナリアは老女の手の影に驚いて、狂ったように羽をばたつかせた。それを見ると突然クレッシドラ叔母さんの冷静だった顔が痙攣《けいれん》するように歪んだ。「女悪魔め！」と甲高い声で叫んで籠に手を突っ込むと、怯《おび》えている小鳥を摑みだしてその首を捩《ね》じ切った。その暖かい躰から羽毛を毟《むし》り取って「悪魔！　悪魔！」と叫ぶ老女を置いて、幼いオーリンは部屋から連れ出された。山から降りる道すがら、オーリンの母はひどく泣きながら云った。「可哀想な叔母さんは気が狂っているなんて誰にも云ってはいけないよ。もし知られたら、叔母さんはスタークフィールドの精神病院に入れられてしまって、私たちは恥ずかしくて死んでしまうからね。約束だからね」子供は約束した。

ボズワースはそのときの情景を思い出していた。おびただしい神秘と秘密と噂をたっぷり伴って。それは思考の奥深くにあるさまざまな事柄と関係しているように思えた。新たな方向から忍び寄って来て、それまでに知り合った老人たちはことごとく、そして「そういうことを信じている人たち」も皆結局は正しいのかも知れないという気持ちになった。ノース・アシュモアで魔女が焼き殺されたことがあったではないか。今でも夏になると、魔女裁判が行われた教会堂や、女を水に沈めたら浮かび上がってきたという池を見に、人々がやって来るではないか。ヒブン師は信じている。それは間違いないとボズワースは確信していた。もし信じていなかったら、どうしてヒブン師のところへ、家畜が妙な病気になったとか、泡を吹いて倒れるから閉じこめておかなければならない子供がいるとか云って皆が訪れるのか。そうだ、信仰があるにもかかわらず、ヒブン師は知っている……。

では、ブランドは？　思い出した。ノース・アシュモアで火炙《ひあぶ》りになった女性の名前はブランドだったのではないか。同じ家系なのは間違いないだろう。ヘムロック郡には、白人がやって来たときからずっとブランドの一族がいたのだ。そしてオーリンは子供の頃、シルヴェスター・ブランドは血の繋がりのある従妹と結婚すべきではなかったのだと両親が話しているのを聞いたことがあった。それでも、二人は健康な娘たちを授かり、ブランド夫人が病気になって痩せ衰えて亡くなったときも、彼女の精神に何か問題があったなどと云う者は一人もいなかった。ヴァネッサとオーラはこの近辺では誰よりも顔立ちの良い娘たちだった。ブランドにもそれは判っていたので、生活を精一杯切り詰めて、姉のオーラにスタークフィールドで簿記を学ばせるための貯金をしていた。「オーラが結婚したら、次はお前を行かせてやるからな」とブランドは幼いヴェニー〔ヴァネッサの愛称〕によく云っていた。ブランドのお気に入りだったのだ。しかし、オーラは結婚しなかった。三年間、オーラが家から離れているあいだ、ヴェニーはローントップの斜面を駆け回っていた。オーラは家に戻って来ると、病気で死んでしまった——可哀想な娘だ。それ以来、ブランドはますます乱暴で不機嫌になった。よく働く農夫だったが、ベアクリフの瘦せた土地からはあまり収益が上がらなかった。妻が死んでから、酒に溺れるようになったとも云われていた。ときおり、ストーツベリの「もぐり酒場」でその姿を見かけるとも。しかし、そう頻繁にではなかった。その間も、石ころだらけの土地を一生懸命耕して娘のために精一杯のことをしていたのだ。コールド・コーナーズにあるほったらかしにされた墓地では、ブランドの妻の名前が刻まれた墓石が傾いていて、その傍らに娘を埋葬してから一年になる。ときどきブランドが秋の夕暮れ時に、ゆっくり墓地まで歩いて行って、二つの墓石のあいだに立っているのを村人が目撃することがあった。しかし、花を持って行くとか樹を植えたりしたことは一度もなかった。ヴェニーも同様である。あまりにも自由奔放で物事を知らなかった。

ラトレッジ夫人がまた云った。「『出エジプト記』にあるんですから」

三人の訪問客は黙り込んだまま、何となく手に持った帽子をひっくり返したりしていた。ラトレッジが三人の方を見たが、このときもまた虚ろで澄みきった眼差《まなざ》しだったので、ボズワースは驚いた。この男は一体何を見ているのだ。

「この中に度胸のある男はいないってこと？」夫人がまた、半ばヒステリックに声を荒げた。

ヒブン師が手を挙げて云った。「何てことを云うのかね。度胸があるとかないとか、そういう話じゃない。まず、何より証拠が必要だ……」

「そうだとも」ボズワースが云った。その言葉が彼の胸のうちにあった黒く澱《よど》んでいたものを吹き払ってくれたかのような安堵感が噴き上がってくるのを感じていた。二人の男の目が思わず知らずブランドの方を向いた。ブランドは気味の悪い微笑みを浮かべてそこに立っていたが、何も云わなかった。

「そうじゃないか、ブランド」ヒブン師が促した。

「亡霊が歩き回っているっていう証拠か」相手がせせら笑った。

「まあ、そうだ。あんただってこの件を解決したいんじゃないのか」

老農夫は肩をいからせて云った。「ああ、そうだ。だが、俺は降霊術とかはやらないからな。一体、どうやって解決するつもりなんだ」

ヒブン師は少し躊躇ってから、低いがきっぱりとした声で云った。「方法は一つしかないだろう。奥さんの云っていたやつだ」

みんな黙り込んだ。

「何だって？　こっそり監視でもするのか」

ヒブン師はさらに声を低くした。「もし、あの可哀想な娘が……あんたの娘だったら……静かに眠ってほしいと真っ先に願うのはあんたじゃないのか。そんな前例があったことは私たち皆が知っていることだ……謎めいた霊が降りてくるってことだ……。ここにそれを否定できる者がいるかね」

「私は見たんですからね」またラトレッジ夫人が口を挟んだ。

また重苦しい沈黙が続いた。不意にブランドがラトレッジに視線を向けて云った。「いいか、ラトレッジ、お前がこの酷《ひど》い言いがかりに決着をつけるんだ。そうでないと俺が暴いてやる。俺の死んだ娘がお前のところに行くって云うんだからな」と喘《あえ》ぐような息をして、途切れ途切れに言葉を続けた。「いつなんだ。いつだか判るのなら、俺がそこに行こう」

ラトレッジの頭が少し俯《うつむ》き加減になり、その目は窓の方へと彷徨《さまよ》った。「夕暮れ時だ、だいたいはな」

「前もって判るのか」

ラトレッジは頷いて同意を示した。

「じゃあ、明日はどうだ」

ラトレッジはまた同じ仕草をした。

ブランドはドアの方を向いて「俺も行くからな」とそう云っただけで、もう目を向けることも言葉を発することもなく、二人のあいだをずかずか歩いて出て行ってしまった。ヒブン師がラトレッジ夫人を見て云った。「私たちも行きましょう」夫人に何か訊ねられたかのようだったが、彼女は何も云ってはいなかった。ボズワースは夫人の細い躰が震えているのに気がついた。ヒブン師と一緒に外の雪が降り続くところに出たときには本当に嬉しかった。

三

二人はブランドが一人になりたがっているだろうと思って、馬の綱を解く時間を与えてやろうと、玄関付近でぐずぐずして時間を稼ぎ、ボズワースは火を点《つ》ける気もないパイプを探してポケットを探った。

しかしブランドはのろのろしている二人のところへ戻って来て、こう云った。「明日、レイマーの池のところで待ち合わせることにしないか。証人が欲しいんだ。日が沈む頃でいいか」

二人が頷くとブランドは橇に乗り込み、馬の脇腹に鞭を入れて雪に覆われた栂《ヘムロック》の樹の下を走り去ってしまった。残された二人は馬小屋へ向かった。

「この話、どう思いますか」とボズワースが沈黙を破って訊いた。

牧師補は首を振って云った。「あの男は病んでいる——間違いない。何かに命を吸い取られている」

しかし、身を切るような外の冷気の中でボズワースはもう自分を取り戻して落ち着いてきていた。「私にはひどい瘧《おこり》の症状に見えますがね。仰るように」

「まあ――そういうなら、心の瘧だな。頭が病んでいるんだ」

ボズワースは肩を竦《すく》めた。「ヘムロック郡では初めてというわけではなさそうですね」

「そうだ」牧師補は同意した。「虫が脳を蝕《むしば》んでいるんだ。孤独ってやつだ」

「まあ、明日の今頃には判るでしょう、おそらく」ボズワースが云った。橇に乗り込んで、今度は自分が走りだす番だと思ったとき、連れの呼びかける声が背後から聞こえてきた。牧師補が云うには、馬の蹄鉄が外れてしまったから、ノース・アシュモア近くの鍛治場が帰り道からそんなにはずれていなかったらそこまで乗せて行ってくれないかということだった。凍りついた雪の上で雌馬が足を滑らせたら嫌だし、鍛冶屋に乗せてもらってラトレッジの小屋まで戻って来れば、そこで蹄鉄をつけてもらえる。ボズワースは熊皮の下で隣に牧師補が坐れるように場所を作り、二人は出発した。後ろから牧師補の老いた雌馬の戸惑うような嘶《いなな》きが聞こえてきた。

橇が走る道は家に向かう道ではなかったが、ボズワースは別に気にすることもなかった。鍛治場への近道はレイマー池の側を通るので、どうせこの一件に係わってしまっているのだから、現場を見ておくのも悪くないだろうと思った。二人は無言で橇を走らせた。

雪はもう止んでいて、夕暮れの緑の光が澄みきった空を上に向かって染め上げていた。氷片の突き刺さるような風が二人の顔に当たったが、レイマー池に近い窪地で橇を降りるときには、空気は動かない鐘のように音もなく虚ろに感じられた。二人はゆっくり歩きながらそれぞれの思いを心に抱いていた。

「あれがその家か……あの向こうにある倒れそうな丸太小屋がそうだと思うが」牧師補が、道の凍った池の縁に差しかかったところで云った。

「そうです、あの家です。昔、隠者みたいな変な奴が建てたと父が云っていました。それ以来、ジプシーが泊まり込んだする他には使われていないと思いますね」

手綱を引いて馬を止めていたボズワースは、坐ったまま夕陽を浴びて紫色に見える松の木々の向こうに見える倒れかけた小屋を見つめていた。木々の下はもう黄昏時《たそがれどき》という様子だったが、その外の開けた地にはまだ昼の名残があった。くっきりした影を作っている松の大枝二本のあいだに見える宵の明星が、緑の海に浮かぶ白い船のようだった。

その果てしない空から視線を落として雪山の青と白の稜線を辿った。この凍《い》てつく寂しい場所で、気に留めることもなくいつも通り過ぎていたこの倒壊しそうな家の中で、考えが及ばないほど深く暗い神秘が演じられているのだと思うと、ボズワースは奇妙な動揺を覚えた。コールド・コーナーズの墓地からあの斜面を降りて、皆が「オーラ」と呼ぶ存在が池の方へやって来るに違いないのだ。ボズワースの心臓が苦しくなるほどの鼓動を打ち始めた。そのとき、ボズワースが叫び声を上げた。「あれは！」

橇から飛び降りると、ボズワースは雪の斜面をよろよろと登っていった。上まで行くと池の辺の小屋の方を見下ろし、女の足跡を確認した。二つ、三つ、いやもっとある。牧師補も後を追って攀《よ》じ登り、二人で足跡を見つめて立ち尽くした。

「何と――裸足じゃないか！」ヒブン師が息を飲んだ。「やはりこれは……死者ということか……」

ボズワースは何も云わなかった。だが、生きている女がこの凍てつく荒野を裸足で歩き回ったりしないことくらい知っている。そしてここに、牧師補が求めていた証拠がある。証拠を摑んだということだ。だがそれをどうすればいいのか。

「橇でもっと近くまで行ってみてはどうだろう。池をぐるっと回って、あの家の側まで」牧師補がどんよりした声で提案した。「そうしたら、もしかすると……」

決断を先送りできてほっとした。二人は橇に乗って先に進んだ。二、三百ヤードほど先に行ったところで、草木の茂る急斜面の下を通る小道は急に右に曲がっていて、池の縁に沿って伸びていた。そこを曲がるとブランドの橇が見えた。橇には誰もおらず、馬は木の幹に繫がれていた。二人はまた顔を見合わせることになった。ここに来る道はブランドが家に帰るには遠回りだ。

明らかにブランドもまた二人と同じ衝動に駆り立てられて馬を池の辺で止めて、この打ち捨てられた小屋へ急いだのだ。やはりあの亡霊の足跡を発見したのだろうか。おそらく、だからこそ橇を降りて小屋の方へと姿を消したのだろう。ボズワースは熊の毛皮の下で自分の躰が震えているのに気がついた。「頼むからまだ暗くならないでくれ」と呟いた。自分の馬をブランドの馬の側に繋ぐと、何も云わずに牧師補と二人で雪をかき分け、ブランドの大きな足跡を追った。ほんの数ヤード歩いただけで、ブランドに追いつきそうになった。ブランドは二人が後ろを歩いてくるのが聞こえなかったようだが、ボズワースが名前を呼ぶと、すぐに立ち止まって振り向いた。その陰鬱な顔はぼんやりしていてよく見分けられず、黄昏時の暗い染みのようだった。ブランドはどんよりとした目で二人を見たが、驚いてはいなかった。

「この場所を見てみたかったんだ」とだけ云った。

牧師補が咳払いをしてから云った。「私たちも同じだ……そうなんだ……そう思ってね。だが、目に見えるものはなさそうだが……」と云って、忍び笑いをみせた。

もう一人には聞こえなかったようで、松林の中を進むのに難儀していた。三人は小屋の前の空き地に同時に出てきた。木々の下からそこに出てきたときに夜を背後に置いてきたようだった。宵の明星が染みひとつない雪を輝かせていた。ブランドはその光の輪の中で不意に立ち止まると、小屋へと続くさっきと同じ軽い足跡を指さした。雪の中を歩く女の足跡だ。ブランドは引き攣《つ》った顔でじっと立ち尽くした。「裸足だ……」

牧師補が震える甲高い声で云った。「死者の足跡だ」

ブランドがまだ動かなかった。「死者の足跡」と繰り返した。

ヒブン師はブランドの腕に手を添えて云った。「もう行こう、ブランド。頼むからもう行こう」

雪の上の軽い足跡を、それを残していった者の父親はじっと見つめたままそこから離れようとしなかった。広大な白の上に見える足跡は、狐か栗鼠《りす》のように軽く残っていた。ボズワースは「命ある者にはこれほど軽い足跡は残せまい。たとえオーラ・ブランドであろうと生きていたら無理だろう……」と心の中で思った。寒さが骨の髄まで染み入って来るようだった。歯がかちかち音を立てた。

ブランドが不意に二人の方を向いて、「今だ！」と云うと、突撃姿勢を取るように太い首の上の頭を下げた。

「今？　今だって？　そこに入るというのか」牧師補が息を吞んだ。「そんなことしてどうするんだ。そうしようと云っていたのは明日じゃないか――」牧師補は木の葉のように震えていた。

「いや、今だ」ブランドは云った。壊れそうな小屋のドアへ近づくと、それを押した。予想外の抵抗があってブランドは重い肩を当てて強く押した。ドアはトランプのように崩れ落ち、ブランドもそれに続いて小屋の闇の中へ転がり込んだ。残りの二人も、一瞬躊躇ったあと、後に続いた。

ボズワースにはその後の出来事がどのような順序で起こったのかまったく判らなかった。雪明かりの世界から入ってきたので、完全な闇の中へ放り込まれたようだった。手探りで敷居を越えたときに、破れたドアの鋭い破片が掌に刺さった。何か白い亡霊のようなものが小屋の暗い隅から浮かび上がったのが見えたような気がした。続いて肘の辺りから拳銃を撃つ音がして、それから叫び声が――

ブランドが戻って来て、ボズワースの横を通って、昼の光の残る外へよろめき出た。日没の光が木々のあいだを通り抜けてブランドの顔を血のような深紅に染めた。拳銃を手に持ったままぼうっとした顔であたりを見回した。

「奴らは歩くってことだな」そう云って笑いだした。下を向いて自分の武器を調べると、「教会よりもここの方がましだ。もうあの子を掘り上げたりさせない」と叫んだ。二人はブランドの腕を摑み、ボズワースが拳銃を取り上げた。

四

翌日、家事を切り盛りしているボズワースの姉のロレッタが、昼食を食べに来た弟にあの話を聞いたかと訊ねた。

ボズワースは朝からずっと鋸《のこ》で木を切っていて、昨夜からまた降り始めた激しい雪と寒さにもかかわらず、熱病から恢復《かいふく》してきている男のような冷たい汗で全身びっしょりだった。

「何の話？」

「ヴェニー・ブランドが肺炎で臥《ふ》せっているって。ヒブン師が行ったらしいわね。もう駄目だろうね」

ボズワースは物憂げな態度で姉を見つめた。何だか遠く、何マイルも離れたところにいるような感じがした。「ヴェニー・ブランドが？」と鸚鵡《おうむ》返《がえ》しに云った。

「あの子のことは好きじゃなかっただろ」

「まだ子供じゃないか。あまりよく知らないだけだ」

「でもまあ」想像力に乏《とぼ》しい者特有の悪い知らせに対する無邪気な歓びを抱く姉が繰り返した。「もう駄目だろうね」少し間を置いて付け足した。「シルヴェスター・ブランドは死ぬだろうね。あそこで独りぼっちになったらね」

ボズワースが立ち上がって、「あの葦毛の足に湿布を当ててやらなければな」と云うと、やむことなく降りしきる雪の中へ出ていった。

ヴェニー・ブランドは三日後に埋葬された。牧師補が祈りの言葉を読んだ。ボズワースは棺を担ぐ一人だった。その辺りの住民はこぞって葬儀にやって来た。雪も止んでいたし、どんな季節だろうと葬儀は出かける機会となってくれるものなのだからこれを逃すことはできない。それに加えて、ヴェニー・ブランドは若くて綺麗だった。ずいぶん色黒だったけれども彼女を綺麗だと思う者はいたし、あんなふうに、あまりにも呆気《あっけ》なく死んでしまうというところには心惹《ひ》かれる悲劇があった。

「肺がすっかり詰まってしまったらしい……。前にも気管支を悪くしたことがあったようだし……。二人とも躰が弱そうだって前から私が云っていたとおり……。オーラを思い出してご覧よ、すっかり窶れてしまって！　それにブランドの家はとてつもなく寒いんだ……。二人の母親だってやっぱり痩せ衰えて。あそこの母方の家系は長生きできないんだ……。あ、あそこにベドロウのところの若いのがいるよ。ヴェニーと婚約していたらしいじゃないか……。あら、ラトレッジさん、すみません……。あの奥の席に入ってくださいよ。おばあさまの隣に席がありますから……」

ラトレッジ夫人が、寒々とした木造の教会の狭い通路をゆっくりした足取りで進んできた。自分の持っている帽子の中でも最上のものを被っていた。彼女のトランクから出ている姿を三年前のシルシー夫人の葬儀のとき以来誰も見ていなかった途方もない造りの帽子だ。それを覚えていない女はいなかった。垂直に立った円錐の下で、長い首の上にあってゆらゆらと揺れる夫人の細い顔はいつになく白く見えた。しかし、その気難しい雰囲気は固まった嘆きに相応しい表情へと和らげられていた。

「石工がヴェニーの墓の上に置くための彫像を彫ったみたいだな」とボズワースは彼女が目の前を通るときに思い、自分の陰鬱な想像に身震いした。ラトレッジ夫人が俯いて讃美歌集を開いたとき、その伏せた瞼を見てまた大理石の眼球を思い出した。本を握りしめている骨張った手には血の気がなかった。ボズワースは、大叔母のクレッシドラ・チェニーが羽ばたいたという理由でカナリアを絞め殺すのを見たとき以来、そんな手を見たことがなかった。

葬儀が終わり、ヴェニー・ブランドの棺は姉と同じ墓に納められ、隣人たちはゆっくり散っていった。ボズワースは棺を担ぐ一人として、悲しみに沈む父親に一言声をかけるべきだと思ってその場に残っていた。ブランドが牧師補と一緒に墓から戻って来るのを待った。三人はしばらく一緒に立っていたが、誰も口を開かなかった。ブランドの顔は、納骨所の閉ざされた扉のようだった。刻まれた皺が鉄の箍《たが》のようにすべてを閉ざしている。

ようやく牧師補がブランドの手を取って云った。「主が与え、主が――」

ブランドは頷いて背を向けると、馬を繋いでいる小屋の方へ歩き出した。ボズワースはそのあとを追った。「家まで送らせてくれ」と云ってみた。

ブランドは振り向きもせずに「家だって？　どこにあるんだ？」と云ったので、ボズワースはそこから離れた。

男たちが馬にかけておいた毛布を取って、橇を深い雪の中へ戻そうとしているとき、ロレッタ・ボズワースは他の女たちと話をしていた。ボズワースが数フィート離れたところで妻を待っていると、ラトレッジ夫人の帽子がグループの中で目立って上に飛び出しているのが見えた。アンディ・ポンドという名前のラトレッジのところの作男が橇を引きだしているところだった。

「ソールは今日はいなかったね」村の長老の一人がぐらぐらした首の上に乗った亀の頭部のような顔に親切な表情を浮かべて甲高い声を出し、ラトレッジ夫人の大理石のような顔を目をぱちぱちさせながら見上げた。慎重に考えながらゆっくり鋭い言葉で答えるのがボズワースの耳に聞こえてきた。「ええ、来ていません。もちろん来るつもりだったんですけど、叔母のミノルカ・カミンズの葬儀とちょうど重なってしまいましてね。そっちに行かなければならなかったんですよ。誰も彼もが死の陰を歩いているように思えるときって、ときどきありますからね」

アンディ・ポンドが準備をして待っている橇の方へ歩いて行く夫人のところへ、牧師補が傍《はた》目《め》にも判るほど躊躇いながら近寄っていった。ボズワースもつられて近づいてしまった。牧師補がこう云うのが聞こえた。「ソールがまた元気になったそうで、よかった」

硬直しているような首の上で小さな頭が回り、大理石の瞼が上がった。

「ええ、これからは安らかに眠れるでしょうよ――それに、あの子だって、多分ね。もう独りぼっちであそこにいるわけじゃないんだから」声をひそめて、雪の墓地に黒く見える新しい墓を顎で示して付け足すように云った。夫人は橇に乗ると、はっきりした声でアンディ・ポンドに呼びかけた。「せっかくこんなところまで来たんだからってわけでもないけど、ハイラム・プリングルの店に寄って石鹸を一箱買って帰ろう」

閉ざされたドア

The Bolted Door

一

ヒューバート・グラニスは心地よいランプの光が照らす書斎を端から端までゆっくり歩きながら、立ち止まって腕時計とマントルピースの上にある時計を見比べた。

八時まであと三分だ。

ちょうど三分後に、アスカム＆ペティロー法律事務所のピーター・アスカム氏が、その時間厳守の手でアパートのドアベルを鳴らすだろう。アスカム氏が時間に几帳面《きちょうめん》な性格であることを思い出すと少し安心できた――はらはらしながら待っていると緊張してきたからだ。ドアベルが鳴ればそれが終わりの始まりだ。そうなったら後戻りはできない。そうだ、後戻りはできないのだ！

グラニスはまた行ったり来たりし始めた。ドアがある方と反対側の部屋の端に着くたびに、フィレンツェ製の鏡に映った自分の姿が見えた。鏡は、ディジョンで見つけた古くて見事なウォールナットの戸棚の上に置いてあった。そこに見える自分の姿は、痩《や》せて、せかせかと動き、丁寧にブラシをかけた服を着ているが、額には皺《しわ》があって顳顬《こめかみ》の髪は白くなり、鏡を目の前にするたびに反射的に背を伸ばして猫背を直している、疲れた中年男だ。途方に暮れ、打ちのめされ、疲れ果てている。

そんなふうに三回か四回ほど繰り返したとき、ドアが開いたのでグラニスは心からほっとして客を出迎えようとした。ところが、入ってきたのは召使いだけで、古びたトルコ絨毯の上を音もなく歩いてきた。

「アスカム殿からお電話がありまして、急用ができて、八時半までお越しになれないとのことです」

グラニスは一瞬、苛立《いらだ》たしそうな身振りをした。こういう反射的な動作を抑えるのがますます難しくなってきていた。くるりと躰《からだ》の向きを変えて、肩越しに召使いに向かって云った。

「いいだろう。夕食は延期だ」

傷ついた視線を背筋に感じた。グラニス氏は身内の者にもいつも穏やかに話していた――その態度に何か妙な異変が起こったことは、すでに階下でも気づかれて議論の的になっているのは間違いない。そして、おそらくその原因にもうすうす感づいているのだろう。書き物机の上を指で苛々と叩きながら、その前に立ったまま召使いが部屋から出て行く音がするのを待っていた。そして、身を投げ出すように椅子に腰を下ろすと、机の上に両肘をついて組んだ手の上に顎を載せた。

さらに三十分も一人でこれに向き合うのか！

何の用事で遅くなると云うのだろうと苛々と考えた。何か仕事の問題なのは間違いない――そうでなければ几帳面な弁護士が夕食の約束を遅らせたりはしないだろう。グラニスだって手紙の中で「夕食後に少し仕事の問題についてお話があります」と書いておいたのだ。

しかし、仕事の時間でもないのに仕事の用事とは一体何なのか。もしかしたら、弁護士を呼ばなければならない哀れな人間が他にもいたということかも知れない。何《いず》れにせよ、グラニスは手紙で自分の要件の内容をまったく仄《ほの》めかしてもいなかったのだ。アスカムは、グラニスが遺言にまた一つ変更を加えたがっているというくらいにしか考えていないに違いない。十年前にささやかな地所を相続して以来、遺言をひっきりなしにいじり続けてきたのだから。

不意にまったく別の考えが頭に浮かんで、蒼白《あおじろ》い顳顬に血が上った。六週間ほど前にセンチュリー・クラブであの弁護士に云ったひと言を思い出したのだ。「ええ、戯曲がもう採用されたも同然でして。近いうちに契約ということになったらまたご連絡しますよ。あの演劇関係の連中はまったく信頼できませんから――交渉するとなれば、任せられる人は他にはいません」あれだ、きっとそうだ。アスカムはそれで呼ばれたと思っているのだろう。そう考えると、声を上げて笑ってしまった。メロドラマで困惑した悪役が上げるような甲高い、舞台上でしか聞かないような変な声で。その莫迦《ばか》らしく不自然な音に居心地が悪くなって、腹立たしい思いで唇をきつく結んだ。次は独白でも始めかねない。

腕を降ろして書き物机の上の抽斗《ひきだし》を開けた。右の隅にフォルダーに挟んで紐で結んだ分厚い原稿があって、その下に手紙が一通滑り込ませてある。原稿の隣には小型のリボルバーがあった。グラニスはこの奇妙な組み合わせの二つをしばらく見つめていた。それから、紐の下からゆっくりとした動作で手紙を抜き出し、開いた。手が抽斗に触れた瞬間から、そうなるだろうとは判っていた。手紙に視線が落ちるたびに、何か抗い難い力に迫られて手紙を読み返してしまうのだった。

「ダイヴァーシティ・シアター」のレターヘッドの下に記された日付は四週間前のものだった。

「グラニス殿

この一箇月のあいだ慎重に検討を重ねましたが、どうにもなりませんでした。上演できないという結論です。ミス・メルローズとも話し合った結果です。ご承知であろうとは思いますが、私どもの劇場には彼女ほど大胆な芸術家は他におりません。残念ながらそのミス・メルローズも同意見です。ミス・メルローズが詩を怖れることはありません。私もです。詩劇に対して私どももできる限りのお手伝いをしたいと思っております。一般の観客も詩劇を望んでいると確信していています。彼らが望むものを最初に提供するためであれば、財政上の大きなリスクも厭《いと》うつもりはありません。しかし、これを皆が待ち望んでいたものだと思わせることはできないでしょう。実際のところ、貴殿の戯曲には詩に見合うほどのドラマがありません。全編を通してそうです。着想は立派なのですが、産着を着たレベルに留まっています。

これが初めて書いた戯曲だったら、また挑戦してみてくださいと申し上げたでしょう。しかし、これまでに見せていただいた戯曲はどれも同じでした。『風下の岸辺』がどうなったかを覚えていらっしゃるでしょう。あのとき製作費をすべてご自身で負担していただいて、それでも劇場を満員にできたのは一週間もありませんでした。『風下の岸辺』は現代の問題劇でした。無韻詩よりも活気を吹き込むのは簡単なはずです。あらゆるスタイルに挑戦してこなかったわけではありませんし――」

グラニスは手紙をたたんで封筒の中へ丁寧な手つきで戻した。一体またどうして読み返したりしたのか。もう一言一句ことごとく覚えてしまっているのに。毎晩毎晩、一箇月前にこれを受けとって以来、眠れない瞼《まぶた》の裏に、暗闇に浮かぶ炎で書かれた文字となって甦ってくるというのに。

「これまでに見せていただいた戯曲はどれも同じでした」

十年間絶え間なく情熱を抱いて続けてきた仕事に対する仕打ちがそれだ。

「『風下の岸辺』がどうなったかを覚えていらっしゃるでしょう」

やれやれ——グラニスなら忘れそうだとでも思っているのか。何もかも溢れるように甦ってきた。戯曲を繰り返し不採択とされたこと。成功の可能性を試すために遺産から一万ドルを使って自費で上演すると突然決意したこと。熱に浮かされたように準備をして、苦悶のあまり口をからからにして迎えた初演の夜、莫迦げた記事、慰めの言葉をかけてくれる友人たちから逃げるように密かにヨーロッパへ急いだこと。

「あらゆるスタイルに挑戦してこなかったわけではありませんし」

そう、あらゆるスタイルを試したんだ。喜劇、悲劇、散文と韻文、軽い開幕劇、機知に富んだ短い劇、俗物的な現実を描いたもの、ロマンティックな叙事詩——ついに、大衆受けを狙って才能を切り売りするのはもうやめようと心に決めた。自分自身の芸術理論に基づいた五幕の無韻詩劇で大衆を圧倒してやろう。そうだ、あらゆる形で作品を提供してきた——そして、結果はいつも同じだった。

十年かけた——十年のあいだがむしゃらに働き、報われることなく失敗した。四十歳から五十歳の十年間——人生最高の十年間だ！　そして、さらにその前の年月、夢と吸収と覚悟だけの沈黙の年月を含めるなら、人生の半分と云ってもいいだろう。人生の半分を棒に振ってしまったのだ。

残りの人生をどうすればいいのか。それを決めたところだった、ありがたいことに。グラニスは振り向いて、不安げに時計に目を向けた。八時十分過ぎだ。これまでの人生を嵐のように駆け抜けたのに十分しかかからなかった。そして、アスカムが来るのをさらに二十分待たなければならない。人付き合いを避けるようになるにつれて、逆に独りになるのがますます怖くなるというのが、グラニスの病の最悪の症状だった。しかし、なぜアスカムを待っているのだろう。なぜ自分で決着をつけないのだろう。何もかも、云いようのないほど嫌になっているというのに、この悪夢のような生活から逃れるために、なぜ関係ない人の手を借りなくてはならないのか。

グラニスはまた抽斗を開けてリボルバーを手に取った。小さくて華奢な象牙の玩具だ。疲れ切った病人が自分で「皮下注射」をするのにちょうどいい。片手でそれを持って、反対の手で後頭部の髪が薄くなっている辺りを探った。耳と項《うなじ》のあいだだ。銃口をどこに当てればいいかは知っていた。若い外科医に教えてもらったことがあるのだ。その場所を探り当て、リボルバーをあてがう。いつもと同じ現象が起こった。銃を持つ手が震え始め、それが腕を伝って心臓に達すると、心臓の鼓動は激しく跳び上がるようにも感じられ、強い吐き気が喉元に上がってくる。火薬の臭《にお》いを感じ、銃弾が自分の頭骨を突き破ることを考えると気分が悪くなり、恐怖の汗が額から滴り、震える顔を流れ落ちていく——。

罵りながらリボルバーを下に置いて、コロンの香りを付けたハンカチを引っ張り出し、額や顳顬を震える手で拭った。こんなことをしても無駄だ——自分には絶対にできないことは判っているではないか。自殺を試みるのも、名声を獲得するのと同じくらい虚しいことだった。自分で本当の人生を歩むこともできず、自分の人生から逃れることもできない。だからこそ、アスカムに助けを求めたわけだが……。


カマンベールチーズとブルゴーニュワインを味わいながら弁護士は遅れたことを詫び始めた。

「使用人の方がいるところではちょっと云えないのだが、実はかなり珍しい用事で呼ばれましてね――」

「いや、いいんですよ」グラニスが明るく云った。いつも食べ物と話し相手がもたらしてくれる精神状態になったのを感じ始めていた。人生の歓びが戻って来たのを感じたわけではなく、ただもっと奥へ引っ込んだだけだった。それでも、機械的に社交的な振舞いを続けていく方が、自分の内なる深淵を人目に晒《さら》すよりもずっと楽だった。

「夕食を待たせるなんてまったく失礼きわまりない――特にあなたのような芸術家に対しては」アスカム氏は贅沢なブルゴーニュワインを味わった。「実は、アッシュグローヴ夫人に呼ばれましてね」

グラニスは驚いてぱっと顔を上げた。一瞬で自己陶酔から抜け出したような気分だった。

「アッシュグローヴ夫人ですって？」

アスカムが微笑《ほほえ》んだ。「関心があるだろうとは思っていましたよ。有名人の事件に夢中になる方だと知っていましたから。この件は間違いなくそういう事件です。もちろん、私たちの専門領域ではありません――犯罪事件に係わることはありませんから。でも、夫人は友人として私に相談したいと思ったわけです。アッシュグローヴ家は妻の遠縁にもあたりますし。それにしても奇妙な事件なんですよ、これが！」召使いが戻って来ると、アスカムは口を噤《つぐ》んだ。

コーヒーはこちらの食堂で召し上がりますか。

「いや――書斎の方へ頼む」グラニスが云って立ち上がった。秘密の話ができるカーテンで仕切られた部屋へと案内した。アスカムが何を話してくれるのか聞きたくてたまらなかったのだ。

コーヒーと葉巻が出されるあいだ、グラニスは書斎でそわそわしながら郵便物に目を通したり――いつもの意味のない手紙や請求書だ――夕刊を手に取ったりした。夕刊を広げたとき、見出しが目に留まった。

　ローズ・メルローズ、詩劇上演に意欲
　待望の詩人を発掘できたとして

グラニスは胸をどきどきさせながら記事を読み進め――ほとんど聞いたこともないような若い作家の名前を見つけた。「詩劇」とやらの戯曲のタイトルが目の前で踊るのを見、新聞を手から落とした。気分が悪くなり、嫌悪感でいっぱいだった。ということは、あれは本当だったのか――メルローズは大胆なのだ――彼女に信頼されなかったのは様式の問題ではなく中身だったのか。

　グラニスはわざと時間をかけているように見える召使いの方を向いて、「フリント、今夜はもういいから。戸締まりは私がやっておこう」と云った。

　黙って従っているようだがそれも実は内心驚いていることの現れではないかと思った。一体何が起こっているのか、グラニス殿は自分を邪魔だと思っているのかと訝《いぶか》しんでいるようでもある。フリントはきっと口実を見つけて戻って来るだろう。そのときグラニスは監視のネットワークに捉えられているように感じた。ドアが閉まると、グラニスは安楽椅子に身を沈め、身を乗り出してアスカムの葉巻から火を借りようとした。

「アッシュグローヴ夫人のことを聞かせてください」自分の声が強ばっているように聞こえた。唇が割れているかのように。

「アッシュグローヴ夫人のこと？　いや、そんなに話すようなことはありませんよ」

「あったとしても話せないということですか」とグラニスは微笑んだ。

「というわけでもありません。実際のところ、弁護士を選ぶときの助言を求めてきただけでしたから。特別秘密にしておかなければならないような話はしてませんね」

「それで、あの人に会ってみたときの印象はどうでした」

「私の印象は、はっきり云うと、真相が明らかになることは決してないだろうというものでしたね」

「ええと、それは――」グラニスは葉巻をふかしながら呟《つぶや》いた。

「アッシュグローヴに毒を盛ったのが誰であろうと、自分の仕事をよく心得ている者だという確信はますます強くなった。だから、誰なのかはきっと判らないでしょう。これはまた素晴らしい葉巻ですな」

「お気に召しましたか。キューバから取り寄せたものでしてね」グラニスもつられて反射的に試してみた。「ということは、巧妙な犯罪者は捕まらないという理論を信じているわけですね」

「もちろんですよ。思い返してみてください――ここ十数年をね――大きな殺人事件で解決されたものなんて一つもない」弁護士は紫煙の向こうで何やら思い巡らしていた。「ほら、あなたのご家族の例を考えてみれば。いや、手近なところに実例があったのをすっかり忘れていましたよ。あのジョゼフ・レンマンの殺人もいつかは解明されると思うかということですね」

この言葉がアスカムの口から出てきたとき、招待主はゆっくり書斎の中を見回した。陳腐で逃れようのない馴染みのものがことごとくグラニスを見返していた。この部屋を見るのももううんざりなんだ！　もう飽き飽きした妻の顔のように鬱陶《うっとう》しい。グラニスはゆっくり咳払《せきばら》いをして、そして弁護士の方へと顔を向けるとこう云った。「私ならレンマン殺人事件を説明できますがね」

アスカムの瞳に火が灯った。犯罪事件に対する興味を共有していたからだ。

「何と！　今までずっと持論があったというわけですか。一度も話そうとなさらなかったのは不思議ですが。さあ、話してください。レンマン事件は今回のアッシュグローヴの件と似ていると云えなくもない。ご意見が何かの役に立つかも知れませんから」

グラニスは躊躇《ためら》うようにぐずぐずと、本能的にリボルバーと原稿が並んで入っている抽斗へと視線を戻した。もし、ローズ・メルローズにもう一度頼んでみようとしたらどうなるだろう。そして、机の上の手紙と請求書に目をやって、また死んだような決まり切った作業が続く生活――自動機械のように同じ動きを繰り返す日々――に対する恐怖が束の間の幻想に取って代わった。

「持論ではありませんよ。誰がジョゼフ・レンマンを殺したのか知っているのですから」

アスカムは椅子の上でゆっくり楽しもうという楽な姿勢をとった。

「ご存じだと？　で、誰なんです？」と笑い声をあげた。

「私ですよ」グラニスが立ち上がりながら云った。

目の前に立ったグラニスをアスカムは寛《くつろ》いだ姿勢のまま見上げていた。そして、いきなり笑い出した。

「何と、それは素晴らしい！　あなたが殺したというわけか。財産を相続するために、ですかね。結構ですな。さあ、続きをどうぞ。打ち明けてくださいよ。何もかも全部。告白は魂のためにもなる」

グラニスは、弁護士が咽喉《のど》から最後の笑い声を絞り出すのを待って、粘り強く繰り返した。

「私が殺したんです」

二人はじっとお互いに見つめ合った。今度はアスカムも笑わなかった。

「グラニス！」

「私が殺したんです——ご指摘のように、金目当てで」

またしばらく沈黙が続いた。グラニスは漠然と可笑《おか》しさを感じながら、客の楽しそうな表情が不安そうな顔に変わるのを見つめた。

「どういう冗談ですかな。よく判らないのだが」

「冗談ではありません。本当のことです。私が殺したんです」最初は話すのが苦しく、咽喉が締めつけられるような感じだったが、繰り返すうちに云いやすくなっていくのが判った。

アスカムは火が消えてしまった葉巻を置いた。

「どうしたっていうんだ。具合が悪いのかね。一体、何を云いたいんだ」

「体調はまったく問題ありません。私が従兄のジョゼフ・レンマンを殺したんです。私が殺したということを知っていただきたいのですよ」

「知ってもらいたいと？」

「そうです。それでお呼び立てしたのです。生きるのが嫌になって、自殺しようとしてみたのですが、怖《お》じ気《け》づいてしまいましてね」グラニスは淀みなくごく自然に話せるようになっていた。まるで咽喉のつかえがすっかり取れたかのように。

「何ということだ。何ということだ」弁護士が喘《あえ》いだ。

「しかし、思うに、これが第一級殺人になるのは間違いありませんね。自白すれば電気椅子送りになりますね」

アスカムは深呼吸してから、ゆっくりこう云った。「お坐《すわ》りなさい。話してもらいましょうか」

二

グラニスは自分の過去を、あっさりと、しかし繫がりが判るように話した。

まず初めに、自分が若かった頃の話から簡単に纏《まと》めて――苦しい仕事と困窮の生活の日々。父親は魅力的な男だったが決して「ノー」と云えない性格で、そう云わなければならない場面ではっきり云えなかったために、死んだときには非嫡出の家族と抵当に入れられた地所が残されることになった。法定相続人となる家族は、気がついたら巨額の借金に呑み込まれていて、若いグラニスは母と妹を養うためにハーヴァードを去り、十八歳で株式仲買人の事務所に身を投じることになった。その仕事は嫌でたまらず、いつも貧しく、いつも心労を抱えていて、体調も崩してしまった。数年後に母親が亡くなったが、神経衰弱で独りでは生きていけない妹がまだグラニスの許《もと》に残っていた。自分自身も健康を損ない、六箇月のあいだ休養を余儀なくされ、仕事に戻ってからは以前にも増して必死に働かなければならなかった。ビジネスの才覚もなく、数字にもまったく弱く、商売の極意を見抜く力は皆無だった。旅行と執筆、この二つだけがグラニスの心からの願いだった。そして月日は流れ、金を稼ぐこともなく中年に差しかかり、しっかりとした健康を恢復《かいふく》することもできず、病的なまでの絶望に取り憑かれていた。書こうとはしていたが、仕事から帰ってくるといつも疲れ切っていて頭が働かなかった。一年の半分は暗くなるまで住まいのある住宅地へ戻れなかったし、夕食のために身なりを整えるのが精一杯、そのあとはパイプを咥《くわ》えてぐったり横たわるだけで、その間、妹が夕刊をだらだらと読み上げるという具合だった。たまには劇場へ行って夜を過ごすこともあれば、食事に行くこともあったし、もっと稀なことだったが一人か二人の知人とともに所謂《いわゆる》娯楽の場として知られているところへ出かけて戻らないことだってないではなかった。夏には、妹のケイトと二人で一箇月を浜辺で過ごしたこともあった。すっかり衰弱して毎日ただぼんやりとしていた。あるときは、魅力的な娘に恋をした。しかし彼女にいったい何を差し出すことができただろう。その娘もグラニスに好意を抱いていたようだった。だが、二人の行儀の良さのせいで一線を越えることなく終わった。グラニスの代わりになる者も現れなかったようで、彼女は結婚することなく、太り、髪に白いものが混じり、慈善事業に係わるようになった。しかし、彼女に初めてキスをしたとき何と可愛らしかったことか。無駄になった人生をまた一つと思い出すのだった……。

しかし、グラニスは何より舞台に情熱を傾けていた。戯曲を書く時間と自由のためなら魂でさえ売り渡していただろう。それはグラニスの内の最も深いところにある本能であり、それが存在していなかった頃のことなどもはや思い出せなかった。年月が経つにつれて、病的なほど執拗に取り憑いて離れなくなった。だが年々、物質的な条件はますますそれを許さなくなっていった。気がつくと自分は中年になっていて、妹の窶《やつ》れた顔にもそのプロセスが映し出されているのが見て取れた。十八歳のとき、妹は美しくてグラニスと同じように情熱でいっぱいだった。それが今では、気難しく、小事に執着する、つまらない女になってしまった。彼女もまた人生のチャンスを逃してしまったのだ。可哀想に財産もなく、単純な仕事ができるよう育てられたのに、その機会すら与えられなかった。そう考えると、そして、ほんの細《ささ》やかな旅行、ほんの細やかな健康、ほんの細やかな金さえあれば、妹ももっと若く好ましくなれるのにと思うと、グラニスは憤りを覚えるのだった。そんな経験から判った大事なことは、歳をとっているか若いかというのは固定された状態ではなく、ただ病んでいる人がいるから健康な人がいるのであり、貧しい人がいるから豊かな人がいるだけであって、歳をとっているか若いかなどということはその人が引いた籤《くじ》の結果に過ぎないのだ。

ここまで話したところでグラニスは立ち上がって、マントルピースに寄りかかり、坐ったところからまったく動かずに熱心に耳を傾ける姿勢を崩していないアスカムを見下ろした。

「そして、私たちが老レンマンの近くに滞在するためにレンフィールドへ行った夏が来たんです。母の従兄ですよ、ご存じのように。家族の誰かがいつも老人を見張っていましてね。大抵は姪が一人とかそんなのでしたが。でも、その年は姪がみんなどこかへ行っていまして、そんな姪の一人が私たちに、もし二箇月のあいだその仕事を肩代わりしてくれるなら彼女の家を貸してくれるということになったのです。もちろん、私にとっては迷惑な話です。だって、レンフィールドは町から二時間も掛かるのですから。でも母は、家族の慣習の奴隷でしたから、あの老人にもいつもよくしてきました。そんなわけで、当然のように私たちが呼ばれることになりました。家賃も節約できるし、ケイトにとっても空気のよいところとなりましたし。そうやって、私たちは出かけて行きました。

あなたはジョゼフ・レンマンに会ったことはありませんでしたか。何と云うか、アメーバとかそういう原始的な生き物を巨人の顕微鏡で覗いた像を思い浮かべてください。大きくて、未分化で、緩慢で。私が覚えている限りでは、体温を測ることとチャーチマン誌を読むこと以外、何もしていませんでしたね。ああ、あとメロンを栽培していました。それが趣味だったんですよ。庶民が食べるメロンじゃありませんよ。屋外で育てるメロンじゃなくて、温室で育てるんです。レンフィールドに何マイルにも及ぶガラスの温室を持っていて、巨大な菜園をきらきら輝く無数の温室が取り囲んでいました。ありとあらゆる種類のメロンが育てられていました——早生種、晩生種、フランス種、イギリス種、国内種——小型のものから超大型種まで。あらゆる形、色、品種が揃っていました。子供のように大事に世話をされていて――訓練された専門の係員が面倒を見ていましたよ。メロンの温度を測る医師がいたかどうかはよく判りませんが、とにかく温度計がそこらじゅうにありました。普通のメロンのように地面に広がっているのではなくて、ネクタリンみたいにガラス面に這わせて、メロンは一つ一つその重みを支えられるように網で包んで、どの方向からも陽の光や空気が当たるようになっていて……。

レンマンはそこで育てられているメロンに似ているとよく思いました。蒼白い果肉のイギリス種だなんてね。何の感動もなく動きもなく、金の網に包まれている命ですよ。安定した温かい空気を送られて、地上の煩わしいこととは無縁の高いところにいるんです。レンマンの生活の基本ルールは、『自分を煩わせないこと』でした。私にも同じようにするよう助言されたことを覚えています。ケイトの健康状態が悪いことを話したときでしたね。転地が必要だとね。『絶対に煩わしいことを考えないようにしているんだ』本当に満足気に云ったんですよ。『そういうのが肝臓に何よりよくない。お前にも肝臓があるとでも云うような顔をしているが。私の助言を聞いて、機嫌よくしていなさい。自分が幸せになれば、周りもそうなる』レンマンがすべきことは、小切手を書いて哀れな少女に休暇を過ごせるようにしてやることだったのに。

何よりも辛かったのは、それはもう半ば私たちのお金だと云ってもいいようなものだったことでした。私たちや家族の資産を委託されているのを、あのけちな爺さんが死ぬまで独りで抱え込んでいたのですから。ところが、爺さんの命は私やケイトの命よりもしっかりしていて、待っている私たちをからかうために特別自分の健康に気をつけているのかとすら思えました。私たちの飢えた目を見ることが爺さんの強壮剤になっているようにいつも感じられてなりませんでした。

そこで爺さんの虚栄心を利用してうまく近づけないか試してみました。メロンに夢中になるほど関心があるふりをして温室を絶讃してみたんです。するとうまく引っかかって、何時間もメロンについて語ってくれましたよ。天気のいい日には、ポニーに曳《ひ》かせた軽い車で温室まで行って、温室内をよたよた歩きながら、果実をうっとり眺めたり突いたりする様子は、後宮にいる太ったトルコ人のようでしたね。メロンを育てるのにどれほど金を掛けているかを得意げに話している姿を見て、醜悪な老色魔が自分の快楽のために使う費用を自慢する姿を思い出しました。その連想が間違っていなかったと思ったのは、爺さんが自分ではメロンを一口も食べられないと知ったときでしたね。もう何年もバターミルクとトーストで生きていたんですよ。『だが、結局のところ、これが私の唯一の趣味だ。その愉しみに耽《ふけ》っていけないことがあるかね』爺さんは感傷的な口調で云っていました。まるで私も何かの趣味に耽溺できたかのように。あのメロンを維持する費用で、ケイトと私は神々のように暮らせたと云うのに……。

夏の終わりになろうかという頃のある日、ケイトの具合がすぐれず屋敷まで躰を引きずっていくこともできなくなって、代わりに行って従兄のジョゼフの午後の相手をしてくれないかと云われました。九月の気持ちのよい穏やかな午後でしたね――ローマ笠松の樹の下に寝転がって空を見上げ、宇宙のハーモニーに身を任せたくなるような。そんな空想はきっと、ジョゼフの忌まわしい黒胡桃《くろくるみ》材の書斎に入ろうとしたときに、その部屋から私を突き飛ばそうという勢いで飛び出してきた、ハンサムで声の大きいイタリア人の庭師と擦れ違ったせいで頭に浮かんだのかも知れません。メロンの温室で何度も会っているのに、私に向かって会釈もせず、顔を見ようともしないのは妙だなと思ったことを覚えています。

ジョゼフはいつもの席に、暗くなった窓を背に坐っていて、太った両手を膨れ上がったチョッキの上で組んでいました。肘の辺りにチャーチマン誌の最新号が置いてあって、その側にある大きな皿の上に、大きく実ったメロンが一つ載っていました。それほど大きなメロンを見たことはありませんでした。それを見たとき、ジョゼフは恍惚《こうこつ》となってこれを見つめているだろうと思い、そんな状態から自分が目覚めさせることになるのだろうが、そんな気分のときに居合わせた自分をむしろ祝ってやろうとすら思ったのは、彼に頼みごとをしようとしていたからです。そのとき、ジョゼフの様子に気がつきました。いつもの卵の殻のように穏やかな顔つきではなく、顔を歪ませて啜《すす》り泣いていたんです。泣くのをやめて私に挨拶することもなく、激しい感情を込めてメロンを指さしました。

『これを見てくれ。これを見てくれ――これほど美しいものを見たことがあるか。こんなにしっかりとした球形で、美味《うま》そうな滑らかな手触りのものを』まるで『これを』ではなく『彼女を』と云ったような感じがして、ジョゼフが老いた手を伸ばしてメロンに触れたときには、思わず顔を背けてしまいました。

それからジョゼフは何が起こったのかを話してくれました。あのイタリアの庭師は、メロンの温室のためだけに特別に推薦されて雇った者で、カトリック教徒を雇うなんてことはジョゼフの主義に反していたとはいえ、あの怪物メロンの世話が仕事だったわけです。実ができてすぐに、あれが怪物になるって判っていたんですね。それまでのふっくらして果肉の柔らかいどんなメロンをも凌駕《りょうが》して、農産物品評会では賞を獲《と》って、国中の園芸誌に写真入りで紹介されるって。そのイタリア人は実際よくやっていて、責任感もあったようです。そして、まさにあの日、翌日の郡の品評会に出品するメロンを選んで収穫するように云われたということでした。そして、レンマン氏が採れたてのブロンド乙女をじっくり観賞できるように持ってきなさいとね。ところが収穫するときに、あの不埒なイエズス会士はなんとメロンを落としてしまったんですよ。如雨露《じょうろ》の尖った注ぎ口の上に。しっかりした蒼白い丸みを帯びた躰に深い傷を負ってしまい、傷つき、堕落した、淪落《りんらく》のメロンになってしまったというわけです。

老人の怒りは凄まじく自制の効かない状態で、躰を震わせ、云うことは支離滅裂で、窒息死しそうでした。イタリア人を呼びつけて、その場で馘首《くび》にしたところでした。給料も払わないし推薦状を書くつもりもないと云って。レンフィールド界隈をうろついていたら逮捕させると脅したそうです。『絶対にそうしてやるぞ――ワシントンに手紙を書くからな――あの金もない悪党は国外追放にしてやる。金の力を見せてやろうじゃないか！』きっと残忍な黒手団か何かと密かに関係していたりするんだろう――あいつがギャングの一員であることが判ったりするんじゃないか。ああいうイタリア人どもは、二十五セントのために人殺しをするんだ。と。ジョゼフは本気で警察を呼ぼうとしていました。そのうち、あいつも自分の興奮を怖れるようになってきて、『だが、ちょっと落ち着かなくてはな』そう云って体温を測り、薬を持ってこさせ、チャーチマン誌を手に取りました。メロンが運ばれてきたとき、ちょうどネストリウス派の記事を読んでいたところだったからです。続きを読んでくれと頼まれたので、一時間ほど薄暗い部屋で読み上げてやりました。太った蠅《はえ》が落ちたメロンの周りを飛ぶ羽音がずっと聞こえていました。

その間、老人の云った言葉が、メロンの周りを飛ぶ蠅のように私の頭の中をぶんぶん飛び回っていました。『金の力を見せてやろうじゃないか！』いや、まったく私がこの老人にそれを見せてやれたら！　おぞましくも膨れ上がった慢心の新たな捌《は》け口としてその力を使えば、人に幸福を与えてやれるということを教えてやれたら！　自分とケイトの目下の窮境を話そうとしました。私の健康がすぐれないこと、仕事がうまく行かないこと、著作を仕上げたい気持ち、そしてそれで名を上げたい気持ちを。借金を乞う言葉を口ごもりながら伝えました。『必ずお返ししますから。書きかけの戯曲を担保にして』

あのときの冷淡な眼差《まなざ》しは決して忘れません。顔は、また卵の殻のように滑らかな表情に戻っていました――太った頬の上から見下ろす瞳は、滑りやすい城壁の上から見下ろす歩哨《ほしょう》のようでした。

『書きかけの戯曲かね――お前の戯曲を担保に？』狂気の最初の徴候を見て取ったかのような、ぞっとするものを見ているような目でした。『ビジネスについて何も判っていないようだな』穏やかな口調でジョゼフが云いました。私は笑って答えました。『まあ、詳しくはありませんが』

彼は目を閉じて後ろに寄りかかりました。『こんな興奮させられることばかりでは、私の身が持たない。失礼して、昼寝の用意をさせていただくことにする』

そして私は呆然とよろめくように部屋を出ました。あのイタリア人のように」

グラニスはマントルピースから離れ、デカンターと炭酸水があるトレイのところまで歩いて行った。細長いグラスに炭酸水を注いで飲み干すと、アスカムの火の消えた葉巻に目をやった。

「火を点《つ》けるなら新しいのにした方がいいでしょうね」

弁護士が首を振ったので、グラニスは自分の話を続けた。取り憑いて離れない思いが次第に高まっていったこと――従兄に拒絶された瞬間に芽生えた殺意の衝動のこと。そして、自分が独り言を呟いていたこと。「神よ、そうするお気持ちがないとしても、やっていただきますよ」話が進むにつれてグラニスの口調は穏やかなものになっていった。なすべきことを決意した途端に、怒りが消えていったかのように。そして、あの老人をどう始末するかという問題に専念することにしたこと。不意に頭に甦ったのはあの叫び声だった。「ああいうイタリア人どもは、二十五セントのために人殺しをするんだ」しかし、具体的な計画は浮かんでこなかった。ただ、着想が降りてくるのを待つばかりだった。

グラニスと妹は、このメロン事件の数日後には町へ戻った。それでも、戻って来た従妹たちが老人の様子を知らせ続けてくれた。それから三週間ほどが経ったある日のこと、グラニスが帰宅すると、ケイトがレンフィールドからの知らせに興奮していた。あのイタリア人がまた姿を現したという。どうにかして家に入り込んで、書斎にまで侵入し、「脅し文句を吐いた」らしい。家政婦が、「何か恐ろしいもの」を見て白目を剝いて喘いでいるジョゼフを発見した。医師が呼ばれ、発作はひとまず治まった。警察はイタリア人に館に近寄らないように命じた。

しかし、従兄のジョゼフはその後衰弱してしまい、「神経」をやられたようでトーストやバターミルクの味がしなくなってしまった。医師が同僚医師の助言を求め、その医師が診察に来るとそれがわくわくするほど楽しくなった。また自分が重要人物になったように感じられたからだった。医師団は家族に何の心配もないと云った。完璧すぎるほどだと。そして、患者にはもっといろいろなものを食べるように勧めた。「食べたいと思うもの」を何でも食べるようにと。そしてある日、びくびくしながらも、祈るような気持ちで、メロンを一口食べてみようと決意した。恭しくメロンが運ばれてきて、家政婦や付添いの家族が見守る中でメロンを食べた。そして、二十分後に死んだ。

「当時の状況は覚えておいででしょう」グラニスが続けた。「あのイタリア人がただちに容疑者にあがったことを。例の事件以来、警察から警告されたにもかかわらず、館の近くで目撃されていました。厨房の下働きと親しい関係だったとも云われていました。そうすると、簡単に説明がつきそうです。しかし、話を聞こうとイタリア人を探してみると、姿を消していました。完全に消え失せていたのです。レンフィールドを去るように警告されていた彼はその警告を心に刻み、誰も二度とイタリア人の姿を目にしなかったというわけです」

グラニスはここで言葉をいったん止めた。弁護士の向かい側の椅子に腰を下ろすと、後ろに頭を倒して見慣れた部屋を見回した。何もかも歪んで異質な存在に見えた。その目から離れない奇妙な物体がことごとく自分の方に首を伸ばして聞き耳を立てているようにも思えた。

「メロンに薬を入れたのは私です。それを後悔しているなどとは思わないでください。良心の呵責《かしやく》なんかではありませんよ。守銭奴の年寄りが死んで清々しているんです。あいつの金が他の人間の手に渡ったのも嬉しいし。でも、私の取り分はもうたかが知れている程度になっていますが。妹は惨めな結婚をして、そして死にました。私は欲しいものをまったく手に入れることができませんでした」

アスカムはじっと見つめたあと、こう云った。「一体何が目的だったんですか」

「何って、欲しいものを手に入れるためですよ。夢見たものが手の届くところにあったんですから。欲しかったのは、変化、休息、人生。二人のための。そして何より、自分には書く機会が。旅行はしたし、健康も取り戻しました。家に戻って仕事に打ち込みました。そして十年間、何の見返りもなく、成功の望みもまったくないまま、ひたすら働き続けたんです。もう五十歳になりました。私は負けたんです。それはよく判っています」グラニスはがっくりと俯《うつむ》いた。「何もかもすっかりやめてしまいたいんですよ」と云って言葉を終えた。

三

アスカムが帰って行ったときはもう真夜中を過ぎていた。

帰り際にグラニスの肩に手を置いてアスカムはこう云った。「地方検事なんかでは駄目ですぞ。医者に診てもらいなさい。医者ですよ」大声でそう云うと、大袈裟に笑ってからコートを纏って去って行った。

グラニスは書斎に戻った。アスカムが自分の話を信じようとしないとは思ってもいなかった。三時間かけて繰り返し説明した。忍耐強く、うんざりするほど、微に入り細を穿《うが》ち——しかし、一度たりとも弁護士の目を覆う鉄の猜疑心《さいぎしん》を破ることはなかった。

最初、アスカムは納得したような顔をしていた。だがそれは、今はもう判っているが、ただグラニスに内心までさらけ出すようにして、矛盾を突いてやろうということだったのである。そして人を狼狽《うろた》えさせようという質問にもグラニスが一つ一つ反証して、その試みがうまくいかないと判ると、突然その仮面をかなぐり捨てて、愛想よく笑いながらこう云ったのだ。「いやいや、あなたが戯曲で成功するのはまだこれからですよ。今のような話の作り方は実に見事なものです」と。

グラニスは猛然と振り返った――最後の、戯曲を嘲笑《あざわら》う言葉に怒りが燃え上がったのだ。全世界が共謀して自分の失敗を嘲笑しているのだろうか。

「私がやったんですよ。私が」グラニスは不機嫌な声で呟いたが、怒りは他者の嘲笑という突き通せない表面に当たってその勢いを失った。アスカムは微笑んでこう云った。「幻覚に関する本を読んだことはありますか。うちには法医学の蔵書が揃っているので、もしよかったら今度、一冊か二冊お送りしてもいいですよ」


グラニスは独り残されて、書き物机の前の椅子に坐り込んだ。アスカムに気が狂ったと思われたのだ。

「何ということだ。皆に気が狂ったと思われたらどうしたらいいんだ」

その恐怖で冷たい汗が全身に噴き出してきた。坐ったまま震えながら、氷のように冷たい両手で目を覆っていた。しかし、千回練習した自分の話をもう一度繰り返し始めると、徐々に否定しようのない話だという自信が甦ってきて、如何《いか》なる刑事専門弁護士でも自分の云うことを信じてくれるに違いないと思えるようになった。

「問題は――アスカムが刑事専門弁護士ではなかったということだな。それに友人でもある。

友人に話すなんて何て莫迦だったんだ。信じたとしたって、絶対にそんな素振りは見せないだろう。本能的に隠してしまうに決まっている。だが、もしそうだったとしたら――もしあの話を信じたとしたら――精神病院に私を閉じこめるのが親切というものだと考えるかも知れない」躰の震えがまた始まった。「何ということだ。もしアスカムが専門家を連れてきたら――精神科医とかいう忌々しい奴だ。アスカム&ペティローは何でもできる――あいつらの言葉はいつだって正しいんだ。もしアスカムが閉じこめた方がいいと云えば、明日には拘束衣を着せられてしまう。親切心でそうするんだ――私が殺人犯だと思ったら、そうすべきだということになるだろう」

そう考えるとグラニスは椅子の上で動けなくなった。顳顬を両方の拳で押さえつけて考えようとした。そのとき初めて、アスカムが自分の話を信じないでくれればいいと願った。

「だが、アスカムは信じた。信じたんだ！　今となってみればよく判る。首をかしげて変な目でこっちを見ていたじゃないか。何てことだ。どうしたらいいんだ――どうしたら」

グラニスはびくりと顔を上げて時計を見た。一時半だ。もしアスカムが緊急要件だと考えたら、精神科医を引きずり出して、ここに戻って来るのではないか。グラニスは跳び上がって、その突然の動きでテーブルの上から新聞を払い落としてしまった。機械的に落ちた新聞を拾い上げ、その動作で新たな連想が生まれた。

グラニスはまた腰を下ろし、椅子の側にある棚の電話帳に手を伸ばした。

「三〇一〇……をお願いします」

新しく心に浮かんだ思いつきで、弱まっていたエネルギーが甦った。行動しよう――今すぐに行動しよう。あらかじめ計画を立て、逃れられない一連の行動を自ら決断することによってのみ、意味のない日々を生き抜いてきたのだ。新たな決断に達するたびに、霧の逆巻く海から光に照らされた穏やかな湾へと抜け出していた。グラニスの長年の苦悩のなかでも最も奇妙な局面の一つは、こういった束の間の小康状態によってもたらされる安堵の瞬間に他ならなかった。

「インヴェスティゲーター誌編集部ですか。デンヴァーさんをお願いします。デンヴァー？そうだ、ヒューバート・グラニスだ。捉《つか》まえられてよかった。今日は真っすぐ帰るのかな。ちょっと会いに行ってもいいだろうか。そう、今これから。ちょっと話したいことがあって。急ぎの話でね。第一級のねたを提供できるかも知れない。よし、判った！」グラニスは笑いながら受話器を置いた。インヴェスティゲーター誌の編集長に電話をすることを思いついてよかった。ロバート・デンヴァーこそグラニスが必要としている人物だ。

書斎の明かりを消し――こういう無意識の動作が消えずに残っているのは奇妙に感じられた――玄関まで行って帽子とコートを身に着け、アパートを出た。ホールでは眠そうなエレベーター・ボーイがグラニスを見て目をぱちぱちさせたが、すぐに組んだ両腕の上に顔を伏せた。グラニスはそのまま通り過ぎて通りへ出た。五番街の角でのろのろ走っているタクシーを呼び止め、住宅地区の住所を告げた。目の前に延びる大通りは、暗く、人影もなく、古い墓地を通る道のようだった。しかし、デンヴァーの家から舗道に漏れる光は親しげだった。グラニスがタクシーから飛び出したとき、編集長の車の光が角を曲がったところだった。

二人は握手を交わし、デンヴァーは玄関ドアの鍵を手探りで開けて、グラニスを明るい玄関ホールへと導き入れた。

「邪魔したかって？　いや、全然。明日の朝の十時だったらそうだったかも知れないが……でも、今がいちばん元気な時間だ……昔からそうだったのは知っているだろう」

ロバート・デンヴァーとの付き合いももう十五年になる。彼がジャーナリズムのステージを昇りつめてオリュンポス山の頂とも云えるインヴェスティゲーター誌編集部に到達するのを見守ってきた。白髪交じりの頭で、どっしりした体格のこの男には、若い記者だった頃、夜更けに家に帰る途中、必死になって戯曲を書いているグラニスのところへちょっと立ち寄っていたデンヴァーの面影はもはやほとんど残っていなかった。あの頃、デンヴァーが自室へ帰る途中にグラニスの部屋の前を通らなければならず、そのせいで窓の明かりが見えてブラインドにグラニスの影が映っていたら入ってきて、パイプを吸いながらありとあらゆることについて議論するのが習慣になっていた。

「いやあ――昔に戻ったみたいだな。古き良き習慣とは逆だが」編集長は訪問客の肩を親しげに叩いた。「お前を連れ出した夜を思い出すよ。ところで、戯曲の方はどうだ。戯曲だったよな。

戯曲のことを訊《き》いておけば間違いないからな。他の男たちだったら『赤ん坊は元気か』と訊くような感じで」

　デンヴァーは人のよい笑い声をあげ、グラニスはデンヴァーもずいぶん太ったものだと思った。グラニスの痛めつけられた神経にも、その言葉に悪意がまったくないことは明らかだったが、それは自分がとるに足りない存在であることを再認識させてくれた。デンヴァーはグラニスが成功できなかったことを知りもしないのだ。その事実はアスカムの皮肉よりも辛く感じられた。

「まあ、入ってくれ」編集長は小さいが気持ちのよい部屋へグラニスを案内した。葉巻とデカンターがある。肘掛け椅子をグラニスの方へ押して動かし、自分は別の椅子に腰を下ろして満足そうな声を出した。

「さて、あとは好きなようにやってくれ。話をすっかり聞かせてくれよ」

　デンヴァーはパイプの火皿越しにグラニスに微笑みかけ、グラニスは葉巻に火をつけて心の中でこう呟いた。「成功は人間を快適にしてくれるが、愚かにもする」

　そしてデンヴァーの方を向いて、話し始めた。「デンヴァー、聞いてもらいたいことがあってね――」

　時計がマントルピースの上でチクタクと時を刻んでいた。部屋には次第に紫煙が厚みを増し、煙を通して見える編集長の顔が雲の流れる空に浮かぶ月のようだった。時計が正時を告げ、そしてまたチクタクという音が戻った。部屋の空気は重くなってむっとしてきた。グラニスの額に玉のような汗が浮かんできた。

「窓を開けていいかな」

「構わないよ。風通しが悪いからな。いや、俺が開けよう」デンヴァーは上の窓枠を降ろして椅子に戻った。「じゃあ続けてくれ」もう一度パイプに葉を詰めながら云った。その落ち着いた態度にグラニスは苛立った。

「信じてくれないのなら続けても仕方がない」

編集長は動じなかった。「誰が信じないと云った？　それに、最後まで聞かなかったら信じるも何も判らないだろう」

グラニスは感情露《あらわ》な言葉を使ってしまったことを恥じて、話を続けた。「簡単な話なんだが、あの日、爺さんに云われた言葉「ああいうイタリア人どもは、二十五セントのために人殺しをするんだ」というのを聞いてから、何もかも抛《なげう》ってひたすら計画を練ったんだ。まず、一晩でレンフィールドまで行って戻って来る方法を見つける必要があった。思いついたのは自動車だ。車だよ、思いつかないだろう？　どこから金を調達したのかって思うだろう。いや、千ドルくらいの貯金はあったんだ。あちこち探して、欲しかった車を見つけた。中古の競技用だ。運転は知っていたから、試乗して問題ないことが判った。不景気な頃だったから、希望どおりの値で買えたよ。そいつは別のところに隠しておいた。どこかって？　家庭用ではない車を何も訊かずに預かってくれるガレージだ。そんなやり方を教えてくれた元気な従兄がいてね、あちこち探して僕の車を孤児院の赤ん坊のように受け入れてくれる怪しげな巣穴を見つけたんだ。それからレンフィールドまで一晩で行って戻る練習をした。道はよく知っていた。その元気な従兄と一緒によく出かけていたからね。しかも真夜中に。距離は九十マイル以上はあったけど、三回目の挑戦で二時間を切った。ただ、腕は痛くなった。翌朝は服を着るのも大変だったよ……。

そうしたらあのイタリア人が脅したという知らせがあって、直ちに行動すべきだと思った……。爺さんの部屋に押し入って、撃って逃げるつもりだった。リスクは大きいが、できないことはないだろうと思った。そのあとに、病気になったと聞いた。医師団の協議のこととかね。もしかしたら運命がお膳立てしてくれたのかも知れない。そうであってくれれば……」

グラニスは言葉を止めて額を拭った。窓を開けても部屋は涼しくならないようだった。

「具合がよくなってきたという知らせがあった。その翌日には、事務所から帰るとケイトが笑いながら、爺さんがメロンを一口食べてみることになったと知らせてくれた。家政婦から電話があったところらしくて、レンフィールドじゅうが大騒ぎだとね。医師がわざわざメロンを選んだらしい。小さなフレンチ種で、大きなトマトとほぼ同じくらいのもののようだった。翌日の朝食のときに患者が食べる予定だという。

すぐにこれはチャンスだと判った。かすかなチャンスでしかないが、それでもチャンスだ。でも、あの家のやり方はよく知っている。メロンは前の晩に持ってきて、食料庫のアイスボックスに入れておくだろう。そこにメロンが一つしか入っていなければ、それが僕の目指すメロンであることは間違いない。あの家でメロンがそこら辺にいくつも転がっているなんてことはないんだから。一つ残らず管理されていて、番号が振ってあって、記録されているんだ。使用人にメロンを食べられるのが怖くて仕方がなくて、それを防ぐための対策が百くらいあった。そうなんだ、目指すメロンは確実に判ると思った……。それに、銃で撃つよりも毒の方が安全だろう。あの爺さんの寝室に誰の目を覚ますこともなく忍び込むのは悪魔でもなければ無理だろう。でも、食料庫なら難なく侵入できるはずだ。

そして曇り空の夜だった。何もかも好都合だった。静かに夕食を終え、机に向かった。ケイトはいつものように頭が痛いと云って、早めに寝た。ケイトがいなくなるとすぐに家を抜け出した。変装の真似事をしようと、赤毛の付け髭《ひげ》と変わった長コートをバッグに突っ込んで駐車場へ向かった。そこには、それまで見たこともない、ほろ酔いの機械工がいるだけだった。それもまた好都合だった。機械工はしょっちゅう入れ替わっていたんだ。その新米は、車が僕のものか訊こうともしなかった。暢気《のんき》な奴だった。

僕は車に飛び乗ってブロードウェイを進んで、ハーレムを抜けるとすぐにスピードを上げた。真っ暗だったが、自分を信じて速度を落としはしなかった。森の影でちょっと車を止めて、髭と長コートを身に着けた。それからまた車を走らせて、十一時半ちょうどにレンフィールドに着いた。

レンマン家の敷地の裏を通る暗い小道に車を置いて、菜園をこっそり通り抜けた。メロンの温室が闇の中で瞬《またた》いていた。僕が何を求めているか、メロンにも判っているんだと思ったことを覚えている。厩《うまや》の横を通るときに犬が唸《うな》りながら出てきた。でも、僕の匂いを嗅ぐと、飛びついてきて、それから戻って行った。家は墓場のように暗かった。あそこでは皆、十時には寝てしまうからね。でも、使用人がうろうろしていたりするかも知れない。下働きの女中があのイタリア人を連れ込むために降りてきているかも知れない。もちろん、それくらいの危険は冒さなくてはならなかった。そっと裏口に回って、植え込みに身を隠した。そこで耳を欹《そばだ》てて待った。死んだように静まり返っていた。屋敷に近づいて、食料庫の窓を抉《こ》じ開けて中へ入った。ポケットから小さな懐中電灯を出して、それを帽子で覆うようにしつつ、手探りしながら冷蔵庫まで進んだ。そいつを開けると、そこには小さなフランスメロンがあった。たった一つしかなかった。

動きを止めて耳を欹てた——まったくもって冷静だった。薬の入った瓶と注射器を手に取って、メロンのあちこちに皮下注射してやった。屋敷の中にいたのは三分もなかっただろう。十二時十分前には車に戻った。なるべく音を出さないように小道から出て、周囲を回る道路まで村を戻って、村の家が見えなくなるとすぐに速度を上げた。途中で一度だけ車を止めて、付け髭と長コートを池に投げ捨てた。大きな石を重しにしておいたから、死体みたいにどぼんと落ちていった。それで、二時には机に戻っていた」

グラニスは言葉を止めて、煙の向こうで聞いているデンヴァーを見た。しかし、その顔は相変わらずはっきりしない感じだった。

しばらくしてようやくデンヴァーが云った。「どうしてその話を俺にしたくなったんだ」

そう問われたグラニスは驚いた。アスカムにしたのと同じ説明をしようとしたが、自分の動機があの弁護士に納得できないものだったのなら、ましてデンヴァーにはもっと説得力がないだろうとふと気づいた。二人とも成功者であり、勝者は敗者のえも云われぬ苦悩は理解できないものだ。グラニスは他の理由を考えだそうとした。

「いや、その、頭から離れなくてね……良心の呵責というやつか……」

デンヴァーは火の消えたパイプを叩いて灰を落とした。

「良心の呵責だって？　莫迦なことを」力強い声でデンヴァーが云う。

グラニスの心は沈んだ。「信じてくれないのか、良心の呵責という言葉を」

「まったく信じられないな。君は行動の男だ。良心の呵責という言葉を使うのであれば、俺にとっては君がそんなことを計画して実行した男ではないということを証明しているに過ぎないと思える」

グラニスは呻《うめ》き声を上げて云った。「まあ、良心の呵責というのは嘘だ。そんなのはまったく感じていない」

デンヴァーの唇は詰め直したパイプを咥えて疑わしそうに結ばれていた。「動機は何なんだ。動機があるはずだろう」

「話そう……」グランシーは練習しておいたこれまでの失敗と人生に対する嫌悪という話をもう一度繰り返した。「今度は信じないなんて云わないでくれよな。これが本当の理由じゃないとか云うのはやめてくれ」哀れっぽく口ごもりながら話を締めくくった。

デンヴァーはしばらく黙って考えてからこう云った。「いや、そうは云わない。俺もずいぶん変なことをいろいろ見てきたんだ。人生から降りてしまいたいという理由はいつだって一つくらいはあるものだ。むしろ驚くのは、人生から降りない理由がたくさんあることの方だ」

グラニスの心が軽くなった。「じゃあ、信じてくれるのか」震えるような声で云った。

「書く仕事が嫌になったというのを信じろって？　ああ、信じる。引き金を引く度胸がないと信じろって？　それも信じる。そこまでは難しくない。だが、だからといってそれで殺人犯だと云えるわけでもない。絶対に殺人犯じゃないと証明することもできないがね」

「殺人犯なんだよ、本当に」

「そうかも知れない」そう云ってまた考え込んだ。「一つ二つ訊きたいんだが」

「ああ、訊いてくれ。何を訊かれても平気だから」グラニスは、いつの間にか自分が笑い声をあげているのに気づいた。

「じゃあ――妹に好奇心を抱かせずに車の試運転を繰り返すというのはどうやったんだ。あの頃の習慣はよく知っているが、夜遅く出かけるなんてことは滅多になかっただろう。いつもと違うことをして驚かれなかったのか」

「いや、あの頃、あのとき妹は他所《よそ》にいたんだ。レンフィールドから戻ってすぐに田舎にいる友人たちのところへ行っていた。あの前に町にいたのは一晩か二晩じゃなかったかな――あの前っていうのは、例の仕事を片づける前ってことだ」

「それで、あの晩は妹は頭が痛くて早く寝たんだったかな」

「そうだ――酷《ひど》い頭痛だったらしい。あんなふうになったときは何かに気づくなんてことはない。それに妹の部屋はアパートのいちばん奥だった」

またデンヴァーは考え込んだ。「じゃあ、戻って来たのも聞かれなかったということか。まったく知られることなく部屋に入ったのか」

「そうだ。まっすぐ仕事部屋に戻った。中断していたところからまた書き始めたよ。そうだ、デ、デ、デンヴァー、覚えていないかな」グラニスは急に語気を強めた言葉を挟み込んできた。「覚えていないかって?」

「僕に会ったとき、どうだった? あの晩、来ただろう? 深夜の二時か三時だった。君のいつもの時間だ」

「そうだったな」編集長は頷《うなず》いた。

グラニスは少しだけ笑い声をあげた。「古い上着を着て、パイプを咥えて。一晩中、書き続けていたように見えただろう？　椅子に坐って十分も経っていなかったんだけどね」

デンヴァーは組んでいた足を伸ばし、また組み直した。「君の方こそ、あれを覚えているかどうか判らなかったよ」

「何を？」

「まさにあの晩というか深夜、俺が行ったことを」

グラニスは椅子の上で躰を捻《ひね》った。「何云っているんだ。だから僕がここに来たんじゃないか。審問で僕のために証言してくれたのは君だっただろう。あの爺さんの相続人があの晩何をしていたか一人残らず調べられたときに、僕のところに立ち寄ったらいつもと同じように机に向かっていたと証言してくれたよな。少なくとも、あれは君の雑誌記者としての感覚に訴えるものがあるだろうと思っていた」

デンヴァーは笑顔になった。「ああ、俺の雑誌記者としての感覚はまだ衰えてはいないからな。その発想は確かに絵になる。自分のアリバイを証明した男に自分の罪を立証させようと云うのかな」

「それだ、まさにそれだ」グラニスの声には勝利の響きがあった。

「でも、もう一人の証言はどうなんだ。あの若い医者のことだ。名前は何だったかな。ネッド・ラニイか。高架の駅で会って、これから君のところへパイプを吸いに行くと云ったら、

『そうか、あいつなら部屋にいるよ。二時間くらい前に家の前を通ったときには、いつものようにブラインドに影が映っていたから』と返されたという俺の証言を覚えていないか？　それから、向かいのアパートにいて歯が痛いと云っていた女もいた。あの女もその証言を裏付けていただろう」

「ああ、覚えているよ」

「で、どうなんだ」

「簡単なことだ。出かける前に古いコートとクッションでマネキンみたいなものを作っておいたんだ――ブラインドに影が映るようにね。深夜に僕の影が見られていたことは知っていたから。そういう目撃者に期待したわけだ。どんなぼんやりした影でも僕のだと思うだろうってね」

「確かに実に簡単だ。でも、あの歯痛持ちの女は影が動いたと云っていただろう。眠り込んでしまったように、前のめりになるのを見たと」

「そうだ。そのとおりなんだ。動いたんだ。たぶん、特別重い荷車か何かがあの薄っぺらの建物にぶつかったんじゃないかな。とにかく、何かがマネキンに振動を与えたんだ。帰って来てみたら、机の上に突っ伏していたよ」

二人のあいだで沈黙が続いた。デンヴァーがパイプを詰め直すのをグラニスは心臓をどきどきさせながら見つめていた。編集長は何れにせよ自分を嘲《あざけ》ったり笑ったりはしなかったなと思っていた。結局のところ、ジャーナリズムは法律よりも、人生における突飛な可能性を深く洞察できて、予想もできない人間の衝動に対して備えられるようにしてくれるということなのか。

「で、どうだろうね」グラニスが口ごもるように云った。

デンヴァーは肩を竦《すく》めて立ち上がった。「なあ、どうしたっていうんだ。すっかり白状しろよ。神経がやられてしまったか。知り合いのプロボクサーを紹介してやろうか。そいつは、そんなふうに穴に入り込んでしまった奴を引っ張り出すのが不思議と上手くて——」

「ああ、何なんだ」グラニスが言葉を遮った。やはり立ち上がって、二人が向かい合った。「つまり、信じてくれないんだな」

「そんな法螺話《ほらばなし》をどうやって。元々あのアリバイに穴はないんだからな」

「だから今、すっかり話したじゃないか」

デンヴァーは首を振った。「俺にそう思わせようとしているのにたまたま気づかなかったら信じたかも知れないがね。そこに引っかかった」

グラニスは呻いた。「いや、そんなんじゃない。僕が有罪になりたがっていると云いたいのか」

「当然だ。誰か他の奴に告発されたと云うのなら、その話を調べてみる価値はあるだろう。だが、そんなのは子供でも思いつきそうな話じゃないか。着想力も大したことなさそうだ」

グラニスは不機嫌そうな顔をしてドアへ向かった。今さら云い争ってどうなるというのか。

だが、戸口でふと気が変わって振り向いた。「デンヴァー、たぶん君が正しいのだろう。だが、それを証明する証拠が一つだってあるか。僕の証言をインヴェスティゲーター誌に掲載してくれ。僕が云った通りに。好きなだけ嘲笑ってくれて構わない。とにかく、他の連中にも、僕のことを一切知らない人たちにも機会を与えてやってくれ。そういった人たちが話し合ったりよく考えたりできるようにしてくれ。君が信じてくれるかどうかはもういいから。大陪審が納得してくれればいい。僕のことを知っている人のところに来るべきじゃなかったな——君の始末に負えない猜疑心が感染してしまう。この自分の事件をうまく伝えられないんだ。信用されないのが判っているし、最後には自分でも信じられなくなりそうになる。だから説得力がない。悪循環ってやつだ」グラニスはデンヴァーの腕に手を置いた。「速記者を寄越《よこ》してくれ。僕の陳述を掲載してくれ」

しかし、デンヴァーはその考えには否定的だった。「あのとき、証拠は徹底的に調べられたのを忘れてしまったようだな。どんな些細《ささい》な手がかりも徹底的にだ。世間はもういつでも君が老レンマンを殺したと信じる気満々だった。君でも他の誰かでも。とにかく殺人犯を求めていた。一番ありそうもない人物でも構わなかった。だが、君のアリバイはあまりにも完璧だった。今話してくれたことが出てきても、まったく揺るがないだろう」デンヴァーは冷たい手を、グラニスの燃えるように熱い手の上に重ねた。「さあ、もう帰ってもっといい陳述に仕上げてくれ。そうしたらインヴェスティゲーター誌に掲載しようじゃないか」

四

グラニスの額から汗が滴り落ちていた。数分おきにハンカチを手にして、窶れた顔の水分を拭きとらねばならなかった。

一時間半ものあいだ、地方検事にこの事件について訴え続けていたのだ。幸い、アロンビイ検事とは顔をあわせたら話をする程度の知り合いではあったので、ロバート・デンヴァーと話をした日の内に、個人的に会う機会を設けてもらうのもそれほど難しいことではなかった。急いで帰宅してからそれまでの間、夜会服を脱いですぐにまた暗い夜明けの中へと出かけて行った。アスカムと精神科医が来るのではないかという恐怖で、部屋でじっとしていられなかったのだ。この忌まわしい危機を回避する唯一の方法は、筋の通った厳正な心で、自分の罪の証拠を立証してもらうことしかないだろう。たとえ、これほどどうしようもなく人生に倦《う》んでいなかったとしても、今や電気椅子だけが拘束衣に代わる唯一の選択肢だと思えた。額を拭うために言葉を止めたとき、地方検事が腕時計にちらりと目をやったのが見えた。その仕草の意味は明らかだった。グラニスは訴えかけるように手を上げた。「今すぐに信じてもらえるとは思っていません。でも、私を逮捕して、何があったのか調査できないでしょうか」

アロンビイは微《かす》かな微笑みを灰色の口髭の下に浮かべた。赤ら顔で、ゆったりした体格、そして陽気な性格だったが、その鋭いプロフェッショナルな目が監視するのは、厳密にいうとプロフェッショナルではない衝動であるようだ。

「まあ、あなたを今すぐ収監する必要はないと思いますね。でも、もちろん供述は必ずや検討しますよ――」

グラニスの心の底からほっとした気持ちが込み上げてきた。自分が云ったことを信じていなかったら絶対にそんなことは云わないだろう。

「判りました。それでしたらお引き留めはしません。アパートにおりますのでいつでもご連絡ください」と云って住所を告げた。

地方検事はさっきより素直な微笑みを浮かべた。「今晩、この件は一時間か二時間、このままにしておきませんか。レクターで軽い夕食会を開くんですよ。静かな、ささやかな集まりですがね。ミス・メルローズもいらっしゃいますよ。ご存じですよね。他の友人も一人二人。もしよろしかったらどうですか……」

グラニスは自分がどんな返事をしているのかよく判らないまま、よろめくように部屋を出た。それから四日待った。恐怖の四日間だった。最初の二十四時間はアスカムの精神科医が来たらどうしようという怖れだった。それが治まってくると、今度は自分の告白が地方検事に何の印象も残さなかったことが腹立たしくて仕方がなくなった。この件を調査する気があるのなら、どう考えてもアロンビイはもっと早く連絡してくるはずだ。あの人を莫迦にするような夕食への招待は、明らかに自分の話を何とも思っていないことを示しているではないか。

グラニスは自分を有罪にする努力をこれ以上続けても無駄ではないかという思いに打ち拉《ひし》がれた。人生に鎖で繋がれてしまった――いわゆる「意識の囚人」だ。この言葉をどこで読んだのだったか。とにかく、その意味するところを今まさに学んでいる。けばけばしい夜の時間に、頭が燃えているように思える今、確固たる自我の感覚、これ以上削ることのできない堅固な自己の本質が心に浮かんできた。これまでに知っていたどんな感覚よりも鋭敏で狡猾で逃れがたいものだった。心というものに、そんな複雑な自己実現を達成したり、暗く曲がりくねった心の奥底を見通す能力があるとはそれまで思ってもみなかったのだ。束の間の眠りから何度も目を覚ました。何か実体のあるものが、手や顔に、そして咽喉に纏わりついているという感覚、――そして頭がはっきりしてくると、それは分厚い粘着物質のように貼り付いている、自分が忌み嫌っている己の個性なのだと理解できた。

グラニスはよく朝の早い時間に起きて、窓から外を眺め、通りで人々の活動が目覚めるのを見ていた。道路掃除夫たちや、燃え殻収集車の運転手たち、その他の埃にまみれた労働者たちが青白い冬の光の中を慌ただしく急ぐ様子を。ああ、あの中の一人だったらいいのに。誰でもいいから、あの中でチャンスを摑めたら。彼らは労働者――哀れな運命の男たちだ。愛他主義者たちや経済学者たちが嘆き悲しみ、大声を張り上げる対象だ。もし今の重荷を振り落として、彼らのうち誰か一人の重荷を背負えるのなら、喜んでそうしただろう。だが、それはできない……意識という鉄の輪は彼らをも捕えているのだ。一人ひとりがおぞましい自我に手錠で繋がれている。どうして、別の誰かになりたいなどと願うのか。唯一絶対的な善は、存在を止《や》めることだ……。そのときフリントが風呂の湯を入れに部屋に入ってきて、朝食はスクランブルエッグにするかポーチドエッグにするかを訊《たず》ねた。

五日目になると、グラニスはアロンビイに急ぎの用件だという長い手紙を書いた。その後の二日間はひたすらその返事を待って過ごした。一瞬の隙に手紙を受けとり損ねたらどうしようと怖れ、部屋からほとんど離れられなかったほどだ。だが、地方検事が返事の手紙を書くのか、それとも代理人、つまり警官とか諜報部員とか、それともまた別の謎めいた法の使者を送ってくるのか。

そして三日が過ぎた朝、フリントが静かに――驚くじゃないか！　まるで主人が病気だとでもいうかのように――グラニスが読みもしない新聞を前にして坐っている書斎に入ってきて、トレイに載せたカードを差し出した。

グラニスはその名前を読んだ――J・B・ヒュースンと記されていた――そしてその下に鉛筆書きで「地方検事局より」と書かれていた。胸をどきどきさせながら立ち上がって、お通しするようにと合図した。

ヒュースン氏は、細身で血色の悪い、何の変哲もない五十男だった。人込みの中にきっと一人はいるような感じの男だ。「まさに刑事として成功するタイプだ」とグラニスは握手しながら思った。

そして、ヒュースン氏はそんな人物らしい手短な自己紹介をした。地方検事から、グラニス氏と「内密の話」をするように云われてきたのだと云う。レンマン殺害の話をもう一度繰り返してもらえないかと。

ヒュースン氏の態度は実に落ち着いていて、そして理性的で聞き上手だったので、グラニスの自信が戻って来た。分別のある男だ――自分の仕事が判っている男だ――これならあの莫迦げたアリバイを見破るのも簡単だろう。グラニスはヒュースン氏に葉巻を勧め、自分でも一本取って火を点けた。自分が冷静であることを示すために。そして、話し始めた。

話が進むにつれて、前よりも話すのが上手くなっているのに気がついた。間違いなく練習のおかげだ。聞き手が冷静で公平な態度だったのもよかった。少なくとも、ヒュースンはグラニスの云うことを端《はな》から信じまいと決めてかかってはいないようだった。自分が信用されているという実感のおかげで、さらに明晰で一貫性のある話ができた。そうだ、今度こそ確かに説得力のある話ができている……。

五

絶望的な気持ちで、グラニスはうらぶれた通りを端から端まで見渡した。隣には、突き出し気味の輝く目をした若い男が立っていた。滑らかな肌だが、髭の滑らかに剃れていない顔にアイルランド人風の微笑みを浮かべていた。

「番地は間違いないのですね」はきはきした声で男が云った。

「ああ――一〇四番だ」

「ということは、新しい建物が建って、その番地は消えたんでしょう、きっと」

グラニスは首を後ろにそらして、まだ完成していない煉瓦《れんが》と石灰岩でできたアパートの正面を見上げた。今にも倒れそうな安アパートや厩舎が並んでいる中で、説得力のない気品を纏っている。

「本当に間違いありませんね」男が繰り返した。

「ああ、間違いない」グラニスはがっかりした声で云った。「それに、もし間違っていたとしても、ガレージはそこのレフラーの店の向かいにあったんだ」そう云って、今にも潰れそうな厩舎を指さした。そこには、「馬の貸借」という文字が微かに読み取れる染みだらけの看板が掲げられていた。

若い男は道の反対側まで走っていって「まあ、何か手がかりがあるかも知れない。レフラーの店か――ここも同じ名前だ。ガレージの名前は覚えていますよね」

「覚えている、はっきりと」

グラニスは、エクスプローラー誌いちばんの切れ者記者の関心を引きつけるのに成功してから、自分が自信を取り戻したのを実感していた。グラニスに自分の話を信じがたいと思う瞬間があったとしても、それ以外のときは信じない人間が一人でもいるなんてあり得ないと思っていた。この若い男ピーター・マッカレンが目を凝らし、耳を欹て、質問をしてメモを取るのを見ていると、込み上げてくる安堵感でいっぱいになった。マッカレンは、彼の言葉で云えば「蛭《ひる》のように」すぐにこの事件に飛びつき、「最後の一滴まで真実を絞り取るつもりだし、そうするまでは手放すつもりはない」と云って、うきうきと仕事に取り掛かったのだ。誰もグラニスの事件をそんなふうに扱ってくれなかった。アロンビイの刑事でさえ、メモすらとらなかった。関係当局の訪問があってから一週間が過ぎても地方検事局から何の連絡もない。アロンビイはこの件から手を引いてしまったようにしか思えない。しかし、マッカレンは手を引かないと云う。マッカレンなら大丈夫だろう。積極的にグラニスの足跡を辿ってきた。前日は二人でほとんど一緒に過ごし、そして今日はまた一緒に手がかりを追っている。

だが、レフラーの店では結局何も得るものはなかった。レフラーはもう馬を貸す仕事はやっていない。裁判所から取り壊し命令を受けていて、その宣告から執行までのあいだ、倉庫のような場所になっていたのだ。壊れた乗り物や荷車の修理なんかをしていて、管理しているのは、ろくに目も見えない老婆で、道の向かいにあったフラッドのガレージについては何も知らなかった。そもそも、新しいアパートが建ち始める前には何があったのかすら覚えていなかった。

「まあ、レフラーはどこかで探し出せるかも知れませんよ。もっと難しい仕事だってやったことがありますから」マッカレンは、その名前を書き留めながら、明るい声で云った。

二人で六番街へ歩いて戻るときに、少々自信がなくなってきたような口調でこう付け加えた。

「あのシアン化物を入手した経路さえ教えてもらえたら、そこからうまく進むと思うんですがね」

グラニスの心が沈んだ。そうだ——そこが弱点なんだ。最初からそう感じていた。それでもなお、この件は毒物の話がなくても十分説得力があるとマッカレンに思わせられるんじゃないかと思っていた。グラニスは自分の住まいに戻ってここまでの事実関係をもういちど一緒に纏めてみようと促した。

「申しわけないのですが、オフィスに戻らなければならない仕事があるんですよ。それに、何か取っ掛かりになる新事実を仕入れてからでなければ無駄でしょう。また明日か明後日に来ますよ」

そう云ってマッカレンは路面電車に飛び乗って、寂しそうに見つめるグラニスを残して去っていった。

二日後にグラニスのアパートに姿を見せたが、マッカレンの表情は明るさを失っていた。

「『星の巡りは良くないもの』と吟遊詩人は歌いますが、フラッドの行方は辿れませんでした。レフラーもですね。車はフラッドを通して買って、またフラッドを通して売ったんでしたね」

「そうだ」グラニスは疲れたような声で云った。

「誰が買ったのか判りますか」

グラニスは眉間に皺を寄せた。「ああ、フラッドだった――そうだ、フラッドが自分で買い戻したんだ。三箇月経った頃、フラッドに売り戻したんだ」

「フラッド？　何て奴だ！　町中、フラッドを探し回ったんですよ。ああいう商売をやっている奴は地面に呑み込まれたかのように消えるんでね」

グラニスはがっかりして何も云えなかった。

「それで毒の話に戻るってわけです」マッカレンは、メモ帳をポケットから出して、話を続けた。「もう一度、毒の話をしてくださいませんかね」

グラニスは最初から繰り返した。あの頃は実に簡単なことだったのだ――そして、うまいこと痕跡を消し去った。毒を使おうと決めてから、薬剤業界の知人を探した。ハーヴァードの同級生にジム・ドーズというのがいた。そいつが染料の仕事をしている。ちょうどいいじゃないか。だが土壇場になって、これではすぐに疑いを抱かれてしまうに違いないと気がついた。そんなにあからさまではないやり方にすることにした。

また別の友人にキャリック・ヴェンという医学生がいて、治療のできない病気のせいで医師としての仕事に就けないでいたのだが、趣味で物理学の実験をしていて、そのための簡単な実験室も持っていた。グラニスは習慣的に日曜日の午後になるとヴェンのところへ行って葉巻を吸っていた。友人たちはたいてい、スタイヴェサント・スクエアにある古い自宅の裏にあるヴェンの作業場に腰を落ち着けていた。この作業場の奥に貯蔵庫があって、致死的な試薬瓶も並んでいた。キャリック・ヴェンは風変わりで、飽くなき好奇心に満たされていた。日曜日にはヴェンのところに大勢が訪れ、ジャーナリスト、著述家、画家、実験家といったさまざまな表現形式を試みる者たちの楽しい集まりになっていた。大勢が出たり入ったりしていたから、こっそり入り込むのは簡単だった。ある日の午後、ヴェンが帰宅する前に到着したグラニスは、作業場には自分一人しかいないと気づき、素早く貯蔵庫へ入り込んで、薬の瓶をポケットに忍び込ませた。

だがそれは十年前のことだ。ヴェンは可哀想なことに長引く病気のせいでずいぶん前に亡くなった。ヴェンの父親も亡くなり、スタイヴェサント・スクエアの館は下宿屋になってしまい、ニューヨークの移ろいやすい社会は、名もなき人々の細やかな歴史を跡形もなくたちまち呑み込んでしまう。楽観的なマッカレンでさえ、その方向で証拠を探すのは絶望的だと認めたようだ。

「これで三つ目の扉も目の前で閉まってしまいましたね」マッカレンはノートを閉じ、天井を仰ぎ見ると、グラニスの顰《しか》め面に明るく好奇心に満ちた目を向けた。

「どうです、この話の弱点がどこかはお判りですね」

問われた相手は絶望的な身振りをした。「弱点が多過ぎる」

「ええ、でもそこが何よりの弱点ですよ。ところで、どうしてこの件を世に知らしめたいんですか。どうして自ら首に縄を掛けたいんですか」

グラニスは絶望的な気持ちでマッカレンを見た。この頭の回転が速く、明るく不遜な精神の持ち主の力量を見抜こうとしながら。これほど陽気で動物的な命に満ちた若者が、死への渇望を説得力のある動機として信じるはずがない。グラニスは頭を絞り上げて、もっと説得力のある話を思いつこうとした。しかし、若い記者の顔が不意に和らぎ、素朴な感傷癖へと溶けていくのが判った。

「これまでいつもその記憶に嘖《さいな》まれていたんですね」

一瞬、グラニスは目を瞠《みは》り、その言葉に飛びついた。「そうなんだ。その記憶が……いつも……」

マッカレンは気持ちを込めて頷いた。「どこまでも付きまとってくるのですね。それで、眠れなくなって。胸の内をすっきりさせるべきときが来たということですね」

「そうしなければならないと思ったんだ。判ってくれるかな」

記者はテーブルを拳で叩いた。「判りますとも。温かい血が一滴でもある人間なら誰しも、良心の呵責という耐え難い恐怖を思い描けないはずがありません」

ケルトの想像力が燃え上がっていた。グラニスは口に出すことなくその言葉に感謝した。アスカムもデンヴァーも考えられる動機として受け入れなかったものを、このアイルランド人記者は何よりも納得できる動機として受け止めたのだ。そして、マッカレンが云うように、いちどなるほどと思える動機が見つかれば、困難の多い事件でも解決へ向けて努力しようという気持ちが鼓舞されるものなのだ。

「良心の呵責、良心の呵責」グラニスはその言葉を下の上で転がして繰り返した。大衆ドラマの心理を摑むアクセントで。「もし私がこの声を響かせることさえできたら、たちまち六つの劇場で上演できていただろうに」

この瞬間、好奇心という感情さえあればマッカレンの仕事に対する熱意が掻《か》き立てられることを察知すると、それを利用して、一緒に食事をしてから音楽か演劇を楽しみに劇場へ行こうじゃないかと提案したのだった。自分が相手の大きな関心の対象であると実感し、他人の心の中に自分が存在すると見出すことが、グラニスにはどうしても必要になっていた。マッカレンの関心を自分の事件に釘付けにすることに、何とも漠然とした何とも云えない歓びを感じていた。そして、道徳的苦悩に顔を歪ませているのを装うことが、心を奪われるほど熱中しているゲームのようになっていた。グラニスはもう何箇月も劇場に足を踏み入れていなかったが、記者に観察されているという意識に励まされるかのように、無意味な演技を揺らぐことのない寛大な気持ちで最後まで見通したのである。

幕間では、マッカレンがグラニスを楽しませようと観客の逸話を紹介した。彼は目の届く範囲の観客を一人残らず知っていて、その外見の下にある姿を教えてくれる。グラニスは寛大な気持ちで耳を傾けていた。実はもうその手の話には興味がなかったのである。しかし、自分がマッカレンの関心の中心にいることを知っていたし、ひと言ひと言が自分の問題と間接的に関係していることも知っていた。

「向こうのあの男を見てください。三列目にいる干《ひ》涸《から》びた感じの男です。口髭を引っ張っている。あの男の回顧録は出版する価値がありますね」マッカレンが最後の幕間で突然云った。

グラニスはマッカレンの視線の先を追って、アロンビイの事務所からの連絡でやって来た刑事だと気がついた。一瞬、自分が影に覆われたかのような震え慄《おのの》く感覚に襲われた。

「本当にあの人が話を語ってくれたら――」マッカレンが言葉を続けた。「もちろん、誰だかお判りになりますね。ジョン・B・ステル先生ですよ。この国いちばんの精神科医で――」

グラニスは驚いて、目の前に並ぶ頭のあいだからよく見ようと身を乗り出した。「あの男――通路から四番目の？　見間違いだろう、あれはステル先生じゃないよ」

マッカレンは笑った。「いや、法廷でよく見ていますからね。見ればステル先生だと判りますよ。大きな事件で心神喪失を主張するようなときはたいていあの先生が証言していますから」

グラニスの背筋を冷たい戦慄が走った。彼はただ頑《かたく》なに繰り返すだけだった。「あれはステル先生じゃない」

「ステル先生じゃない？　私は知っているんですよ。ほら、こっちに来る。もしステル先生じゃなかったら、私なんかと話さないでしょう」

干涸びたような小柄の男がゆっくり通路を歩いてきた。近くまで来ると、マッカレンの顔に気がついたような身振りをした。

「ステル先生、大したことのない芝居でしたね」記者が明るく声を掛けた。すると、J・B・ヒュースン氏は同意するように和やかに頷いて通り過ぎた。

グラニスは呆然として坐り込んだ。見間違いではないと判っていた。今通り過ぎたのは、アロンビイが送って寄越した男だ。あのときアロンビイはグラニスの正気を疑っていたのだ。他の奴らと同じだ。告白を狂人の戯言《たわごと》と受けとっていたのだ。そうと判るとグラニスは恐怖で凍りついた。精神病院が大口を開けて自分を飲み込もうとしているような気がした。

「あれにそっくりの、J・B・ヒュースンという名前の刑事がいなかったかな」

しかし、マッカレンの答えはもう判っていた。「ヒュースン？　J・B・ヒュースン？　聞いたことありませんね。でもあれはJ・B・ステルでしたよ。自分の名前がそうだと判っていて、私が名前を呼んだらそれに応えたのをご覧になったでしょう」

六

数日経ってようやくグラニスは地方検事から話を聞けた。アロンビイに避けられていると思い始めた頃だった。

しかし、二人が顔を合わせたとき、アロンビイの陽気な表情には気後れする気配もなかった。訪問客に身振りで椅子を勧めると、向かい合った机の席に着いて顧問医のように相手を励ます微笑みを浮かべた。

グラニスがいきなり強い口調で話し始めた。「あなたが送り込んできた探偵のことですがね……」

アロンビイが謝罪の意味を込めて手を挙げた。

「――知っているんですよ。精神科医のステルだったってね。どうしてあんなことをしたんですか」

相手の顔はいたって冷静な様子だった。「というのは、最初にあなたの話をよく調べてみたところ――何もなかったからですよ」

「何もなかっただって？」グラニスは猛然と相手の言葉を遮った。

「まったく何も。もし証拠があるのだったら、どうして私のところに持ってこないのか。ピーター・アスカムに話をしたことは知っています。デンヴァーにも。エクスプローラー誌の小さな白鼬《しろてん》みたいなマッカレンにも。誰か一人でもあなたの事件を立証できましたか。誰もいない。じゃあ、私はどうしたらいいんですか」

グラニスの唇が震え始めた。「どうして私を騙すようなことをしたんです」

「ステルのことですか。そうしなければならなかったんですよ。それも私の仕事なんです。あのことを仰っているんだとしたらですが、ステルは探偵ですよ。医師はみんなそうです」

グラニスの唇の震えが激しくなって、それが顔の筋肉へと広がりぶるぶる震えた。乾いた咽喉で無理に笑って云った。「それで、奴は何を探り当てたんですか」

「貴方から？　ああ、過労だということでしたね。過労と煙草の吸いすぎですね。いつか、ステルのところへ行ってみれば、そんな症例を何百と見せてくれますよ。それにどう対処したらいいかのアドバイスもしてくれるでしょう。まあ、幻覚のいちばんありふれたタイプですよ。それはそうと、葉巻を如何《いかが》ですか」

「でも、あの男を殺したんだ」

地方判事の大きな手が、机の上に伸ばしたままでほとんど気がつかないような動きをした。するとその直後、電鈴の呼び出しに応えるかのように、外のオフィスから事務員が顔を出した。「申しわけないのですが——人を大勢待たせていましてね。そのうち朝にでもステルのところへ寄ってください」アロンビイはそう云って握手をした。


マッカレンは自分の負けだと認めないわけにはいかなかった。アリバイに何の穴も見つけられなかったのだ。自分の雑誌の仕事という義務があるので、解決できない謎に時間を無駄に費やすことなどできない。そんなわけで、あまり頻繁にグラニスと会うこともなくなり、グラニスは深い孤独へと戻ってしまった。アロンビイのところを訪ねて行ってから一日二日はステル博士に対する恐怖の中で暮らすことになった。アロンビイが精神科医の診断について嘘を云わない理由がどうしてあるだろうか。もし、グラニスを尾行していたのが警察官ではなく精神科医だったとしたら。真相を確かめるべく、ステル先生のところへ行ってみようと不意に思い立った。

医師はグラニスを気持ちよく迎え入れた。前回会ったときの話をしても決まり悪く思う様子もなかった。「ときにはそうしなくてはならないものなのですよ。手段の一つでしかありません。そういえば、アロンビイを脅したそうじゃないですか」

グラニスは黙っていた。本当は自分の罪を再確認して、この医師と前回話したあとで思いついたことを含めて、新たな気持ちで話し合ってみたかったのだが、そんな熱心な様子が錯乱の徴候だと思われてもまずいと怖れ、ステルが暗に仄めかすような云い方をしたのを笑って受け流す振りをした。

「それで先生は、精神疲労である以上のものではないとお考えなんですね」

「それだけのことですね。あと、煙草は控えた方がいいでしょう。かなり吸っている様子ですが」

そう云ってから治療法を詳しく説明した。マッサージや体操、旅行、その他さまざまな形態の気分転換を推奨します。もしそういうものが足りないと――

グラニスはその説明を苛立たしそうに遮った。「いや、そういうのはどれも嫌いなんですよ。

旅行なんかうんざりですね」

「うーむ、ではもう少し大きな関心対象を——政治とか社会改革とか慈善事業とか。何か自分自身のことから離れてみるというのは」

「ええ、判りました」グラニスは疲れたような声で云った。

「何より、意欲を失わないのが大事です。あなたのような症例を何百と見てきたんですよ」敷居のところから明るく言葉を掛けて立ち去った。

玄関先でグラニスは立ち止まって笑った。自分のような何百という症例か。人殺しをして、その罪を告白し、誰にも信じてもらえない症例だ。いやいや、世界中を探してもそんな症例はないだろう。芝居で使えばさぞ面白い人物像になるだろう。人の心をさっぱり読めない偉大な精神科医だ。

グラニスはそのタイプの人間に大いなる喜劇を生み出す可能性を見出した。

しかし歩き出すと恐怖は消えていき、物憂い気分が戻って来た。ピーター・アスカムに告白して以来、初めてグラニスにやることがなくなった。この数週間、常に必要に迫られて行動してきた自分に気がついた。今やグラニスの生活はふたたび澱《よど》んだ水溜まりとなり、街角に立って通り過ぎる人々の流れを眺めながら、緩慢に渦巻く自分の意識に浮かんでいることにあとどれだけ耐えられるだろうかと絶望して自らに問うた。

自殺という考えがグラニスに戻って来た。しかし、やはり肉体が尻込みした。だから、他人の手で死ぬことを求めたのに、どうしてもそこまで届かなかった。どうしても克服できない身体的な抵抗とは別に、グラニスを抑えているものがもう一つあった。自分の話が真実であることを世間に認めさせたいという強い情熱に取り憑かれていたのである。信頼できない夢想家として流され消えていくのは受け入れられない。たとえ、最終的には自殺しなくてはならないとしても、自分が死に値する人間だということを社会に証明せずに死ぬつもりはなかった。

グラニスは新聞各紙に長い手紙を書いた。しかし、第一回分が掲載され意見が集まったものの、地方検事局から短い声明が出されると世間の好奇心はたちまち消散してしまい、文書の残りが掲載されることはなかった。アスカムが会いに来て、旅行に行くように頼み込んだりもした。ロバート・デンヴァーが立ち寄って、冗談の力で妄想から引っ張り出そうともした。しかし、グラニスは彼らの動機に疑念を抱き、ドクター・ステルがふたたび現れるのではないかと怖れるあまり、唇を固く閉ざすのだった。しかし、グラニスが隠しておいた言葉は脳の中でさらに別の言葉を次々と生み出した。内なる自我がぶんぶん音を立てて動く工場となり、毎日長い時間をかけて自分の犯行について念入りに作り上げた文章を読み上げ書き留めた。さらに絶えずそれに手を加えて練り上げた。だが、その活動を聴いてくれる者もいない状況では、ますます深くなる無関心の中に埋もれていく感覚のせいで、次第に元気がなくなっていった。憤懣《ふんまん》やる方ないグラニスは自分が殺人者であることを何としても証明して見せると誓った。たとえ、そのためにまた別の罪を犯す必要があるとしても。そして、眠れない夜が一晩か二晩あって、その思いは闇の中でいよいよ赤く燃え上がった。だが、陽の光の許では消散してしまうのだ。決定的な行動に至るほどの衝動がなく、無差別に犠牲者を選ぶのも嫌だった。そうしてグラニスは、自分の話が真実であると納得させる虚しい戦いに戻されることになった。一つの流路が閉ざされるとすぐに別の流路を、不信という崩れ落ちる砂を通して作ろうとした。だが、どの流出点も塞がれていて、全人類が団結して一人の男から死ぬ権利を騙し取ろうとしているように思えた。

そういう目で見ると、状況はあまりにもぞっとするようなことになっていて、グラニスはそのことをあれこれ考えているうちに最後の自制心を失った。自分が本当は笑い者にしてやろうという仕掛けの犠牲者だったとしたら。哀れな生き物を嘲笑してやろうという見物人たちの輪の真ん中で、意識の堅い壁に向かって目隠しされたまま突進するのを繰り返しているのだとしたら。いや、人間は誰も彼もがそこまで残酷だというわけではない。彼らの無関心のぴったり閉じた表面にはひびが入っていて、弱さと憐れみという割れ目がそこかしこにあって……。

自分の過去について多かれ少なかれ知っている人たちに訴えようとしたのが間違いだったのだとグラニスは考えるようになった。そういう人たちに見えている一般的慣行に従順なグラニスの人生は、荒々しい秘密の逸脱行為に対する決定的な反証に他ならない。一般的な傾向として、人は習慣という目隠しの細い隙間から見えるものを人生のすべてと捉えてしまいがちで、その狭い視界を歩くグラニスを本来の姿だと受け止めてしまうのだ。グラニスのあらゆる行動履歴を偏見なく追っていける視野の持ち主の方が、彼の話を受け入れやすいだろう。グラニスの前歴の印象に邪魔されるような訓練された知性のある者よりも、道で偶然出会うような怠け者の方が説得しやすいだろう。この考えが閃《ひらめ》くと、新たな思いつきの種が芽吹き、熱帯の植物のように生い茂った。さっそく通りを歩き始め、奥まったところにあるような肉料理屋や酒場に足繁く通って、自分の秘密を打ち明けるべき、見知らぬ公平な心を持った者を探すのだった。

最初はどの顔にも激励するような表情が見えたのだが、いよいよという瞬間になるといつも尻込みしてしまう。危険が大きすぎる。何より大事なのは、最初の選択がすべてを決めるということだ。愚か者、臆病者、不寛容な者では駄目だ。想像力豊かな目、皺のある眉間、そんな相手を探していた。打ち明けられる相手は、人間の意志が曲がりくねった道筋を辿ることに熟知している相手だけだ。そして、平均的な顔に浮かぶ鈍い好意を憎むようになった。一度か二度、目立たないように、仄めかすように、話し始めたことがある。一度は肉料理屋の地下で男と隣同士に坐って。もう一度はイーストサイドの波止場をぶらぶら歩いている男に近づいていって。しかし、何《いず》れのときも失敗を予感して、告白寸前に止めてしまった。先入観に囚われた男だと思われるのを怖れて、不自然なほど熱心に話相手の表情を読もうとしてしまい、あらかじめ代わりの言葉をいくつも用意しておいて、嘲笑や疑念の最初の兆しが感じられたときの逃げ道にしてしまっていた。

グラニスはきちんと片づけられて静まり返った自分のアパートを怖れ、一日の大半を通りで過ごすようになり、フリントの厳しい監視の目に怯《おび》えながら、帰宅する時間は不規則になった。なじみのある環境からあまりにも隔たった世界で現実の時間を過ごしてみると、輪廻転生しているような不思議な感覚に襲われ、それは一つのアイデンティティからまた別のアイデンティティへとこっそり移っていくような感じだった。それでも自分自身から逃れることはできない。

逃れることのできた屈辱もあった。生きる意欲がグラニスの中に甦ってくることは決してなかったからだ。現状と哀れな協定を結ぼうとは一瞬たりとも考えなかった。グラニスは死を望んでいた。死だけが目的を達することのできる、確固として揺らぐことのない欲望だった。そしていまだにその目的は達成できていない。もちろん、いつまでもそうだとは限らない。グラニスは自分の運命という暗黒星を完全に信頼していた。そして自分の話を繰り返すことでそれを証明できた。諦めることなく、粘り強く、無感心な耳に注ぎ込んだ。ぼんやりした頭に叩き込んだ。ついには火花を散らすまで。数百万人のうちの迂闊《うかつ》な誰かが立ち止まって耳を傾け、信じてくれるまで。

穏やかな三月のある日のことだった。ウェストサイドの波止場を、人の顔を眺めながらぶらぶら歩いていた。もはや人相学の権威になりつつあった。熱意のあまり軽率に突進したり怯えて後退《あとずさ》ることはもうない。自分が必要としている顔が、幻となって現れたかのようにはっきり判っていた。その顔を見つけるまで話しかけるつもりはなかった。悪臭の漂う荒れ果てた通りを歩いていたときに、今朝こそその顔を見つけるときだという予感があったのだった。もしかすると、春の気配が保証してくれているのかも知れない。これまでに比べて穏やかな気持ちになれたのは確かだった。

ワシントン・スクエアに入ると、そこを突っ切って、ウニヴァーシティ・プレイスを進んだ。通り過ぎる多種多様な人々にいつも心惹《ひ》かれていた。彼らはブロードウェイを歩く人々ほど急いでいない。五番街を歩く人々ほど心を閉ざした秘密主義者ではない。グラニスは自分の目指す顔を探しながらゆっくり歩いた。

ユニオン・スクエアまで来たところで、すっかり気落ちしてしまった。祭壇から神のお告げが下るのではないかとあまりにも長く待ちわびてきた信者のような気分だった。結局のところ、自分の求める顔を見出すことはないのだろう。気怠《けだる》い雰囲気の中で、疲れを感じていた。禿《は》げた芝生と捩《ねじ》れた木々のあいだを歩いて、坐れるところを探した。少女が独りで坐っているベンチの側を通りかかったとき、紐で引き留められたかのように少女の前で立ち止まった。少女に自分の話をするなどということは夢にも考えたことがなかった。通り過ぎる人々の顔でも女性の顔はほとんど見ていなかったのだ。あの事件は男が扱う仕事だ。女が自分の助けになるだろうか。だが、この少女の顔には何か特別なものがあった。澄み切った夜空のように静かに広がっていた。空間、距離、神秘の無数の心象が浮かぶ。少年の頃に見た船、見慣れた波止場に静かに停泊しているが、遠い海や見知らぬ港の息吹を纏っている船のように。この娘ならきっと判ってくれる。グラニスは静かに娘に近寄って、帽子を上げ、しきたりどおりの言葉を口にする。自分が「紳士」であるとすぐに認めてもらえるようにと願いながら。

「私のことはご存じないでしょうが」と言葉をかけながら、その少女の隣に腰を下ろした。

「でも、あなたの顔は実に知的でいらっしゃる――私がずっと待っていた顔だと思いまして――あらゆるところを探しました。私がお話ししたいことは――」

少女は目を大きく見開いて、立ち上がった。逃げようとしていたのだった。

グラニスは狼狽《ろうばい》して数歩少女の後を追い、乱暴に腕を摑んだ。

「ちょっと待って――話を聞いて。ああ、悲鳴なんか上げないで。莫迦なことをするな」グラニスは大声を出した。

自分の腕を誰かが摑んだのに気づいて振り向くと、警官が目の前にいた。自分は逮捕されるのだとその瞬間に判った。心の中の何か堅いものが緩んで、涙となって流れた。

「そうなんだ――私は罪を犯したんだ！」

群集が集まってきて、少女の怯えた顔が見えなくなったのが判った。しかし、自分はあの少女の顔の何が気になったのだろう。自分を本当に理解してくれるのはこの警官ではないか。グラニスが振り返って警官の後を歩くと、群集がその後に続いた。

七

気がつくとグラニスは素敵なところにいて、そこで好意的な表情の人たちに囲まれていた。きっと話を聞いてもらえるという確信をかつてないほど強く感じた。

最初に、自分が殺人で逮捕されたのではなかったと気がついたときには、酷《ひど》いショックを受けたが、ただちに駆けつけてくれたアスカムがグラニスには休息が必要だということ、そして自分の供述を「再検討する」時間も必要だと説明してくれた。繰り返し話していると、混乱したところや矛盾したところが出てくるようだった。そこで、もっと大きくて静かな施設に移動することになって、グラニスも異存はなかった。そこは広々とした、木々に囲まれたところで、知的な仲間がたくさんいることが判った。中にはグラニスと同じように、自分の事件に関する供述を準備していたり、見直したりしている人たちもいた。グラニスがする話を、興味を持ってしっかり聞いてくれる人たちさえいた。

しばらくのあいだは、この日々の静かな流れに身を任せて満足していた。だが、話を聴いてくれる人たちは何よりも励みになったし、中には本当に鮮やかで役立つ助言をしてくれる人さえいても、それでも次第に以前の猜疑心が甦ってくるのを感じた。耳を傾けてくれる人たちが本心からそうしているわけでもなく、自称しているほど助ける力があるわけでもなかったら。

果てしない話し合いも結局何にもならないし、長く休養したおかげで、精神が明晰になってくると、何も行動を起こさずにいるのがますます耐え難くなってきた。やがて、特定の日になると外の世界からの訪問者がこの隠遁所に入れることを見出した。そこで自分の犯罪について論理的にきっちり組み立てた長文の報告書を書き上げて、その希望のメッセンジャーの手に密かに託すことにした。

この任務達成には改めて忍耐が必要になり、今や訪問日を待ちかまえて、雲の流れる夜空の切れ間から見え隠れする星のように通り過ぎていく顔を走査することだけが生き甲斐になった。ほとんどは知らない顔で、仲間たちと比べて知性に欠けるようだった。しかし、彼らこそが世界へ繋がる最後の手段なのだ。自分の「声明」を浮かべて流せる地下水路なのだ。紙の小舟が神秘の潮流に乗って人生という外海へと流れるように。

しかしある日、グラニスの注意を引いたのは、見覚えのある顔の輪郭、人目を惹く鋭い目、剃り残しのある顎だった。グラニスは飛び出してピーター・マッカレンの前に立ちはだかった。

記者は怪訝《けげん》そうな顔でグラニスを見てから、吃驚したように手を差し出した。「これはこれは……」

「僕が判らなかった？　そんなに変わりましたかね」相手の驚き具合にやはり驚いて口ごもりながら云った。

「いや、そんなことは。でも、少し穏やかになったようですね。落ち着いたというか」マッカレンは微笑んだ。

「ええ、そのためにここにいるわけですから。休息のためにね。それで、この機会にもっとはっきりした文章を書いておこうと思って――」

手が震えて、たたんだ紙をポケットから出すのも難しいくらいだった。何とか出そうとしているときに、記者には憐れみに満ちた憂慮を浮かべた目をした背の高い連れがいることに気がついた。これは自分が待っていた顔だという確信を抱き、身震いした。

「もしかしたらご友人が――ご友人ですね――見ていただけるのではないかと――あるいは、お時間があったら簡単に説明してもいいのですが」グラニスの声は手と同様震えていた。もしこの機会を逃したら、最後の望みが断たれてしまうだろう。マッカレンと見知らぬ男が顔を見合わせ、マッカレンが腕時計に目をやった。

「申しわけありませんが、今はお話しできる時間がなくて。友人には約束があって、もう余裕がないのですよ」

グラニスは手紙を差し出す手を下げなかった。「それは残念ですが――説明できたと思うのですがね。でも、これだけは受け取ってください」

見知らぬ男が優しい目でグラニスを見た。「確かにお預かりします」そう云って手を差し出した。「これで失礼します」

「よろしくお願いします」とグラニスが云った。

二人が長く明るい廊下を歩いていくのを見守るグラニスの顔を涙が流れた。二人の姿が見えなくなると、グラニスは急いで自室へと戻った。ふたたび希望を抱けるようになって、新たな供述の計画がすでに心の中にあった。

建物の外で二人は立ち尽くした。記者の連れは鉄格子の入った窓が長く続く建物をもの珍しそうに見上げた。

「じゃあ、あれがグラニスというわけか」

「そうだ。あれがグラニスだ。可哀想な奴だ」マッカレンが云った。

「奇妙な事件だな。こんな事件は他にないんじゃないか。自分が殺したと本人はまだ確信しているんだろう」

「そうだ、確信している」

連れは考え込むように云った。「それを裏付ける証拠はなかったんだろう？　どうしてそんなことになったのかも誰にも判らなかったんだろう？　あんな物静かなどこにでもいそうな男が――どうしてあんな妄想を抱くことになったと思う？　少しくらい手がかりはあったんじゃないか」

マッカレンはポケットに両手を突っ込んだまま黙って立って、鉄格子のある窓の列を首を上げて見つめていた。そして、明るい目で厳しい視線を連れに向けた。

「あれは事件の妙なところでね。今まで誰にも話したことはなかったんだが――でも、手掛かりはあった」

「何だって！　それは面白いな。手掛かりって何だったんだ」

マッカレンは赤い唇で口笛を吹いた。「いや――あれはグラニスの妄想じゃないんだ」

マッカレンは言葉の意味が相手に伝わるのを待った。相手は、蒼《あお》ざめた視線を返した。

「グラニスは確かにあの男を殺した。俺はたまたま偶然真実を知ったんだ。何もかも諦めようとしていたときにね」

「殺したのか――従兄を」

「間違いない。密告したりはしないでくれよ。こんな妙な事件に係わったことはなかったな……。どうすればいいのかな。どうすればよかったたって云うんだ。あいつを縛り首にはできなかった。グラニスに首輪をつけて引っ張って行くことになったときには嬉しかった。あそこにいれば安全だからな」

背の高い男は深刻な顔で耳を傾けていた。グラニスの声明を手に握ったまま。

「ああ、これは持っててくれ。気分が悪くなってきた」不意にそう云うと、記者に紙を押し付けた。二人は向きを変えると、黙って門へと歩き始めた。

〈幼子《おさなご》らしさの谷〉と、その他の寓意画
The Valley of Childish Things and Other Emblems

むかしむかし、〈幼子らしさの谷〉に大勢の幼子たちが一緒に暮らしていました。いろいろな楽しい遊びをしたり、同じ教科書を使って勉強をしたりしました。ところがある日、幼子たちの一人の小さな女の子が、教科書で学んだ世界の物事を実際に見てみるときが来たと心に決めました。他の子供たちは誰も、自分たちの遊びをやめてどこかへ行こうとは思いませんでしたから、女の子は一人で出かけることにして、谷から出る道を登りました。

きつい上り坂でしたが、やがて山の向こうの、冷たく荒涼とした台地に辿り着きました。そこで女の子はいくつもの都市と人々を見て、有用な技術をたくさん学び、そうやって大人の女の人に成長しました。でも、その台地は荒涼として寒い土地でした。女の子は年季奉公を勤め終えると、見知らぬ者たちと働くのではなく、〈幼子らしさの谷〉に戻って昔の仲間たちと働こうと決めました。

帰りは大変疲れる旅になり、足は石で傷つき、顔は風雨に打たれました。でも、帰路の途中で出会った男の人が、難所に差しかかるたびに助けてくれました。彼女と同じように足を痛め、風雨に打たれていましたが、話をするとすぐに、子供の頃の遊び仲間だとわかりました。彼もまた外の世界に出ていて、故郷の谷に戻るところだったのです。旅のあいだ、二人は谷に戻ったらしようと思っている仕事をあれこれ話し合いました。以前、彼は薄ぼんやりした男の子でした。その子のことをあまり気にしたこともありませんでした。でも、橋を架けたり、沼地を干拓したり、密林を貫く道路を造ったりする話に耳を傾けていると、「あの子がこんなちゃんとした青年に成長したんだから、他の昔の遊び仲間たちはどんなに立派な男女になっているんだろう」と思うようになりました。

最初、幼子たちは彼女が戻って来たことを喜んでいるように見えましたが、やがて自分の存在がみんなの遊びの邪魔になっていることが判りました。山の向こうの台地でなされているさまざまな素晴らしいことを話そうとしたら、みんな自分の玩具を手に取って、遊び続けるために谷を降りて遠くへ行ってしまいました。

そこで、旅の仲間のところへ行きました。谷でたった一人の大人らしい男の人です。でも彼は、珊瑚の首飾りをかけた蒼《あお》い目の可愛らしい小さな女の子の前に跪《ひざまず》いていました。その子のために、貝殻やガラスの破片、折った草花を砂に突き刺して、庭を作ってやっていたのでした。小さな女の子は手を叩いたり喜びの声をきゃっきゃと上げたりしていました。まだ幼くて意味のある言葉は話せませんでした。もう大人になっている女の子がこの男の人の肩に手を置いて、一緒に橋を架けたり、沼地を干拓したり、密林を貫く道路を造ったりしたくはないのかと訊《き》くと、今は大変忙しいのだと答えました。

そして踵《きびす》を返して立ち去る彼女に、優しくこんな声で付け加えました。「やれやれ、君は自分の肌の色つやをもっと気にすべきだったと思うね」

*

昔、南北に面した煉瓦《れんが》造りの広い家に独りで住んでいる乙女がいました。その女の人は温もりと陽の光が大好きでしたが、残念なことに、彼女の部屋はその家の北側にあったので、冬にはまったく陽の光が差してきませんでした。

これにたいへん心を傷めていたので、いろいろ考えた末、建築家を呼び寄せ、家の向きを変えて彼女の部屋を南側にすることはできるかと訊《たず》ねました。建築家は金さえかければ何でもできると答えました。でも、家の向きを変えるのにかかる費用はあまりにも高額で、それなりに収入のあったこの女性は、この目的のために資金を確保しようと生活を切りつめ、有価証券を売却しました。

そしてとうとう家の向きを変えることができて、翌朝、鎧戸《よろいど》の隙間から射し込む朝の光を見て、自分が貧しくなったこともこれで慰められると思いました。

まさにその日、一年ぶりにやって来た古くからの友人を迎えました。この友人は陽の光に溢れる窓辺に坐《すわ》る彼女を見て、すぐに叫びました。

「まあ、南側の部屋に移ったのは賢い選択ね。どうしてこの家の北側の部屋にいつまでもしがみついているのかまったく判らなかったから」

そして翌日、建築家からの請求書が届きました。

*

昔、とても頭がよい少女がいて、両親がこの子は死んでしまうのではないかと怖れるほどでした。

でも、大西洋を帆船で横断したことのある高齢の伯母はこう云いました。「この子を、最初に恋に墜《お》ちた男と結婚させなさい。そうすればそんな莫迦《ばか》な真似をしてと物笑いの種になるから命はきっと救われますよ」

＊

薄っぺらな服しか着ていない男が、冬の荒れた天気の日に躰《からだ》を温める場所もないようなところを重い足取りで歩いていると、大きな黒いコートを纏《まと》った男に出会いました。そのコートは実に重そうで、着ている男を引き戻そうとしているようにも見えましたが、少なくとも寒さからは身を守ってくれそうです。

「君の纏っているコートはとても温かそうだな」最初の男がかちかち鳴っている歯のあいだから云いました。

もう一人の男が云いました。「ああ、これは俺が選んだわけじゃないけどな。これはただ俺の昔の幸せを黒く染めて、悲しみに仕立て直しただけだ。でも、この天気では持っているものを着ないわけにはいかない」

「運がいい奴もいるものだ」最初の男が、もう一人の男が遠ざかるのを見ながら呟《つぶや》きました。「俺なんか悲しみに仕立てられるほどの幸せなんかあったことがないからな」

＊

昔、ある男が可愛い妻を娶《めと》ったのですが、妻の父の家から夫婦で出てきたとき、妻は歩き方を教えられたことがないと判りました。自分で妻を運ぶしかありませんでした。そうやって運んでいくと妻はどんどん重くなって行きました。

広くて深い川に行き当たったとき、妻は泳ぎ方を教えられたことがないとわかりました。そこで、自分の肩にしがみつくように云い、川を泳いで渡り始めました。泳いでいるうちに妻が怖がり始め、もがいて暴れるので川に引きずり込まれそうになりました。川は深く広く、流れは速く、一度か二度は、妻に沈められそうになりました。何とか川を渡りきって、妻を無事に向こう岸へ上げました。すると、ご覧なさい！　気がつくと見知らぬ国にいて、そこは想像もできないくらい魅力的なところでした。周りを見渡して感謝の気持ちを抱き、独り言を云いました。

「もし妻を運ばなければならないことになっていなかったら、ここに辿り着くまで顔を水の上にあげていられなかったかも知れない」

＊

昔、ある魂が灰色の荒野で蹲《うずくま》って震えていると、がっしりした体軀《たいく》の人間が通りかかりました。魂は助けを求める声を上げて云いました。「私はこの〈満たされない欲望〉の沙漠の中で独り死んでいくしかないのでしょうか」

「いや、それは間違っている」とその者は答えました。「ここは〈満足できた願望〉の地だ。それに、お前は独りではない。この国には人々が満ちているからだ。だが、ここに住んでいると盲目になってしまうのだ」

＊

昔、大成功を収めた名高い建築家がいました。その建築家がついに壮大な神殿を建築しました。それまでに造ったどの建築物とも比較にならないほどの時間と思索をそこに注ぎ込み、世界の人々は彼の最高傑作だと認めました。ほどなく建築家が亡くなったとき、裁きの天使に訊かれたのは、いくつの罪を犯したのかということではなく、いくつの家を建てたかということでした。

建築家は頭《こうべ》を垂れて、数えきれないと答えました。

裁きの天使がどんな家を建てたのかと訊くと、建築家は残念ながらかなりできの悪いものだろうと思うと答えました。

「それを残念に思っているか」と天使が訊《たず》ねました。

「とても残念に思っています」と建築家は正直な悔恨の気持ちを述べました。

「それでは、死ぬ前に建てた有名な神殿についてはどうか」と天使が続けました。「あれについては満足しているか」

「いいえ、とんでもない」建築家が大声をあげました。「確かによいところもあります——私も精一杯のことをしたのですから——しかし、一つ大変な間違いをしてしまいました。戻ってやり直せるなら魂を差し出してもいいくらいのものです」

「なるほど」天使が云いました。「自分で戻ってやり直すことはできない。だが、次のやり方からどちらかを選ぶことはできる。世界があの神殿を最高傑作だと思い、お前を歴史上もっとも優れた建築家だと云い続けるようにさせておくか、それともここから若者を一人地上へ送り込んで、その間違いを一目で発見して後世の人々にはっきり示すことで、次に続く建築家たちの嘲笑の的になるかだ。どちらを選ぶかね」

建築家はこう答えました。「まあ、そういうことなら、今のままで顧客たちに受け入れられているのであれば、そんな騒ぎを起こしていいことがあるとも思えません」

＊

昔ある男が、何でも同意してくれる素敵な若い人と結婚しました。始めのうち二人はとても幸せでした。男は妻をこれまでに会った誰よりも面白い伴侶だと思ったからです。二人はお互いに自分たちは何と素晴らしい人間なんだと語り合う日々を過ごしました。しかし、次第に男は自分の妻がむしろ退屈だと気付き始めました。どこへ行っても、何をしても、妻はべつのところへ行けばよかった違うことをすればよかったと云うのです。それだけでなく、友人たちが自分のようには妻を高く評価していなかったという事実も次第に判ってきました。こういうことに気づいてしまうと、彼は当然のように自分は傷つけられている側だと感じるようになりました。そして、妻もまた自分の境遇を同じように考えました。二人の生活は絶え間ない非難の応酬となりました。

激しい喧嘩と長く続かない和解が何年も繰り返されて、とうとう男は我慢ができなくなり、離婚する決意を固めました。

有能な弁護士に相談したところ、離婚するのは難しくないだろうと云われました。しかし驚いたことに、裁判官は離婚を認めませんでした。

「でも――」男は自分がどれだけ傷つけられたかを簡単に説明してみました。

「確かにそれは全部本当のことなのだろう」と裁判官が云いました。「他の人と結婚してさえいれば、離婚するのは実に簡単だったのだが」

「他の人というのはどういうことですか」吃驚して男が訊ねました。

「いや、あなたは軽率にも自分自身と結婚してしまったようだ。その結びつきを取り消す権限は裁判所にはない」裁判官が答えました。

「そうですか」男は云いました。実は心の中では喜んでいたのです。すでに妻とやり直したいという気持ちになっていたからでした。

＊

昔、如何《いか》なる責任を負うことも極端に嫌う紳士がいました。豊かな資産がある一方で、貧しい親族も多かったので、好きなことをいろいろ思う存分できたでしょうし、多少の徳を身につけることさえできたかも知れませんが、少しも責任を伴わない活動というものはないので、この紳士は断固として何もしませんでした。

田舎に住む母親を訪ねるのを、鉄道を使うのが神経に障ると云ってやめました。慈善事業への寄付を、小切手を使うのが面倒臭いと云ってやめました。知人の訪問は、お礼しなくてはならなくなるのが嫌だと云って断りました。客を招いて泊まってもらうのは、帰る前に客が退屈してしまうのを怖れて受け付けませんでした。人へのプレゼントは、選ぶのが大変だからと云ってまったく贈りませんでした。とうとう、友人を食事に招くことさえ、料理人に云って準備させるのが迷惑だと云ってやめてしまいました。

この紳士は人生のこまごまとした煩わしさから完全に超然としていられる自分を偽りなく誇りに思っていて、責任の重さに不平をこぼす人を飽きることなく嘲笑《あざわら》っていました。本当に己の主人でありたいのなら、自分を見習えばいいだけだと云って憚《はばか》りませんでした。

しかし、ある日のこと、使用人の一人がうっかり正面玄関を開けたままにしてしまったところ、死神が何の前触れもなく入ってきて、できるだけ早く一緒に来てくれとこの紳士に云ったのでした。その日の午後には声をかけなくてはならない相手がたくさんいるからと云って。

「いや、それは無理ですよ」紳士は吃驚して叫びました。「私は――ほら、今晩、夕食に招待している人が何人もいますのでね」

「それはちょっと冗談が過ぎるだろう」死神が云いました。そして、この悪魔は紳士を大きな黒い袋に入れて運んで行きました。

*

昔、パルテノンを見たことがある男がいまして、似たような神殿を造りたいと神に願いました。

しかし、彼にそんな技術はなく、そうしようと挑戦してみても、藁《わら》で屋根を葺《ふ》いた泥の小屋くらいしか作れませんでした。神のために神殿を造れないと云って、坐《すわ》り込んで泣きました。

しかし、通りかかった人がこう云いました。

「あなたより悪い境遇に置かれている人もいて、それは二つある。一つは、神のいない人。もう一つは、泥の小屋を建てて、それをパルテノンだと勘違いする人だ」

訳者あとがき

本書はイーディス・ウォートン（Edith Wharton）の幻想怪奇作品集にするつもりだったのだが、最終的には怪奇幻想の話に加えて、変わった趣のある作品を収録することになった。イーディス・ウォートンといえば、ニューヨークの上流階級の人々や社会を描いた長篇小説『無垢の時代』や『歓楽の家』、あるいは『イーサン・フロム』が有名だが、短篇小説の傑作も多く「ローマ熱」は特に評価の高い作品として知られている。短篇作品の中には幽霊小説も少なくなく、そういう作品を集めた短篇集もあり、日本でも『幽霊』（薗田美和子・山田晴子訳／作品社／二〇〇七年）が刊行されている。その他には、いろいろな怪奇小説アンソロジーに収録されている傑作があるものの、何れ《いず》も今では入手が難しい本がほとんどである。さらに、未訳の作品に優れた幽霊小説がまだいくつもある。そういう作品をまとめて一冊にすれば、ウォートンの幽霊小説をまた新たな読者に提供できるに違いないと思って準備を始めたところ、幻想でも怪奇でもない、変わった味わいの作品が多いと気づいて収録対象の範囲を広げることにして、このような作品集になった次第である。

イーディス・ウォートンについてはすでに何冊もの邦訳書で紹介されているのでここに詳しく書き記す必要はないだろう。かいつまんで書けば、一八六二年にニューヨークの裕福な家庭に生まれ、子供の頃からたびたびヨーロッパに滞在するような環境で育った。学校教育は受けておらず、家庭教師によってヨーロッパ風の教育を受ける。十歳から父親の蔵書を読み、十一歳から小説や詩を書き始めたという。この一八八〇年には *Atlantic Monthly* 誌に詩が数篇掲載された。このときは匿名だったようだ。一八八五年にボストンの名門の銀行家エドワード・ウォートンと結婚する。結婚後の数年間はイタリアで暮らし、一九〇二年からはマサチューセッツ州レノックスに広大な邸宅を建ててそこに住んだ。この邸宅をヘンリー・ジェイムズら多くの文学関係者が訪れたという。十二歳歳上の夫との結婚生活は結局うまくいかず、一九一一年から別居し、一九一三年に離婚することになる。離婚後はパリで暮らし、一九三七年パリで死去した。生涯に二十冊を越える長篇中篇小説、十一冊の短篇集、さらに詩集、紀行文、評論等の著作を残した。

最初にイーディス・ウォートンの作品を読んだのがどれだったのかはよく覚えていないが、その作品に注目するようになったきっかけはヴァーノン・リーだった。今から九年ほど前にヴァーノン・リーの幻想作品集『教皇ヒュアキントス』(国書刊行会)を出したのだが、そのときヴァーノン・リーと交流のあった作家たちの中にイーディス・ウォートンの名前があった。二人ともヨーロッパでの生活が長く、イタリアの芸術に惹かれ、怪奇小説を書いている。たとえば、「カーフォル」や「祈りの伯爵夫人」はヴァーノン・リーの「永遠の愛」と似ているという指摘がある。「カーフォル」では男性の語り手が古文書を通じて過去の女性の真実を探ろうとするが、過去と現在の溝を埋めることはできない。「祈りの伯爵夫人」では、北イタリアの礼拝堂で祈りの姿勢で跪《ひざまず》く女性像を見つけ、その顔に「凍りつくような恐怖の表情」を見出す。そして、二百年前に起こった恐ろしい出来事を知る。「永遠の愛」も一枚の肖像画から主人公が過去へと否応なく惹《ひ》き寄せられていく。『無垢の時代』第九章には、「ニューランド・アーチャーはイタリア芸術については知識があると自負していた。少年時代はラスキンに夢中で、最新の本をすべて読んでいた。ジョン・アディントン・シモンズ、ヴァーノン・リーの「エウフォリオン」、P・G・ハマートンのエッセイ、ウォルター・ペイターの素晴らしい新刊『ルネサンス』などである。」（河島弘美訳／岩波文庫／二〇二三年）という一節もある。

実際、二人は交流があった。ウォートンは、一八九四年の春にヴァーノン・リーと初めて会ったときのことを、*A Backward Glance*（一九三三年）で「ヴァーノン・リーは、私が初めて知り合った教養豊かで聡明な女性だった。知的に優れた人の前ではいつもそうなのだが、私は彼女に対して少し畏敬の念を抱いた」と回想している。そして「幸運にも、偉大な話術の持ち主である男性を何人か親しく知ることができたが、真の才能を持つ女性には三人しか会ったことがない。ヴァーノン・リー、ナポリのジャーナリストで小説家のマティルデ・セラオ、そしてフランスの詩人、ド・ノアイユ伯爵夫人である。人種も、伝統も、文化も、これほどまでに異なる人物を比較するのは難しいが、マティルデ・セラオの語りは彼女にしか描けない真昼の地中海のように輝き、ヴァーノン・リーの話には北の空に戯れるオパール色の光があり、ド・ノアイユ夫人の話は値の張る花火のようであった、と云えばその違いを伝えられるかもしれない」と記している。

その後、何度もヴァーノン・リーの案内でイタリア建築と庭園を中心に、普通は入れないような個人の邸宅も紹介してもらって見て回っている。また、ヴァーノン・リーの病弱の兄、ユージン・リー・ハミルトンも一八九七年にイーディス・ウォートンのレノックスにある邸宅を訪れている。一九〇四年に刊行された *Italian Villas and Their Gardens* の献辞にはヴァーノン・リーの名前があり、「誰よりもイタリアの庭園魔術を理解し、解釈してくれたヴァーノン・リーに」と記されている。

このイーディス・ウォートンとヴァーノン・リーの関係を論じた論文はないだろうかと思って探してみると、実践女子大学教授の佐々木真理氏が書いた Haunted by Italy and the Past: Edith Wharton and Vernon Lee（『実践女子大学文学部紀要』56、13–20、二〇一四年）を見つけた。『教皇ヒュアキントス』刊行の前年の発表なのに気づけなかった己を恥じつつ読んでみると、両者の関係について実に興味深い事実と考察が記されていた。

イーディス・ウォートンは一八九四年に、十八世紀の作品だと考えられていたサン・ヴィヴアルドのテラコッタ彫刻が十六世紀のジョヴァンニ・デッラ・ロッビアの手になるものであることを明らかにする論文 A Tuscan Shrine を発表しているが、この手法はヴァーノン・リーの強い影響下にあると指摘している。ところが、その評価は次第に変わってくる。ヴァーノン・リーのエッセイをアマチュアの仕事と見なすようになったのだという。自分はプロフェッショナルの作家であり批評家であるという意識が高まるにつれて、「リーのアマチュア的な文体や過去への情熱的なアプローチが、センチメンタリズムと結びつくことを恐れたのだろう」ということをこの論文を読んで知り得た。イーディス・ウォートンの文体や過去を描くときの語り手との距離など、ヴァーノン・リーの影響と二人の違いなどは、論文を読んで確認していただきたい。

さて、先に記した「カーフォル」や「祈りの伯爵夫人」は『幽霊』に収録されている。『幽霊』は、「祈りの伯爵夫人」と「ホルバインにならって」以外の五篇を一九三八年刊行の *Ghosts* から採っている。*Ghosts* には十篇の短篇小説が収録されているので、『幽霊』に収められていない作品が五篇あるということになる。その収録されなかった五篇のうち、二篇はアンソロジーに収録されている作品だが、残念ながら本の入手が難しくなっている。そこで、この五篇を中心に本書に収録する作品を選んでいくことにして、十五篇を選びだした。以下、それぞれ一つずつ紹介することにする。

「満ち足りた人生」

The Fullness of Life（*Scribner's*, 1893）［*Collected Short Stories of Edith Wharton*, Vol. 1］

一八九三年に *Scribner's Magazine* に発表された後は短篇集に収録されることなく、単行本未収録作品として短篇全集に収められた。死後の世界で、不満ばかりだった結婚生活を過ごした夫のことを思い出す妻。ウォートンの結婚観が現れている作品と云うには、あまりにも満ち足りた結婚ではないだろうか。

「夜の勝利」

The Triumph of Night（*Scribner's*, 1914）［*Xingu and Other Stories*, 1916］

主人公は社会的にあまり強い立場にはいない青年で、ちょっとした行き違いから裕福で社会的に高い身分の男の館に一晩泊まることになったときの恐怖の出来事を描く。男性しか登場しない作品である（名前だけ出てくる夫人は橇《そり》を送ってくれなかったので主人公が出会うことはない）。主人公は大富豪のラヴィントンの甥であるフランクに男同士の共感を抱くが、彼を救うことはできない。悪意と殺意に満ちた生霊が不気味である。*Ghosts* に収録された作品。

「鏡」

The Looking Glass（*Hearst's International-Cosmopolitan*, 1935（under the title "The Mirrors"））

〔*The World Over*, 1936〕
『幻想と怪奇5』（新紀元社／二〇二一年）に「姿見」（高澤真弓訳）という邦題の翻訳がある。引退したマッサージ師の老女が、一世代前の古いニューヨークの上流階級に属する人々を思い出しながら語る幽霊の出てこない幽霊物語。本書には、いくつか幽霊の出てこない幽霊物語を収録している。その独特な幽霊の味わいは格別である。

「ビロードの耳あて」
Velvet Ear Pads〔*Here and Beyond*, 1926〕
雑誌等に発表されずに短篇集に収録された。アメリカの偏屈な大学教授が転地療養で南フランスを訪れたとき、執筆に励もうと意気込んでいた列車内で訳の判らないことばかり喋り続ける女性にかかわったことから巻き込まれる不思議な事件の顚末である。ウォートンの短篇にときどき登場する女嫌いの知識人という類型的な男性登場人物の一人と云えよう。偏屈な大学教授とともに急展開に翻弄されたい作品。

「一瓶のペリエ」
A Bottle of Perier（*Saturday Evening Post*, 1926）〔*Certain People*, 1930〕
沙漠の城塞（の遺跡）に暮らして調査・研究をしているという知人を訪ねて行った男が体験

する恐怖譚。おそらく収入の心配をする必要もない身分なのだろう。主人公が訪ねて行ったときにその招待主は不在で、召使いの男だけがいた。主人が戻るのを待つことにしたのだが、どうも様子がおかしい……何とも気持ちの悪い作品である。この作品を読んでから食事に出かけたときにペリエがあると必ず註文してしまうようになった。そして、ああペリエがあってよかったと安堵して口に含むのである。入荷が遅れていて今日は出せないと云われたことはまだない。この作品は最初 *Saturday Evening Post* に掲載されたのだが、そのときのタイトルは「一瓶のエビアン」だった。どうして、エビアンがペリエになったのかは判らない。これも男性しか登場しない作品。*Ghosts* にも収録された。

「眼」

The Eyes（*Scribner's*, 1910）［*Tales of Men and Ghosts*, 1910］

荒俣宏編『アメリカ怪談集』（河出文庫／一九八九年）に「邪眼」（奥田祐士訳）が、『イーサン・フローム』（荒地出版社／一九九五年）に「目」（宮本陽吉・小沢円・貝瀬知花訳）が収録されている。生活に余裕のある男たちが語り合う幽霊物語という設定で、その男たちの集まりを主宰するのは裕福で同性愛的指向の示唆される中年男性カルウィンで、女嫌いで知られているが昔はそうではなかったという話もある。カルウィンが語るのは、若い頃に勢いで結婚の約束をしてしまった後、敵意と憎悪に満ちた謎めいた眼を目撃して逃げ出すのだが……という意外な話だった。*Ghosts* に収録された作品。

「肖像画」

The Portrait［*The Greater Inclination*, 1899］

雑誌等に発表されずに短篇集に収録された。本書に収録されている、肖像画がテーマとなっている二篇のうちの一つ。人の本質を捉えて肖像画にする画家が、世間から失敗作だと評された作品を描いたときの真相を明かす。スキャンダラスな経歴を持ち、巨悪の存在だと云われながらカリスマ的な人気のあるヴァードという男の中に見出した本質を描けたのか……。

「ミス・メアリ・パスク」

Miss Mary Pask（*Pictorial Review*, 1925）［*Here and Beyond*, 1926］

『MONKEY vol. 29』（二〇二三年春）に「ミス・メアリ・パスク」（柴田元幸訳）が掲載された。古い知り合いの姉妹の妹に頼まれてブルターニュの海岸に独りでいる姉メアリ・パスクの住まいを訪れた語り手は、目的の相手に会った瞬間に彼女がすでに死んでいることを思い出す。目の前にいる存在に怯《おび》えながら話が進んでいく。*Ghosts* に収録された作品。

「ヴェネツィアの夜」

A Venetian Night's Entertainment（*Scribner's*, 1903）［*The Descent of Man and Other Stories*, 1904］

裕福な家庭で育ったアメリカ人青年が憧れのヴェネツィアにやって来て、実に奇妙な事件に巻き込まれたかの展開の末に提示される呆気ない結末。主人公とともに若い男性特有の無邪気な思い込みを抱いて話の流れに翻弄されれば楽しめるはず。

「旅」

A Journey［*The Greater Inclination*, 1899］

雑誌等に発表されることなく短篇集に収録された作品。確かな相手との結婚だったはずなのに、病気で弱っていく夫はすっかり変わってしまい、毎日世話をしてやらなければならない。鬱屈した日々を過ごしている妻が、転地療養から帰る列車の中で陥ってしまった恐怖が綴られている。その些《いささ》か見当違いな行動はおかしいと同時に哀しくもある。

「あとになって」

Afterward（*Century Magazine*, 1910）［*Tales of Men and Ghosts*, 1910］

すぐれた幽霊物語で、これまでに何度も怪奇小説アンソロジー等に収録されてきたが、残念ながら今は入手の難しい本が多い。『世界女流作家全集　第五巻』（モダン日本社／一九四一年）所収の「後になって」（松村達雄訳）、『ロアルド・ダールの幽霊物語』（ハヤカワ・ミステリ文庫／一九八八年）所収の「あとにならないと」（乾信一郎訳）、『怪奇小説傑作集3』（創元推理文庫／一九六九年）所収の「あとになって」（橋本福夫訳）がある。あまり裕福でなかったが、運良くまとまった金が入ってくることになって仕事を辞め、イギリスの片田舎に幽霊の出そうな屋敷を求めて移り住んできたアメリカ人夫婦が主人公。どうしてそんな優雅な生活ができるようになったのかは作中で明らかになるのだが、その原因がきっかけで恐怖がもたらされることになる。無邪気に幽霊を求めてやってきたアメリカ人は地元の知人に、あとになって初めて幽霊だと知るのだと教えられ、一体どういうこと？　などと暢気《のんき》な質問をしているが、その意味をあとになって思い知らされることになる。*Ghosts* に収録された作品。

「動く指」

The Moving Finger（*Harper's*, 1901）〔*Crucial Instances*, 1901〕

愛する妻に先立たれて、美しい肖像画だけが残された。その肖像画とともに生きている夫だったが、自分だけが歳をとり妻が若いままなのがどうしても納得できなかった。そこで男が試みたのは……という作品のタイトルの「動く指」が意味することが最初はよく判らなかったのだが、アガサ・クリスティーに同じく『動く指』という作品がある。もちろん、原題もこの作品と同じ The Moving Finger である。オマル・カイヤームの『ルバイヤート』をエドワード・フィッツジェラルドが英訳したものの「第五一歌」にこの言葉があって、そこから採られたという。フィッツジェラルド訳の英語版から日本語に訳された『ルバイヤート』としては、二〇〇五年に国書刊行会から刊行された矢野峰人訳『ルバイヤート集成』と二〇一一年に七月堂から刊行された斎藤久訳『ルバイヤート』が比較的入手しやすいと思う。早速確認してみると、前者では「うごける指が書きしるし/書きてすすめば、如何ならむ/智慧も愁訴も一語だに/消し、あらためむ術やある。」、後者では「動く指が文字を書き記す。書き終へてしまへば、また次に進んで行く。汝がどんなに信仰が篤く、またどんなに智力を働かせてみても、その指を呼び戻して、半行たりとも抹消させるわけにはゆかぬだらうし、またどんなに泪を流して泣き喚いてみても、その一語たりとも洗ひ流すわけにもゆかぬだらう。」となっている。この動く指というのは神の指で、世界の出来事を書き記す書物に神がひとたび書いてしまったことは、つまり一度起こってしまったことはその瞬間に過去の出来事となり、決して取り消したり変更したりすることはできないのだという時の流れを意味していて、英語では the moving finger という言葉でそれなりに通じるようだ。

「惑わされて」

Bewitched（*Pictorial Review*, 1925）［*Here and Beyond*, 1926］

山内照子編『化けて出てやる　古今英米幽霊事情1』（新風舎/一九九八年）に薗田美和子訳

「魅入られて」が収録されている。アメリカの片田舎に暮らす、まったく裕福ではない人々の話である。夫が昔の恋人の幽霊に取り憑かれたと云うと、その妻が夫を取り戻そうとする。夫に取り憑いた幽霊の正体を妻が知っていたとすると、それは幽霊よりもずっと怖い。結末の一言もまた。*Ghosts* に収録された作品。

「閉ざされたドア」
The Bolted Door（*Scribner's*, 1909）〔*Tales of Men and Ghosts*, 1910〕
劇作家を目指すが才能のない男の告白は、金持ちの従兄を殺したというものだった。貧しく才能もない男から見た、裕福な階級に属する従兄へ向ける視線は憎しみと軽蔑に満ちている。何しろ従兄はメロンが生き甲斐なのだ。そんな従兄を殺したことを告白してもなかなか信じてもらえなかったのは、説得力のある文章を生み出せない才能のせいなのか。すべてがすっきり解明されないまま終わる結末に、読み終えた後も囚われたままになってしまうだろう。

「〈幼子らしさの谷〉と、その他の寓意画」
The Valley of Childish Things and Other Emblems（*Century*, 1894）〔*Collected Short Stories of Edith Wharton*, Vol. 1〕短い幻想的な寓話集。単行本未収録作品で、一九六八年の短篇全集に収められたのが単行本初収録だった。

イーディス・ウォートンの短篇集はその存命中に十冊が刊行され、*Ghosts* は死のすぐ後に刊行されている。一九六八年には全二巻からなる短篇全集（R・W・B・ルイス編）が Scribner's 社から刊行された。これがあれば幽霊物語を含めた全短篇を読めるということになる。第二巻があまり手に入らないようだが、ウォートン全作品集という電子書籍が安価に購入できる。ただ、テキスト化のときにOCRを使ったのか、何箇所か誤字を見つけてしまった。オリジナルの短篇集のうち、スキャンして画像化したものを公共図書館からダウンロードできるものが数冊ある。ウォートン幽霊小説集も何冊か刊行されているので、容易に入手できるものもあるから原文で楽しむのもよいだろう。

ドイツとフランスも、幽霊小説集が出ている。ドイツ語のものは、一九九〇年に Suhrkamp 社から出た *Gespenstergeschichten* と一九九一年に Fischer 社から刊行された *Unheimliche Geschichten* である。フランスでは二〇一一年に *Kerfol et autres histoires de fantômes* が Le Livre de Poche 社から刊行された。

スペインでは、イーディス・ウォートン短篇全集 *Collected Short Stories of Edith Wharton* 全二巻のスペイン語版 *Cuentos completos* が二〇一八〜二〇一九年に Páginas de Espuma 社から刊行された。ただ、翻訳するときに電子版全集として流布しているものを使った部分があるのか、電子版特有の誤植の跡が見られるので注意した方がいいかも知れない。

イーディス・ウォートンの作品は十分邦訳されているとは云い難いが、二〇二二年には『夏』(山口ヨシ子・石井幸子訳)が彩流社から、二〇二三年には『無垢の時代』(河島弘美訳)が岩波文庫から、さらに二〇二四年に『イーサン・フロム』(宮澤優樹訳)が白水社から刊行された。イーディス・ウォートンの作品が長篇も短篇も、もっと日本語に訳されて広く日本の読者に親しまれるようになることを願っている。

著者　イーディス・ウォートン　Edith Wharton
一八六二年、ニューヨークの古い家柄であるジョーンズ家で生まれた。学校教育は受けておらず、家庭教師によってヨーロッパ風の教育を受ける。一八八〇年にはアトランティック・マンスリー誌に詩が数篇掲載された。一八八五年にボストンの名門の銀行家エドワード・ウォートンと結婚する。結婚後の数年間はイタリアで暮らし、一九〇二年からはマサチューセッツ州レノックスに広大な邸宅を建ててそこに住んだ。この邸宅をヘンリー・ジェイムズら多くの文学関係者が訪れたという。十二歳歳上の夫との結婚生活は結局うまくいかず、一九一一年から別居し、一九一三年に離婚することになった。離婚後はパリで暮らし、一九二〇年に発表した『無垢の時代』で女性として初めてピューリッツァー賞を受賞。一九三七年に心臓発作で死去。

訳者　中野善夫　なかの・よしお
一九六三年アメリカ合衆国テキサス州生まれ。立教大学理学研究科博士課程修了（理学博士）。英米幻想小説研究翻訳家。主な訳書に、V・リー『教皇ヒュアキントス』、F・マクラウド／W・シャープ『夢のウラド』、J・B・キャベル『ジャーゲン』、J・K・ジェローム『骸骨』（いずれも国書刊行会）など。共訳書に、ロード・ダンセイニ『世界の涯の物語』（河出文庫）、ケネス・モリス『ダフォディルの花』（国書刊行会）などがある。

ビロードの耳《みみ》あて

イーディス・ウォートン綺譚集

二〇二四年九月一八日初版第一刷印刷
二〇二四年九月二四日初版第一刷発行

著　者　イーディス・ウォートン
訳　者　中野善夫
装　丁　岡本洋平（岡本デザイン室）
発行者　佐藤丈夫
発行所　株式会社国書刊行会
東京都板橋区志村一－一三－一五　〒一七四－〇〇五六
電話〇三－五九七〇－七四二一
ファクシミリ〇三－五九七〇－七四二七
URL：https://www.kokusho.co.jp
E-mail：info@kokusho.co.jp
印刷所　創栄図書印刷株式会社
製本所　株式会社ブックアート
ISBN978-4-336-07657-1 C0097

骸骨
ジェローム·K·ジェローム幻想奇譚

ジェローム·K·ジェローム 著
中野善夫 訳

英国屈指のユーモア作家による異色作品集。
ユーモア溢れる幽霊小説、
もの怖ろしい怪奇小説、
美しい幻想小説、
不思議な現代ファンタジイ、
数千年の時を跨ぐケルト·ファンタジイ等、
多彩な味わいの17篇。

定価 4,180円（10%税込）

ダフォディルの花

ケネス・モリス幻想小説集

ケネス・モリス 著

館野浩美／中野善夫 訳

ル=グウィンがトールキンやエディスンと並べ、
名文家として名を挙げた、
ケルトの魔法を歌う詩人にして
神智学者である作家、ケネス・モリス。
ダンセイニよりも神秘主義的と評される
その幻想小説を百年の時を経て集成した本邦初の書。

定価 4,180 円（10% 税込）

夢のウラド

F・マクラウド／W・シャープ幻想小説集

F・マクラウド／W・シャープ 著
中野善夫 訳

死後に同一人物と明かされた作家、
F・マクラウドとW・シャープ。
尾崎翠が思慕し三島由紀夫が讃美した、
伝説の作家の作品を初めてひとつに集成する。
いま百年の時を経て甦るスコットランドの幻想小説集。

定価 5,060 円（10% 税込）